T0179629

BESTSELLER

Ken Follett nació en Cardiff (Gales), pero cuando tenía diez años su familia se trasladó a Londres. Se licenció en filosofía en la University College de Londres y posteriormente trabajó como reportero del *South Wales Echo*, el periódico de su ciudad natal. Más tarde colaboró en el *London Evening News* de la capital inglesa y durante esta época publicó, sin mucho éxito, su primera novela. Dejó el periodismo para incorporarse a una editorial pequeña, Everest Books, y mientras tanto continuó escribiendo. Fue su undécima novela la que se convirtió en su primer gran éxito literario.

Ken Follett es uno de los autores más queridos y admirados por los lectores en el mundo entero, y la venta total de sus libros supera los ciento sesenta millones de ejemplares.

Follett, que ama la música casi tanto como los libros, toca el bajo con gran entusiasmo en dos grupos musicales. Vive en Stevenage, Hertfordshire, con su esposa Barbara, exparlamentaria laborista por la circunscripción de Stevenage. Entre los dos tienen cinco hijos, seis nietos y tres perros labradores.

Para más información, visite la página web del autor:
www.kenfollett.es

Biblioteca

KEN FOLLETT

La isla de las tormentas

Traducción de
Mirta Arlt

DEBOLSILLO

Papel certificado por el Forest Stewardship Council®

Título original: *Storm Island / Eye of the Needle*

Segunda edición actualizada: octubre de 2018
Cuarta reimpresión: abril de 2021

© 1978, Ken Follett
© 2018, Ken Follett, por la introducción
© 1987, 2018, Penguin Random House Grupo Editorial, S. A. U.
Travessera de Gràcia, 47-49. 08021 Barcelona
© Mirta Arlt, por la traducción
© 2018, Ignacio Gómez Calvo, por la traducción de la introducción
Diseño de la cubierta: Penguin Random House Grupo Editorial
Fotografía de la cubierta: © Meanmachine77 / Shutterstock, © Mark Postlethwaite

Printed in Spain – Impreso en España

ISBN: 978-84-663-4594-1
Depósito legal: B-6.687-2018

Compuesto en La Nueva Edimac, S. L.

Impreso en Novoprint
Sant Andreu de la Barca (Barcelona)

P 3 4 5 9 4 A

Deseo agradecer a Malcolm Hulke su inapreciable ayuda, aportada generosamente

Prefacio

Tras acabar de escribir *La isla de las tormentas* estaba convencido de que había creado algo muy bueno, con suerte lo bastante bueno para poder pagar la hipoteca un par de años. Afortunadamente, me quedé corto.

Volviendo la vista atrás cuarenta años después, me siento perplejo. Hace poco oí a Paul McCartney por la radio hablar de las primeras canciones de los Beatles. «Escucho esos temas y pienso para mis adentros: "Qué chico más listo"», dijo.

Sé cómo se siente. Yo tenía veintisiete años cuando escribí *La isla de las tormentas*. Al leerla ahora me sorprende, y me enorgullece, haber podido crear algo tan bueno siendo tan joven.

No era mi primera tentativa. Había escrito varias novelas de suspense, algunos guiones de televisión y de cine, y un puñado de relatos breves, pero ninguna de esas obras había causado una gran impresión en el mundo literario. Era un ávido lector desde que tenía cuatro años y había trabajado en una editorial, donde me había estrujado el cerebro para descubrir qué convertía un libro en un best seller y cómo reconocer un fracaso. Había mirado con envidia en las librerías los montones de nuevos libros de tapa dura de los novelistas famosos de los setenta, preguntándome cómo escribir un libro que acabase en un montón parecido en el escaparate de la tienda. De una forma u otra, había aprendido mucho, pero ¿era suficiente?

El libro solo posee un rasgo radicalmente original: el héroe es una mujer, Lucy Rose. Hoy día se trata de un lugar común, pero en aquel entonces era algo insólito. Si existe una novela de suspense anterior protagonizada por una heroína, yo no la he encontrado.

Lucy refleja el papel cambiante de la mujer en la sociedad de la época. Me gustaba el cambio que se estaba produciendo, pero ese no es el motivo por el que la convertí en la heroína. Mis motivos eran literarios, no políticos. Había leído por lo menos cien libros en los que dos hombres se peleaban, pero nunca uno en el que ese conflicto violento lo libraban una mujer heroica y un hombre malvado y poderoso. La idea me pareció cautivadora y fascinante. Me gustó tanto que convertí a la mujer en una madre joven con un niño pequeño. Funcionaba de maravilla. Gracias a ello, el clímax de la novela era mucho más emocionante.

Al volver a leer el libro me sorprendió algo en lo que apenas reparé en su día. Ofrece un fresco de Gran Bretaña, como una de esas escenas de masas victorianas de William Powell Frith: *La estación de tren* o *El día del derby*. Durante su huida, Faber conoce a toda clase de gente y, como extranjero que es, la contempla con los ojos muy abiertos, sin dar nada por sentado. Me gustan las dos hermanas mayores cuyo coche roba Faber; el oficial de policía que se dirige desdeñosamente al irlandés como «Paddy», y el ingenuo magistrado de cara colorada que lleva a Faber. Los introduje como telón de fondo del suspense, pero ahora casi me gustan más que lo que aparece en primer plano.

No deja de sorprenderme y alegrarme la longevidad de la historia. Todavía hoy me llega al buzón una nueva edición aproximadamente cada mes. Han emitido la película por televisión una y otra vez. Más de tres décadas después de que la escribiese, alcanzó el primer puesto en la lista de best sellers en formato de audiolibro en Alemania. Y recibo cartas de lectores que todavía no habían nacido cuando se publicó por primera vez.

Recuerdo que escribir ese libro fue como correr cuesta abajo. Actualmente me lleva tres años escribir una novela. Escribí la mayor parte de *La isla de las tormentas* en tres semanas.

Ojalá pudiera volver a hacerlo.

Los alemanes habían sido casi
completamente engañados.
Solo Hitler intuía la verdad y no se decidía
a darle crédito...

A. J. P. TAYLOR,
Historia inglesa, 1914-1945

PRIMERA PARTE

1

Era el invierno más crudo en cuarenta y cinco años. Las poblaciones de la campiña inglesa estaban aisladas por la nieve, y el Támesis se había congelado. Un día de enero, el tren que va de Glasgow a Londres llegó a Euston con veinticuatro horas de retraso. La nieve y los apagones se combinaban para que resultase peligroso conducir por las carreteras; se multiplicaban los accidentes y eran comunes los comentarios jocosos sobre que era más arriesgado circular con un Austin 7 por Piccadilly durante la noche que atravesar la línea Sigfrido con un tanque.

Después, cuando llegó la primavera, todo se volvió glorioso. La barrera de globos flotaba majestuosamente en el cielo luminoso, y los soldados con permiso flirteaban en las calles de Londres con muchachas ataviadas con vestidos sin mangas.

La ciudad no tenía demasiado aspecto de ser la capital de una nación en guerra. Había, por cierto, algunos signos, y Henry Faber, que iba en su bicicleta desde Waterloo Station hacia Highgate, los advirtió: bolsas de arena apiladas en las aceras de los edificios públicos importantes; refugios en los parques de las afueras; carteles publicitarios sobre evacuación y medidas de seguridad durante las incursiones aéreas. Faber observó esos detalles. En realidad, era más observador que la mayoría de los empleados de ferrocarril. Vio multitud de niños en los parques, y concluyó que la evacuación había sido un fracaso. Le llamó la atención la cantidad de automóviles que circulaban pese al racionamiento de gasolina, y leyó los anuncios de los últimos modelos promocionados por los fabricantes de automóviles. Entendió el significado del trabajo nocturno de grandes cantidades de obreros en lugares donde pocos meses antes escasamente había trabajo para el turno de día. Sobre todo, advirtió el movimiento de tropas en torno a las líneas ferroviarias; todo lo que fueran expedientes pasaba por su oficina, y a partir de lo que estos contenían se podía averiguar mucho. Ese día, por ejemplo, había sellado un montón de formularios que lo llevaron a la conclusión de que se estaba reuniendo una nueva fuerza expedicionaria, y de que esa fuerza recibiría un refuerzo de unos cien mil hombres cuyo destino era Finlandia.

Había síntomas, era verdad; pero también se mezclaban con un poco de diversión. La radio satirizaba a la burocracia del tiempo de guerra y sus disposiciones, en los refugios antiaéreos se cantaban canciones a coro, y las mujeres elegantes llevaban sus máscaras antigás en bolsos pequeños y coquetos. Se hablaba del «tedio de la guerra», la cual, según se decía, era eterna y trivial, como una película muda. Todas las alarmas de ataque aéreo habían sido falsas.

Faber tenía una opinión distinta; pero es que Faber era una persona distinta.

Condujo su bicicleta hasta Archway Road y se inclinó un poco hacia delante para enfilar la cuesta arriba; sus largas piernas pedaleaban tan incansablemente como los pistones de una máquina de ferrocarril. Se conservaba muy bien para su edad, treinta y nueve, aunque se quitaba años porque mentía sobre casi todas las cosas simplemente como medida de precaución.

Comenzó a sudar a medida que ascendía en dirección a Highgate. El edificio donde vivía era uno de los más altos de Londres, y esa era precisamente la razón que lo había empujado a elegir ese lugar. Era una casa victoriana de ladrillo, situada en el extremo de una hilera de seis edificios. Las casas eran altas, estrechas y oscuras, como la mente de aquellos para quienes habían sido edificadas. Cada una tenía tres pisos, más un sótano con entrada para servicio. La clase media inglesa del siglo XIX insistía en que se debía tener entrada de servicio, a pesar de que nadie tuviera servicio doméstico. Faber tenía una opinión muy cínica respecto a los ingleses.

La número 6 había pertenecido al señor Harold Garden, de la Garden's Tea and Coffee, una pequeña compañía que quebró durante los años de la Depresión. Habiendo vivido conforme a la norma de que la insolvencia es un pecado mortal, el señor Garden no tuvo más alternativa que morirse ante la quiebra. La casa fue toda la herencia que le dejó a su viuda, que se vio obligada a aceptar huéspedes. Le gustaba ser la dueña, aunque la etiqueta de su círculo social exigiera que debía mostrarse un tanto avergonzada por ello. Faber tenía una habitación en el último piso con una ventana en forma de tragaluz oblicuo. Permanecía allí de lunes a viernes, y le había dicho a la señora Garden que iba a pasar los fines de semana con su madre en Erith. En realidad disponía en Blackheath de otra dueña de pensión que lo llamaba señor Barker, creía que era viajante de una papelera y que se pasaba la semana de lugar en lugar distribuyendo la mercadería.

Pedaleó por el sendero del jardín bajo el ceño adusto y reprobador de las altas ventanas de las habitaciones de delante. Dejó la bicicleta en el cobertizo y la aseguró con el candado junto a la cortadora de césped. Estaba prohibido dejar vehículos sin seguro. Las patatas que habían sembrado en cajones alrededor del cobertizo ya estaban brotando. La señora Garden había reemplazado las flores por verduras como contribución a la economía de guerra.

Faber entró en la casa, colgó el sombrero en el perchero del recibidor, se lavó las manos y se dirigió a tomar el té.

Tres de los otros huéspedes estaban ya tomándolo: un muchacho granujiento procedente de Yorkshire que estaba tratando de entrar en el ejército, un vendedor con una calvicie incipiente rodeada de pelo de color arena, y un oficial de Marina retirado a quien Faber consideraba un degenerado. Saludó con una inclinación de cabeza y se sentó.

En ese momento el vendedor contaba un chiste: «Entonces el capitán le dice: "¡Volvió temprano!", y el piloto se da la vuelta y le contesta: "Sí, he tirado los panfletos en paquetes. ¿No está bien?". "¡Santo Dios, pudo haber herido a alguien!"».

El oficial de Marina contribuyó con una corta risa. Faber sonrió. La señora Garden entraba en ese momento con la tetera.

—Buenas tardes, señor Faber. Hemos empezado sin usted..., espero que no se ofenda.

Faber esparció margarina sobre una rodaja de pan integral mientras pensaba que su máxima ambición era comerse una buena salchicha, pero dijo:

—Sus patatas ya están listas para la siembra.

Se apresuró a terminar su té. Los demás discutían sobre si Chamberlain debería ser destituido y reemplazado por Churchill. La señora Garden intervenía sin parar con sus opiniones y luego miraba a Faber en busca de una reacción. Era una mujer jovial, ligeramente rolliza. Pese a tener la edad de Faber, vestía como una mujer de treinta, y él se daba cuenta de que intentaba conseguir otro marido. Se mantuvo ajeno al intercambio de opiniones.

La señora Garden puso en funcionamiento la radio, que durante un momento emitió un zumbido; luego el locutor anunció: «Esta es la BBC en su emisión para el hogar. ¡Con ustedes, *Una Vez Más Ese Hombre*!».

Faber había escuchado el programa. Casi siempre se refería a un espía alemán llamado Funf. Se despidió y subió a su cuarto.

Una vez finalizada la audición de *Una Vez Más Ese Hombre*, la señora Garden volvió a quedarse sola; el oficial de Marina se fue al pub con el vendedor, y el muchacho procedente de Yorkshire, que era religioso practicante, había asistido a una reunión de la iglesia. Se quedó sentada en la sala con un pequeño vaso de ginebra, mirando a las cortinas de camuflaje de guerra y pensando en el señor Faber. Habría deseado que no pasara tanto tiempo encerrado en su habitación. Ella necesitaba compañía, y él era el tipo de compañía que ella necesitaba.

Esta clase de pensamientos la hacían sentirse culpable, y para paliar la culpa se puso a pensar en el señor Garden. Sus recuerdos eran familiares, pero entrecortados como una película vieja con trozos de celuloide borrados y banda sonora defectuosa; por lo tanto, aunque recordaba la presencia de él y su compañía allí mismo, en la habitación, le resultaba difícil reproducir su rostro o las ropas que estaría usando, o los comentarios que provocarían en él las noticias diarias. Era un hombre menudo, activo, con éxito en los negocios cuando la suerte lo acompañaba y con fracasos cuando no era así; poco demostrativo en público e insaciablemente afectuoso en la cama. Lo había amado mucho. Si aquella guerra seguía su curso, pronto habría en el país muchas mujeres en la misma situación que ella. Se sirvió otra copa de ginebra.

El señor Faber era muy tranquilo; en eso residía precisamente la dificultad. No parecía tener vicios. No fumaba, nunca olía a alcohol, y se pasaba todas las tardes en su habitación escuchando música clásica por la radio. Leía una gran cantidad de periódicos y salía a hacer largas caminatas. Ella sospechaba que debía de ser un hombre bastante inteligente pese a su humilde empleo. Sus intervenciones en las charlas del comedor siempre demostraban un poco más de agudeza que las de los restantes huéspedes. No cabía duda de que, si lo deseaba, podía conseguir un trabajo más cualificado. Parecía no concederse a sí mismo las oportunidades que merecía.

Lo mismo pasaba con su aspecto exterior. Era un hombre de buena presencia, alto, de espaldas y hombros anchos, en absoluto gordo, de piernas largas. Su rostro era fuerte, de frente alta y mandíbula larga, con brillantes ojos azules; no era guapo como un actor de cine, pero tenía ese tipo de rostro que resulta atractivo a las mujeres. Solo sus labios finos y su boca pequeña indicaban que podía ser capaz de comportarse con crueldad. En cambio, el señor Garden habría sido incapaz del más mínimo acto de crueldad.

Sin embargo, según la primera impresión, no era la clase de hombre al que las mujeres miran por segunda vez. Los pantalones de su viejo traje nunca parecían planchados. Ella se los hubiera planchado con mucho gusto, pero él nunca le pidió que lo hiciera. Además, siempre llevaba un raído impermeable y una chata gorra de trabajo. No llevaba bigote, y cada quince días se hacía cortar bien el pelo. Era como si se propusiera confundirse con el montón.

Necesitaba una mujer, de eso no cabía la menor duda. Se detuvo un momento a pensar si no sería lo que la gente suele llamar afeminado, pero rechazó rápidamente tal idea. Necesitaba una mujer que lo animara y motivara para desarrollar su ambición. Y ella necesitaba un hombre que le hiciese compañía y..., bueno..., para el amor.

Sin embargo, él nunca hizo ademán alguno, lo cual a veces la llevaba al borde de la frustración. Estaba segura de ser atractiva. Mientras se servía otro vasito de ginebra se miró en un espejo. Tenía un bonito rostro, enmarcado por un pelo rubio ensortijado, y cualquier hombre hubiera tenido algo en que fijarse..., se rio ante ese pensamiento. Ya era hora de ir a arreglarse un poco.

Tomó un sorbo y dudó si no sería ella la que debía dar el primer paso. Evidentemente, el señor Faber era el hombre más tímido del mundo. No se trataba de que fuera asexuado, lo había advertido por la expresión de sus ojos en las dos ocasiones en que lo vio con vestido de noche. Quizá pudiera hacerle perder la timidez si de algún modo lograba resultar provocativa. Después de todo, ¿qué podía perder? Trató de imaginarse lo peor, simplemente para ver qué sentía. Supongamos que él la rechazaba. Bueno, sería un mal momento, incluso humillante. Su orgullo quedaría malherido. Pero nadie tenía por qué enterarse de que eso había sucedido. Simplemente, él tendría que irse de la casa.

El pensamiento de que podía ser rechazada le hizo descartar la idea. Lentamente se puso de pie, pensando: «Realmente, no soy del tipo provocativo». Era hora de irse a la cama. Si se tomaba otra ginebra una vez acostada, podría dormirse; en consecuencia, se llevó la botella escaleras arriba.

Su dormitorio estaba debajo del cuarto del señor Faber, por lo que mientras se desnudaba podía oír la música del violín que llegaba de la radio. Se puso un camisón nuevo, color salmón, con un cuello bordado, ¡y que nadie lo viera! Se tomó una última copa. Se preguntó qué aspecto tendría el señor Faber desnudo. Seguramente tendría el vientre plano y vello en torno a las tetillas, y se le podrían contar las costillas porque estaba muy delgado. Probablemente tendría un trasero pequeño. De nuevo volvió a reírse para sus adentros, pensando: «Soy una descarada».

Se llevó la copa a la cama y cogió su libro, le suponía demasiado esfuerzo fijar la vista en los caracteres. Además, estaba aburrida de tanto romance inventado. Las historias sobre amores peligrosos estaban muy bien cuando uno se sentía perfectamente a salvo con un marido al lado, pero una mujer necesitaba más que Barbara Cartland. Bebió otro sorbo de su copa y deseó que el señor Faber apagara la radio, pues aquello era como tratar de dormir durante un guateque.

Por cierto..., podría pedirle que la apagara. Miró la hora en su despertador; eran más de las diez. Lo único que tenía que hacer era ponerse el *déshabillé* que hacía juego con el camisón, peinarse un poco, calzarse las zapatillas —que eran muy elegantes, con adornos de ramilletes de rosas—, subir la escalera y..., bueno..., golpear a su puerta. Seguramente él le abriría en pantalón y camiseta, y la miraría, tal como la había mirado cuando la vio camino al baño...

—Pedazo de vieja loca —se dijo a sí misma en voz alta—, simplemente estás buscando excusas para poder ir hasta el piso de arriba.

Y luego se preguntó por qué habría de necesitar excusas. Era una mujer adulta, estaba en su casa, en diez años no se había encontrado con otro hombre que le resultara tan conveniente y, ¡qué diablos!, necesitaba sentir a alguien fuerte, curtido y peludo encima de ella, estrujándole los senos, jadeando en sus oídos y abriéndole los muslos con sus manos anchas y fuertes. Quizá al día siguiente los alemanes asolaran el lugar con bombas de gas y todos murieran asfixiados y envenenados, y de ser así habría perdido su última oportunidad.

En consecuencia, vació su copa, salió de la cama, se puso el *déshabillé*, se pasó el peine por el pelo, se calzó las zapatillas y cogió el manojo de llaves por si él le había puesto llave a la puerta y la radio no le permitiera oír la llamada.

No había nadie en el rellano. Encontró la escalera en medio de la oscuridad, trató de evitar el escalón que crujía, pero tropezó en la alfombra suelta y pisó con fuerza. Al parecer, nadie la había oído, de modo que siguió adelante y llamó a la puerta. Lo hizo con suavidad. Estaba cerrada, efectivamente.

El volumen de la radio bajó, y se oyó la respuesta del señor Faber.

—¿Quién es?

Su manera de hablar era agradable; no se asemejaba al londinense inculto ni tenía ningún acento extranjero; poseía simplemente una voz agradable y neutra.

—¿Puedo hablar un momento con usted? —dijo ella.

Él pareció dudar, luego respondió:

—No estoy vestido.

—Tampoco lo estoy yo —contestó ella con una especie de risita, y abrió la puerta con el duplicado de la llave.

Él estaba de pie ante el aparato de radio con algo así como un destornillador en la mano. Llevaba solo los pantalones. Estaba pálido y parecía terriblemente asustado.

Ella entró, cerró la puerta y se quedó de pie sin saber qué decir. Luego recordó las palabras de una película estadounidense y dijo:

—¿Tienes un trago para una muchacha solitaria?

En realidad era estúpido, porque ella sabía que en la habitación de él no había bebida alguna y, como era obvio, ella no estaba vestida para salir; pero le pareció que sonaba a seducción.

Al parecer, ejerció el efecto deseado. Sin decir una palabra, él se acercó a ella lentamente. Era cierto: tenía vello en torno a las tetillas. Ella avanzó otro paso, y luego sus brazos la rodearon, y él la besó, y ella se agitó levemente entre sus brazos y por último sintió en la espalda un terrible y espantoso dolor que le hizo abrir la boca como para lanzar un grito.

Él la había oído tropezar en la escalera. Si ella hubiese esperado un minuto más, él habría tenido tiempo de colocar de nuevo el radiotransmisor en su caja y los libros del código en su cajón, y no la habría tenido que matar. Pero antes de que él pudiera ocultar las pruebas, oyó girar la llave en la cerradura, y cuando ella abrió la puerta el estilete ya estaba en su mano.

Ella se agitó levemente entre sus brazos y Faber no logró atravesarle el corazón con el primer golpe. Tuvo que introducirle los dedos en la boca para impedirle gritar. Volvió a hundirle el estilete, pero ella volvió a moverse y la hoja solo le raspó superficialmente la costilla. Luego, la sangre comenzó a manar y él supo que no sería un asesinato limpio. Cuando se erraba el primer golpe, nunca resultaba limpio.

Ahora ella se contorsionaba demasiado para despacharla con una sola puñalada. Manteniendo los dedos dentro de la boca de ella, le apretó la mandíbula con el pulgar y la apuntaló de nuevo contra la puerta. Su cabeza chocó contra la madera con un golpe sonoro, y deseó no haber apagado la radio, pero ¿cómo hubiera podido prever algo parecido?

Dudó antes de matarla, porque era mucho mejor que hubiera muerto en la cama; mejor desde el punto de vista de la defensa que ya iba tomando forma en su mente. Pero no estaba seguro de poder mantenerla en silencio. Siguió apretándole la mandíbula con el pulgar y manteniéndole la cabeza inmóvil contra la puerta, y entonces dibujó un arco con el estilete y le rebanó casi toda la garganta con un profundo desgarrón, pues el estilete no era un cuchillo de hoja afilada ni la garganta constituía su blanco especial.

Dio un salto atrás para esquivar el primer horrible desborde de sangre, y luego volvió a avanzar más para impedir que ella se desplomara. La arrastró hasta la cama, tratando de no mirarle la garganta, y la depositó allí.

Había matado antes, de modo que anticipó la reacción. Se encaminó al lavabo que había en la esquina de la habitación y esperó a que se le produjera. Se miró la cara en el pequeño espejo para afeitarse. Estaba pálido y con los ojos como desorbitados. Se miró y pensó: «Asesino». Luego vomitó.

Cuando terminó, comenzó a sentirse mejor. Ahora podía comenzar a trabajar. Sabía lo que tenía que hacer; los detalles habían comenzado a desfilar por su mente cuando aún la estaba asesinando.

Se lavó la cara, se cepilló los dientes y limpió el lavabo. Luego volvió a sentarse junto a la radio, miró su libreta, encontró el lugar y comenzó a presionar la tecla. Era un largo mensaje sobre el alistamiento de un cuerpo de ejército para Finlandia, y cuando ella había entrado él estaba con el mensaje a medias. Lo tenía escrito en código cifrado. Cuando lo completó, firmó: «Saludos a Willi».

Una vez que hubo guardado el transmisor en una maletita especial, Faber puso el resto de sus cosas en otra, se quitó los pantalones, enjugó las manchas de sangre y volvió a lavarse de arriba abajo.

Finalmente miró el cadáver.

En ese momento podía considerarlo con frialdad. Era tiempo de guerra, eran enemigos. Si él no la hubiera asesinado, ella habría causado su muerte. Ella constituía una amenaza, y todo lo que sentía ahora era gran alivio ante la neutralización de esta. No tendría que haberlo atemorizado.

No obstante, lo que le faltaba por hacer era desagradable. Le abrió el *déshabillé* y le levantó el camisón hasta la cintura. Llevaba bragas. Se las rasgó de tal modo que se viera el pelo del pubis. Pobre mujer; todo lo que había querido era seducirlo. Pero él no hubiese podido sacarla de la habitación sin que alcanzara a ver el transmisor, y la propaganda británica había alertado a toda esa gente contra los espías de manera absurda, pues si el Abwehr hubiera tenido tantos agentes como decían los periódicos, los ingleses ya tendrían que haber perdido la guerra.

Dio un paso atrás y la miró inclinando la cabeza. Algo estaba mal. Trató de adaptarse a la mentalidad de un maníaco sexual. «Si yo estuviera enloquecido de deseo por una mujer como Una Garden y la matara para poder violarla, ¿qué haría luego?»

Por supuesto, esa clase de loco querría verle los senos. Faber se inclinó sobre el cuerpo, agarró el borde del cuello del camisón y desgarró la tela hasta la cintura. Sus inmensos senos se balancearon hacia un costado.

El médico forense pronto advertiría que la mujer no había sido violada, pero Faber no consideró que eso importara. Había seguido un curso de criminología en Heidelberg, y sabía que muchos ultrajes sexuales finalmente no se consumaban. Además, no podía llevar las cosas más lejos, ni siquiera por la madre patria. Él no estaba en las SS. Algunos de ellos habrían llegado hasta el final con el cadáver..., echó fuera de su mente aquel pensamiento.

Volvió a lavarse las manos y se vistió. Era casi medianoche. Esperaría una hora más antes de largarse; sería más seguro.

Se sentó a meditar sobre el error que había cometido.

No cabía la menor duda de que había cometido un error. Si su coartada era perfecta, estaría a salvo. Si estaba a salvo, nadie podría descubrir su secreto. La señora Garden lo había descubierto, mejor dicho, lo habría descubierto si hubiera vivido algunos minutos más. Por lo tanto, él no estaba totalmente a salvo y sus medidas de precaución no eran correctas, así que había cometido un error.

Tendría que haberle puesto el cerrojo a la puerta. Era mejor ser considerado un tímido crónico que tener a las dueñas de las pensiones merodeando en camisón y con los duplicados de la llave en la mano.

Ese era el error superficial. Pero había otro más importante, y era que él resultaba demasiado atractivo para que se le considerara un solterón. Esto lo pensó con irritación, no con vanidad. Sabía que era un hombre atractivo, agradable, sin razón aparente para estar solo. Puso en funcionamiento su mente para pensar algo que lo pusiera a cubierto ante los avances de las señoras Garden de este mundo.

Debía hallar la forma de inspirarse en su propia personalidad. ¿Por qué estaba soltero? Se apartó incómodamente del lugar. No le gustaban los espejos. La respuesta era simple. Estaba soltero a causa de su profesión. Si había razones más profundas, no quería descubrirlas.

Tendría que pasar la noche a la intemperie. El bosque de Highgate sería apropiado. Por la mañana llevaría sus maletas a la consigna de una estación de ferrocarril; luego, al llegar la noche, se iría a su habitación de Blackheath.

Adoptaría su segunda identidad. Tenía un poco de miedo de ser apresado por la policía. El viajante de comercio que ocupaba la habitación de Blackheath los fines de semana era bastante diferente del empleado de ferrocarril que había asesinado a la dueña de la pensión. En Blackheath su personalidad era expansiva, vulgar y suelta. Llevaba corbatas llamativas, pagaba rondas de bebida y se peinaba de forma distinta. La policía haría circular la descripción de un pervertido tímido y mal encarado, incapaz de saludar a un poste hasta que la lujuria lo desbordaba, y nadie dirigiría dos veces la mirada sobre el atractivo viajante, con su traje rayado, que, como saltaba a la vista, vivía más o menos acuciado por el sexo y no necesitaba asesinar a las mujeres para hacer que ellas le enseñaran sus pechos.

Tendría que fraguar una nueva identidad; siempre mantenía dos por lo menos. Necesitaba un nuevo trabajo, documentos, desde pasaporte, cédula de identidad, libreta de racionamiento, hasta partida de nacimiento. Todo era tan arriesgado... Maldita señora Garden. ¿Por qué no se habría emborrachado hasta quedarse dormida como de costumbre?

Era la una de la mañana. Faber echó una última mirada a la habitación. No le importaba dejar indicios. Sus huellas dactilares, naturalmente, estaban diseminadas por toda la casa, y seguro que a nadie le cabría la menor duda acerca de la identidad del asesino. Tampoco le producía pesar alguno dejar la casa que había constituido su morada durante dos años; nunca había pensado en ella como un hogar. Nunca había pensado en ningún sitio como un hogar.

Siempre pensaría en aquella casa como el lugar donde aprendió a ponerle cerrojo a las puertas.

Apagó la luz, cogió sus maletas y bajó la escalera para salir al encuentro de la noche.

2

Enrique II fue un rey notable. En una época en que aún no se
había acuñado la expresión «una rápida visita», él iba de Inglaterra a Francia con tal rapidez que se le atribuían poderes má-
gicos; un rumor que, como es comprensible, no hizo nada por
negar. En 1173 —en junio o septiembre, según las diversas
fuentes de información secundaria que se escojan— llegó a
Inglaterra e inmediatamente volvió a partir hacia Francia con
tal celeridad que ningún escritor contemporáneo pudo registrar su viaje. Historiadores más tardíos descubrieron constan-
cia de sus gastos en el Pipe Rolls. Por aquel entonces su reino
sufría los ataques de sus hijos en los extremos norte y sur; en la
frontera con Escocia y en el sur de Francia. Pero ¿cuál era exactamente el propósito de su visita? ¿A quién vio? ¿Por qué era
secreto, cuando el mito de su velocidad mágica equivalía a un
ejército? ¿Qué llegó a hacer?

Este era el problema que aquejaba a Percival Godliman en el
verano de 1940, cuando los ejércitos de Hitler arrasaban los
campos de Francia como una gran guadaña y los británicos
huían del embudo de Dunkerque en un sangriento zafarrancho.

El profesor Godliman sabía más sobre la época medieval
que ningún otro ser sobre la tierra. Su libro sobre la peste negra había respaldado todas las convenciones sobre medievalis-
mo; también había sido un best seller y se había publicado
entre los libros Penguin. Con este antecedente se había dedi-
cado a un período aún anterior y más difícil de rastrear.

A las doce y media de un espléndido día londinense, una de sus secretarias halló a Godliman inclinado sobre un manuscrito bien iluminado, traduciendo laboriosamente del latín medieval y tomando notas con su letra más indescifrable todavía. La secretaria, entre cuyos planes figuraba almorzar en el jardín de Gordon Square, sentía una manifiesta hostilidad por la sala de los manuscritos, pues olía a muerte. Se necesitaban tantas llaves para llegar a ella que muy bien podría haber sido una tumba.

Godliman permanecía ante un atril, colgado como un pájaro, con la cara pálidamente iluminada por un foco situado encima de la cabeza. Podría haber sido el fantasma del monje que había escrito el libro, manteniendo su vigilia sobre su preciosa crónica. La muchacha carraspeó y aguardó a que él notara su presencia. Ella vio a un hombre bajo que frisaba los cincuenta años, tenía los hombros redondeados y la vista débil, llevaba un traje de tweed. Ella sabía que una vez que se le arrancaba del Medievo, podía ser un hombre perfectamente sensato. Volvió a toser y dijo:

—¿Profesor Godliman?

Él levantó la vista y sonrió al verla, y entonces ya no pareció un fantasma sino un padre buenazo.

—¡Hola! —dijo en tono de asombro, como si acabara de toparse con su vecino en medio del desierto del Sáhara.

—Me pidió que le recordara que tiene un almuerzo en el Savoy con el coronel Terry.

—Ah, sí. —Sacó su reloj del bolsillo del chaleco y lo consultó—. Si pienso ir caminando es mejor que salga ya.

—Le he traído su máscara antigás —dijo ella asintiendo con la cabeza.

—Eres precavida. —Volvió a sonreír y ella decidió que era muy simpático. Tomó la máscara y dijo—: ¿Necesitaré el abrigo?

—Esta mañana ha venido sin abrigo. Hace bastante calor. Me ocuparé de cerrar una vez que usted salga.

—Bien, gracias, muchas gracias. —Se metió la libreta de anotaciones en el bolsillo de la chaqueta y partió.

La secretaria echó una mirada al lugar, se estremeció y lo siguió.

El coronel Andrew Terry era un escocés de cara colorada, sumamente delgado a causa de una vida de fumador empedernido; su pelo rubio oscuro se veía ralo y pegado a la cabeza. Godliman fue a su encuentro y se estrecharon las manos en la punta de una mesa del Savoy Grill. El coronel iba de civil y en su cenicero había tres colillas.

Godliman dijo:

—Buenos días, tío Andrew. —Terry era el hermano menor de su madre.

—¿Cómo estás, Percy? ¿Qué tal?

—Bien. Estoy escribiendo un libro sobre los Plantagenet —respondió Godliman tomando asiento.

—¿Están todavía en Londres tus manuscritos? No puedo creerlo.

—¿Por qué?

—Llévatelos al campo, no corras el riesgo de que haya un bombardeo.

—¿Crees que debería hacerlo?

—Media National Gallery ha sido trasladada y enterrada en algún lugar de Gales. El joven Kenneth Clark está mucho más enterado que tú. Quizá fuera muy sensato que tú mismo te marcharas de aquí mientras otro sigue tu investigación. No creo que te hayan quedado muchos estudiantes.

—Es verdad. —Godliman tomó el menú que le extendía el camarero—. No quiero tomar aperitivo.

—Verdaderamente, Percy, ¿por qué estás todavía en la ciudad? —dijo Terry sin coger el menú.

Godliman pareció comprender lo que se le decía; su mirada se aclaró como la imagen de la pantalla cuando el proyector es enfocado. Era como si pensara en ello por primera vez desde que había llegado.

—Está bien que se vayan los niños, y los que son una institución, como Bertrand Russell. Pero yo; bueno, es un poco como huir y dejar que los otros luchen en el lugar de uno mismo. Sé que no es estrictamente un argumento racional. Es una cuestión de sentimiento, no de lógica.

Terry sonrió con la expresión de aquellos que reciben la respuesta que desean oír. Pero abandonó el tema y recorrió el menú. Pasado un momento exclamó:

—Santo Dios, el «Lord Woolton Pie».

—Estoy seguro de que sigue consistiendo en unas simples patatas con verduras —dijo Godliman, sonriente.

Una vez que hubieron pedido el almuerzo, Terry preguntó:

—¿Qué piensas de nuestro primer ministro?

—Ese tipo es un asno. Pero como Hitler es un idiota, la cosa parece que marcha bien. Y tú, ¿qué piensas?

—Yo creo que con Winston podemos lograrlo. Por lo menos es valiente.

—¿Podemos? —dijo Godliman alzando las cejas—. ¿Has entrado en el juego?

—En realidad nunca lo he abandonado; tú lo sabes.

—Pero dijiste...

—¿Y a ti no se te ocurre pensar en un grupo cuyos componentes no digan al unísono que no pertenecen al ejército?

—Bueno... qué sé yo. Todo este tiempo he...

Les sirvieron en ese momento el primer plato, y para acompañarlo descorcharon una botella de burdeos blanco. Godliman comió su salmón estofado con aire pensativo.

En un momento dado, Terry preguntó:

—¿Estás pensando en lo que fue la última guerra?

—Tiempos jóvenes, ya sabes. Una época terrible —dijo Godliman asintiendo con una inclinación de cabeza y hablando casi como si se tratara de algo secreto.

—Esta guerra no tiene nada que ver con aquella. Mis muchachos no se infiltran en las filas enemigas para contar los campamentos, como hicisteis vosotros. Es decir, también lo hacen, pero ese aspecto del asunto es muy secundario. Hoy en día solo oímos los mensajes que nos envían por radio.

—¿No lo hacen con código cifrado?

—Los códigos se descubren —dijo Terry encogiéndose de hombros—. En nuestros días nos decimos y comunicamos todo lo que necesitamos saber abiertamente.

Godliman echó una mirada a su alrededor, pero advirtió que nadie los estaba escuchando, y no iba a ser él quien tuviera que decirle a Terry que las conversaciones imprudentes cuestan vidas humanas.

—En efecto —continuó este—, mi trabajo consiste en que ellos no consigan la información que necesitan sobre nosotros.

El segundo plato, para ambos, era pastel de pollo. No había ternera en el menú. Godliman calló, pero Terry continuó hablando.

—Canaris es un tipo absurdo. Sabes quién es, ¿verdad? El almirante Wilhelm Canaris, el jefe del Abwehr. Lo conocí antes de que se declarara esta guerra. A él le gusta Inglaterra. Yo diría que no le tiene ninguna simpatía a Hitler. De todos modos, es el encargado de montar un gran servicio de inteligencia en contra nuestra y como parte de los preparativos de invasión..., pero no es mucho lo que está haciendo. Ya detuvimos a su brazo derecho en Inglaterra. Lo hicimos al segundo día de haber estallado la guerra. Ahora se encuentra en la prisión de Wandsworth. Son unos espías que no sirven para nada. Unas cuantas viejas que paran en pensiones, fascistas locos, criminales de segunda categoría.

—Mira, esto es demasiado —dijo Godliman, temblando levemente con una mezcla de enojo e incomprensión—. ¡Todo lo que estás diciendo es secreto y no quiero saberlo!

—¿Quieres algo más? —prosiguió Terry sin inmutarse—. Yo voy a pedir un helado de chocolate.

Godliman se puso de pie.

—No, no tengo ganas. Voy a seguir con mi trabajo, si no te importa.

—El mundo puede pasarse un rato más sin tu estudio sobre los Plantagenet —dijo Terry, mirándolo sin alterarse—. Percy,

¿no te has dado cuenta de que estamos en guerra? Quiero que tú colabores conmigo.

Godliman se quedó mirándolo durante un largo rato.

—¿Qué diablos podría hacer yo?

Terry sonrió con expresión astuta.

—Descubrir espías.

Pese al buen tiempo, Godliman se sintió deprimido durante el trayecto de regreso a la universidad. No cabía duda de que aceptaría la propuesta de Terry, pues si era demasiado viejo para luchar, no lo era en cambio para colaborar.

Pensó en que debería dejar su trabajo —¿durante cuántos años?—, y eso lo deprimía. Era un amante de la historia, y desde la muerte de su esposa, acaecida diez años atrás, se había sumergido en la Inglaterra medieval. Le encantaba desvelar misterios, descubrir sutiles indicios, resolver contradicciones, desenmascarar embustes y propaganda falsa, y deshacer mitos. Su nuevo libro sería el mejor de cuanto se había escrito sobre el tema en los últimos cien años, y habría que esperar otros cien para que se escribiera otro mejor. Había dispuesto durante tanto tiempo por sí mismo de sus actos, que le resultaba muy extraña la idea de que dejara de ser así, y tan difícil de digerir como si de pronto a uno le dijeran que no significa absolutamente nada para la gente a la que ha estado llamando papá y mamá.

Una estridente alarma antiaérea interrumpió sus pensamientos. Siguió adelante sin hacer caso. Tanta gente seguía indiferente…, y estaba solo a diez minutos de la universidad. El camino era corto, podía hacerlo a pie. Pero no tenía una verdadera razón para volver a su despacho…, sabía que ese día ya no volvería al trabajo. Entonces cambió de idea y se apresuró a meterse en una estación de metro, junto a la multitud que se apiñaba en la escalera y pasaba a la sucia plataforma. Se ubicó junto a la pared y se quedó mirando el anuncio de Bovril mientras pensaba: «No es tan solo que me duela dejar el trabajo que estoy haciendo».

Volver a entrar en el juego también lo deprimía, aunque

ciertas cosas le gustaban, como, por ejemplo, la importancia de los pequeños detalles, el simple valor de ser inteligente, la minuciosidad, la tarea de deducción. Pero, en cambio, odiaba el chantaje, el engaño, la desesperación y la forma en que uno siempre debía asesinar al enemigo por la espalda.

La plataforma se llenaba cada vez más. Godliman se sentó antes de que se ocuparan todos los lugares, y se encontró apoyándose contra un hombre que vestía uniforme de conductor de autobús. El hombre le sonrió y dijo:

—«Oh, estar en Inglaterra, ahora que se ha instalado aquí el verano». ¿Sabe quién lo dijo?

—«Ahora que ahí es abril» —corrigió Godliman—. Es de Browning.

—Me dijeron que era de Adolf Hitler —dijo el conductor. Una mujer que estaba cerca se echó a reír y él se volvió a mirarla.

—¿Sabe usted lo que el evacuado le dijo a la mujer del granjero?

Godliman olvidó las voces y recordó un abril en que él había sentido la nostalgia de Inglaterra.

Estaba subido a las ramas altas de un árbol, escudriñando a través de la fría niebla que cubría el valle francés, hacia las líneas alemanas. Incluso con los prismáticos, solo podía divisar oscuras sombras, y estaba a punto de bajarse y acercarse un kilómetro más a las líneas enemigas cuando tres soldados alemanes aparecieron como por arte de magia y se sentaron al pie del árbol a fumar. Pasado un rato, sacaron un mazo de cartas y empezaron a jugar, y el joven Percival Godliman se dio cuenta de que se habían escabullido y habían llegado hasta allí a pasar el día. Él permaneció en el árbol, casi sin moverse, hasta que empezó a temblar, los músculos se le acalambraron y se dio cuenta de que le iba a reventar la vejiga. Entonces sacó el revólver y los mató a los tres uno después del otro, apuntando sobre las tres cabezas unidas. Y así, tres personas que se estaban jugando su paga entre risas y maldiciones, simplemente habían dejado de existir. Era la primera vez que él mataba, y todo lo que se le ocurrió pensar fue que habían muerto porque él necesitaba orinar.

Godliman se desplazó por el frío hormigón de la plataforma y dejó que sus recuerdos se desvanecieran. Llegó una bocanada de aire cálido del túnel y el tren avanzó. Los que debían subir se prepararon para entrar. Godliman oía las diferentes voces.

—¿Has oído a Churchill por radio? Parecía inspirado por el duque de Wellington. El viejo Jack Thornton gritaba. Pedazo de viejo decrépito...

—Hace tanto tiempo que no incluyo carne en el menú que ya he olvidado el sabor que tiene..., el comité del vino se dio cuenta de que se venía la guerra y, gracias a Dios, compró veinte mil docenas de...

—Sí, fue una boda íntima, pero qué sentido tiene esperar cuando no se sabe qué novedades traerá el nuevo día.

—No, Peter nunca regresó de Dunkerque...

El conductor de autobús le ofreció un cigarrillo, pero él no lo aceptó y en cambio sacó su pipa. Alguien comenzó a cantar.

El encargado de las medidas de camuflaje de luces
gritó al pasar:
«Mami, baja esa cortina...
mira lo que estás enseñando»,
y nosotros gritamos: «No te preocupes». ¡Oh!
Levántate, Mami Brown...

La canción se fue extendiendo entre la multitud hasta que todos cantaron. Godliman se unió al coro, sabiendo que la suya era una nación que estaba perdiendo una guerra y que cantaba para ocultar su temor, como un hombre que silba cuando debe pasar por el cementerio por la noche; sabiendo que el súbito afecto que sentía por Londres y por los londinenses era un sentimiento efímero, muy parecido a la histeria colectiva; desconfiando de esa voz interior que le decía: «Por todo esto se lucha, y esto hace que valga la pena luchar»; sabiéndolo, pero sin darle importancia, porque por primera vez en tantos años sentía la emoción física de la camaradería, y le gustaba.

Cuando el sonido anunció que el peligro había pasado, todos fueron escaleras arriba y desembocaron en la calle. Entonces Godliman se dirigió a la cabina telefónica y llamó al coronel Terry para preguntarle cuándo podía comenzar el trabajo.

3

Faber... Godliman..., dos tercios de un triángulo que un día se
vería crucialmente completado por los participantes principales (David y Lucy) de una ceremonia que se realizaba en ese
momento en una pequeña iglesia de campaña, muy vieja y muy
hermosa. Un muro de piedra encerraba un cementerio donde
crecían flores silvestres. También la iglesia —bueno, parte de
ella— había estado allí casi un milenio atrás, cuando Inglaterra
fue invadida. La pared norte de la nave, que tenía casi un metro
de espesor, cortado por solo dos diminutas ventanas, aún mostraba los signos de la última invasión. Había sido edificada en
épocas en que las iglesias eran santuarios que albergaban tanto
lo físico como lo espiritual, y aquellos ventanucos de remates
abovedados eran más adecuados para lanzar flechas que para
permitir que entrara la bendita luz del sol. Los Defensores
Voluntarios Locales, naturalmente, habían trazado planes cui-
dadosos para utilizar la iglesia si llegaba el caso de que los criminales europeos cruzaran el Canal.

Pero el paso de las botas no se insinuó siquiera en el embaldosado piso del coro en aquel agosto de 1940; aún no. Los rayos del sol atravesaban los vidrios de colores de las ventanas
que habían sobrevivido a la codicia iconoclasta de los hombres
de Cromwell y de Enrique VIII, y en el techo abovedado reso-
naban las notas de un órgano que aún no se había dejado invadir por la polilla y el polvo.

Era una hermosa boda. Lucy iba vestida de blanco, y sus

cinco hermanas eran las damas de honor y vestían de color salmón. David llevaba el *Mess Uniform* de oficial de Aviación de la Royal Air Force, todo planchado y nuevo, pues era la primera vez que se lo ponía. Cantaron el salmo 23, el Señor es mi pastor, con la melodía de «Crimond».

El padre de Lucy parecía orgulloso, como corresponde a un hombre el día que su hija mayor y más hermosa se casa con un guapo muchacho de uniforme. Era granjero, pero hacía largo tiempo que había abandonado el tractor, arrendado su tierra y empleado el resto para criar caballos de carrera. Aunque ese invierno, por cierto, los pastos serían removidos por el arado y la extensión quedaría plantada de patatas. Aunque él era realmente más caballero que granjero, tenía ese aspecto curtido, propio de la piel expuesta al aire y al sol. Su pecho ancho y sus manos cortas y cuadradas eran las propias de las gentes dedicadas a las tareas del campo. La mayoría de los hombres de ese lado de la iglesia tenían cierta semejanza con él; el pecho ancho, la cara curtida, y los que no llevaban levitas vestían trajes de tweed y zapatos toscos.

También las damas del cortejo participaban de esas características; eran muchachas de campo. Pero la novia era como su madre: tenía el pelo castaño oscuro con reflejos rojizos, largo, brillante, espléndido; en su rostro ovalado, los ojos color ámbar estaban muy separados, y cuando miró al vicario con su mirada abierta y franca, y dijo: «Sí, quiero», con esa voz clara y firme, el sacerdote se conmovió y pensó: «Por Dios, lo dice de verdad», lo cual era un extraño pensamiento para un ministro de Dios en medio de una ceremonia.

La familia que se encontraba al otro lado de la iglesia también tenía un aire especial. El padre de David era abogado, su permanente ceño era una afectación profesional y escondía una naturaleza afable. Durante la última guerra había sido mayor del ejército, y consideraba que todo ese asunto de la RAF y la guerra en el aire era una manía que pronto habría pasado. Pero nadie se parecía a él, ni siquiera su hijo, que en ese momento estaba ante el altar prometiendo amar a su esposa hasta la muerte, que quizá no estuviera tan lejana. ¡Dios no lo permita! No, todos se parecían a la madre de David, quien en ese instante estaba sentada junto a su marido, con el pelo casi negro, la piel oscura y las piernas largas y delgadas.

David era el más alto de todos. El año anterior, en Cambridge, había superado los récords de salto de altura. Sin embargo, se diría que era demasiado guapo para ser un hombre. De no mediar su espesa barba, su cara habría sido femenina. Se afeitaba dos veces al día, tenía pestañas largas, expresión inteligente —lo cual correspondía a la verdad— y, además, sensible.

Todo era idílico: una pareja feliz, hermosa, proveniente de una familia de sólido arraigo en Inglaterra, casada en una iglesia de la zona rural en la más hermosa de las mañanas de verano que Inglaterra pueda ofrecer.

Cuando el matrimonio estuvo consagrado, las dos madres miraron adelante, impasibles, y los dos padres tenían los ojos llenos de lágrimas.

Besar a la novia era una costumbre bárbara, pensó Lucy mientras otro par de labios mojados de champán le rozaban las mejillas. Probablemente se remontaba a las aún más bárbaras costumbres de las épocas del oscurantismo, en que todos los hombres de la tribu tenían derecho a hacerlo..., bueno, de cualquier modo era hora de que todos se comportaran de modo decididamente civilizado y abandonaran totalmente tales costumbres.

Ella sabía de antemano que no le gustaría aquella parte de la boda. Le gustaba el champán, pero no la enloquecían el pollo ni el caviar ni los bocadillos, y en cuanto a los discursos, las fotografías y las bromas sobre la luna de miel, bueno... Pero podría haber sido peor. Si hubieran estado en época de paz, su padre habría alquilado el Albert Hall.

Hasta el momento, nueve personas le habían dicho: «Ojalá vuestros problemas sean siempre pequeños problemas», y alguien, haciendo gala de mayor originalidad, había dicho: «Quiero ver más de un cercado en torno a tu jardín». Lucy había estrechado cientos de manos y hecho oídos sordos a los que le decían: «Me gustaría estar en el pijama de David esta noche». David había pronunciado un pequeño discurso en el que daba las gracias a los padres de Lucy por haberle confiado a su hija, y el padre de Lucy respondió diciendo que no había perdido una hija sino ganado un hijo. Todo era irremediablemente aburrido, pero se imponía como concesión a los padres.

Un tío lejano vino del bar y se aproximó con paso algo vacilante; Lucy reprimió un escalofrío y se lo presentó a su marido como el tío Norman.

El tío Norman sacudió la huesuda mano de David, diciéndole:

—Bueno, ¿qué tal, muchacho, cuándo te marchas?

—Mañana, señor.

—¿Cómo, no tienes luna de miel?

—Solo veinticuatro horas.

—Pero, según tengo entendido, acabas de terminar tu período de entrenamiento.

—Sí, pero como usted sabe, yo ya sabía volar. En Cambridge me enseñaron. Además, con todo lo que está sucediendo, no están en condiciones de prescindir de ningún piloto. Supongo que mañana ya estaré volando.

—David, no sigas —dijo Lucy con mucha tranquilidad.

Pero el tío Norman prosiguió:

—¿Qué tipo de avión pilotas? —preguntó el tío Norman con entusiasmo de colegial.

—Spitfire. Lo vi ayer. Es una hermosa cometa. —David había adoptado ya el argot de la RAF—. Tiene ocho bocas de fuego, despliega ciento cincuenta nudos y puede girar en una caja de zapatos.

—Sensacional, sensacional. Estáis derribando a los de la Luftwaffe; vais a terminar con ellos, ¿eh?

—Ayer derribamos sesenta por once nuestros —dijo David con tanto orgullo como si lo hubiera hecho personalmente—. Y anteayer, cuando hicieron una incursión sobre Yorkshire, los enviamos de regreso a Noruega con la cola entre las piernas. Y no perdimos una sola cometa.

El tío Norman apretó el hombro de David con fervor de borracho.

—Nunca —citó pomposamente— se ha debido tanto a tan pocos. Tal como dijo Churchill el otro día.

—Seguramente se refería a la cuenta del restaurante —dijo David con una sonrisa.

Lucy odiaba la forma en que trivializaban el derramamiento de sangre y la destrucción.

—David, tendríamos que ir a cambiarnos —dijo.

Fueron a casa de Lucy en coches separados. Una vez allí, la madre de la joven la ayudó a quitarse el traje de novia mientras le decía:

—Bueno, querida, no sé muy bien qué esperas que suceda esta noche, pero tendrías que saber...

—Oh, mamá, estamos en 1940, ¿sabes?

—Bueno, bueno, querida —dijo sumisamente su madre, sonrojándose levemente—, pero si más adelante hay algo que creas necesario discutir conmigo...

Lucy pensó que su madre estaba haciendo un verdadero esfuerzo para decirle aquel tipo de cosas y lamentó su cortante respuesta.

—Gracias —dijo tocándole la mano—. Lo haré.

—Bueno, te dejo sola. Llámame si necesitas algo. —Besó a Lucy en la mejilla y salió.

Lucy se sentó ante el espejo en ropa interior y se puso a cepillarse el pelo. Sabía exactamente lo que debía esperar de aquella noche. Sintió un leve acceso de placer al recordarlo.

Había sucedido en junio, un año después de que se conocieran en Glad Rag Ball. Se veían una vez por semana, y David había pasado parte de las fiestas de Pascua con la familia de Lucy. Mamá y papá lo habían aceptado; él era agradable, atractivo e inteligente; además, provenía de la misma capa social que ellos. Papá había considerado que era un tanto obstinado, pero mamá había dicho que los mayores decían eso de los jóvenes desde hacía más o menos seiscientos años, y que ella pensaba que él sería bondadoso con su mujer, lo cual era a la larga lo más importante. En consecuencia, en junio Lucy fue a pasar un fin de semana a la casa de la familia de David.

La casa era una copia victoriana de lo que hubiera sido una granja del siglo XVIII, una mansión cuadrada con nueve habitaciones y una terraza desde la que se divisaba todo el paisaje circundante. Lo que impresionó a Lucy fue darse cuenta de que quienes habían plantado los árboles debían de saber que estarían muertos mucho antes de que alcanzaran su madurez. La atmósfera del lugar era muy agradable, y los dos bebieron cerveza en la terraza bajo el sol del atardecer. Fue entonces cuando David le dijo que había sido aceptado como aspirante a oficial de la RAF, junto con otros cuatro compañeros del Club de Aviación de la Universidad. Quería ser piloto de guerra.

—Puedo volar perfectamente —dijo—, y cuando esta guerra se vuelva encarnizada, dicen que deberá perderse o ganarse en el aire.

—¿Tienes miedo? —preguntó ella con suavidad.

—En absoluto —respondió. Luego, mirándola, recapacitó—. Sí, lo tengo.

Ella lo consideró muy valiente y le cogió la mano.

Algo más tarde se pusieron los trajes de baño y bajaron al lago. El agua se veía límpida y fría, pero el sol aún brillaba con fuerza, el aire era cálido. Mientras, se bañaban y jugueteaban.

—¿Nadas bien? —le preguntó él.

—¡Mejor que tú!

—Está bien. Te desafío a una carrera hasta la isla.

Ella se hizo pantalla sobre los ojos para mirar el sol, manteniendo la pose un instante y pretendiendo que no se daba cuenta de lo deseable que estaba en traje de baño, con los brazos en alto y los hombros echados hacia atrás. La isla era una pequeña mancha de arbustos y árboles, situada a unos trescientos metros, en el centro del lago.

Ella bajó las manos y gritó:

—¡Ya! —Y se lanzó al agua iniciando un rápido crol.

Naturalmente, David, con sus piernas y brazos enormemente largos, ganó la carrera. Lucy se encontró en dificultades cuando aún estaba a unos cincuenta metros de la isla. Dejó el crol y comenzó a nadar estilo braza, pero estaba demasiado cansada incluso para eso, de modo que se volvió de espaldas y se dejó flotar. David, que ya estaba sentado a la orilla, resoplando, volvió a meterse en el agua y fue a su encuentro. Se colocó detrás de ella, la tomó por debajo de los brazos en la posición correcta para el salvamento y la llevó despacio hacia la costa. Las manos de él estaban justo debajo de sus senos.

—Me gusta esto —dijo, y ella respondió con una risita entrecortada pese a su falta de aliento—. Supongo —añadió él poco después— que no estaría mal que te dijera algo.

—¿Qué? —preguntó ella sin aliento.

—Que el lago no llega a un metro cincuenta de profundidad.

—¡Eres un...! —exclamó librándose de sus brazos y riéndose y chapoteando para hacer pie.

Él la cogió de la mano y la sacó fuera del agua, a un espacio entre los árboles. Señaló un bote con remos, de madera, tumbado y pudriéndose bajo un seto de espinos.

—Cuando era pequeño solía remar aquí, en eso; me traía una de las pipas de papá, una caja de cerillas, un poco de tabaco envuelto en un papel y aquí es donde fumaba.

Se encontraban en un claro, completamente rodeados por arbustos. La hierba, bajo sus pies, estaba limpia y suave. Lucy se dejó caer al suelo.

—Volveremos nadando despacio —dijo David.

—No pensemos en el regreso por ahora —le replicó ella.

Él se sentó a su lado y la besó; luego la tumbó suavemente hasta que ella quedó acostada. Él le acarició las caderas y le besó la garganta, y pronto ella dejó de temblar. Cuando él, con su mano suave y nerviosa, llegó al vello entre sus piernas, ella se arqueó hacia arriba, deseando que él presionara con más fuerza. Luego atrajo su cara hacia la de ella y lo besó con la boca abierta y mojada. Las manos de él tantearon las tiras del traje de baño, despojándola de las ataduras por encima de los hombros. Ella dijo:

—No.

Él hundió la cara entre sus senos.

—Lucy, por favor.

—No.

Él se quedó mirándola.

—Lucy, podría ser nuestra última oportunidad.

Ella se escabulló de entre sus brazos y se puso de pie. Y entonces, a causa de la guerra, y de la expresión de súplica en la alterada cara de él, y por la excitación que se había encendido dentro de ella, se quitó el traje de baño y, con un rápido ademán, también el gorro, de modo que su pelo rojo castaño quedó suelto sobre sus hombros. Luego se arrodilló ante él, le cogió la cara entre las manos y guio sus labios hacia sus pechos.

Perdió su virginidad con entusiasmo, sin dolor, solo un tanto precipitadamente.

Ahora, el regusto de la culpa convertía el recuerdo en algo aún más placentero. Aun cuando hubiese sido una seducción bien urdida, ella, como víctima, al final había contribuido de una forma voluntariosa, por no decir ansiosamente.

Comenzó a ponerse la ropa que tenía preparada para la partida. Aquella tarde en la isla, ella lo había asombrado dos veces: una, cuando quiso que él le besara los senos, y luego cuando lo empujó a la penetración con las manos. Aparentemente, esas cosas no sucedían en los libros que él leía. Como la mayoría de sus amigas, Lucy conocía a D. H. Lawrence, al que leía en busca de información sexual. Creía en su coreografía y desconfiaba de los efectos de sonido. Las cosas que hacían las parejas parecían agradables, pero no hasta el punto de producir los efectos musicales y las sensaciones auditivas de trompetas, tormentas eléctricas y timbales como acompañamiento del despertar sexual.

David era un poco más ignorante que ella, pero de todos modos resultaba suave y complaciente ante el placer de ella, y estaba segura de que eso era lo importante.

Después de la primera vez, lo habían vuelto a hacer en una sola ocasión. Exactamente una semana antes de su boda volvieron a hacer el amor, y eso provocó su primer disgusto.

Esa vez fue en la casa de los padres de ella, por la mañana, cuando todos los demás habían salido. Él fue a su habitación y se metió en la cama con ella. Entonces casi abjuró de las trompetas y timbales de Lawrence. Inmediatamente después, David saltó de la cama.

—No te vayas —rogó ella.

—Podría venir alguien.

—No, no viene nadie. Vuelve a la cama. —Ella estaba tibia y adormilada, y quería tenerlo a su lado.

—Me pone nervioso —dijo él poniéndose el pijama.

—Hace cinco minutos no estabas nervioso —respondió ella estirando la mano para cogerlo—. Ven conmigo, quiero aprender a conocer tu cuerpo.

Evidentemente, su actitud directa y abierta lo inhibía. Entonces, él se volvió y se fue.

Ella saltó de la cama, con los hermosos senos temblando.

—¡Me haces sentir cualquier cosa! —Se sentó al borde de la cama y empezó a llorar.

David le rodeó los hombros con un brazo y dijo:

—Oh, lo siento, lo siento, lo siento. Para mí también es la primera vez, y no sé muy bien qué es lo que esperas de mí, y entonces me siento confuso... Es decir, nadie te instruye sobre este tipo de cosas, ¿no es verdad?

Ella resopló y asintió con la cabeza, y se dio cuenta de que realmente lo que le hacía estar nervioso era la conciencia de que al cabo de ocho días debía partir en un endeble avión y luchar por su vida entre las nubes; entonces ella lo perdonó, él le secó las lágrimas y volvieron a la cama. Después de esa situación él siempre fue muy cariñoso.

Ya casi había acabado de vestirse. Se miró en un espejo de

cuerpo entero. Su traje tenía un aire levemente militar, con hombros cuadrados y hombreras, pero la blusa que llevaba debajo era muy femenina, para equilibrar. El pelo le caía a tirabuzones por debajo del elegante sombrero redondo. No habría sido adecuado ir vestida de modo demasiado lujoso o despampanante; teniendo en cuenta la época que atravesaban, consideró que había logrado una especie de estilo práctico y atractivo, que pronto constituiría la moda de la época.

David la estaba esperando en el recibidor. La besó y le dijo:

—Estás preciosa, señora Rosel.

Los acompañaron hasta la recepción para que se despidieran de todos. Pasarían la noche en Londres, en el Claridge. Luego, David iría en el coche hasta Beggin Hill y Lucy volvería al hogar de sus padres, donde se quedaría; podría utilizar el *cottage* para cuando David viniera de permiso.

Hubo aún otra media hora de apretones de manos y besos, y luego partieron en su coche. Algunos primos de David habían tomado por su cuenta el MG con capota abierta y le habían atado latas y un zapatón viejo; el tablero estaba inundado de serpentinas y confeti, y el «recién casados» escrito con lápiz de labios se leía por todas partes sobre la carrocería.

Partieron sonriendo y saludando, con los invitados llenando la calle detrás de ellos. Cuando habían recorrido unos pocos kilómetros, se detuvieron a limpiar el coche.

Ya había oscurecido cuando iniciaron nuevamente la marcha; los faros del coche estaban provistos de cubiertas para oscurecimiento, pero de todos modos condujo a gran velocidad. Lucy se sentía muy feliz.

—En la guantera hay una botella de champán —dijo David.

Lucy abrió el compartimento y encontró el champán y dos vasos cuidadosamente envueltos en papel de seda. Aún hacía mucho frío. El corcho saltó con un estampido y se perdió en la noche. David encendió un cigarrillo mientras Lucy servía la bebida.

—Llegaremos tarde para la comida —dijo él.

—¿Qué importa? —respondió ella alargándole el vaso.

Ella estaba realmente cansada y la bebida le produjo sueño.

El coche parecía correr a una velocidad altísima. Dejó que David se bebiera casi toda la botella. Luego, él comenzó a silbar «St. Louis Blues».

Conducir por Inglaterra durante el oscurecimiento era una experiencia muy extraña. Uno echaba en falta las luces que antes de la guerra no había visto nunca; eran las luces de las entradas de las casas y de las ventanas de las granjas, las luces de las agujas de la catedral y los anuncios luminosos de las posadas y —por encima de todo— la luminosidad difundida en la lejanía por la ciudad cercana. Aunque uno hubiera podido verlas, no había señales de tráfico, pues habían sido retiradas para confundir a los paracaidistas alemanes, a los que se esperaba en el momento menos pensado. (Hacía tan solo unos días, los granjeros habían hallado en los Midlands paracaídas, radios y mapas; pero, como no había huellas de ninguna clase, se había llegado a la conclusión de que no habían aterrizado hombres y que se trataba de una triquiñuela de los nazis para sembrar el pánico en la población.) De todos modos, David conocía el camino hacia Londres.

Ascendieron por un largo camino de montaña que el pequeño coche deportivo subió sin dificultad alguna. Lucy contemplaba la negrura a través de sus ojos semicerrados, mientras escuchaba el distante rugido del motor de un camión que se aproximaba.

Los neumáticos del MG chirriaban cuando David tomaba las curvas.

—Creo que vas demasiado deprisa —dijo Lucy suavemente.

La parte trasera del coche derrapó en una curva hacia la izquierda. David hizo un cambio de marcha, temeroso de frenar y de que el coche derrapara de nuevo. A ambos lados, el seto se delineaba apenas bajo la luz de los faros cubiertos. Vino una curva cerrada a la derecha, y David volvió a derrapar con las ruedas traseras. La curva parecía no tener fin. El pequeño coche se deslizó de un lado a otro y giró ciento ochenta grados, de modo que quedó mirando atrás, y luego siguió girando en la misma dirección.

—¡David! —gritó Lucy.

De pronto apareció la luna y vieron el camión. Subía penosamente la montaña a paso de caracol, echando abundante humo, que a la luz de la luna surgía de su parte superior como una columna de plata. Lucy alcanzó a ver la cara del conductor, incluso su gorra de tela y su bigote, y también su boca abierta mientras pisaba a fondo los frenos.

El coche iba nuevamente hacia delante. Apenas había lugar para pasar en caso de que David lograra controlar el coche. Volvió a girar el volante y apretó el acelerador. Fue un error.

El camión y el coche chocaron de frente.

4

Los extranjeros tienen espías; Inglaterra tiene un servicio de inteligencia militar. Como si esa denominación no fuera lo suficientemente eufemística, se abrevia MI. En 1940, el MI formaba parte de la Oficina de Guerra. Crecía como la maleza —lo cual no causaba sorpresa—, y sus diferentes secciones eran conocidas por un número; el MI9 controlaba las diversas vías a través de las cuales los prisioneros de guerra podían escapar de los campos cruzando de la Europa ocupada hacia países neutrales; el MI8 se encargaba de interceptar las comunicaciones radiofónicas del enemigo y era más valioso que seis regimientos; el MI6 enviaba agentes a Francia.

El profesor Percival Godliman se unió al MI5 en el otoño de 1940. Se presentó a la Oficina de Guerra en Whitehall en una fría mañana de septiembre, tras una noche tratando de extinguir incendios en todo el East End; los ataques aéreos arreciaban y él era bombero auxiliar.

El servicio de inteligencia en época de paz estaba en manos de los militares, cuando —en opinión de Godliman— el espionaje no tenía mayor importancia; pero ahora, según él, estaba lleno de aficionados, y a él le encantaba descubrir que conocía a la mitad de la gente del MI5. Durante su primer día de trabajo se encontró con un abogado que pertenecía a su club, un historiador del arte que había ido con él a la universidad, un archivero de su propia universidad y su escritor favorito de novelas policíacas.

A las diez de la mañana lo acompañaron hasta la oficina del coronel Terry, quien hacía varias horas que estaba allí; en la papelera había dos paquetes de cigarrillos vacíos. Godliman dijo:

—¿Consideras que debo tratarte de usted?

—No nos andamos con mucho protocolo aquí, Percy, de modo que si me llamas tío Andrew estará muy bien. Siéntate.

De todos modos, había en Terry cierto tono cortante que él no había advertido cuando estuvieron almorzando en el Savoy. Godliman advirtió que no sonreía y que su atención estaba centrada en una pila de mensajes sin leer que se encontraba sobre su escritorio. Terry miró su reloj y dijo:

—Ya te haré una breve descripción del asunto, pero antes quiero terminar de leer esto que empecé después del almuerzo.

—Esta vez tendré paciencia —dijo Godliman sonriendo.

Terry encendió otro cigarrillo.

Los espías de Canaris en Inglaterra eran unos inútiles, volvió a decir Terry, como si su conversación hubiera acontecido hacía cinco minutos y no tres meses atrás. Dorothy O'Grady era un caso típico.

—La pescamos cortando los hilos telefónicos en la isla de Wight. Escribía cartas a Portugal con una clase de tinta invisible que se compra en las tiendas de artículos de magia.

En septiembre había llegado una nueva oleada de espías. Su tarea consistía en hacer un reconocimiento de Inglaterra para facilitar la invasión. Debían hacer un reconocimiento de las playas aptas para aterrizar, de campos y carreteras que pudieran servir para transportar los planeadores, de trampas contra carros de combate y de los obstáculos que bloqueaban los caminos o de los lugares rodeados por alambre de espino.

Al parecer, habían sido seleccionados indiscriminadamente, estaban mal entrenados y mal equipados. Constituían casos típicos los cuatro que aparecieron en la noche del 2 al 3 de septiembre: Meier, Kieboom, Pons y Waldberg. Kieboom y Pons aterrizaron cerca de Hythe al amanecer y fueron arrestados por Private Tollervey del Somerset Light Infantry, que los pescaron en las dunas tratando de comerse una gran salchicha mugrienta.

Waldberg se las ingenió para enviar un mensaje a Hamburgo:

LLEGADO A SALVO. DOCUMENTOS DESTRUIDOS. PATRULLA INGLESA A DOSCIENTOS METROS DE LA COSTA. PLAYAS CON REDES DE CAMUFLAJE Y GENTE DURMIENDO EN VÍA FÉRREA A INTERVALOS DE CINCUENTA METROS. NO HAY MINAS. POCOS SOLDADOS. EDIFICIO SIN TERMINAR. CAMINO NUEVO. WALDBERG.

Evidentemente, no sabía dónde estaba, ni tenía siquiera un nombre de código. La calidad de su información se evidencia por el hecho de que no sabía nada sobre las medidas de seguridad inglesas. Se metió en un pub a las nueve de la mañana y pidió una botella de sidra.

(A Godliman esto le hizo gracia y se echó a reír. Terry dijo: «Espera a que se vuelva más gracioso».)

El dueño le dijo a Waldberg que volviera a las diez. Podría pasarse la hora que faltaba echando una mirada a la iglesia del pueblo, le sugirió. Para su sorpresa, Waldberg estuvo de regreso a las diez en punto, hora en que dos policías en bicicleta lo arrestaron.

—Parece un guion de *Una Vez Más Ese Hombre* —dijo Godliman.

Meier fue hallado unas pocas horas más tarde. Once agentes más fueron apresados durante las últimas semanas, la mayoría a las pocas horas de aterrizar en suelo inglés. Casi todos al cadalso.

—¿Casi todos? —preguntó Godliman.

—Sí. Un par de ellos fueron entregados a nuestra sección, B-1(a). Volveré a hablarte de esto en un minuto.

Otros habían aterrizado en Irlanda. Uno era Ernst Weber-Drohl, un conocido acróbata que tenía dos hijos ilegítimos en Irlanda. Se había presentado en todos los *music halls* del lugar como «el hombre más fuerte del mundo». Lo detuvieron en el

Garde Siochana, le impusieron una multa de tres libras y lo entregaron a la B-1(a).

Otro era Hermann Goetz, quien por equivocación se lanzó en paracaídas en el Úlster en lugar de en Irlanda; el IRA lo asaltó, atravesó a nado el Boyne, desnudo, y en un momento dado se tragó la pildorita y se suicidó. Tenía una cámara *made in* Dresden.

(«Si es tan fácil pescar a estos salteadores —dijo Terry—, ¿para qué vamos a buscar tipos sesudos como tú, por ejemplo, para hacerlo? Hay dos razones. Primero: no sabemos cuántos son los que no hemos pescado. Segundo: lo que importa es qué hacemos con los que no mandamos al cadalso. Aquí es donde entra la B-1[a]. Sin embargo, para explicártelo debo remontarme a 1936.»)

Alfred George Owens era un ingeniero electrónico que trabajaba en una compañía con unos cuantos contratos gubernamentales. Durante la década de los treinta visitó varias veces Alemania, y de modo espontáneo comunicó al Almirantazgo ciertas informaciones técnicas que había recogido en aquel país. Con el tiempo, el servicio de inteligencia de la Marina lo asignó al MI6, que comenzó a prepararlo como agente. El Abwehr lo reclutó más o menos en la misma época, según descubrió el MI6 cuando interceptó una carta que él enviaba a un conocido alemán. Estaba claro que se trataba de un hombre sin lealtad; que simplemente quería ser un espía. Nosotros lo llamábamos Snow; los alemanes lo llamaban Johnny.

En enero de 1939, Snow recibió una carta con instrucciones: 1) para usar un transmisor y 2) un comprobante de equipaje para ser presentado en la consigna de la estación Victoria.

Fue detenido el día después que estalló la guerra, y él y su transmisor (que había retirado en su correspondiente maleta en la estación Victoria ante la sola presentación del comprobante) fueron encerrados en la cárcel de Wandsworth. Siguió comunicándose con Hamburgo, pero ahora todos los mensajes estaban escritos por la sección B-1[a] del MI5.

El Abwehr lo puso en contacto con otros dos agentes alemanes en Inglaterra, a quienes apresamos inmediatamente. A ellos también les habían dado un código y detalladas indicaciones para realizar las transmisiones, todo lo cual era valiosísimo.

A Snow le siguieron Charlie, Rainbow, Summer, Biscuit, y a su debido tiempo un pequeño ejército de espías enemigos, todos en contacto permanente con Canaris, todos aparentemente dependientes de él y todos a su vez totalmente controlados por el aparato de contraespionaje británico.

Entonces el MI5 comenzó a vislumbrar un futuro interesante: con un poquito de suerte, ellos habían podido controlar y manipular la red de espionaje alemán en Inglaterra.

—Convertir a los espías en dobles espías en lugar de colgarlos tiene dos ventajas fundamentales —redondeó Terry—. Puesto que el enemigo cree que sus espías aún están en activo, no trata de reemplazarlos por otros que quizá pudieran pasarnos inadvertidos. Y puesto que estamos enviando la información que los espías transmiten, podemos engañar al enemigo y confundir a sus estrategas.

—No puede ser que la cosa resulte tan fácil —dijo Godliman.

—Por supuesto que no. —Terry abrió la ventana para dejar salir el humo de los cigarrillos y de la pipa—. Para que funcione, el sistema tiene que estar muy ajustado. Si hay un número sustancial de agentes reales, su información contradirá la enviada por los dobles espías, y en consecuencia el Abwehr se olerá que algo no anda bien.

—La cosa parece interesantísima —dijo Godliman. Su pipa se había apagado.

Terry sonrió por primera vez en toda la mañana.

—La gente que trabaja aquí te dirá que es un trabajo duro, pues implica largas horas de espera, tensiones y frustraciones; pero sí, efectivamente, es muy interesante. —Consultó su reloj—. Ahora quiero presentarte a un brillante y joven miembro de mi equipo. Te llevaré a su oficina.

Salieron del despacho, subieron algunos peldaños y siguieron por diversos corredores.

—Se llama Frederick Bloggs, y se disgusta si se bromea con

su nombre —continuó Terry—. Lo trajimos de Scotland Yard. Era inspector y tenía asignada una función especial. Si necesitas brazos y piernas llámalo a él. Tu jerarquía será superior, pero no le daría mayor importancia a eso. Aquí no hacemos demasiado caso de estas cosas. Supongo que no es necesario que te lo diga.

Entraron en un pequeño cuarto sin muebles que daba al exterior, a una pared desnuda. No tenía alfombra. Sobre la pared había una fotografía de una hermosa muchacha y en el perchero colgaban un par de guantes de boxeo.

—Frederick Bloggs, Percival Godliman —dijo Terry—. Os dejo solos para que habléis.

El hombre que se encontraba detrás del escritorio era rubio, grueso y bajo; debía de tener apenas la altura suficiente como para haber sido admitido en las filas de Scotland Yard. Su corbata era horrorosa, pero tenía una cara abierta, franca, y agradable sonrisa. Su apretón de manos revelaba firmeza.

—Mira, Percy, en este momento me iba a comer algo a casa —dijo—. ¿Por qué no te vienes conmigo? Mi mujer hace unas excelentes salchichas con patatas fritas. —Tenía un fuerte acento *cockney.*

Las salchichas con patatas fritas no constituían el plato favorito de Godliman, pero de todos modos aceptó. Caminaron hacia Trafalgar Square y pescaron un autobús en dirección a Hoxton. Bloggs dijo:

—Estoy casado con una muchacha estupenda, pero no es una brillante cocinera. Me da todos los días salchichas con patatas fritas.

El este de Londres todavía humeaba como consecuencia de las incursiones de la noche anterior. Pasaron junto a grupos de bomberos y voluntarios que removían los escombros y dirigían sus mangueras por encima de los fuegos que se iban extinguiendo mientras retiraban todo lo que obstruía las calles. Vieron a un hombre viejo que salía de una casa semiderruida llevando una radio como si fuera un tesoro.

—De modo que tendremos que descubrir a los espías entre los dos —dijo Godliman para iniciar la conversación.

—Así es. Lo intentaremos.

La casa de Bloggs tenía tres habitaciones y estaba algo apartada, en una calle de casas exactamente iguales. Los pequeños jardines del frente se utilizaban sin excepción para cultivar verduras. La señora Bloggs era la hermosa muchacha de la fotografía sobre la pared de la oficina. Parecía cansada.

—Conduce una ambulancia durante las incursiones aéreas. ¿No es así, querida? —dijo Bloggs, orgulloso de ella. Su nombre era Christine.

—Todas las mañanas, cuando me acerco a casa, me pregunto si la encontraré tal como la dejé —respondió ella.

—Advierta que lo que le preocupa es la casa, no yo —dijo Bloggs.

Godliman tomó una medalla que Bloggs había obtenido por su intervención en un caso. Estaba sobre la repisa del hogar.

—¿Cómo obtuvo esto?

—Consiguió desarmar a un asaltante que estaba saqueando una oficina de correos —respondió Christine.

—Son una singular pareja, ustedes dos —observó Godliman.

—¿Está casado, Percy? —preguntó Bloggs.

—Soy viudo.

—Ah, ¡qué pena!

—Mi mujer murió de tuberculosis el año 1930. No tuvimos hijos.

—Nosotros aún no tenemos, ni tendremos mientras el mundo se encuentre en semejante estado.

—¡Oh, Fred, él no está interesado en estos asuntos! —dijo Christine, yendo hacia la cocina.

Se sentaron ante una mesa cuadrada que había en el centro de la habitación y se dispusieron a comer. Godliman estaba un tanto emocionado con aquella pareja y la escena doméstica, y se encontró a sí mismo pensando en su Eleanor, lo cual era absurdo, pues había sido inmune a los sentimientos desde hacía algunos años. Quizá sus nervios se estaban reconstituyendo por fin. La guerra tenía curiosos efectos.

Las habilidades culinarias de Christine eran deplorables. Las salchichas estaban quemadas. Bloggs inundó su comida en kétchup, y Godliman, con buena voluntad, lo imitó.

Cuando estuvieron de nuevo en Whitehall, Bloggs mostró a Godliman el archivo de agentes del enemigo no identificados que aún seguían operando en Inglaterra.

Había tres fuentes de información sobre dichas personas. La primera eran los registros de la Home Office. El control de pasaportes era desde hacía tiempo un arma útil para el servicio de inteligencia militar y había una lista —volviendo a la guerra pasada— de extranjeros que habían entrado en el país y que no habían vuelto a salir, o que no habían sido tomados en cuenta por otras causas, como muerte o nacionalización. Al empezar la guerra, todos se habían presentado ante los tribunales, que los clasificaban en tres grupos. Al principio, solo los extranjeros de la clase «A» quedaban internados; pero hacia julio de 1940, tras algunos incidentes en Fleet Street, las categorías «B» y «C» también fueron sacadas de la circulación. Quedaba un pequeño número de inmigrantes que no pudieron ser localizados, y no era del todo erróneo suponer que algunos de ellos eran espías.

Sus documentos se encontraban en el archivo de Bloggs.

La segunda fuente eran las transmisiones de radio. La sección C del MI8 las vigilaba durante la noche y registraba todo cuanto no supieran a ciencia cierta que procedía del país. Luego lo enviaban a la Escuela de Código y Cifrado del Gobierno. Este equipo, que recientemente había sido trasladado de la calle Berkeley de Londres a una casa de campo en Bletchley Part, no era en absoluto una verdadera escuela, sino un conjunto de campeones de ajedrez, músicos, matemáticos y entusiastas de los crucigramas, totalmente convencidos de que si un hombre podía inventar un código, también podía desentrañarlo. Ciertas señales que partían de las islas Británicas y que no tenían explicación para ninguno de los servicios, debían de ser indiscutiblemente mensajes de los espías.

Los mensajes ya codificados se encontraban en el archivo de Bloggs.

Por último estaban los agentes dobles, pero su valor era más potencial que real. Los mensajes del Abwehr, para ellos los avisaban sobre la llegada de varios agentes y descartaban a una espía residente: la señora Matilda Drafft de Bounermouth, quien había enviado dinero a Snow por correo y, por lo tanto, fue encarcelada en la prisión de Holloway. Pero los agentes dobles no habían podido revelar la identidad o ubicación de esa clase de espías profesionales que pasaban inadvertidos y eran considerados sumamente valiosos para un servicio de inteligencia secreto. Nadie dudaba de que tales personas existían. Había indicios. Alguien, por ejemplo, había traído el transmisor de Snow y lo había depositado en la sala de equipajes de la estación Victoria para que él pudiera ir a retirarlo. Pero ya fuera el Abwehr o los espías mismos, eran demasiado cautelosos para ser pescados por los dobles.

No obstante, los indicios figuraban en el archivo de Bloggs.

Se estaban buscando otras fuentes. Los expertos trabajaban para perfeccionar métodos de triangulación (la localización direccional de los transmisores); y el MI6 trataba de reconstruir las redes de agentes europeos que habían desaparecido tras la embestida de los ejércitos de Hitler.

Cualquiera que fuese la información, figuraba en el archivo de Bloggs.

—A veces resulta indignante —le dijo a Godliman—. Mire usted esto.

Tomó del archivo un largo mensaje radiofónico interceptado sobre los planes británicos para reunir una fuerza expedicionaria destinada a Finlandia.

—Esto es de comienzos de año. La información es impecable. Trataban de localizarlo cuando cortó la transmisión sin que hubiera causa aparente. Quizá alguien lo interrumpió. La retomó pocos minutos más tarde, pero ya había salido del aire antes de que nuestra gente pudiera establecer la conexión.

—¿Qué es eso: «Saludos a Willi»? —preguntó Godliman.

—Sí, eso es importante —dijo Bloggs, que se estaba entusiasmando—. Aquí tiene otro fragmento, es muy reciente. Mire: «Saludos a Willi». Esta vez obtuvo respuesta. Lo denominan «Die Nadel».

—La aguja.

—Este es otro. Observe este mensaje: claro, conciso, pero detallado y carente de ambigüedades.

Godliman estudió el fragmento del segundo mensaje.

—Parece referirse a los efectos del bombardeo —dijo Godliman mientras estudiaba el fragmento del segundo mensaje.

—Evidentemente anduvo por el East End. Aquí tiene otro, y otro.

—¿Qué más sabemos acerca de Die Nadel?

—La verdad es que eso es todo. Me temo que así es —dijo Bloggs cambiando totalmente la expresión de interés juvenil.

—Su nombre de código es Die Nadel, firma «Saludos a Willi» y posee buena información... ¿y eso es todo?

—Me temo que sí.

Godliman se sentó sobre el borde del escritorio y se quedó mirando a través de la ventana. Sobre la pared del edificio lindero, bajo el vano de una ventana ornamentada, podía ver el nido de unas golondrinas.

—Sobre esa base, ¿qué posibilidades tenemos de atraparlo?

—Sobre esa base, absolutamente ninguna —respondió Bloggs encogiéndose de hombros.

5

Para describir lugares como ese se ha inventado la palabra «siniestro».

La isla es un trozo de tierra en forma de jota que emerge súbitamente del mar del Norte. En el mapa figura como la mitad superior de un bastón roto, se encuentra paralela al ecuador, pero mucho mucho más al norte; su parte curvada mira hacia Aberdeen, su parte escarpada señala amenazadoramente a la distante Dinamarca. Tiene una extensión de quince kilómetros.

La mayor parte de sus costas está rodeada de acantilados, sin que en ningún momento se produzca un amable declive de playa. Hostilizadas por tanta hosquedad, las olas rompen contra las rocas con furia impotente; se trata de un continuado ataque de mal carácter que tiene diez mil años de antigüedad y que la isla ignora impunemente.

En la curva de la jota el mar es más tranquilo; ahí se ha permitido una más agradable recepción. Sus olas han arrojado en esa especie de cuenco tanta arena y plantas marinas, material de arrastre, guijarros y conchas, que ahora, entre el pie del acantilado y el borde del agua, se ha acumulado una plataforma que parece tierra firme y, de un modo más o menos aproximado, una playa.

Todos los veranos, la vegetación del borde de los acantilados deja caer puñados de semillas sobre la playa, del mismo modo que un hombre rico arroja puñados de monedas a los mendigos. Si el invierno es manso y la primavera se apresura a llegar, unas pocas semillas alcanzan a desarrollar sus débiles raíces; pero nunca llegan a ser lo suficientemente saludables para lograr florecer y esparcir sus propias semillas, de modo que la playa existe de año en año gracias a ese proceso.

En el interior, la parte de tierra firme protegida del oleaje por los acantilados, las plantas crecen y se multiplican. La vegetación está compuesta en su mayoría por pastizales lo bastante buenos para servir de alimento a las pocas ovejas magras, y lo suficientemente resistentes para fijar el suelo al lecho rocoso. Hay algunos arbustos, todos espinosos, que dan guarida a los conejos, y también hay resistentes coníferas en la ladera resguardada que mira hacia el este.

La parte más alta está dominada por el brezo. Cada tantos años, el hombre —porque es verdad, hay un hombre aquí— prende fuego al brezal, y entonces crece el pasto y las ovejas también pueden alimentarse; pero pasados dos años la maleza vuelve a crecer, sabe Dios de dónde, y aleja a las ovejas hasta que el hombre vuelve a quemarla.

Los conejos están porque nacieron aquí; en cambio, las ovejas están porque fueron traídas; y el hombre, porque debe cuidar a las ovejas; pero los pájaros están simplemente porque les gusta. Hay cientos de miles; se trata de unas alondras de largas patas que al remontarse emiten un largo piip-piip y una especie de pe-pe-pe-pe cuando irrumpen como un Spitfire abalanzándose sobre un Messerschmitt que se despega del sol; codornices, rara vez divisadas por el hombre pero cuya presencia advierte porque su castañeteo lo mantiene despierto por la noche; cuervos y cornejas, y gaviones e innumerables gaviotas, y un par de águilas doradas contra las que el hombre dispara cuando las ve, porque sabe —independientemente de lo que puedan decirle los naturalistas y los expertos de Edimburgo— que se lanzan sobre los corderos vivos y no solo sobre los despojos de los ya muertos.

El visitante más asiduo de la isla es el viento. La mayoría de las veces llega del nordeste, de lugares realmente fríos, donde hay glaciares, fiordos o icebergs; a menudo trae consigo la nieve y la lluvia, el frío, la niebla helada; otras veces llega sin ninguno de estos invitados tan temidos, solo para soplar y asolar el lugar desgajando los arbustos, y doblando los árboles y las mareas de oleaje embravecido y espumoso. Es incansable este viento, y ese es su error. Si llegara ocasionalmente, podría tomar la isla por sorpresa y causar algún daño verdadero; pero dado que casi siempre está ahí, la isla ha aprendido a convivir con él. Las plantas echan raíces muy profundas y los árboles crecen con sus lomos encorvados para resistir el castigo; las aves anidan en lugares resguardados; los conejos se guarecen en matorrales espesos, y la casa del hombre es tosca y resistente, hecha con toda la habilidad del que conoce a este viejo viento.

Esta casa está construida de grandes piedras grises y pizarra, del color del océano. Tiene ventanas pequeñas y puertas muy seguras, y en el extremo, una chimenea que mira hacia el pinar. Está ubicada en la cumbre de la montaña, en el extremo este de la isla, cerca de la parte redondeada del mango del bastón roto. Corona la montaña, desafiando al viento y la lluvia, no por bravuconería, sino para que desde ahí el hombre pueda ver a las ovejas.

Unos quince kilómetros más abajo, en el lado opuesto de la isla, hay otra casa de esa especie en la playa; pero nadie vive allí. En una época hubo otro hombre. Creyó ser más fuerte que la isla; pensó que podía cultivar avena y patatas, y criar unas cuantas vacas. Durante tres años luchó contra el viento, el frío y la tierra antes de admitir que estaba equivocado. Cuando se fue nadie quiso su casa.

Es un lugar duro, y solo las cosas duras y resistentes sobreviven aquí: la roca dura, la hierba dura, las ovejas resistentes, las aves salvajes, las casas toscas y los hombres fuertes.

Para definir un lugar como este se inventó la palabra «siniestro».

—La llaman la isla de las tormentas —dijo Alfred Rose—. Creo que os va a gustar.

David y Lucy Rose, sentados en la proa del bote pesquero, miraban por encima del mar picado. Era un hermoso día de noviembre, frío y algo ventoso, pero diáfano y seco. Un sol débil relumbraba sobre las olas más pequeñas.

—La compré en 1926 —continuó papá Rose—, cuando pensamos que estallaría una revolución y que necesitaríamos un lugar donde ocultarnos de la clase obrera. Se trata del lugar apropiado para pasar una estupenda convalecencia.

Lucy pensó que estaba expresándose con un sospechoso entusiasmo, pero tuvo que admitir que parecía un lugar encantador: al aire libre, natural y fresco. Y aquel traslado tenía sentido. Debían alejarse de sus padres y hacer un nuevo intento de pareja que acaba de casarse; y, en cambio, no tenía sentido trasladarse a una ciudad para ser bombardeados, sobre todo porque ninguno de los dos estaba en condiciones de prestar ayuda. Entonces el padre de David había revelado que él poseía una isla frente a la costa de Escocia, y parecía demasiado bueno para que fuera cierto.

—También las ovejas son mías —dijo papá Rose—. Los esquiladores vienen de Londres todas las primaveras, y la lana produce lo bastante para pagar su sueldo a Tom McAvity. El viejo Tom es el pastor.

—¿Cuántos años tiene? —preguntó Lucy.

—Oh, Dios, debe de tener... ¿unos setenta?

—Entonces supongo que es un excéntrico. —El bote se metió en la bahía y Lucy pudo ver dos pequeñas figuras en el peñasco: un hombre y un perro.

—¿Excéntrico? No más de lo que serías tú si hubieras vivido sola durante veinte años. Habla con su perro.

Lucy se volvió hacia el marinero que pilotaba el bote y le preguntó:

—¿Con qué frecuencia viene usted?

—Una vez cada quince días, señora. Le traigo a Tom las provisiones, que no son muchas, y su correspondencia, que es menor todavía. Si usted me da su lista un lunes, y si puedo comprar lo que me encargue en Aberdeen, se lo traeré el lunes siguiente.

Apagó el motor y le tiró una cuerda a Tom. El perro ladraba y corría haciendo círculos, pues también él estaba excitado. Lucy puso un pie sobre el reborde de la embarcación y saltó fuera del bote, sobre el malecón.

Tom le estrechó la mano; tenía la cara correosa y una gran pipa con tapa. Era más bajo que ella, pero más ancho, y su aspecto era ridículamente saludable. Llevaba puesta la chaqueta más peluda que ella hubiera visto jamás y un jersey que debió de haber tejido alguna hermana vieja de algún lugar, más una gorra a cuadros y botas del ejército. Su nariz era enorme, colorada y surcada de vasos sanguíneos. «Encantado», dijo cortésmente, como si ella fuera el noveno visitante del día en lugar de ser la primera cara humana que veía en catorce días.

—Aquí tienes, Tom —dijo el patrón del bote—. No conseguí huevos esta vez, pero había una carta de Devon.

—Debe de ser de mi sobrina.

Lucy pensó que eso explicaba el jersey.

David aún continuaba en el bote. El piloto estaba ubicado detrás de él y le preguntó:

—¿Está preparado?

Tom y papá Rose se inclinaron sobre el bote para ayudar, y los tres levantaron a David en su silla de ruedas y lo dejaron en el malecón.

—Si no me voy ahora, tendré que esperar una quincena para tomar el próximo autobús —dijo papá Rose con una sonrisa—. Ya veréis que la casa está bien instalada, con todas las cosas arregladas. Tom os indicará dónde se encuentra todo. —Besó a Lucy, le dio un apretón a David en el hombro y estrechó la mano de Tom—. Bueno, pasad unos meses de descanso, juntos, reponeos totalmente y luego volved; os aguardan importantes trabajos de guerra.

Lucy sabía que no volverían hasta que no terminara la guerra. Pero no se lo había comentado a nadie todavía.

Papá volvió a subir al bote, y este viró en un círculo cerrado. Lucy movió la mano hasta que desapareció en la curva rodeando la isla.

Tom empujó la silla de ruedas, por lo que Lucy recogió las provisiones. Entre la parte de playa del malecón y la cumbre de la escarpada isla había un largo, dificultoso camino en forma de rampa. A Lucy le hubiera resultado muy difícil empujar la silla hasta arriba, pero aparentemente Tom lo hacía sin esforzarse.

La cabaña era perfecta.

Era pequeña y gris, y resguardada del viento por una especie de promontorio. Todo lo que fuera madera estaba recién pintado, y junto a los peldaños de la entrada crecía un rosal silvestre. Espirales de humo surgían de la chimenea y eran dispersadas por el viento. Las pequeñas ventanas daban sobre la bahía. Lucy dijo:

—¡Me encanta!

El interior había sido pintado, ventilado y limpiado; sobre el suelo de piedra había gruesas alfombras. Tenía cuatro habitaciones. Abajo había una cocina modernizada y un salón con hogar de piedra; arriba, dos dormitorios. Un extremo de la casa había sido cuidadosamente remodelado para introducir cañerías y accesorios modernos, y poder construir otro cuarto de baño arriba, además de ampliar la cocina.

Sus ropas ya estaban colocadas en los armarios. Las toallas colgaban de las barras del cuarto de baño y había comida en la cocina.

Tom dijo:

—En el granero hay algo que tengo que enseñarle.

Era un cobertizo y no un granero. Estaba oculto detrás de la casa, y en su interior se veía un flamante jeep.

—El señor Rose dice que ha sido especialmente adaptado para que pueda manejarlo el joven señor Rose —informó Tom—. Tiene las marchas, el embrague y el freno dispuestos para ser accionados con las manos. Eso dijo él. —Parecía estar repitiendo algo aprendido de memoria, como un loro, como si no tuviera idea de qué podrían ser marchas, arranque, freno.

—¿No te parece magnífico, David? —preguntó Lucy.

—Sí, pero ¿adónde podremos ir con él?

—Siempre será bienvenido cuando quiera compartir conmigo una pipa o unos tragos de whisky. Tenía muchos deseos de volver a tener vecinos.

—Muchas gracias —respondió Lucy.

—Aquí está el generador de electricidad —dijo Tom, volviéndose y señalando—. Yo tengo uno exactamente igual. Ponen el combustible aquí. Así obtienen corriente alterna.

—No es común; los generadores pequeños por lo general producen corriente continua —dijo David.

—No sé cuál será la diferencia, pero he oído decir que esta es más segura.

—Es verdad. Una descarga de esta puede arrojarlo a uno hasta el otro extremo, pero la corriente continua mata.

Volvieron a entrar en la cabaña y Tom dijo:

—Bueno, ustedes querrán instalarse y yo debo cuidar las ovejas, de modo que les deseo que pasen un buen día. ¡Oh!, quería decirles que para cualquier emergencia yo puedo comunicarme con Londres por radio.

—¿Tiene transmisor? —preguntó David, sorprendido.

—Sí —respondió Tom con orgullo—. Pertenezco al Royal Observer Corps y mi función es detectar aviones enemigos.

—¿Alguna vez ha detectado uno? —preguntó David.

Lucy le echó una mirada furibunda, desaprobando el sarcasmo en el tono de voz de David, pero Tom no pareció notarlo y replicó:

—Aún no.

—Es una gran diversión.

Cuando Tom se fue, Lucy dijo:

—Él también quiere colaborar.

—Muchos de nosotros queremos poder aportar nuestra pequeña contribución —dijo David.

Ese era el problema, reflexionó Lucy mientras llevaba a su marido inválido hacia el interior de su nueva casa.

Cuando a Lucy le pidieron que visitara a la psicóloga del hospital, inmediatamente dio por sentado que David tenía afectado el cerebro. No era así, según la psicóloga.

—Todo lo que pasa es que le quedará una horrible cicatriz sobre el lado izquierdo —dijo ella—. Sin embargo, la pérdida de las dos piernas es un trauma, y no puede preverse cómo llegará a afectar a su mente. ¿Tenía muchos deseos de llegar a ser piloto?

—Tenía mucho miedo —pensó Lucy en voz alta—, pero al mismo tiempo lo deseaba mucho.

—Bueno, necesitará todo el ánimo y respaldo que usted pueda brindarle. Y también mucha paciencia. Puede preverse que se volverá resentido y de mal carácter durante un tiempo. Necesita amor y descanso.

Sin embargo, durante los primeros meses que pasaron en la isla, él no pareció necesitar nada de eso. No le hizo el amor a ella, quizá porque esperaba a que sus heridas estuvieran totalmente cicatrizadas. Pero tampoco descansaba. Se sumergió en el asunto de la cría de ovejas, recorriendo la isla con el jeep y la silla de ruedas que llevaba en la parte de atrás. Puso cercas de alambre para contrarrestar el peligro de los acantilados más escarpados, mató las águilas, ayudó a Tom a entrenar un nuevo perro cuando Betsy comenzó a volverse ciega, y quemó el brezal; y en la primavera salió todas las noches para ayudar a parir a las ovejas. Un día derribó un gran pino viejo cerca de la cabaña de Tom y se pasó una quincena desgajándolo, partiéndolo para convertirlo en leños manejables y acarrearlos a la casa para destinarlos a la chimenea. Realmente disfrutaba mucho con las ásperas tareas manuales. Aprendió a acomodarse bien en la silla para tener un punto de apoyo mientras blandía el hacha o el mazo. Se fabricó un par de garrotes y se ejercitaba con ellos durante horas cuando Tom no podía hallarle tarea alguna. En consecuencia, los músculos de sus brazos y de la espalda se desarrollaron en forma casi grotesca, como los de esos hombres que ganan campeonatos de musculatura.

Lucy no se sentía desgraciada. Había temido que él pudiera sentarse junto al fuego todo el día y meditar sobre su mala suerte. La forma en que trabajaba podía llegar a preocupar un poco, dado su carácter obsesivo, pero al menos no se dedicaba a vegetar.

Le contó lo del niño durante la Navidad.

Por la mañana ella le regaló una sierra de motor accionado con combustible, y él a ella, una pieza de seda. Tom vino a cenar, y se comieron un ganso silvestre cazado por él. Después del té, David llevó al pastor a su casa, y cuando estuvo de regreso, Lucy abrió una botella de brandy. Después le dijo:

—Tengo otro regalo para ti, pero no podrás abrirlo hasta mayo.

—No sé de qué diablos estás hablando —dijo él riéndose—. ¿Cuánto brandy has tomado mientras yo estuve ausente?

—Voy a tener un hijo.

Él se quedó mirándola, y toda la risa se le desdibujó de la cara.

—¡Santo Dios, era lo único que nos faltaba!

—¡David!

—Pero, por todos los diablos... ¿cuándo sucedió?

—No es muy difícil adivinarlo, ¿no? —dijo ella—. Debió de ser una semana antes de nuestra boda. Es un milagro que haya sobrevivido al accidente.

—¿Has visto a algún médico?

—¿Cómo iba a hacerlo?

—Y entonces ¿cómo puedes estar segura?

—Oh, David, no te pongas tan pesado. Estoy segura porque no tengo la regla y me duelen los pezones, vomito por las mañanas y mi cintura tiene unos diez centímetros más que antes. Si alguna vez me miraras te habrías dado cuenta.

—Está bien.

—¿Qué te pasa? ¡Se supone que deberías estar encantado!

—¡Naturalmente! ¡Quizá tengamos un hijo con el que podré salir a caminar y jugar al fútbol, y que crecerá queriendo ser como su padre, un héroe de la guerra, un monigote sin piernas!

—Oh, David, David —murmuró ella arrodillándose ante su silla de ruedas—. David, no pienses así. Te respetará, te tomará como ejemplo porque supiste volver a organizar tu vida, y porque puedes hacer el trabajo de dos hombres juntos desde tu silla de ruedas, y porque has llevado tu invalidez con coraje y jovialidad y...

—No seas tan malditamente condescendiente —replicó—. Suena a sermón parroquial.

—Bueno, no actúes como si yo tuviera la culpa. Creo que los hombres también pueden tomar precauciones, ¿no? —dijo ella poniéndose de pie.

—¡No contra camiones invisibles durante un oscurecimiento!

Había sido una discusión sin sentido y ambos lo sabían, de modo que Lucy no dijo nada. Ahora toda la idea de celebrar la Navidad parecía totalmente superflua: los trozos de papel de colores en las paredes, y el árbol en el rincón, y los restos del ganso que esperaban en la cocina para ser tirados; nada de todo aquello tenía vinculación alguna con su vida. Comenzó a preguntarse qué estaba haciendo en aquella isla desolada con un hombre que parecía no quererla, teniendo un hijo que él no deseaba. Por qué no habría de... por qué no... bueno, podría... Luego se dio cuenta de que no tenía ningún lugar a donde ir, nada que hacer con su vida, ninguna otra identidad que adoptar como no fuera la de ser la señora de David Rose. En un momento dado, David dijo:

—Bueno, me voy a la cama.

Él mismo dirigió la silla hacia el salón, se arrastró fuera de ella y subió de espaldas la escalera. Ella lo oyó arrastrarse por el suelo, oyó crujir el somier cuando él se impulsó sobre la cama, oyó las ropas que iban a dar contra el rincón del cuarto a medida que él se desnudaba, y luego oyó el chirrido final de los muelles, señal de que él se estiraba y se cubría con las mantas.

Y aún no podía llorar. Miró la botella de coñac y pensó: «Si ahora me la bebo toda y me doy un baño, quizá por la mañana habré dejado de estar embarazada».

Pensó acerca de eso durante largo tiempo, hasta que llegó a la conclusión de que la vida sin David, la isla y el niño sería aún peor, porque estaría vacía.

Por lo tanto, no lloró, y no se tomó el coñac, y no dejó la isla; en cambio, subió la escalera, se metió en la cama y se quedó despierta junto a su marido, escuchando el viento y tratando de no pensar, hasta que las gaviotas comenzaron a hacerse oír, y el amanecer gris y lluvioso se hizo sentir sobre el mar del Norte y llenó la pequeña habitación con una luz fría y pálida, y entonces por fin se quedó dormida.

Durante la primavera le llegó una especie de calma, como si todas las amenazas quedaran postergadas para después del nacimiento del bebé. Cuando se derritió la nieve de febrero, plantó flores y verduras en la parcela de tierra situada entre la cocina y el cobertizo, sin pensar que realmente prosperarían. Limpió a fondo la casa y le dijo a David que si quería que tal limpieza volviera a hacerse antes de agosto tendría que hacerla él mismo. Le escribió a su madre, tejió muchísimo y pidió pañales por correo. Le sugirieron que fuera a su casa para dar a luz allí, pero ella sabía, lo temía, que si aceptaba ir no volvería más. Salió a dar largas caminatas por los páramos, con un libro sobre pájaros bajo el brazo, hasta que se sintió tan pesada que no tenía ánimos para ir muy lejos. Guardó la botella de coñac en un armario que David nunca utilizaba, y cada vez que se sentía deprimida iba a mirarla y a recordarse a sí misma lo que había estado a punto de perder.

Tres semanas antes del parto tomó la lancha y se hizo llevar a Aberdeen. David y Tom le dijeron adiós con la mano desde el malecón. El mar estaba tan picado que tanto ella como el patrón de la lancha estaban aterrorizados de que pudiera dar a luz antes de llegar a tierra firme. Se internó en el hospital de Aberdeen, y cuatro semanas más tarde llevó al niño de vuelta al hogar en la misma lancha.

David no supo nada del asunto. Probablemente pensaba

que las mujeres daban a luz con tanta facilidad como las ovejas. No se daba por enterado del dolor de las contracciones, y de la espantosa, imposible dilatación, y del estado de postración dolorida posterior al parto, ni supo de las enfermeras mandonas, sabelotodo, que no permiten que la madre toque al niño porque nunca la consideran lo suficientemente apta y eficiente y esterilizada, como ellas. Él, simplemente, la había visto partir embarazada y volver con un hermoso y saludable niño envuelto en ropas blancas, y dijo:

—Lo llamaremos Jonathan.

Luego le agregaron Alfred por el padre de David, Malcolm por el de Lucy y Thomas por el viejo Tom, pero lo llamaron Jo, porque era demasiado pequeñito para que lo llamaran Jonathan, y ni hablar de llamarlo Jonathan Alfred Malcolm Thomas Rose. David aprendió a darle el biberón, a hacerlo eructar y a cambiarle los pañales; incluso lo acunaba ocasionalmente sobre las rodillas, pero su interés parecía distante, no comprometido, se enfrentaba al niño con un criterio de problema que se debe resolver, como las enfermeras; para él no era lo mismo que para Lucy. Tom estaba más cerca del niño que David. Lucy no le permitía que fumara en la habitación donde se encontraba el niño, y el niño grande se guardaba su pipa de escaramujo con tapa en el bolsillo durante horas y se entretenía haciéndole muecas al niño o mirándolo mientras daba pataditas, o si no ayudaba a Lucy a bañarlo. Lucy le sugería suavemente que quizá estuviera descuidando las ovejas. Tom decía que no lo necesitaban para comer y que él prefería mirar a Jo mientras se alimentaba. Talló un sonajero de madera, le puso dentro pequeños guijarros y se llenó de alegría cuando Jo lo cogió y lo sacudió sin que nadie tuviera que indicarle cómo hacerlo.

David y Lucy aún no hacían el amor.

Primero por sus heridas, luego ella había estado embarazada, después porque se recuperaba del parto; pero ahora no había ya razones. Una noche ella le dijo:

—Ya estoy normal otra vez.

—¿Qué quieres decir?

—Después de haber tenido al niño mi cuerpo ha recuperado su normalidad.

—Oh, qué bien.

Intencionadamente ella se iba a la cama al mismo tiempo que él, de modo que pudiera verla desnuda, pero él siempre le volvía la espalda. Mientras estaban acostados, ella se movía de modo que su mano, su muslo o sus senos lo tocaran, lo cual constituía una invitación casual pero inequívoca. Sin embargo, no obtuvo respuesta alguna.

Creía firmemente que no había en ella nada que anduviera mal. No era una ninfomaníaca, no necesitaba simplemente sexo, quería sexo con David. Estaba segura de que aun cuando hubiera otro hombre de menos de setenta años en la isla, no se habría sentido tentada. No era una mujer sedienta a causa del ayuno de sexo, era una esposa con ansiedad de amor.

La posibilidad se dio una de esas noches en que estaban boca arriba en la cama uno al lado del otro, los dos despiertos, escuchando el bufido del viento y los pequeños sonidos que producía Jo en la otra habitación. A Lucy le parecía que ya era hora de que él lo hiciera o que fuera franco y dijese por qué no; y también le parecía que él estaba decidido a evitarlo hasta que ella lo forzara, y que, por lo tanto, sería preferible forzarlo.

En consecuencia, restregó el brazo contra el cuerpo de él, a través de los muslos, y abrió la boca para hablar... y casi dio un grito de azoramiento al descubrir que él tenía una erección. De modo que podía hacerlo, ¡y quería hacerlo!, si no para qué... y su mano se cerró triunfalmente en torno a la evidencia de su deseo, se acercó más hacia él y suspiró diciéndole:

—David...

—¡Por Dios! —respondió él, aferrándole la mano y retirándola mientras se volvía de lado.

A esas alturas no estaba dispuesta a aceptar aquel reto con un modesto silencio.

—David, ¿por qué no?

—¡Por Cristo! —retiró las mantas y se lanzó al suelo arrastrando consigo el edredón, que se llevó mientras se dirigía hacia la puerta.

Lucy se sentó en la cama y dijo, gritando:

—¿Por qué no?

Jo comenzó a llorar.

David se levantó las perneras vacías del pantalón del pijama, que también habían sido cortadas, y señalando la blanca carne cicatrizada sobre los muñones dijo:

—¡Por esto! ¡Por esto!

Se deslizó escaleras abajo para dormir en el sofá, y Lucy fue al otro dormitorio a tranquilizar a Jo.

Necesitó largo rato para lograr hacerlo dormir de nuevo, probablemente porque ella misma estaba muy necesitada de consuelo. El niño probó las lágrimas de su madre, y ella se preguntó si tendría noción de su significado. Acaso las lágrimas serían la primera cosa que el niño llegaría a comprender. No pudo obligarse a cantarle o a murmurarle que todo estaba bien, de modo que lo abrazó con fuerza y lo acunó entre los brazos, y cuando él la apaciguó a ella con su calidez y su modo de aferrarse a sus brazos, entonces se fue quedando dormido.

Lo dejó de nuevo en la cuna y se quedó mirándolo durante un momento. No tenía sentido volver a la cama. Podía escuchar el sueño pesado y los ronquidos de David en el salón. Él tenía que tomar medicamentos muy fuertes, pues de lo contrario el dolor le mantenía despierto. Lucy necesitaba irse lejos de su lado, donde no lo viera ni lo oyera, donde él no pudiera encontrarla durante algunas horas aunque la necesitara. Se puso unos pantalones y un jersey, un abrigo pesado y botas, bajó la escalera y salió.

Había una niebla espesa, mucha humedad y el frío era muy fuerte, esa clase de tiempo tan particular y propio de la isla. Se levantó el cuello del abrigo y pensó en volver por una bufanda, pero decidió no hacerlo. Chapoteó por el sendero embarrado, dándole la bienvenida a la niebla, que se agarró de lleno a su garganta y la libró de un malestar mucho peor que llevaba dentro de sí.

Llegó a la cumbre del acantilado y comenzó a descender por el peligroso sendero, colocando cuidadosamente los pies sobre los resbaladizos tablones. Cuando llegó al final, saltó sobre la arena y caminó lentamente hasta el borde del agua.

El viento y las olas estaban enzarzados en su perpetua lucha, el primero lanzándose a irritarlas y las segundas bramando y escupiendo al chocar contra la tierra; los dos destinados a desafiarse hasta el infinito.

Caminó por la áspera arena, dejándose penetrar por los sonidos naturales, hasta que la costa terminó en un cabo puntiagudo donde el agua chocaba contra el acantilado, y de ahí emprendió el regreso. Caminó por la playa durante toda la noche. Hacia el amanecer, una idea quedó clara en su mente: «Es su manera de ser fuerte».

El pensamiento en sí no le resultaba de mucha ayuda, pero siguió repitiéndolo con el puño apretado, y dándole vueltas en la mente, y el puño se abrió para revelar lo que parecía una pequeña perla de sabiduría anidada en su palma; quizá la frialdad de David respecto a ella estaba estrechamente vinculada con su afán de derribar árboles, desnudarse solo, conducir el jeep, manejar el garrote y haberse ido a vivir a una fría y cruel isla del mar del Norte...

¿Cómo era lo que había dicho? «... como su padre, un héroe de la guerra, un monigote sin piernas...» Él tenía algo que probar, algo que se desvalorizaría si se traducía en palabras; algo que él podría haber hecho como piloto de caza; pero ahora solo tenía a su disposición árboles, cercas, garrotes y una silla de ruedas. No le habrían permitido pasar el examen y él quería estar en condiciones de decir: «De todos modos, lo hubiera aprobado. Si dudáis, mirad lo que soy capaz de sufrir».

Era muy cruel, indeciblemente injusto. Había tenido el coraje y había sufrido las heridas, pero no podía estar orgulloso de ello. Si un Messerschmitt le hubiera arrebatado las piernas, la silla de ruedas habría sido como una medalla, como un símbolo del coraje. Pero ahora, durante toda su vida tendría que decir: «Fue durante la guerra; pero no, nunca presencié un combate. Esto fue un accidente de tráfico; hice mi entrenamiento e iba a luchar, justo al día siguiente, ya conocía mi avión, que era una hermosura y...».

Sí, era su manera de ser fuerte. Y quizá ella pudiera ser fuerte también, quizá pudiera encontrar sucedáneos para el descalabro de su vida. David había sido alguna vez bueno, cariñoso y amante, y posiblemente ella ahora pudiera aprender a esperar pacientemente mientras él luchaba para llegar a ser el hombre completo que una vez fue. Ella podría encontrar nuevas esperanzas, nuevas cosas por las cuales vivir. Otras mujeres habían hallado fuerzas para sobrellevar la desolación, y sus casas bombardeadas, y tener a sus maridos en campos de prisioneros de guerra.

Levantó una piedra pequeña, echó el brazo atrás y la arrojó al mar con todas sus fuerzas. No la vio ni la oyó caer; podría haberse ido para siempre, rodando en torno de la tierra como un satélite en un relato sobre el espacio. Gritó:

—¡Yo también puedo ser fuerte, maldita sea!

Luego se volvió y comenzó a subir por la ladera para regresar a su casa. Ya era casi la hora de alimentar a Jo.

6

Tenía el aspecto de una mansión, y hasta cierto punto lo era, pues se trataba de una gran casa con terrenos propios, en la frondosa ciudad de Wohldorf, justo en las afueras del norte de Hamburgo. Podría haber sido la casa de un propietario de minas, o de un rico importador, o de un poderoso industrial. Sin embargo, pertenecía al Abwehr.

Debía su destino al tiempo, no al de aquí, sino al de trescientos kilómetros al sudeste de Berlín, donde las condiciones atmosféricas eran inadecuadas para las comunicaciones por radio con Inglaterra.

A nivel del suelo parecía realmente una mansión, pero por debajo había dos enormes refugios de hormigón y varios millones de marcos en equipos transmisores de radio. Los sistemas electrónicos habían sido diseñados por el mayor Werner Trautmann, quien había hecho un buen trabajo. Cada habitación tenía veinte pequeñas cabinas herméticas, ocupadas por radioperadores que podían reconocer a un espía por la manera de transmitir su mensaje, con tanta facilidad como uno puede reconocer la letra de su propia madre al ver una carta.

El equipo receptor fue ideado teniendo en cuenta sobre todo la calidad, mientras que el equipo transmisor lo fue pensando más en el tamaño que en el alcance. La mayor parte consistía en pequeñas maletas llamadas Klamotten, que habían sido fabricadas por Telefunken para el almirante Wilhelm Canaris, el director del Abwehr.

Esa noche las líneas estaban relativamente tranquilas, de modo que todos advirtieron el momento en que Die Nadel comenzó a transmitir. El mensaje fue captado por uno de los operadores de mayor antigüedad, quien accionó la llave operadora indicando mediante los golpecitos establecidos que reconocía la señal. Transcribió el mensaje, arrancó rápidamente la hoja de su bloc y se dirigió al teléfono.

Leyó el mensaje por la línea telefónica directa a los cuarteles generales del Abwehr, en Sophien Terrace, en Hamburgo, y luego volvió a su cabina para fumar.

Ofreció un cigarrillo al joven de la cabina contigua y los dos permanecieron juntos unos pocos minutos, apoyados contra la pared, fumando. El joven preguntó:

—¿Ha llegado algo?

—Siempre que él llama hay algo —dijo el hombre mayor encogiéndose de hombros—, pero esta vez no era demasiado. La Luftwaffe le erró de nuevo a la catedral de San Pablo.

—¿No hubo respuesta para él?

—No creemos que espere respuestas. Se trata de un cretino independiente, siempre lo fue. Yo le enseñé telegrafía, ¿sabes?, y cuando terminé de enseñarle creyó que sabía más que yo.

—¿Así que usted conoce a Die Nadel? ¿Cómo es?

—Tan poco interesante como un pescado muerto. Pero no puede negarse que es el mejor agente que tenemos. Algunos incluso dicen que es el mejor que haya existido jamás. Se dice que tardó cinco años en introducirse en la NKVD en Rusia, y que finalmente liquidó a uno de los mejores ayudantes de Stalin... No sé si será cierto, pero es el tipo de cosas que puede hacer. Un verdadero profesional, y el Führer lo sabe.

—¿Hitler lo conoce?

El hombre mayor asintió.

—En una época quería leer las transmisiones de Die Nadel. No sé si aún lo hace. El asunto le tiene sin cuidado a Die Nadel; es un tipo a quien nada lo impresiona. ¿Cómo te diría? Mira a todo el mundo de la misma manera, algo así como si estuviera calculando la forma en que te despachará si haces un movimiento inadecuado.

—Menos mal que no tuve que instruirlo yo.

—Aprendió enseguida, eso es verdad. Le dedicaba veinticuatro horas diarias, y una vez que pudo desenvolverse solo ni siquiera se molestaba en saludarme. Parece que al único que tiene tiempo de saludar es a Canaris. Siempre firma «Saludos a Willi», lo que demuestra la afición que tiene a las jerarquías.

Terminaron sus cigarrillos, los tiraron al suelo y los aplastaron con el pie. Luego, el hombre mayor recogió las colillas y se las metió en el bolsillo, pues en realidad no estaba permitido fumar en el refugio subterráneo. Las radios aún estaban tranquilas.

—Sí, no quiere usar su nombre de código —continuó el hombre mayor—. Von Braun se lo asignó y a él nunca le gustó. Tampoco le gustaba Von Braun. ¿Te acuerdas de la época en que...? No; fue antes de que tú entraras a trabajar aquí. Braun le dijo a Die Nadel que fuera al aeropuerto de Farnborough, en Kent. El mensaje de respuesta decía: «En Farnborough, Kent, no hay aeropuerto. Hay uno en Farnborough, Hampshire. Afortunadamente, los conocimientos de geografía de la Luftwaffe son mejores que los suyos, coño». Como si tal cosa.

—Sí, pero me parece comprensible. Hay que pensar que un error de esos puede costarles la vida.

El hombre mayor frunció el ceño. Él era quien opinaba, y no le hacía gracia que su interlocutor pusiera en tela de juicio sus opiniones.

—Quizá —gruñó.

—Pero ¿por qué no le gusta su nombre de código?

—Dice que tiene un significado, y que un código con traducción literal puede poner en evidencia a un hombre. Pero Von Braun no quiso atender a razones.

—¿Un significado literal? ¿La aguja? ¿Qué significado?

Pero en aquel momento sonó la chicharra del radiotransmisor, de modo que fue rápidamente hacia su cabina y la explicación nunca se produjo.

Segunda parte

7

El mensaje irritó a Faber porque lo forzaba a encarar hechos que había estado evitando.

Hamburgo se había asegurado bien de que él recibiera el mensaje. Él había emitido su señal de llamada y en lugar del acostumbrado «Bien, prosiga», le enviaron la orden: «Realice el encuentro uno».

Él se dio por enterado, transmitió su información y volvió a meter el aparato transmisor en la maleta. Luego pedaleó con su bicicleta hasta salir de Erith Marshes —su receptor era un observador de pájaros—, y durante el trayecto por la calle Blackheath, de camino a su apartamento de dos habitaciones, se preguntó si debía obedecer la orden.

Tenía dos razones para desobedecer: una de carácter personal y otra de carácter profesional.

Esta última era que «el encuentro uno» consistía en un viejo código establecido por Canaris en 1937. Significaba que debía dirigirse a la puerta de entrada de un determinado comercio entre Leicester Square y Piccadilly Circus para encontrarse con un agente. Deberían reconocerse porque ambos llevarían una biblia. Además, había una clave:

«¿Cuál es el capítulo de hoy?».

«Uno, Reyes, trece.»

Luego, si estaban seguros de que no los seguían, debían concordar en que dicho capítulo era «sumamente interesante», y en caso contrario decir: «Me temo que no lo he leído aún».

Podía suceder que la puerta de esa tienda ya no existiera, pero eso no era lo que preocupaba a Faber. Pensaba que Canaris probablemente había comunicado el código a la mayoría de los tontos aficionados que en 1940 cruzaban el Canal y aterrizaban en los brazos del MI5. Faber sabía que habían sido detenidos porque se habían hecho públicas las condenas, con el indudable propósito de que el público viera que los quintacolumnistas eran castigados. Y no cabía tampoco la menor duda de que antes de morir habrían revelado secretos, de modo que era muy probable que a esas alturas los ingleses conocieran el viejo código de encuentro y, en ese caso, de haber sido interceptado el mensaje de Hamburgo, en aquel momento la puerta de la tienda estaría concurrida por cantidad de jóvenes caballeros de muy buen inglés que se pasearían con biblias y que practicarían la frase «sumamente interesante» con acento alemán.

El Abwehr había hecho caso omiso del profesionalismo en aquellos días en que la invasión parecía inminente. Desde entonces, Faber había dejado de confiar en Hamburgo. No les daba su domicilio, se negaba a entrar en contacto con sus demás agentes en Inglaterra, variaba la frecuencia de onda de sus transmisiones sin importarle si interfería en las transmisiones de los otros.

De haber obedecido siempre a sus amos, no habría sobrevivido tanto tiempo.

En Woolwich, Faber fue alcanzado por un grupo muy amplio de ciclistas, muchos de ellos mujeres, pues los obreros salían en ese momento de la fábrica de municiones, donde habían realizado su turno. Su especie de cansancio alegre le confirmó a Faber que tenía razones personales para desobedecer, ya que, según pensaba, el lado del cual estaba él perdería la guerra.

Ciertamente, no la estaban ganando. Los rusos y los norteamericanos se habían unido; África estaba perdida; los italianos, quebrantados; era evidente que los aliados invadirían Francia aquel año de 1944.

Faber no estaba dispuesto a arriesgar su vida tontamente.

Llegó a su casa, guardó la bicicleta y, mientras se lavaba la cara, se dio cuenta, contra toda lógica, de que quería asistir al encuentro.

Era un riesgo tonto, tomado por una causa perdida, pero estaba ansioso por ir. Y la única razón era que se encontraba espantosamente aburrido. La transmisión de rutina, el observar a los pájaros, la bicicleta, el té en la pensión. Hacía ya tres años que no experimentaba algo que se pareciera a la acción. Parecía no estar amenazado por peligro alguno, lo cual lo volvía ansioso y le hacía imaginar riesgos invisibles. Su mayor felicidad era detectar una amenaza y dar los pasos necesarios para neutralizarla.

Sí, acudiría a la cita. Pero no de la forma que ellos esperaban.

Pese a la guerra, aún había gran cantidad de personas en el West End de Londres; Faber se preguntó si en Berlín sucedería lo mismo. Compró una biblia en la librería Hatchard de Piccadilly y se la metió en el bolsillo interior del sobretodo, de modo que quedara oculta. Era un día suave y húmedo, con lloviznas intermitentes, y Faber llevaba paraguas.

El encuentro estaba fijado entre las nueve y las diez de la mañana, o entre las cinco y las seis de la tarde, y el acuerdo era que uno debía concurrir al lugar todos los días hasta que el otro apareciera. Si durante cinco días sucesivos no se producía el encuentro, había que seguir acudiendo al lugar día por medio, durante dos semanas. Pasado el plazo, uno abandonaba el objetivo.

Faber llegó a Leicester Square a las diez y diez. El contacto estaba allí, en la puerta de la tienda, con una biblia forrada en negro bajo el brazo y simulando refugiarse de la lluvia. Faber le localizó al momento con el rabillo del ojo y pasó por delante. El hombre era más bien joven, con bigote rubio y aspecto de estar bien alimentado. Llevaba un impermeable con doble protección en el pecho, estaba leyendo el *Daily Express* y masticaba chicle. No le resultaba conocido.

Cuando Faber pasó por segunda vez por la acera de enfrente, descubrió a la escolta; un hombre bajo y compacto que llevaba capote y sombrero, la indumentaria preferida por los policías de civil, se encontraba dentro del vestíbulo de un edificio de oficinas, mirando al hombre de la puerta de la tienda a través de los cristales.

Había dos posibilidades: que el agente no supiera que lo habían seguido, en cuyo caso solo debía apartarlo del lugar y despistar al perseguidor. Sin embargo, la otra posibilidad era que el agente hubiera sido capturado y que el hombre de la puerta fuese un sustituto, en cuyo caso ni él ni el perseguidor debían conocer la cara de Faber.

Faber optó por esta última alternativa y pensó en la mejor manera de actuar.

En la esquina había una cabina telefónica. Faber entró y memorizó el número. Luego encontró en la Biblia el capítulo uno, versículo trece, del Libro de los Reyes, arrancó la página y escribió en el margen: «Diríjase a la cabina telefónica de la esquina».

Caminó por las calles aledañas a la National Gallery hasta que encontró a un crío de unos diez u once años que estaba sentado en un umbral tirando piedrecitas en un charco. Faber le preguntó:

—¿Conoces el estanco de la esquina?

—Claro.

—¿Quieres comprarte un chicle?

—Claro.

Faber le entregó la página arrancada de la Biblia.

—En la puerta hay un hombre. Si le entregas esto, él te dará un chicle.

—Muy bien —dijo el crío poniéndose de pie—. ¿Porque es un yanqui?

—Claro —le respondió Faber.

El chaval salió corriendo. Faber lo siguió. Cuando el niño se aproximó al agente, Faber se escurrió en la entrada del edificio de enfrente. El policía de paisano aún seguía allí, observando a través del cristal. Faber se paró justo delante de la puerta, interrumpiéndole la visión de la escena de enfrente e intentó abrir el paraguas, aparentando tener dificultades para lograrlo. Vio que el agente daba algo al niño y se iba. Terminó la triquiñuela del paraguas y caminó en dirección opuesta a la que llevaba el hombre. Miró por encima del hombro y vio que el perseguidor corría a la calle procurando avistar al agente que había desaparecido.

Faber se detuvo en el teléfono más próximo y marcó el número de la cabina anterior. Necesitó algunos minutos para conseguir comunicación. Por fin una voz profunda respondió:

—Hola.

—¿Cuál es el capítulo de hoy? —preguntó Faber.

—Uno, Reyes, trece.

—Sumamente interesante.

—Sí, ¿verdad?

«El estúpido no tiene la menor idea del lío en el que está metido», pensó Faber, y dijo en voz alta:

—¿Y bien?

—Debo verlo.

—Eso es imposible.

—¡Pero debo hacerlo! —Había una inflexión en su voz que Faber consideró un síntoma de desesperación—. El mensaje viene de la cúspide. ¿Me entiende?

Faber aparentó dudar.

—Muy bien, entonces. Nos encontraremos dentro de una semana bajo el arco de la Euston Station a las nueve de la mañana.

—¿No es posible antes?

Faber colgó y salió de la cabina. Caminando rápido dio la vuelta a dos esquinas y llegó a divisar la cabina telefónica del agente; lo vio caminar en dirección a Piccadilly. No había indicio alguno del perseguidor. Faber siguió al agente.

El hombre bajó a la estación de metro de Piccadilly Circus y sacó un billete para Stockwell. Faber se dio cuenta enseguida de que él podía llegar allí por un medio más directo. Salió entonces de la estación, se dirigió apresuradamente a Leicester Square y tomó el metro de la Northern Line. El agente tendría que transbordar en Waterloo, mientras que la línea de Faber era directa, de modo que llegaría antes a Stockwell, o, en el peor de los casos, llegarían en el mismo tren.

En efecto, Faber tuvo que esperar fuera de la estación en Stockwell durante veinticinco minutos antes de que el agente apareciera. Faber volvió a seguirlo. Entró en un café.

No había absolutamente otro lugar cercano donde un hombre pudiera permanecer parado por alguna razón plausible. No había tiendas con escaparates ante los que uno pudiera detenerse a mirar, ni bancos para sentarse, ni parque para caminar, ni paradas de taxi o de autobús, ni oficinas públicas. Faber no tuvo más remedio que caminar calle arriba y calle abajo, siempre aparentando que se dirigía a algún lugar, caminando despacio hasta que se apartaba lo bastante del café y apresurándose para aparecer por el lado opuesto, mientras el agente permanecía en la tibia atmósfera del local tomando una taza de té con tostadas.

Pasada media hora salió. Faber lo siguió a través de una serie de calles residenciales. Evidentemente, el otro sabía adónde iba, pero no tenía prisa. Caminaba con el ritmo de un hombre que va a su casa y que no tiene nada que hacer durante el resto del día. No se dio la vuelta para mirar atrás, y Faber pensó: «Otro aficionado».

Al final entró en una casa, una de las tantas casas pobres, anónimas, insignificantes que albergaban a los espías y a los errabundos maridos de cualquier parte del mundo. Tenía una ventana en la buhardilla, que seguramente sería el dormitorio del agente, situado en lo alto para obtener una mejor recepción de las ondas de radio.

Faber pasó por delante, observando la acera de enfrente. Sí, efectivamente, se advertía un movimiento tras la ventana de arriba, luego un trozo de chaqueta y de la corbata, y un rostro que desaparecía. Esto mismo debía de haber ocurrido el día anterior, y seguro que se había dejado seguir por el perseguidor del MI5; a menos, naturalmente, que él mismo fuese alguien del MI5.

Faber dio la vuelta a la esquina y continuó por la siguiente manzana paralela, contando las casas. Casi directamente detrás del lugar donde había entrado el agente había un esqueleto de edificio dañado por las bombas. Era lo que quedaba de un par de casas semidestruidas. Magnífico.

A medida que caminaba de regreso a la estación su paso se aligeraba y el corazón le latía algo más deprisa. Miró a su alrededor con ojos brillantes de interés. Estaba bien, el juego había comenzado.

Esa noche se vistió de negro —sombrero negro, jersey de cuello alto bajo una chaqueta de cuero corta y amplia, los pantalones metidos dentro de los calcetines, zapatos de suela de goma—. Todo negro. Resultaría casi invisible, pues Londres estaba en pleno oscurecimiento de camuflaje.

Pedaleó en su bicicleta a través de las calles tranquilas con muy poca luz. Era pasada la medianoche. No se veía a nadie; dejó la bicicleta a unos quinientos metros de su lugar de destino, asegurándola con el candado a la cerca de un pub.

No fue a la casa del agente, sino al esqueleto de cemento de la calle paralela. Pasó cuidadosamente por encima de los escombros del jardín de delante, entró por lo que fuera el vano de una puerta y llegó a los fondos de la casa. Estaba muy oscuro. Un espeso manto de nubes bajas ocultaban la luna y las estrellas. Faber tuvo que andar a tientas con las manos y los brazos extendidos ante sí.

Llegó al final del jardín, saltó por encima del cerco y atravesó otros dos jardines. En una de las casas un perro ladró un poco.

El jardín de la pensión estaba descuidado; se enredó en una mata de zarzas y vaciló. Las espinas le arañaron la cara. Luego se agachó para pasar entre la ropa tendida. La luz, pese a todo, era suficiente para poder descubrir el tendedero.

Llegó a la ventana de la cocina y sacó del bolsillo una pequeña herramienta en forma de cucharilla. La masilla en torno al cristal era vieja y quebradiza, y saltaba fácilmente. Tras veinte minutos de trabajo silencioso cogió el cristal, lo sacó y lo colocó cuidadosamente sobre la hierba, hizo brillar una linterna a través del agujero simplemente para asegurarse de que no habría obstáculos importantes en el camino. Destrabó la ventana, la abrió y pasó adentro.

La casa a oscuras olía a pescado frito y a desinfectante. Faber quitó el cerrojo a la puerta de atrás como precaución en el caso de necesitar el paso libre para una huida rápida, y fue al vestíbulo. Encendía y apagaba la luz de su lápiz linterna, y alcanzó a divisar una estancia embaldosada, donde había una mesa en forma de riñón, que debía de bordear una hilera de abrigos en sus perchas, y una escalera alfombrada hacia la derecha.

Subió la escalera silenciosamente.

Estaba a medio camino, listo para subir los dos últimos escalones, cuando divisó un hilo de luz por debajo de la puerta. Una fracción de segundo después le llegó una tos asmática y ruido de agua que corría en el váter. Con dos zancadas se deslizó hasta la puerta y quedó paralizado contra la pared.

Cuando la puerta se abrió, la luz inundó el rellano de la escalera. Faber sacó el estilete de su manga. El viejo salió del cuarto de baño y atravesó el lugar dejando la luz encendida. Al llegar a su puerta masculló algo entre dientes y se volvió.

«Ahora me ve», pensó Faber apretando el puño de su arma. El viejo entreabrió los ojos con la mirada dirigida al suelo y solo la levantó cuando llegó al interruptor de la luz. En ese momento Faber casi lo asesina, pero el hombre tanteó en busca del interruptor y Faber advirtió que estaba tan adormilado que era prácticamente un sonámbulo.

La luz se apagó, el viejo se fue a tientas y se metió de nuevo en la cama, y Faber volvió a respirar.

Solo había una puerta al final del segundo tramo de escalones. Faber trató de abrirla suavemente, pero estaba cerrada con llave.

Sacó otra herramienta del bolsillo de su chaqueta. El ruido del depósito del cuarto de baño que se llenaba le cubría el ruido mientras él sacaba la cerradura. Abrió la puerta y se quedó escuchando.

Podía oír una respiración profunda, regular. Entró. El sonido venía del rincón opuesto. No podía ver nada. Atravesó la habitación oscura muy despacio, tanteando el aire ante él a cada paso, hasta que estuvo al lado de la cama.

Tenía la linterna en la mano izquierda, el estilete suelto en la manga y la mano derecha libre. Encendió la linterna y agarró con fuerza por la garganta al hombre que dormía.

Los ojos del agente se abrieron de golpe, pero no pudo articular sonido alguno. Faber se subió a la cama y se sentó encima de él. Luego murmuró: «Uno, Reyes, trece», y aflojó el puño.

El agente escudriñó la luz de la linterna, tratando de ver la cara de Faber. Se frotó el cuello donde el puño de este había apretado.

—¡Quédese quieto! —Faber le enfocó la luz directamente a los ojos mientras con la otra mano sacaba el estilete.

—¿No me va a permitir que me levante?

—Lo prefiero en la cama, donde no podrá seguir haciendo daño.

—¿Daño? ¿Qué daño?

—Cuando estuvo en Leicester Square, usted era vigilado. Permitió que yo lo siguiera hasta aquí, y ellos tienen esta casa bajo observación. ¿Cómo puedo tener confianza en nada que usted haga?

—¡Qué barbaridad! Lo lamento.

—¿Por qué lo mandaron a usted?

—El mensaje debía ser entregado personalmente. Las órdenes venían de arriba, desde la cúspide. —El agente quedó en silencio.

—Y bien, ¿cuáles son las órdenes?

—Debo asegurarme de que usted es... usted.

—No veo cómo puede asegurarse.

—Déjeme que le mire la cara.

Faber dudó, y luego proyectó la luz de la linterna un instante sobre su propia cara.

—¿Satisfecho?

—Die Nadel.

—¿Y usted quién es?

—Mayor Friedrich Kaldor, señor.

—Yo debería llamarlo «señor».

—No, de ningún modo, señor. Se le ascendió dos veces en su ausencia. Ahora es usted teniente coronel.

—¿No tiene nada mejor que hacer en Hamburgo?

—¿No le produce satisfacción?

—Lo que me produciría satisfacción sería volver y poner al mayor Von Braun a limpiar las letrinas.

—¿Puedo levantarme, señor?

—Pues claro que no. ¿Y si el mayor Kaldor está en la prisión de Wandsworth y usted es un sustituto que está esperando poder hacer una señal a sus amigos apostados de guardia en la casa vecina...? Ahora veamos, ¿cuáles son esas órdenes de arriba?

—Bueno, señor, creemos que invadirán Francia este año.

—Brillante, brillante, ¿qué más?

—Se cree que el general Patton está reuniendo al Primer Cuerpo de Ejército de Estados Unidos en un lugar de Inglaterra conocido como East Anglia. Si ese ejército es la fuerza invasora, se infiere que atacarán a través del paso de Calais.

—El razonamiento parece sensato. Pero no he visto signos de que exista el tal ejército de Patton.

—En las más altas esferas de Berlín existen ciertas dudas. Pero el astrólogo del Führer...

—¿Cómo?

—Sí, señor, tiene un astrólogo que le aconseja defender Normandía.

—Dios mío. ¿Hasta tal punto las cosas andan mal por ahí?

—También recibe muchas opiniones de gente que solo tiene que ver con la tierra; personalmente, creo que el astrólogo es una excusa que le viene bien cuando considera que los generales están equivocados pero no puede atacar sus argumentaciones.

Faber suspiró. Y pensar que había temido recibir semejantes noticias...

—Prosiga.

—Su misión es valorar la fuerza del FUSAG; la cantidad de tropa, artillería, apoyo aéreo...

—Sé cómo está compuesta una fuerza.

—Naturalmente. —Hizo una pausa—. Recibí instrucciones de subrayar la importancia de la misión, señor.

—Y ya lo ha hecho. ¿Así que las cosas andan mal hasta ese punto en Berlín? —El agente dudó.

—No, señor, la moral está alta, la producción de material bélico aumenta de mes en mes, la gente menosprecia los bombardeos de la RAF...

—No se esfuerce, para la propaganda me basta con mi radio.

El hombre más joven guardó silencio.

—¿Tiene algo más que decirme? —preguntó Faber—. Quiero decir oficialmente.

—Sí; mientras dure la misión tiene asignado un refugio especial.

—Así que consideran que eso es importante.

—Habrá un submarino en el mar del Norte, a doce kilómetros al este de una ciudad llamada Aberdeen. No tiene más que transmitir con su frecuencia de onda acostumbrada y saldrá a la superficie. En cuanto usted o yo comuniquemos a Hamburgo que ya le he pasado las órdenes, quedará abierta la ruta. El submarino estará ahí todos los viernes y los lunes a las seis de la tarde, y se quedará hasta las seis de la mañana.

—Aberdeen es una ciudad grande. ¿Tiene un buen código de referencias?

—Sí. —El agente repitió los números y Faber los memorizó.

—¿Eso es todo, mayor?

—Sí, señor.

—¿Qué piensa hacer con respecto al caballero del MI5 apostado en el edificio de enfrente?

—Tendré que despistarlo —dijo el agente encogiéndose de hombros.

Faber pensó que eso no servía.

—¿Cuáles son sus órdenes para después de haberme visto? ¿Tiene un refugio?

—No. Se supone que iré a una ciudad llamada Weymouth, donde escamotearé una lancha para regresar a Francia.

Eso no era en absoluto un plan, pensó Faber. En consecuencia, Canaris sabía cómo se desarrollaría la cosa. Perfectamente.

—¿Y si los ingleses lo detienen y lo torturan?

—Tengo la píldora para suicidarme.

—¿Y la usará?

—Es lo más probable.

Faber lo miró diciendo:

—Creo que podría hacerlo.

Colocó la mano izquierda sobre el pecho del agente e hizo presión sobre él como si estuvieran a punto de levantarse de la cama. De ese modo pudo notar con toda exactitud dónde acababa la caja torácica y comenzaba el abdomen. Introdujo la punta del estilete justo debajo de las costillas y empujó hacia arriba para llegar al corazón.

Los ojos del agente se abrieron desmesuradamente un instante. Un sonido afluyó a su garganta, pero no llegó a ser emitido. Su cuerpo se convulsionó espasmódicamente. Faber hundió un poco más el estilete. Los ojos se cerraron y el cuerpo quedó inerte.

—Habías visto mi cara —dijo Faber.

8

—Creo que le hemos perdido el rastro —dijo Percival Godliman.

Frederick Bloggs asintió con la cabeza y agregó:

—La culpa es mía.

Godliman pensó que el hombre parecía deshecho. Y tenía ese aspecto desde hacía casi un año, desde el día en que sacaron los restos destrozados de su mujer de debajo de los escombros de una casa bombardeada de Hoxton.

—No me interesa atribuir culpabilidades —dijo Godliman—. El asunto es que algo sucedió en Leicester Square durante los pocos segundos que perdió de vista a Blondie.

—¿Usted cree que se realizó el contacto?

—Posiblemente.

—Cuando lo volvimos a localizar en Stockwell, pensé que ya había dado por concluido su día.

—De haber sido así, hubiera pospuesto la cita para ayer o de nuevo para hoy. —Godliman hacía construcciones con fósforos sobre su escritorio; se trataba de una costumbre que había adoptado mientras pensaba—. ¿Aún no se advierte movimiento alguno en la casa?

—Nada. Hace cuarenta y ocho horas que está ahí metido —repitió Bloggs—. Y todo es culpa mía.

—No se repita, hombre —dijo Godliman—. Yo decidí que lo dejáramos marchar para que nos condujera a otro, y pese a todo creo que lo que hicimos está bien.

Bloggs permanecía inmóvil, con la expresión absorta y las manos los bolsillos de su impermeable.

—Si se ha realizado el contacto, no deberíamos retrasar la detención de Blondie para así descubrir cuál era su misión.

—De esa manera nos perdemos la oportunidad de seguirlo y desembocar en alguien más importante.

—Usted decide.

Godliman había construido una iglesia con sus fósforos y se quedó con la vista fija en ella. Luego tomó una moneda de su bolsillo y la arrojó al aire.

—Cruz —dijo—. Dele otras veinticuatro horas.

El dueño era un irlandés maduro, republicano, de Lisdoonvarna, County Clare, que abrigaba la secreta esperanza de que los alemanes ganaran la guerra y liberaran para siempre la isla Emerald de la opresión inglesa. Renqueaba con su artritis por todo el viejo caserón cobrando los alquileres de la semana mientras pensaba cuánto ganaría si le permitiesen elevar los precios a su verdadero valor de mercado. No era un hombre rico; solo poseía dos casas, esta y la otra más pequeña en la cual vivía. Estaba siempre de mal humor.

Llamó a la puerta del viejo del primer piso. Ese inquilino siempre se alegraba de verlo. Probablemente, se alegraba de ver a cualquiera. Le dijo:

—Hola, señor Riley, ¿quiere tomar una taza de té?

—Hoy no tengo tiempo.

—Bueno, si es así... —El viejo le entregó el dinero—. Supongo que habrá visto la ventana de la cocina.

—No; no he entrado todavía.

—¡Ah! Bien, hay un cristal quitado. Yo lo tapé con la cortina de oscurecer, pero naturalmente entra el viento.

—¿Quién lo rompió? —preguntó el dueño de la pensión.

—Es gracioso que no esté roto. Simplemente estaba ahí sobre la hierba. Supongo que la masilla estaría floja y el cristal se ha salido. Lo colocaré yo mismo si usted me consigue un poco más de masilla.

«Pedazo de estúpido», pensó el dueño. Y prosiguió en voz alta:

—Supongo que no se le ha ocurrido que quizá le podrían haber entrado a robar.

—No lo había pensado —respondió el viejo, sorprendido.

—¿No le falta a nadie nada de valor?

—No me han dicho nada.

—Muy bien. Cuando baje, echaré una mirada —dijo el dueño dirigiéndose a la puerta.

El viejo lo siguió.

—No creo que el nuevo esté en su habitación —dijo—. No se oye un solo ruido desde hace un par de días.

El dueño comenzó a olisquear.

—¿Ha estado cocinando en su habitación?

—No sé qué decirle, señor Riley.

Los dos se dirigieron escaleras arriba.

—De estar ahí, parece muy tranquilo —dijo el viejo.

—Cocine lo que cocine, tendrá que dejar de hacerlo. Huele muy mal.

El dueño llamó a la puerta. No hubo respuesta. Abrió y entró, con el viejo siempre detrás de él.

—Bien, bien, bien —dijo enfáticamente el viejo sargento—. Creo que tiene un muerto. —Se quedó de pie en la puerta, inspeccionando la habitación—. ¿Ha tocado algo, Paddy?

—No —replicó el dueño—. Mi nombre es señor Riley.

El policía no se dio por enterado y prosiguió:

—No lleva muerto mucho tiempo. He visto casos que olían peor.

Su inspección comprendió la vieja cómoda, la maleta sobre la mesita baja, la desteñida alfombra cuadrada, las cortinas mugrientas de la ventana y la desvencijada cama de la esquina. No había señales de lucha.

Se arrimó a la cama. La cara del joven tenía expresión de paz, con las manos cruzadas sobre el pecho.

—Si no fuera tan joven diría que se trata de un ataque al corazón. —No había ningún frasco de somníferos vacío que indicara un suicidio. Cogió la cartera de cuero que se encontraba sobre la cómoda e inspeccionó su contenido. Había una cédula de identidad, una libreta de racionamiento y cantidad de anotaciones—. Sus papeles están en orden; no le quitaron nada.

—Está aquí desde hace una semana más o menos —dijo el dueño—. Se puede decir que no sé nada de él. Vino del norte de Gales para trabajar en una fábrica.

—Bien —dijo el policía—. Si hubiera sido todo lo saludable que indica su aspecto, habría estado en el ejército. —Abrió la maleta—. ¡Al diablo! ¿Qué es todo esto que hay aquí?

El viejo y el dueño habían ido entrando poco a poco en la habitación. El dueño dijo:

—Es una radio.

—Se está desangrando —comentó el viejo.

—¡Que nadie toque ese cuerpo! —ordenó el sargento.

—Le han hundido un cuchillo en las entrañas —siguió insistiendo el viejo.

El sargento levantó cautelosamente una de las manos muertas del pecho para dejar al descubierto una pequeña mancha de sangre seca.

—Sí, ha sangrado —dijo—. ¿Dónde está el teléfono más próximo?

—Cinco puertas más abajo —le respondió el dueño.

—Cierren esta puerta con llave y no entren hasta que yo vuelva.

El sargento abandonó la casa y llamó a la puerta del vecino que tenía teléfono. Abrió una mujer.

—Buenos días, señora. ¿Puedo usar su teléfono?

—Pase —dijo ella conduciéndolo hasta el teléfono, que estaba en el vestíbulo sobre un soporte—. ¿Ha sucedido algo interesante?

—Ha muerto un inquilino en una pensión que queda algo más arriba —le respondió mientras marcaba el número correspondiente.

—¿Asesinado? —preguntó ella con los ojos desmesuradamente abiertos.

—Eso lo tendrán que decir los expertos. ¿Oiga? Con el inspector Jones, por favor. Habla Canter. —Miró a la mujer—. ¿Puedo pedirle que se retire a la cocina mientras hablo con mi superior?

Ella se fue defraudada.

—Hola, jefe. El cadáver tiene una herida de cuchillo y una maleta con un radiotransmisor.

—Repítame la dirección otra vez, sargento.

El sargento Canter se la dio.

—Sí, es el que ellos han estado siguiendo. Es un asunto del MI5, sargento. Vaya hasta el número 42 y comunique al equipo de observación lo que usted ha encontrado. Yo me comunicaré con su jefe. Adiós.

Canter le dio las gracias a la mujer y atravesó la calzada. Estaba bastante ansioso. Aquel era tan solo su segundo caso de asesinato en treinta y un años como policía municipal, y resultaba que implicaba espionaje. Todavía podían ascenderlo a inspector.

Llamó a la puerta del número 42. Se abrió y aparecieron dos hombres.

El sargento Canter dijo:

—¿Son ustedes agentes secretos del MI5?

Al mismo tiempo que Bloggs llegó un hombre especialmente designado: el detective-inspector Harris, a quien había conocido en sus días de Scotland Yard. Canter les mostró el cadáver.

Permanecieron inmóviles durante un momento, mirando la pacífica cara joven con su bigote rubio.

—¿Quién es? —preguntó Harris.

—Su nombre de código es Blondie —le dijo Bloggs—. Creemos que vino como paracaidista hace un par de semanas. Interceptamos un mensaje por radio a otro agente en el que concertaban un encuentro. Sabíamos el código, de modo que pudimos seguirle los pasos. Teníamos la esperanza de que Blondie nos llevara hasta el agente residente, que representa un espécimen mucho más peligroso.

—Entonces ¿qué ha pasado aquí?

—Maldito sea si lo sé.

Harris observó la herida en el pecho del agente.

—¿Un estilete?

—Algo por el estilo. Un trabajo muy limpio. Por debajo de las costillas y directamente al corazón. Rápido. ¿Quiere ver la forma en que entró?

Canter los llevó escaleras abajo hasta la cocina. Observaron la ventana y el cristal intacto sobre la hierba.

—También forzó la cerradura de la habitación —informó el policía.

Se sentaron a la mesa de la cocina, y Canter preparó té. Bloggs dijo:

—Sucedió la noche siguiente a esa en que yo lo perdí en Leicester Square. Ahí lo eché todo a perder.

—No seas tan severo contigo mismo —dijo Harris. Bebieron el té en silencio—. ¿Qué tal andan tus cosas? Nunca vienes por el Yard.

—Estoy muy ocupado.

—¿Cómo está Christine?

—Muerta en un bombardeo.

—Qué desgracia, caray —exclamó Harris con expresión de asombro.

—Y tú, ¿estás bien?

—Perdí a mi hermano en África del Norte. ¿Conocías a Johnny?

—No.

—Bebía demasiado. No te puedes imaginar. Gastaba tanto en beber que ni siquiera pudo llegar a casarse. Lo cual, por

otro lado, es mejor, dado el curso que tomaron los acontecimientos.

—Creo que hay pocos que no hayan perdido a alguien.

—Si estás solo ven a comer a casa el domingo.

—Gracias, ahora trabajo los domingos.

—Bueno, entonces ven cuando quieras —dijo Harris me-
neando la cabeza.

Un detective de la policía asomó la cabeza por la puerta y se
dirigió a Harris.

—¿Podemos empezar a reunir las pruebas, jefe?

Harris miró a Bloggs.

—Por mi parte he terminado —dijo este.

—Muy bien, muchacho, entonces adelante —le respondió
Harris.

—Supongamos que estableció el contacto después de que
perdiera la pista, y que se puso de acuerdo con el agente residente en venir aquí. El residente puede haber sospechado que
se trataba de una trampa. Eso explicaría por qué entró a través
de la ventana y forzó la cerradura.

—Si así fuera, se trata de un sujeto peligrosísimo —observó
Harris.

—Quizá precisamente por eso nunca lo hemos pescado. De
todos modos, entra en el cuarto de Blondie y lo despierta. Una
vez que lo ha hecho, ve que no se trata de una trampa, ¿no es así?

—Correcto.

—Y entonces ¿por qué habría de matar a Blondie?

—Quizá se pelearon.

—No hay signos de lucha.

Harris miró su taza vacía con el ceño fruncido y dijo:

—Es posible que se diera cuenta de que seguíamos a Blondie y temiera que lo cazáramos y le hiciéramos cantar las cuarenta.

—Esto lo convierte en un bastardo sin compasión —dijo
Bloggs.

—Y ese es el otro motivo por el que aún no hemos logrado
cazarlo.

—Vamos. Siéntese. Acabo de recibir una llamada del MI6. Canaris está que muerde.

Bloggs se acercó, se sentó y dijo:

—¿Son buenas o malas noticias?

—¿Qué significa eso, «buenas o malas noticias»?

—Muy malas —dijo Godliman—. Ha sucedido en el peor de los momentos.

—¿Puedo saber por qué?

Godliman lo miró intensamente y luego dijo:

—Creo que debe saberlo. En este momento tenemos cuarenta dobles agentes transmitiendo a Hamburgo información falsa sobre los planes de los aliados para invadir Francia.

—No sabía que la cosa fuese tan seria —murmuró Bloggs—. Supongo que los dobles estarán diciendo que nos dirigimos a Cherburgo cuando en realidad vamos hacia Calais, o viceversa.

—Algo así. Al parecer no es necesario que yo conozca los detalles, o por lo menos no me los han dado. Sea como fuere, todo el montaje peligra. Conocíamos a Canaris; sabíamos que lo engañábamos y pensábamos que podíamos seguir haciéndolo. Es posible que un agente desconfíe de su predecesor. Es más, hemos tenido algunas bajas del otro lado, es decir, gente que podría haber engañado a los del Abwehr si no fuese porque ya los habían convertido en inofensivos. Esa es otra de las razones para que los alemanes comiencen a sospechar de nuestros dobles.

—Entonces existe la posibilidad de que algo se filtre. Literalmente, miles de personas conocen ahora la existencia de nuestro sistema cruzado o de dobles, y los tenemos en Islandia, Canadá y Ceilán. Y también utilizamos ese sistema en Oriente Medio.

—Y el año pasado cometimos un error al repatriar a un alemán llamado Erich Carl. Más tarde nos enteramos de que era un agente del Abwehr, un agente en serio, y que mientras estuvo internado en la isla de Man pudo haberse enterado de la existencia de dos dobles, Mutt y Jeff, y posiblemente de un tercero llamado Tate.

—De modo que estamos pisando terreno peligroso. Con que un solo agente medianamente competente del Abwehr, aquí en Inglaterra, descubra qué es Fortitude, el nombre de código para el plan de engaño, todo el aparato estratégico puede peligrar. Descifrar palabras nos puede hacer perder la cochina guerra.

Bloggs reprimió una sonrisa al recordar los días en que el profesor Godliman no conocía siquiera el significado de tales palabras.

—La Comisión XX dejó bien claro que espera que yo me asegure de que no hay en Inglaterra un solo agente competente del Abwehr.

—La semana pasada hubiéramos podido afirmar que no los había —dijo Bloggs.

—Ahora sabemos que hay por lo menos uno.

—Y que permitimos que se nos escurra entre los dedos.

—De modo que tenemos que encontrarlo.

—No es nada fácil —dijo Bloggs con acento lúgubre—. No sabemos desde qué lugar del país está operando; no tenemos la más remota idea acerca de su aspecto. Es lo bastante astuto para no dejarse detectar por ninguna triangulación mientras transmite. De no ser así, haría mucho tiempo que lo habríamos localizado. No conocemos ni siquiera su nombre de código. ¿Dónde encontraremos, pues, el cabo de la madeja?

—Los crímenes no resueltos —dijo Godliman—. Mire, un espía comete indefectiblemente actos ilegales. Falsifica documentos, roba combustible y armas, burla los puestos de control, se mete en las áreas prohibidas, saca fotografías, y cuando alguien lo molesta, asesina. La policía debe de poseer en sus archivos algunos de esos asesinatos que seguramente sean de espías que han estado actuando durante algún tiempo. Si recorremos los archivos de crímenes sin resolver desde que empezó la guerra, encontraremos indicios.

—Pero ¿no se da cuenta de que la mayoría de los crímenes

no se resuelven? —dijo Bloggs, incrédulo—. ¡Los archivos podrían llenar el Albert Hall!

—Entonces —dijo Godliman encogiéndose de hombros—, limitémonos a Londres, y comencemos por los asesinatos.

El primer día hallaron lo que buscaban. Fue justamente Godliman quien se topó con el caso, y al principio no se dio cuenta de su significado.

Figuraba en el archivo como el asesinato de una mujer, se trataba de Una Garden, de Highgate, en 1940. Le habían cortado la garganta y presentaba síntomas de abuso sexual, aunque no la habían violado. Se hallaba en el dormitorio de su inquilino con una considerable graduación alcohólica en la sangre. El panorama parecía bien claro: había estado de juerga con su inquilino, él había querido ir más allá de lo que ella estaba dispuesta a concederle, habían forcejeado y él la había asesinado, lo cual neutralizó su libido. Pero la policía nunca encontró al huésped asesino.

Godliman estuvo a punto de pasarlo por alto. Los espías nunca se enredan en asuntos sexuales de tipo violación. Pero era un hombre muy puntilloso en lo que respecta a observar datos, de modo que leyó cada palabra y descubrió que la infortunada señora Garden recibió heridas de estilete en la espalda además del tajo fatal en la garganta.

Godliman y Bloggs se encontraban en los extremos opuestos de una mesa de madera en la sala de ficheros del Old Scotland Yard. Godliman le tiró la ficha a través de la mesa y dijo:

—Creo que es este.

Bloggs le echó una mirada y dijo:

—El estilete.

Firmaron por los documentos que se llevaban del archivo y fueron caminando hasta la Oficina de Guerra. Cuando llegaron a la oficina de Godliman encontraron sobre el escritorio un mensaje descodificado. Este lo leyó desaprensivamente, luego dio un golpe sobre la mesa, emocionado.

—¡Es él!

—«Órdenes recibidas. Saludos a Willi» —leyó Bloggs.

—¿Lo recuerda? —dijo Godliman—. ¿Die Nadel?

—Sí —respondió Bloggs sin mucha convicción—. La aguja. Pero no hay mucha información aquí.

—¡Piense, piense! Un estilete es como una aguja. Es el mismo hombre: el asesino de la señora Garden, todos aquellos mensajes en 1940 que no pudimos rastrear, la cita con Blondie...

—Es posible. —Bloggs pareció preocupado.

—Puedo probarlo —dijo Godliman—. ¿Recuerda la transmisión sobre Finlandia que usted me enseñó el primer día que llegué aquí? ¿Esa que fue interrumpida?

—Sí. —Bloggs se apresuró a ir al archivo para encontrarla.

—Si mi memoria no me engaña, la fecha de la transmisión coincide con la del asesinato... Y apuesto a que el momento de la muerte coincide con la interrupción.

Bloggs encontró el mensaje en el archivo.

—Tiene usted razón por segunda vez.

—¡Naturalmente!

—Ha estado actuando en Londres durante por lo menos cinco años, y no hemos podido localizarlo hasta ahora —reflexionó Bloggs—. No será fácil pescarlo.

De pronto, la expresión de Godliman se tornó lobuna y dijo apretando los dientes:

—Es posible que sea inteligente, pero no es más inteligente que yo. Lo voy a clavar en esa pared como a una mariposa, qué diablos.

Bloggs lanzó una carcajada.

—¡Dios mío, cómo ha cambiado usted, profesor!

—¿Se da cuenta de que es la primera vez que se ríe en un año? —dijo Godliman.

9

La lancha de las provisiones rodeó la isla de las tormentas y navegó hacia la bahía bajo un cielo límpidamente azul. Dos mujeres iban en ella: una era la esposa del piloto —él había sido llamado a filas y ahora ella seguía con el negocio— y la otra era la madre de Lucy.

Esta última salió de la lancha vistiendo un traje de fajina: una chaqueta de estilo masculino y una falda por encima de las rodillas. Lucy la abrazó con fuerza.

—¡Mamá! ¡Qué sorpresa!

—¡Pero si te escribí!

La carta venía con el correo en la misma lancha; la madre había olvidado que el correo llegaba solo una vez cada quince días.

—¿Este es mi nieto? ¡Pero si ya es todo un hombre!

El pequeño Jo, de casi tres años, tuvo un acceso de timidez y se escondió tras la falda de Lucy. Era hermoso, alto para su edad, y de pelo oscuro.

—¿No es idéntico a su padre? —dijo la madre.

—Sí —respondió Lucy—. Te debes de estar congelando. Ven, sube a casa. ¿De dónde sacaste esa falda?

Recogieron las provisiones y comenzaron a subir por la ladera hacia la cumbre. Por el camino, la madre no dejaba de parlotear.

—Está de moda, querida. Ahorra tela. Además, allí no hace tanto frío. ¡Qué viento! Supongo que puedo dejar mi maleta en el muelle, ¡quién la va a robar! Jane está comprometida con un soldado norteamericano. Blanco, gracias a Dios. Es de un lugar que se llama Milwaukee, y no anda masticando chicle. ¿No te parece un encanto? Ahora solo me quedan cuatro hijas por casar. Tu padre es capitán de la Home Guard, ¿te lo había dicho? Se pasa media noche de pie patrullando la propiedad a la espera de paracaidistas alemanes. El almacén del tío Stephen fue bombardeado. No sé cómo se las va a arreglar; creo que hay un acta de guerra o algo así...

—Basta, mamá, te quedan catorce días para contarme las novedades. —Lucy rio.

Llegaron a la casa y la madre comentó:

—¿No es precioso? —Entraron—. Me parece realmente una delicia.

Lucy sentó a su madre ante la mesa de la cocina y preparó té.

—Tom te traerá tu maleta. En un momento estará aquí para almorzar con nosotros.

—¿El pastor?

—Sí.

—¿Así que encuentra tareas para David?

—La cosa es al revés. —Lucy rio—. Ya te lo contará él mismo. Pero aún no me has dicho por qué estás aquí.

—Querida, me parece que ya era hora de que nos viésemos. Sé que es de esperar que no hagas viajes innecesarios, pero una vez en cuatro años no es demasiado pedir, ¿verdad?

Desde afuera les llegó el ruido del jeep, y un momento después David entraba por sí mismo en su silla de ruedas. Besó a su suegra y presentó a Tom.

—Tom, hoy puede ganarse el almuerzo trayendo la maleta de mamá, pues ella se ha traído sus propias provisiones —dijo Lucy.

—Es un día duro —dijo David calentándose las manos en la cocina.

—Entonces ¿te estás dedicando a la cría de ovejas? —preguntó la madre de Lucy.

—En este momento el rebaño es el doble de lo que era hace tres años —le informó David—. Mi padre nunca se tomó en serio el trabajo de esta isla. He cercado diez kilómetros de tierra en la cima del acantilado, he mejorado los pastos y he introducido métodos modernos de crianza. No solo tenemos más ovejas, sino que cada animal nos da mejor carne y más abundante; lo mismo sucede con la lana.

—Supongo que Tom hace el trabajo físico y tú das las órdenes —dijo la madre, tanteando.

—Todo a medias, mamá —dijo David riendo.

Para el almuerzo tenían corazones, y además los dos hombres comieron montañas de patatas fritas. La madre alabó los buenos modales de Jo en la mesa. Luego, David encendió un cigarrillo y Tom llenó su pipa.

—Lo que quisiera saber es cuándo nos vais a dar más nietos —dijo la madre con una sonrisa iluminándole la cara.

Se produjo un largo silencio.

—Bueno, creo que es una maravilla todo lo que está haciendo David —acotó la madre.

—Sí —respondió Lucy.

Durante el tercer día de la visita de su madre, Lucy y ella caminaban por la cima del acantilado. El viento había amainado y el tiempo invitaba a pasear. Iban con Jo, a quien habían puesto un jersey de pescador y un abrigo de piel. Se detuvieron en una subida para contemplar a David, que con Tom y el perro iban arriando las ovejas. Lucy podía ver en la expresión de su madre una lucha interna entre la preocupación y la discreción. Decidió ahorrarle el esfuerzo de formular preguntas.

—No me quiere —le dijo.

La madre lanzó una rápida mirada para asegurarse de que Jo no oía.

—Estoy segura de que no es así, querida. Cada hombre expresa su amor de manera dif...

—Mamá, no hemos sido marido y mujer, de hecho, desde que nos casamos.

—¿Pero...? —dijo señalando con la cabeza a Jo.

—Fue una semana antes de la boda.

—Oh, querida, ¿entonces el accidente...?

—Sí, pero no de la forma que estás pensando. No es nada físico. Simplemente no quiere... —Lucy lloraba silenciosamente, las lágrimas le corrían por las mejillas tostadas y curtidas por el viento y el sol.

—¿Le has hablado acerca de ello?

—Lo he intentado.

—Quizá con el tiempo...

—¡Ya han pasado casi cuatro años!

Hubo una pausa. Comenzaron a caminar a través del brezal, bajo el débil sol de la tarde. Jo corría tras las gaviotas. La madre dijo:

—En una ocasión casi dejé a tu padre.

—¿Cuándo? —preguntó ahora Lucy, azorada.

—Fue poco después de que naciera Jane. En aquel entonces no estábamos bien económicamente; tu padre trabajaba para su padre y se produjo una crisis. Estaba esperando familia por tercera vez en tres años y parecía que una vida dedicada a tener hijos e ingeniárselas para estirar el dinero no me aportaba nada que me pudiera parecer halagüeño. Además, descubrí que estaba visitando a alguien que le había entusiasmado una vez; Brenda Simmonds, tú nunca la conociste. Luego ella se fue a Basingstoke. De pronto me pregunté qué estaba haciendo y para qué, y no podía hallar una respuesta.

Lucy tenía recuerdos leves y fragmentados de aquellos días: el abuelo con bigotes blancos; su padre más delgado; dilatadas comidas familiares en la gran cocina de la granja; risas, sol y animales. Por aquel entonces el matrimonio de sus padres parecía representar una felicidad sólida y permanente. En ese momento dijo:

—¿Por qué no lo hiciste? Quiero decir, ¿por qué no te marchaste?

—En aquellos tiempos no se hacía. El divorcio no era nada común, y las mujeres no podían conseguir trabajo.

—Ahora trabajamos en todo tipo de cosas.

—También lo hicieron en la guerra pasada, pero luego todo cambió. Hubo paro laboral. Supongo que esta vez también pasará lo mismo. De algún modo los hombres se salen con la suya, hablando en términos generales, ¿no es así?

—Y te alegras de haberte quedado. —No hubo respuesta, y no era una pregunta.

—La gente de mi edad no tendría que hacer declaraciones acerca de la vida. Pero mi vida ha sido una cuestión que se iba haciendo segundo a segundo, y lo mismo sucede con la mayoría de las mujeres que conozco. Seguir con lo que se está haciendo usualmente parece un sacrificio, pero casi nunca lo es. De todos modos, no voy a darte ningún consejo. No me harías caso, y si me lo hicieras luego me echarías la culpa de tus problemas, pues así es.

—Oh, mamá —dijo Lucy sonriendo.

—¿Volvemos? —propuso su madre—. Creo que ya hemos andado bastante por hoy.

Una noche, en la cocina, Lucy le dijo a David:

—Me gustaría que mamá se quedara otra quincena, si puede. —La madre estaba arriba, acostando a Jo y contándole un cuento.

—¿Quince días no son suficientes para diseccionar mi personalidad? —preguntó David.

—No seas tonto, David.

Él se aproximó en su silla de ruedas hasta el asiento de ella.

—¿Me vas a decir que no habláis sobre mí?

—Claro que hablamos de ti, para eso eres mi marido.

—¿Qué le has dicho?

—¿Qué puede importarte? —dijo Lucy, no sin malicia—. ¿De qué puedes avergonzarte?

—Vete al diablo, no tengo nada de lo que avergonzarme. Pero a nadie le gusta que su vida privada sea pasto de dos mujeres chismosas.

—No chismorreamos sobre ti.

—Entonces ¿de qué habláis?

—Te sientes molesto, ¿verdad?

—Respóndeme.

—Yo le digo que quiero separarme de ti y ella trata de disuadirme.

Él hizo girar su silla y se alejó diciendo:

—Dile que no necesita preocuparse por mí.

—¿Lo dices en serio? —le gritó ella.

Él detuvo la silla.

—No necesito a nadie, ¿me entiendes? Me las puedo arreglar perfectamente solo.

—¿Y yo? —dijo ella suavemente—. Quizá yo necesite a alguien.

—¿Para qué?

—Para que me ame.

La madre entró y olfateó el clima.

—Está profundamente dormido —dijo—. Se rindió antes de que la Cenicienta llegara al baile. Bueno, me voy a recoger mis cosas para no dejar todo para el último momento. —Volvió a salir.

—¿Crees que alguna vez lo nuestro cambiará, David?

—No sé a qué te refieres.

—¿Alguna vez seremos... como éramos antes de casarnos?

—Mis piernas no volverán a crecer, si te refieres a eso.

—Oh, Dios, ¿no puedes entender que no me importa? Lo único que deseo es sentirme querida.

—Eso es problema tuyo —dijo David encogiéndose de hombros. Y salió antes de que ella empezara a llorar.

La madre no se quedó durante otros quince días. Al día siguiente Lucy la acompañó hasta el muelle. Estaba lloviendo a cántaros y las dos llevaban impermeable. Permanecieron silenciosas mientras esperaban a que llegase la lancha, contemplando la lluvia que picoteaba el agua y formaba pequeños cráteres. La madre sostenía a Jo entre sus brazos.

—En su momento las cosas cambiarán —dijo ella—. Cuatro años no son nada en un matrimonio.

—Por mi parte no es mucho lo que puedo hacer, de modo que no sé lo que va a pasar —dijo Lucy—. Están Jo y la guerra, y la situación de David..., ¿cómo podría marcharme?

Llegó la lancha y Lucy cambió a su madre por tres cajas de provisiones y cinco cartas. El mar estaba picado. La madre se sentó en la pequeña cabina de la lancha. Se dijeron adiós con el brazo en alto hasta que la barca desapareció en la curva que rodeaba la isla. Luego, Lucy se sintió terriblemente sola.

—No quiero que se vaya la abuela —comenzó a llorar Jo.

—Yo tampoco —dijo Lucy.

10

Godliman y Bloggs caminaban uno junto al otro por la acera de una calle comercial londinense dañada por los bombardeos. Constituían una pareja muy desigual: el profesor cargado de hombros, con su cara de aguilucho, sus gruesos anteojos de cristal de roca y la pipa, caminando sin mirar dónde pisaba, con pasos cortos y apresurados; y el otro, un joven de pies planos, rubio y empecinado con su impermeable de detective y su espectacular sombrero. Parecían el diseño de una historieta cómica que aguardara su leyenda para ir a la imprenta.

—Me parece que Die Nadel tiene muy buenos padrinos —iba diciendo Godliman.

—¿Por qué?

—Es la única explicación de que pueda ser tan insubordinado impunemente. Decir «Saludos a Willi» solo podría referirse a Canaris.

—Usted cree que deben de haber sido compinches.

—De alguien es compinche... y quizá lo sea de alguien más poderoso que Canaris.

—Tengo la impresión de que eso nos lleva mucho más lejos.

—La gente que está muy vinculada, generalmente establece esos vínculos en la escuela, en la universidad. Piénselo.

Se encontraban en el exterior de una tienda que presentaba un enorme boquete donde una vez hubo un gran escaparate cerrado. Allí colgaba un burdo cartel, pintado a mano y clavado en el marco, que decía: «Aún más abierto que de costumbre».

—Vi otro en un puesto de policía —dijo Bloggs riendo— que decía: «Portaos bien que seguimos abiertos».

—Se ha convertido en una forma de arte menor.

Siguieron andando. Luego, Bloggs dijo:

—¿Y qué importancia tiene que Die Nadel haya ido al colegio con algún jerarca de la Wehrmacht?

—En la escuela siempre se sacan fotos de los alumnos. Middleton, en el subsuelo de Kensington, la casa donde el MI6 vivía antes de la guerra, tiene una colección de miles de fotografías de oficiales alemanes: fotos escolares durante fiestas, en desfiles estrechándose las manos con Adolf, fotos de periódicos..., en fin, hay de todo.

—Ya veo —dijo Bloggs—. De modo que si usted está en lo cierto, y Die Nadel ha asistido en Alemania a los equivalentes de Eton y Sandhurst, seguramente tenemos una foto de él.

—Es casi seguro. Los espías no son aficionados a las cámaras fotográficas, pero no nacieron siendo espías, de modo que habrá un jovencito Die Nadel en los archivos de Middleton.

Bordearon un gran boquete que había ante una barbería. El edificio había quedado intacto, pero el tradicional poste a rayas blancas y rojas estaba destrozado en el suelo. Un cartel en el escaparate decía: «Casi nos afeitan, pero afeitamos. Haga el favor de pasar».

—Pero ¿cómo lo vamos a reconocer? Nadie lo ha visto jamás —dijo Bloggs.

—¿Cómo que no? En la pensión de la señora Garden en Highgate le conocen muy bien.

La casa victoriana se hallaba sobre una loma desde la que se divisaba todo Londres. Estaba construida en ladrillo visto, y Bloggs pensó que parecía como enfadada por el daño que Hitler le estaba ocasionando a su ciudad. Sobresalía en lo alto, que era indudablemente un lugar muy apropiado para transmitir por radio. Die Nadel habría elegido el último piso. Bloggs pensó que quién sabe cuántos secretos habría transmitido a

Hamburgo desde aquel lugar durante los atribulados días de 1940: datos sobre lugares geográficos, fábricas de aviones, fábricas metalúrgicas, defensas costeras, chismes políticos, máscaras antigás, refugios, trincheras, la moral británica, daños por bombardeos. «Bien, muchachos, por fin hemos destruido a Christine Bloggs. Corto y cierro.»

Un hombre maduro vestido con chaqueta y pantalón a rayas le abrió la puerta.

—Buenos días. Soy el inspector Bloggs de Scotland Yard. Quisiera hablar un momento con el dueño de la casa, por favor.

Bloggs advirtió el temor en los ojos del hombre; luego, una mujer joven fue hasta la puerta y dijo:

—Pase, por favor.

El vestíbulo embaldosado olía a cera. Bloggs colgó su sombrero y su impermeable en el perchero. El señor maduro desapareció en las profundidades de la casa y la mujer condujo a Bloggs hasta una sala. Estaba amueblada al antiguo estilo, con piezas costosas. Había una mesa rodante con botellas de whisky, ginebra y licores; estaban todas sin abrir. La mujer se sentó en un sillón con tapizado de flores y se cruzó de piernas aguardando las preguntas.

—¿Por qué se atemoriza ante la policía el señor mayor? —preguntó Bloggs.

—Mi suegro es judío alemán. Vino aquí en 1935 para escapar de Hitler, y en 1940 ustedes lo metieron en un campo de concentración. Su esposa se suicidó ante la perspectiva. Él acababa de ser liberado de la isla de Man. Recibió una carta del rey, donde le pedía disculpas por las molestias que había sufrido.

—Nosotros no tenemos campos de concentración —dijo Bloggs.

—Los inventamos. En África del Sur. ¿No lo sabía usted? Escribimos nuestra historia, pero olvidamos algunas partes. Siempre hemos sido muy hábiles para no ver los hechos desagradables.

—Quizá no importe demasiado.

—¿Cómo?

—En 1939 no quisimos ver el hecho desagradable de que nosotros solos no podíamos ganar la guerra contra Alemania, y ya ve usted lo que ha pasado.

—Eso mismo dice mi suegro. Él no tiene una actitud tan cínica como la mía. ¿Qué podemos hacer para contribuir a la tarea de Scotland Yard?

Bloggs había estado disfrutando del intercambio de opiniones y con cierta resistencia volvió la atención a su trabajo específico.

—Se trata de un asesinato que se produjo aquí hace cuatro años.

—¡Tanto tiempo!

—Es posible que existan nuevas pruebas.

—Conozco el caso, por supuesto. La dueña anterior fue asesinada por uno de sus huéspedes. Mi esposo compró la casa al Estado; ella no tenía herederos.

—Quisiera poder hallar a las personas que fueron huéspedes en aquel momento.

—Sí. —Ahora desapareció la hostilidad en el tono de la mujer, y su inteligente rostro se reconcentró en el esfuerzo por recordar.

—Cuando nosotros llegamos aquí había tres que vivieron en la casa antes del hecho: un oficial de Marina retirado, un vendedor y un joven de Yorkshire. El joven se alistó en el ejército; aún nos escribe. El vendedor fue llamado al frente y murió en el mar. ¡Lo sé porque dos de sus cinco esposas se pusieron en comunicación con nosotros!; y el comandante aún está aquí.

—¡Aún está aquí! A eso se le llama tener suerte. Me gustaría verlo, por favor.

—Cómo no. —Ella se puso de pie—. Ha envejecido bastante. Lo acompañaré hasta su habitación. —Subieron por la escalera alfombrada hasta el primer piso—. Mientras usted habla con él buscaré la última carta del muchacho que está en el ejército. —Llamó a la puerta. Era más de lo que habría hecho la dueña de la casa donde vivía Bloggs, pensó este con asombro.

—Está abierto —dijo una voz, y Bloggs entró.

El comandante estaba sentado en una silla junto a la ventana con las piernas envueltas en una manta. Llevaba chaqueta deportiva, camisa y corbata, y usaba gafas. El pelo se le veía ralo y los bigotes grises; la piel, suelta y arrugada en un rostro que una vez debió de haber sido fuerte. El cuarto era el hogar de un hombre que vivía de sus recuerdos. Había pinturas de barcos en alta mar, un sextante y un telescopio, también una fotografía de cuando era niño a bordo del barco de la Real Armada Británica, el *Winchester*.

—Vea usted —dijo sin darse la vuelta—; dígame por qué ese joven no está en la Marina.

Bloggs se dirigió a la ventana, desde donde se divisaba, justo en la curva de la acera de enfrente, un carro de panadero tirado por un caballo, un caballo viejo que bajaba la cabeza y la hundía en la bolsa que llevaba colgada al cuello, mientras el «muchacho», que era una mujer, hacía las entregas. Llevaba pantalones, el rubio pelo muy corto y tenía un magnífico busto. Bloggs rio diciendo:

—Es una mujer con pantalones.

—¡Dios santo, es cierto! —El comandante dio media vuelta—. En estos días no se puede saber. ¡Qué cosa, las mujeres con pantalones!

Bloggs se presentó diciendo:

—Hemos reabierto el caso de un asesinato que se cometió en 1940. Creo que usted vivió aquí en la misma época que el sospechoso principal, un tal Henry Faber.

—¡En efecto! ¿Qué puedo hacer para prestar mi colaboración?

—¿Se acuerda usted bien de él?

—Perfectamente. Un tipo alto, de pelo negro, tranquilo, educado. Descuidado en su manera de vestir, hasta tal punto que si uno era del tipo de gente que juzga por las apariencias, podría equivocarse con él. A mí no me disgustaba; no me hubiera negado a trabar una relación más estrecha con él, pero él no se prestaba. Supongo que tendría más o menos su edad.

Bloggs reprimió una sonrisa. Estaba acostumbrado a que le atribuyeran más años por el hecho de ser policía.

—Yo estoy seguro de que él no lo hizo —agregó el comandante—. Sé algo acerca de los distintos temperamentos. No se puede mandar un barco sin saber un poco. Y si ese hombre era un maníaco sexual, yo soy Hermann Goering.

Súbitamente, Bloggs vinculó la rubia con pantalones y el error sobre su propia edad, y la conclusión lo deprimió. Dijo:

—Debo observarle la conveniencia de pedir siempre a la policía su identificación como tal.

El comandante quedó ligeramente desconcertado.

—Muy bien. Veámosla, entonces.

Bloggs abrió su cartera y la dobló dejando a la vista el retrato de Christine.

—Aquí está.

El comandante la estudió un momento y luego dijo:

—Se parece mucho.

Bloggs suspiró. El viejo estaba casi ciego.

—Bueno, es todo por ahora —dijo poniéndose de pie—. Gracias.

—Cuando necesite cualquier cosa de mí, estoy a su disposición. No valgo mucho para Inglaterra en estos días. Y hay que ser bastante inútil para no estar siquiera en la Home Guard, usted lo comprenderá.

—Hasta pronto —dijo Bloggs, y salió de la habitación.

La mujer se encontraba en el vestíbulo de la planta baja. Le entregó una carta a Bloggs.

—La dirección del muchacho es un apartado de correos —dijo ella—. Su nombre es Parkin..., no me cabe duda de que podrá localizarlo.

—Usted sabía que el comandante no me sería de utilidad —dijo Bloggs.

—Supongo que no. Pero un visitante le compensa el día. —Ella le abrió la puerta.

Siguiendo un impulso, Bloggs le preguntó:

—¿Quiere usted almorzar conmigo?

—Mi esposo se encuentra aún en la isla de Man —respondió ella con el rostro ensombrecido.

—Lo lamento..., creí que...

—Está bien, me siento halagada.

—Quería convencerla de que no somos la Gestapo.

—Ya sé que no lo son. Simplemente, una mujer sola se vuelve amargada.

—Yo perdí a mi esposa en un bombardeo —dijo Bloggs.

—Entonces usted sabe cómo se llega a odiar.

—Sí —dijo Bloggs—. Se llega a odiar. —Bajó los escalones. La puerta se cerró tras él.

Había comenzado a llover...

Entonces también llovía. Bloggs llegó tarde a su casa, pues había estado revisando material nuevo con Godliman. Ahora se daba prisa para poder estar media hora con Christine antes de que ella saliera con la ambulancia. Ya era de noche y el ataque aéreo había comenzado. Las cosas que Christine vio esa noche eran tan tremendas que había dejado de comentarlas.

Bloggs estaba orgulloso de ella. Los que trabajaban con Christine decían que era mejor que dos hombres. Ella se lanzaba a través del Londres oscurecido, conduciendo como una veterana, girando sobre ruedas al llegar a las esquinas, silbando y bromeando mientras la ciudad ardía a su alrededor. Decían que era temeraria. Bloggs sabía la verdad: estaba aterrorizada, pero no lo hubiera dejado traslucir. Él lo sabía porque vio sus ojos una mañana cuando se levantó mientras ella iba a acostarse y estaba con la guardia baja, pues seguían unas horas de alivio. Él sabía que no era temeraria, sino solo valiente, y estaba orgulloso.

Cuando bajó del autobús llovía más fuerte. Se encajó bien el sombrero y se levantó el cuello. En el estanco se detuvo a comprar cigarrillos para Christine, que recientemente había comenzado a fumar, como muchas otras mujeres. El dependiente solo le daba cinco cigarrillos por el racionamiento, y él los colocaba en la pitillera Woolworth de baquelita.

Un policía lo detuvo y le exigió su documento de identidad; otros dos minutos desperdiciados. Pasó una ambulancia parecida a la que conducía Christine; también un camión de fruta pintado de gris.

A medida que se aproximaba a su casa comenzó a sentirse intranquilo. Las explosiones se oían cerca. Y podía oír claramente el avión. El East End tendría otra noche movida; él dormiría en el refugio Morrison. Había uno grande, muy cerca; apresuró el paso. También comería en el refugio.

Dio la vuelta a la esquina de su casa, vio las ambulancias y a los bomberos, y comenzó a correr.

La bomba había caído sobre la acera de su casa, más o menos en la mitad de la manzana, parecía cerca de su casa. «Dios mío, que no nos haya tocado a nosotros...»

Había dado directamente sobre el techo y la casa había quedado literalmente planchada. Corrió hacia donde se hallaba amontonada la gente, los vecinos y los bomberos. «¿Mi mujer está bien? ¿Está fuera? ¿Está ahí dentro?»

Uno de los bomberos lo miró y le dijo:

—Nadie ha salido de ahí, compañero.

Los que efectuaban la labor de rescate estaban levantando las piedras y la mampostería. Súbitamente uno de ellos gritó:

—¡Aquí! —Luego dijo—: ¡Dios mío, es la Temeraria Bloggs!

Frederick se abalanzó hacia el lugar donde estaba el hombre. Christine estaba bajo un gran desprendimiento de cascotes. Su cara era visible; tenía los ojos cerrados.

El miembro del grupo de rescate gritó:

—La grúa, muchachos, es urgente.

Christine emitió un gemido y se movió.

—¡Está viva! —dijo Bloggs.

Se arrodilló a su lado y le sacó la mano de debajo de los escombros.

—¡No puede mover eso! —le dijo el miembro del grupo de rescate.

Levantaron los escombros.

—Se va a matar —dijo el hombre, y se inclinó para ayudarlo.

Cuando llegaron a setenta centímetros del suelo estaban metidos dentro y sostenían el peso con los hombros. Ahora el peso no estaba sobre Christine. Un tercer hombre vino a hacer fuerza y luego un cuarto y todos hacían fuerza juntos.

Bloggs dijo:

—La voy a sacar.

Se deslizó bajo la rampa de ladrillo y cogió a su esposa entre los brazos.

—¡Diablos, está cediendo! —gritó uno.

Bloggs logró escabullirse de allí abajo con Christine apretada contra su pecho. En cuanto él estuvo fuera, los del grupo de rescate se hicieron a un lado y dejaron caer el bloque de mampostería, que cayó a tierra con gran estruendo, y cuando Bloggs se dio cuenta de que eso había caído sobre Christine, supo que ella moriría.

La llevó hasta la ambulancia, que partió inmediatamente. Ella abrió una vez más los ojos antes de morir y dijo:

—Tendrás que ganar la guerra sin mí, querido.

Más de un año después, mientras caminaba bajando la loma de Highgate hacia el cuenco de Londres, con la lluvia mezclada con las lágrimas que le corrían por la cara, pensó que la mujer de la casa del espía había dicho una gran verdad: «Logran que uno odie».

En la guerra, los muchachos se vuelven hombres, y los hombres se vuelven soldados y los soldados llegan a ascender de jerarquía; y por esa razón, Billy Parkin, de dieciocho años, que provenía de una pensión en Highgate y cuyo destino natural hubiera sido ser aprendiz de la curtiduría de su padre en Scarborough, tenía para el ejército veintiún años y había ascendido a sargento. Su misión consistía en conducir su escuadrón de vanguardia a través de un bosque caluroso y seco, hasta una aldea encalada de Italia.

Los italianos se habían entregado, pero los alemanes no, y eran los alemanes los que estaban defendiendo Italia contra la invasión combinada de las fuerzas angloamericanas. Los aliados se dirigían a Roma, y eso, para el escuadrón del sargento Parkin, significaba recorrer un largo camino.

Terminaron de cruzar el bosque en la cumbre de un monte, y se echaron al suelo para contemplar el pueblo situado abajo. Parkin sacó sus prismáticos y dijo:

—Qué no daría yo por una jodida taza de té. —Ahora bebía, fumaba cigarrillos, se liaba con mujeres y su vocabulario era como el de todos los soldados en cualquier parte del mundo. Ya no asistía a las reuniones dominicales de la parroquia.

Algunos de aquellos pueblos estaban defendidos, y otros no. Parkin reconoció que era una buena táctica, pues no se sabía nunca cuál no estaba defendido, de modo que había que avanzar con suma cautela, y la cautela requería tiempo.

La falda del monte brindaba poco refugio, apenas unos cuantos arbustos, y el pueblo comenzaba al pie de este. Había unas pocas casas blancas, y un puente de madera por debajo del cual pasaba un río; más allá venían más casas en torno a una pequeña plaza con su correspondiente alcaldía y el reloj de la torre, desde la cual se divisaba perfectamente el puente. Si el enemigo llegaba allí, ellos podrían refugiarse muy bien en la alcaldía. Unas pocas siluetas trabajaban en los campos circundantes. Sabía Dios quiénes serían. Quizá fueran auténticos campesinos, o miembros de una de las tantas facciones: fascistas, mafiosos, corsos, partisanos, comunistas..., o incluso alemanes. Nunca se sabía de qué lado estaban hasta que no empezaban los tiros.

—Adelante, cabo —dijo Parkin.

El cabo Watkins volvió a meterse en el bosque y reapareció pocos minutos después en la polvorienta carretera que conducía al pueblo; iba ataviado con un sombrero de civil y una mugrienta manta vieja sobre el uniforme, caminaba con paso vacilante y llevaba sobre los hombros un atado que podría haber sido cualquier cosa, desde un montón de cebollas hasta un conejo muerto. Llegó hasta la entrada del pueblo y se perdió en la oscuridad de una de las casas bajas.

Pasado un momento salió, arrimándose contra la pared del lado que no podía ser divisado desde la aldea, miró hacia los soldados apostados en la cima y por tres veces hizo señas con el brazo en alto: uno, dos, tres.

El escuadrón comenzó a marchar hacia abajo por la falda de la montaña en dirección a la aldea.

—Todas las casas están vacías, sargento —dijo Watkins.

Parkin asintió. Eso no significaba nada.

Se desplazaron a través de las casas hasta la orilla del río. Entonces Parkin dijo:

—Es tu turno, Smiler. Te toca cruzar el Mississippi, vamos.

El asistente Smiler Hudson apiló cuidadosamente su equipo, se quitó el casco, las botas y la camisa, y se deslizó hacia la estrecha corriente de agua. Emergió en el lado opuesto, trepó a la orilla y desapareció entre las casas. Esta vez la señal se hizo esperar más; la inspección debía cubrir un área mayor. Finalmente, Hudson inició el retorno a través del puente de madera.

—Si están aquí, se han escondido —dijo.

Recuperó su equipo, y los hombres del escuadrón cruzaron el puente para entrar en la aldea, manteniéndose luego pegados a las paredes mientras se encaminaban a la plaza. Un pájaro salió volando de un techo y sobresaltó a Parkin. A medida que pasaban los hombres abrían puertas a patadas. No había un alma.

Permanecieron al borde de la plaza. Parkin señaló con la cabeza la alcaldía diciendo:

—¿Has entrado ahí, Smiler?

—Sí, señor.

—Entonces todo indica que el lugar es nuestro.

—Así es, señor.

Parkin se adelantó para cruzar la plaza, y entonces sucedió. Estampidos de rifles y ametralladoras los rodearon. Watkins, que iba delante, soltó un grito de dolor y se agarró la pierna.

Parkin lo levantó en vilo. Un tiro le arrancó el casco de metal. Corrió hasta la casa más próxima, aseguró la puerta y se dejó caer al suelo.

El tiroteo se interrumpió. Parkin se atrevió a mirar afuera. En la plaza había un hombre herido: Hudson. Se movió y sonó un tiro aislado. Ya no se movió más.

—Hijos de puta —dijo Parkin.

Watkins hacía algo con su pierna mientras maldecía.

—¿Aún tienes ahí la bala? —preguntó Parkin.

—¡Ay! —gritó Watkins con una sonrisa dolorida y manteniendo algo en alto—. Ya no. —Parkin volvió a mirar afuera—. Están en la torre del reloj. Nadie hubiera creído que había sitio allí. No pueden ser muchos.

—Pero pueden tirar bien.

—Sí. Nos tienen inmovilizados. —Parkin frunció el ceño—. ¿Tenemos fuegos de artificio?

—Sí.

—A ver, echemos una mirada. —Parkin abrió la mochila de Watkins y sacó la dinamita—. Bueno, prepárame una mecha de diez segundos.

Los otros estaban en la casa de enfrente. Parkin les gritó:

—¡Escuchad!

Apareció una cara ante la puerta.

—¿Sargento?

—Voy a tirar un tomate. Cuando pegue el grito, abridme.

—¡De acuerdo!

Parkin encendió un cigarrillo. Watkins le entregó un cartucho de dinamita. Parkin gritó: «¡Fuego!». Encendió la mecha con el cigarrillo, salió a la calle, echó el brazo hacia atrás y arrojó el cartucho a la torre del reloj, escabulléndose dentro con el ruido de los disparos de sus propios hombres en los oídos. Una bala dio en el marco de madera y una astilla le rebotó bajo el mentón. Oyó la explosión de la dinamita.

Antes de que pudiera mirar, alguien desde la acera de enfrente gritó:

—¡Estupendo, en el blanco!

Parkin dio un paso afuera. La vieja torre del reloj se había desplomado. Se oía un sonido incongruente a medida que el polvo se depositaba sobre las ruinas.

—¿Has jugado alguna vez al críquet? —preguntó Watkins—. Ha sido un lanzamiento genial.

Parkin caminó hacia el centro de la plaza. Los restos humanos desperdigados permitían deducir que se trataba de unos tres alemanes.

—De todos modos la torre estaba bastante deteriorada. Seguramente se hubiera caído igual si todos juntos hubiéramos estornudado junto a ella —dijo volviéndose—. Otro día otro dólar. —Era una frase que había aprendido de los yanquis.

—¿Sargento? La radio. —Era el operador de radio.

Parkin se acercó y cogió el aparato.

—Aquí el sargento Parkin.

—El mayor Roberts. Por el momento, queda liberado del servicio activo, sargento.

—¿Por qué? —En un primer momento, Parkin pensó que se había descubierto su verdadera edad.

—Se le necesita en Londres. No me pregunte para qué, porque no lo sé. Deje a su segundo a cargo y vuelva a la base. En la carretera lo estará esperando un vehículo.

—Sí, señor.

—Las órdenes también dicen que bajo ningún concepto debe usted arriesgar su vida. ¿Comprendido?

Parkin esbozó una sonrisa al pensar en la torre del reloj y la dinamita.

—Comprendido.

—Muy bien, entonces en marcha, chico afortunado.

Todos se habían referido a él como un muchacho, pero lo habían conocido antes de que se alistara en el ejército, pensó Bloggs. No cabía duda de que ahora era un hombre, que caminaba con confianza en sí mismo y con gracia, que miraba a su alrededor con agudeza, y que era respetuoso sin hallarse incómodo en compañía de los oficiales de mayor graduación. Bloggs sabía que estaba mintiendo sobre la edad, no por su apariencia o sus modales, sino por los pequeños síntomas que aparecían cuando se mencionaba la edad; signos que Bloggs, un experimentado interrogador, reconocía por la práctica.

Le había divertido cuando le dijeron que querían que mirase algunas fotografías. Ahora, cuando ya hacía tres días que estaba en la polvorienta cripta del señor Middleton, en Kensington, la diversión se había convertido en tedio. Lo que más lo irritaba era la prohibición de fumar.

Lo más aburrido para Bloggs era que debía sentarse y observarlo. Llegado un momento, Parkin dijo:

—Supongo que no me habrán hecho volver de Italia por un crimen de cuatro años atrás que podría esperar a que finalizara la guerra. Además, estas fotos son en su mayoría de oficiales alemanes. Si este caso es algo secreto, sería mejor que me lo dijeran.

—Es algo secreto —dijo Bloggs.

Parkin volvió a las fotografías.

Todas eran viejas, la mayoría descoloridas y poco claras. Muchas estaban tomadas de libros, revistas y periódicos. A veces Parkin usaba una lupa que el señor Middleton, hombre previsor, le había facilitado para que observara más detenidamente una cara pequeña en medio de un grupo; y cada vez que sucedía esto, el corazón de Bloggs se aceleraba, solo para desacelerarse cuando Parkin dejaba la lupa a un lado y volvía a coger otra fotografía.

Fueron hasta un pub cercano para almorzar. La cerveza era floja, como casi toda la cerveza en tiempo de guerra, pero aun así Bloggs consideró adecuado restringir a dos vasos la cuota del joven Parkin. De haber estado solo, se hubiera despachado un litro.

—El señor Faber era de carácter tranquilo —dijo Parkin—. Nadie hubiera dicho que tuviera esa característica. Además, la dueña de la casa no era un adefesio, y ella le iba detrás. Pensándolo bien, creo que yo podría haberle hecho el favor si hubiera sabido cómo afrontar el asunto. Pero, claro..., solo tenía dieciocho años.

Comieron pan y queso, y Parkin engulló una docena de cebolletas en vinagre. Cuando volvían del restaurante, se detuvieron ante la fachada de la casa mientras Parkin fumaba otro cigarrillo.

—Fíjese —dijo— en que era un tipo más bien grandote, guapo, que se expresaba bien. Todos lo menospreciábamos un poco por la vestimenta pobretona, y andaba en una bicicleta y no tenía dinero. Quizá fuese una forma sutil de disfraz. —Sus cejas se alzaron con expresión interrogante.

—Quizá lo fuese.

Esa tarde, Parkin halló no una, sino tres fotos de Faber. En una de ellas tenía solo nueve años.

El señor Middleton guardaba el negativo.

Heinrich Rudolph Hans von Müller-Güder (también conocido como Faber) nació el 26 de mayo de 1900 en una aldea llamada Oln, en la Prusia occidental. La familia de sus padres había sido propietaria de valiosas tierras durante generaciones. Su padre era el hijo segundo; también lo fue Heinrich. Todos los hijos segundos eran oficiales en el ejército. Su madre era hija de un oficial superior del II Reich, nacida y criada para ser la esposa de un aristócrata, y lo fue.

A la edad de trece años, Heinrich fue a la escuela militar de Karlsruhe, en Baden; dos años más tarde lo trasladaron a la institución más prestigiosa de Alemania, llamada Gross-Lichterfelde, cerca de Berlín. Los dos habían sido lugares de férrea disciplina, donde la mente de los alumnos se mejoraba a base de bastonazos, baños fríos y mala comida. Sin embargo, Heinrich aprendió a hablar inglés y francés, estudió Historia y aprobó sus exámenes finales con las más altas calificaciones existentes desde comienzos del siglo. Había otros dos elementos de importancia en su carrera de estudiante. El primero:

durante un invierno crudo se rebeló contra la autoridad hasta el punto de escaparse por la noche de la institución y recorrer a pie los casi doscientos kilómetros hasta la casa de su tía. El segundo: durante un ejercicio de práctica de lucha le rompió un brazo al instructor, y le azotaron por insubordinación.

Durante un breve período, en 1920, fue cadete en la zona neutral de Friedrichsfeld, cerca de Wesel; hizo entrenamiento de guerra para oficiales en la Escuela de Guerra de Metz en 1921 y fue licenciado en 1922 con el grado de subteniente.

(«¿Cuál era la frase que usted utilizaba? —le preguntó Godliman a Bloggs—. El equivalente alemán para Eton y Sandhurst.»)

Durante los años que siguieron realizó cortos viajes, asignado a una media docena de lugares, a la manera de alguien a quien se está preparando para cargos de alta jerarquía. Siguió distinguiéndose como atleta, especializándose en carreras de larga distancia. No hizo amigos íntimos, nunca se casó y se negó a afiliarse al Partido Nacionalsocialista. Su promoción a teniente fue retrasada por un oscuro incidente que incluía el embarazo de la hija de un teniente coronel del Ministerio de Defensa, pero finalmente recibió su ascenso en 1928. Su costumbre de hablar con los oficiales superiores como si fueran sus iguales llegó a ser aceptada y considerada excusable por tratarse de un joven oficial en ascenso y un aristócrata prusiano.

Hacia finales de 1920, el almirante Wilhelm Canaris trabó amistad con el tío de Heinrich, Otto, que era hermano mayor de su padre, y pasó algunos períodos de vacaciones en la finca de la familia, en Oln. En 1931, Adolf Hitler, que aún no era canciller de Alemania, estuvo allí como invitado.

En 1933, Heinrich fue ascendido a capitán y se dirigió a Berlín con propósitos no especificados. Esa era la fecha de la última fotografía.

Por aquel entonces, de acuerdo con las informaciones procedentes de diversas publicaciones, pareció haber dejado de existir...

—Podemos conjeturar el resto —dijo Godliman—. El Abwehr lo adiestra en radiotransmisión, códigos, confección de mapas topográficos, robo, chantaje, sabotaje y asesinato. Llega a Londres hacia 1937, con tiempo disponible como para fraguarse una sólida cobertura, quizá dos. Y sus propias condiciones y su agudo instinto van acentuándose con el juego del espionaje. Cuando estalla la guerra se considera en libertad para matar. —Contempló la fotografía situada sobre su escritorio—. Es un muchacho estupendo.

Se refería a una fotografía de un equipo de carreras de cinco mil metros, que pertenecía al 10.º Batallón Jaeger de Hannover. Faber estaba en el centro, sosteniendo una copa. Tenía la frente alta, pelo abundante, barbilla larga y una boca pequeña sobre la que lucía un estrecho bigote.

Godliman le pasó la fotografía a Billy Parkin.

—¿Ha cambiado mucho?

—Parecía bastante mayor, pero quizá haya influido su vestimenta... —Estudió pensativamente la foto—. Tenía el pelo más largo, y no llevaba bigote. —Le devolvió la fotografía a través del escritorio—. Pero no cabe duda de que es él.

—En el archivo hay dos puntos más, ambos dignos de reflexión —dijo Godliman—. En primer lugar, dicen que pudo haber ingresado en el servicio de inteligencia en 1933. Pero eso siempre se deduce cuando la carrera de un oficial se interrumpe sin razón aparente. El segundo punto es un rumor no confirmado por ninguna fuente fiable, según el cual pasó algunos años como consejero privado de Stalin, con el nombre de Vasily Zankov.

—Eso es increíble —dijo Bloggs—. No lo creo.

Godliman se encogió de hombros.

—Alguien aconsejó y persuadió a Stalin para que ejecutara a la flor y nata del cuerpo de oficiales durante los años en que Hitler ascendió al poder.

Bloggs movió la cabeza y cambió de tema.

—¿A qué punto pasamos desde aquí?

Godliman lo consideró.

—Hagamos que nos transfieran al sargento Parkin —dijo después de pensarlo—. Es el único hombre que conocemos que haya visto a Die Nadel. Además, sabe demasiado para que nos arriesguemos a que esté en el frente; podría ser capturado e interrogado. Luego, hagamos una buena copia de esta fotografía, pongámosle pelo más abundante y quitémosle el bigote mediante un especialista en este tipo de retoques. Luego distribuiremos las copias.

—¿Lo haremos con gran publicidad? —preguntó Bloggs, dubitativo.

—No. Por ahora debemos andar con cautela. Si lo publicamos en los periódicos, llegará a sus oídos y desaparecerá. Por el momento enviaremos una copia a las fuerzas policiales.

—¿Eso es todo?

—Me parece que sí, a menos que usted tenga otras ideas.

—Señor —dijo Parkin aclarándose la garganta.

—¿Sí?

—Realmente yo preferiría volver a mi puesto. No sirvo para las tareas administrativas. Ya me entiende.

—Es que no le estamos presentando una opción, sargento. En esta etapa, una aldea italiana más o menos importa poco. Pero este tipo, Faber, podría hacernos perder la guerra. Lo digo muy en serio.

11

Faber había salido a pescar.

Estaba estirado sobre la cubierta de un bote de diez metros de eslora, disfrutando del sol de primavera, navegando por el canal a unos tres nudos. Una mano perezosa sostenía el timón, la otra descansaba sobre una caña de pescar que sostenía su línea en el agua desde popa.

No había pescado nada en todo el día.

Era tan aficionado a la pesca como a observar pájaros, tanto por verdadero interés como porque ello le permitía tener una buena excusa para utilizar prismáticos (verdaderamente, estaba adquiriendo toda una serie de conocimientos sobre los malditos pájaros). Esa mañana había descubierto el nido de un martín pescador.

La gente del astillero en Norwich había estado encantada de alquilarle el barco por una quincena. El trabajo andaba mal. Ahora solo tenían dos barcos, y uno de ellos no había sido usado desde Dunkerque. Faber había discutido el precio, más que nada por seguir la costumbre. Al final, le dejaron un armario lleno de comida enlatada.

Compró cebos en una tienda de las cercanías. El aparejo de pesca lo había traído de Londres. Comentaron que haría buen tiempo y le desearon una buena pesca. Nadie le pidió que enseñara su documento de identidad.

Hasta ahora todo marchaba muy bien.

La parte difícil venía después, puesto que calcular la fuerza de un ejército era complicado. En primer lugar, por ejemplo, había que encontrarlo.

En tiempos de paz, el ejército ponía sus propias indicaciones en las carreteras a manera de información, pero ahora todas habían sido quitadas, no solo las del ejército sino todo tipo de señales de tráfico.

Una solución simple sería meterse en un automóvil y seguir al primer vehículo militar que uno viese hasta que este se detuviera. Sin embargo, Faber no tenía coche, y para un civil resultaba casi imposible alquilar uno; y en el supuesto de que lo consiguiera, no podría encontrar combustible. Además, un civil que anduviera por las cercanías siguiendo a los vehículos del ejército y observando sus campamentos era muy probable que fuera detenido.

En consecuencia, lo mejor era el barco.

Algunos años atrás se dispuso que la venta de mapas era ilegal, pero antes Faber había descubierto ya que Gran Bretaña tenía miles de kilómetros de cursos de agua en su interior. La red original de ríos había sido aumentada durante el siglo XIX mediante una gran red de canales. En algunas zonas había casi tantos cursos de agua como carreteras, y Norfolk era una de esas áreas.

El barco presentaba muchas ventajas. En una carretera había que dirigirse a alguna parte; en un río simplemente se navegaba. Dormir en un coche aparcado llamaba la atención; pero dormir en un barco amarrado resultaba natural. Navegaba por un lugar solitario. ¿Y acaso alguien había oído hablar alguna vez de bloqueo de un canal?

Tenía sus desventajas; los campos de aterrizaje y las trincheras tenían que estar próximos a las carreteras, pero estaban ubicados sin referencia a los accesos por agua. Faber debía explorar los alrededores durante la noche, dejando su barco amarrado y deambulando por las laderas de las montañas a la luz de la luna, cubriendo cincuenta kilómetros de ida y vuelta, y durante el trayecto seguramente perdería el contacto con aquello que estaba buscando, ya fuera por la oscuridad o porque simplemente no tendría bastante tiempo para verificar cada kilómetro cuadrado de tierra.

Cuando volviera, un par de horas después del amanecer, podría dormir hasta el mediodía, luego zarpar, deteniéndose ocasionalmente para trepar a tal o cual montículo cercano y observar desde allí los alrededores. Al anochecer, en las granjas aisladas y en los pubes de las orillas del río hablaría con la gente, y quizá obtuviera indicios de la presencia militar. Pero hasta el momento, no tenía ninguno.

Estaba empezando a dudar de si estaría realmente en el sitio adecuado. Había tratado de ponerse en el lugar del general Patton pensando: «Si yo estuviera planeando invadir Francia por el este del Sena desde una base en el este de Inglaterra, ¿dónde localizaría esa base?». Obviamente en Norfolk; era una gran extensión de campiña solitaria, con abundante tierra llana apta para los aviones, cerca del agua en caso de ser necesaria una rápida partida. Y el Wash era el lugar adecuado para reunir una flota de barcos. Sin embargo, estos cálculos podían ser erróneos por alguna razón que él ignoraba. Pronto tendría que tener en cuenta la posibilidad de un rápido desplazamiento a través del país hacia una nueva área..., quizá el Fens.

Ante él apareció una compuerta, de modo que recogió un poco la vela para disminuir la marcha. Se deslizó hacia la esclusa y chocó suavemente contra las compuertas. El cuidador tenía su casa sobre la costa, así que Faber hizo bocina con las manos y llamó. Luego se quedó esperando. Sabía que los cuidadores eran una raza de seres que no se podían dar prisa. Además, era la hora del té, y a la hora del té era casi imposible hallar algo que pudiera hacerlos mover.

Una mujer llegó hasta la puerta de la casa y le hizo señas de que se aproximara. Faber le contestó en señal de asentimiento. Luego saltó a tierra, amarró el barco y entró en la casa. El cuidador estaba en mangas de camisa, sentado a la mesa de la cocina. Al verlo, le preguntó:

—No tiene prisa, ¿verdad?

—En absoluto —dijo Faber sonriendo.

—Sírvele una taza de té, Mavis.

—Gracias, no es necesario —dijo Faber amablemente.

—Sírvase, acabamos de preparar una tetera.

—Bueno, gracias. —Faber se sentó. La pequeña cocina era aireada y limpia, y le sirvieron el té en una bonita taza de porcelana china.

—¿Se ha tomado unas vacaciones de pesca? —preguntó el cuidador.

—De pesca y de observación de pájaros —respondió Faber—. Estoy pensando en amarrar pronto y pasarme un par de días por tierra.

—Ah, ah; bueno, de ser así, mejor manténgase al otro lado del canal, porque este es zona de paso restringido.

—Ah, ¿sí? No sabía que hubiera tierras del ejército por aquí.

—Sí, comienzan a medio kilómetro de aquí. No sé si serán del ejército, porque se mantiene en secreto y no me lo dicen.

—Bueno, supongo que no tenemos por qué saberlo —dijo Faber.

—Así debe ser. Bien, tómese su té y luego le abriré la compuerta. Gracias por dejarme terminar mi té.

Salieron de la casa y Faber se metió en el barco y lo desamarró. Las compuertas se cerraron lentamente tras él, y luego el hombre abrió el acceso que le franqueaba el paso. El barco se hundió gradualmente, equilibrado por el nivel de agua de la esclusa. Por último, el cuidador abrió las compuertas frontales.

Faber izó las velas y avanzó. El encargado lo despidió con el brazo en alto y agitando la mano.

Volvió a detenerse unos seis kilómetros más adelante y atracó el barco junto a un sólido árbol de la orilla. Mientras esperaba a que cayera la noche, se preparó un plato de salchichas de lata y bizcochos, y los acompañó de una botella de agua. Se vistió con sus ropas negras y metió en la mochila sus prismáticos, la cámara fotográfica y un ejemplar de *Aves raras de East Anglia*; también se llevó una brújula y una linterna. Estaba preparado.

Apagó el farol, cerró la cabina con la llave, saltó a tierra y, tras consultar la brújula a la luz de la linterna, se metió en la franja boscosa que bordeaba el canal.

A lo largo de cerca de un kilómetro caminó en dirección sur con respecto a su barco, hasta que llegó a un cercado de alambre de espino de unos dos metros de alto y rematado con tiras de alambre. Retrocedió nuevamente hasta el bosque y trepó a un árbol.

Las nubes eran dispersas y la luna iluminaba la zona perfectamente. Más allá del cerco el terreno se extendía llano, con suaves declives. Faber ya había hecho este tipo de reconocimiento con anterioridad, en Biggin Hill, Aldershot, y en otra cantidad de áreas militares del sur de Inglaterra. Había dos niveles de seguridad: las patrullas que recorrían el perímetro cercado y los puestos de guardia estables.

Los dos niveles, consideraba, podían ser superados con cautela y paciencia.

Faber bajó del árbol y volvió a la alambrada. Se escondió tras un arbusto y se instaló a esperar.

Tenía que saber cuándo pasaría por allí la patrulla. Si no pasaba hasta el amanecer, simplemente volvería a la noche siguiente. Si tenía suerte no tardaría en pasar. Por el tamaño aparente del área bajo vigilancia, se dio cuenta de que solo harían una ronda por noche.

Tuvo suerte. Poco después de las diez escuchó pasos y tres hombres pasaron por el lado interior de la alambrada.

Cinco minutos después la cruzó.

Caminó hacia el sur; cuando cualquier dirección es buena, lo mejor es seguir una línea recta. No utilizó la linterna. Dentro de lo posible se mantuvo junto a las alambradas y los árboles, y evitó los montículos donde podía dibujarse su silueta contra la luz de la luna. El vasto campo era un cuadrado abstracto en negro, gris y plata. El suelo bajo sus pies estaba algo mojado, como si en las cercanías hubiera pantanos. Ante él, un zorro atravesó el campo, tan rápido como un sabueso y con tanta gracia como un gato.

Eran las once y media de la noche cuando se topó con los primeros indicios de actividad militar, y eran unos indicios muy extraños.

La luna se asomó, y vio a menos de medio kilómetro varias filas de construcciones de una sola planta, organizadas con la inequívoca precisión de un cuartel. Inmediatamente se echó cuerpo a tierra, pero al mismo tiempo dudaba de lo que aparentemente veían sus ojos, pues no había luz ni ruido alguno.

Se quedó inmóvil durante diez minutos, tratando de que surgieran las explicaciones, pero no sucedió nada, excepto que apareció un tejón, lo vio y se escabulló.

Faber avanzó arrastrándose.

A medida que se acercaba advirtió que los barracones no solo estaban vacíos, sino también a medio acabar. La mayoría eran poco más que un techo sostenido por postes en las esquinas. Algunos tenían una pared.

Un súbito sonido lo paralizó; era la risa de un hombre. Permaneció inmóvil y observó. Un fósforo brilló un momento y se extinguió, dejando dos puntos rojos en uno de los cobertizos sin terminar. Eran centinelas.

Faber tocó el estilete que llevaba en la manga, y luego comenzó a avanzar arrastrándose de nuevo, pero en dirección opuesta a los centinelas.

Las edificaciones a medio construir no tenían suelo ni cimientos. En las cercanías no había nada que indicara que allí se estaba edificando, ni mezcladoras de material, ni carretillas, ni pilas de ladrillos o palas. Una huella de tierra llevaba desde las instalaciones hacia las afueras del campo, pero en los surcos estaba creciendo la hierba; evidentemente, no se había transitado por allí en los últimos tiempos.

Era como si alguien hubiera pensado en asignar diez mil hombres al lugar y, tras pensarlo de nuevo, hubiera cambiado de idea a pocas semanas de iniciada la construcción.

Pero el lugar tenía algo que no encajaba bien en la explicación.

Faber caminó por los alrededores en silencio y alerta, no

fuera a suceder que los centinelas decidieran hacer una ronda. En el centro del campo había un grupo de vehículos militares. Eran viejos y se estaban oxidando, y habían sido desmontados; ninguno tenía motor ni partes interiores. Pero ¿qué razón había para quitarles todo lo de dentro y no lo de fuera?

Las instalaciones que tenían una pared eran más que nada hileras, y sus paredes daban al exterior; era como un estudio cinematográfico y no una base de operaciones.

Faber decidió que ya había averiguado todo lo que se podía averiguar del lugar. Se encaminó al extremo este del campo, y luego se dejó caer sobre manos y rodillas para seguir avanzando a cuatro patas hasta encontrarse bien alejado detrás del seto. Medio kilómetro más allá, cerca de la cima de un montículo, se volvió para mirar atrás. Desde ahí parecía nuevamente un cuartel.

Comenzó a concretársele una idea y la dejó madurar.

La tierra seguía siendo poco más o menos una planicie solo interrumpida por suaves lomas. Había zonas de bosques y pantanos con juncales, de lo cual Faber se aprovechó. En un momento dado tuvo que bordear una laguna cuya superficie era un espejo plateado bajo la luna. Oyó gritar a una lechuza y se volvió para mirar en esa dirección, y descubrió que en la distancia había un granero derrumbado.

Unos pocos kilómetros más allá divisó el campo de aterrizaje.

Allí había más aviones de los que nunca pensó que poseyera la RAF: Pathfinders de iluminación de objetivos, Lancasters y B-17 americanos destinados a paliar los efectos de los bombardeos; Hurricanes, Spitfires y Mosquitos para los reconocimientos y el combate; en síntesis, que con aquello se podía realizar una invasión.

Todos tenían el fuselaje hundido en el polvo hasta la misma panza.

Una vez más, no había allí ruido alguno ni luces.

Faber continuó con el mismo procedimiento hasta arrimarse gateando a donde estaban los aviones y localizar a los centinelas. En el centro del campo de aterrizaje había una tienda de campaña pequeña. La mortecina luz de una lámpara que se traslucía a través de la lona indicaba que dentro había dos hombres, quizá tres.

A medida que Faber se aproximaba a los aviones, estos parecían más chatos, como si se hubieran hundido.

Cuando llegó al más próximo y lo tocó, advirtió sorprendido que era un trozo de madera contrachapada de medio centímetro, cortada en forma de un Spitfire y pintada y fijada con sogas al suelo: un camuflaje.

Todos los demás aviones eran lo mismo.

Había más de mil.

Faber se enderezó mientras observaba la tienda de campaña con el rabillo del ojo, listo para volver a la posición anterior a la más leve señal de movimiento. Caminó por todo el falso aeropuerto mirando los falsos aviones, vinculando todo aquello con las instalaciones anteriores y deduciendo las implicaciones de lo que acababa de descubrir.

Sabía que de continuar su investigación, encontraría más barracones como los anteriores y más campos de aterrizaje con aviones. Y si iba al Wash encontraría una flota de destructores de madera contrachapada y vehículos para el traslado de tropas.

Era un escenario costoso y cuidadosamente montado.

Naturalmente, no podía engañar a un observador durante mucho tiempo. Pero no estaba ideado para engañar a los observadores de tierra.

Estaba pensado para ser visto desde el aire.

El avión que sobrevolara el lugar, por más que estuviera pertrechado con un equipo moderno de fotografía y filmación, volvería con material que indiscutiblemente mostraría una enorme concentración de hombres y máquinas.

No era de sorprenderse, pues, que el cuartel general estuviera anticipando una invasión al este del Sena.

Todo aquello vendría acompañado por otros recursos de engaño. Los ingleses se referirían al FUSAG con señales, empleando un código que suponían sería descifrado. Se realizaría un trabajo de falso espionaje a través de los contactos diplomáticos que iban a Hamburgo. Las posibilidades eran infinitas.

Los ingleses se habían tomado cuatro años para prepararse y disponer de aquella invasión. En su mayor parte, el ejército alemán estaba peleando en Rusia. Una vez que los aliados pusieran un pie en suelo francés, nadie podría pararlos. La única posibilidad de los alemanes era detenerlos en las costas y aniquilarlos cuando bajaran de los barcos.

Si ellos aguardaban el desembarco donde no debían, perderían su única oportunidad.

Ahora el planteamiento estratégico estaba claro. Se trataba de algo simple y devastador.

Faber debía informar a Hamburgo.

Era como para que no le creyeran.

Rara vez se alteraba la estrategia de guerra por la palabra de un hombre. Su posición era importante, pero ¿llegaría a esa altura?

El idiota de Von Braun nunca le creería. Había odiado a Faber durante años y no iba a perder la oportunidad de desacreditarlo. Canaris y Von Roenne..., no tenía fe ninguna en ellos.

Y algo más: la radio. No quería confiar aquello a la radio..., desde hacía semanas tenía la sensación de que el código empleado en las transmisiones ya no era seguro. Si los ingleses descubrían que su secreto había sido descubierto...

Solo había una manera de hacerlo: debía tener pruebas y llevarlas él mismo a Berlín.

Necesitaba fotografías.

Tomaría fotografías de aquel gigantesco montaje, luego iría a Escocia y se embarcaría en el submarino, y le entregaría personalmente las fotografías al Führer. No podía hacer nada más, ni nada menos.

Para las fotografías necesitaría luz. Tendría que esperar hasta el amanecer. Poco antes había visto un granero derruido. Podría pasar allí el resto de la noche.

Consultó la brújula y se encaminó hacia allí. El granero se hallaba más alejado de lo que le había parecido, y necesitó casi una hora de camino. Era una vieja construcción de madera con agujeros en el techo. Hacía mucho que las ratas lo habían abandonado por falta de alimento, pero en cambio había murciélagos en el henil.

Faber se echó sobre algunos tablones, pero no pudo dormir, excitado ante la certeza de que él personalmente podía alterar el curso de la guerra.

Amanecía a las 5.21. A las 4.20, Faber dejó el granero.

Aunque no había podido dormir, esas dos horas le habían descansado el cuerpo y calmado la mente, y ahora se encontraba bien de ánimo. El viento del oeste se había llevado las nubes, de modo que aun cuando ya no había luna las estrellas proporcionaban alguna claridad.

Sus cálculos de horario eran correctos. El cielo se aclaraba perceptiblemente a medida que él se acercaba al campo de aterrizaje.

Los centinelas aún se encontraban en la tienda. Con suerte estarían todavía dormidos. Faber sabía por experiencia propia que lo más difícil era no dormirse en las últimas horas.

Pero si aparecían no tendría más remedio que matarlos.

Eligió su posición y cargó la Leica con un rollo Agfa color instantáneo de 35 mm. Esperó que los elementos químicos de la película sensible a la luz no se hubieran arruinado; aquellos rollos estaban en su maleta desde antes de la guerra, y en esos días no se podía comprar película en Inglaterra, de modo que los había guardado en una bolsa de cierre hermético y lejos del calor.

Cuando el aro rojo del sol apareció en el horizonte, comenzó a tomar fotos. Fotografió una serie desde distintos ángulos y a diferente distancia, terminando con un primer plano de los falsos aviones; de ese modo las fotos mostrarían tanto el aspecto general como la realidad.

Cuando concluía la última toma, alcanzó a advertir un movimiento con el rabillo del ojo. Se echó al suelo y se escondió bajo un Mosquito de madera contrachapada. Un soldado salió de la tienda, caminó unos pocos pasos, orinó sobre la tierra, se desperezó, bostezó y luego se encendió un cigarrillo. Echó una mirada a su alrededor, tiritó y volvió a la tienda.

Faber se levantó y corrió.

Cuando estuvo a unos doscientos metros, se volvió para mirar atrás. El campo de aterrizaje estaba fuera del alcance de la vista. Se encaminó hacia el oeste, hacia los cobertizos.

Eso sería más importante que un caso de espionaje ordinario. Hitler era el único que siempre había tenido razón. El hombre que llevara la prueba de que una vez más el Führer tenía razón, y de que todos los expertos estaban equivocados, podía esperar algo más que una palmada en la espalda. Faber sabía que Hitler lo consideraba el mejor de los agentes del Abwehr, y ese triunfo podría muy bien valerle el puesto de Canaris.

Pero era preciso hacer el trabajo.

Apresuró el paso, recorrió una parte de la distancia corriendo y otra al paso, de modo que llegó a las instalaciones a las seis y media. Ya había aclarado totalmente y podía aproximarse más, porque los centinelas ya no se encontraban en su tienda de campaña, sino en una de las falsas barracas sin pared y con un amplio campo de visión ante ellos. Se tiró al suelo junto al seto y tomó fotografías a distancia. La película ordinaria simplemente mostraría un cuartel, pero la ampliación tendría que revelar los detalles falsos.

Cuando inició el camino de regreso al barco llevaba consigo treinta fotografías. Volvió a apresurar el paso, pues ahora resultaba notablemente llamativo: un tipo vestido de negro con una mochila cargada andando por un área prohibida...

Llegó a la alambrada una hora después, sin ver a su alrededor nada más que gansos silvestres. Cuando trepó la alambrada sintió un gran alivio. Dentro de la alambrada todas las sospechas se acumulaban en su contra, fuera de ella contaba con muchos argumentos de defensa: pescar, observar pájaros; en fin, que el período de mayor riesgo había pasado.

Siguió avanzando por el cinturón de tierra, reteniendo el aliento y aliviándose de la tensión de la noche anterior. Ahora navegaría unos pocos kilómetros —decidió— antes de volver a atracar y dormir unas horas.

Llegó al canal. Ya estaba a salvo. En la luz de la mañana el barco se veía hermoso. En cuanto se hiciera a la vela se prepararía un té, luego...

Un hombre de uniforme salió de la cabina del barco.

—Bien, bien. ¿Quién es usted? —dijo.

Faber se quedó paralizado, pero dejó que su tremenda frialdad y sus viejos instintos comenzaran a actuar. El intruso llevaba el uniforme de la Home Guard. En una cartuchera abotonada llevaba una especie de revólver; era alto y con aspecto de tener alguna categoría; representaba unos sesenta años. El blanco pelo le asomaba por debajo de la gorra. No hizo ningún ademán de sacar el arma. Faber advirtió todo esto y dijo:

—Está usted en mi barco, de modo que creo que soy yo el que debe preguntar quién es usted.

—Capitán Stephen Langham, de la Home Guard.

—James Baker. —Faber permaneció en tierra. Un capitán no salía de patrulla solo.

—¿Y qué está haciendo?

—Estoy de vacaciones.

—¿Dónde ha estado?

—Observando pájaros.

—¿Desde antes del amanecer? Watson, manténgase en su puesto.

Un muchacho más bien joven con uniforme se colocó a la izquierda de Faber empuñando una escopeta. Faber miró a su alrededor. Había otro hombre a su derecha y un cuarto detrás de él. El capitán preguntó alzando la voz:

—¿De qué lado venía, cabo?

La respuesta llegaba desde la copa de un árbol.

—Del área prohibida, señor.

Faber calculaba sus posibilidades. Eran cuatro contra uno... hasta que el cabo bajara del árbol. Tenían solo dos armas —la escopeta y la pistola del capitán—, y eran fundamentalmente aficionados. El barco también sería una ayuda.

—¿Área prohibida? —dijo—. Todo lo que vi fue una pequeña alambrada. Mire, haga el favor de apuntar con ese cañón hacia otro lado. A ver si se le escapa.

—Nadie sale a observar pájaros en la oscuridad —dijo el capitán.

—Sí, si uno se instala al abrigo de la oscuridad, está ubicado y oculto para el momento en que los pájaros despiertan. Esa es la manera adecuada de hacerlo. Pero, en fin, la Home Guard es muy patriota, diligente y todo lo que usted quiera, pero no exageremos las cosas. Lo que usted tiene que hacer es pedirme los documentos y pasar un informe por escrito, ¿no es así?

El capitán esbozó un gesto de duda.

—¿Qué lleva en esa mochila?

—Prismáticos, una cámara fotográfica y un libro de referencias.

La mano de Faber fue hacia el cierre de la mochila.

—No toque nada —ordenó el capitán—. Watson, revise eso.

Acababan de cometer un error de aficionados.

—Levante los brazos —dijo Watson.

Faber los levantó por encima de la cabeza, con la mano derecha pegada a la manga izquierda de su chaqueta. Faber se imaginó la coreografía de los próximos segundos. No debían producirse disparos.

Watson se colocó a la izquierda de Faber apuntándole con la escopeta y abrió la mochila de Faber. Faber sacó el estilete de la manga, se volvió hacia Watson y le hundió el arma hasta el mango en la garganta. Con la otra mano le arrebató la escopeta.

Los otros dos soldados que estaban en la orilla avanzaron hacia él y el cabo comenzó a descender del roble.

Faber sacó el estilete de la garganta de Watson y el hombre se desplomó. El capitán estaba tratando de abrir su cartuchera.

Faber saltó a la orilla del velero, y el movimiento del barco hizo trastabillar al capitán. Faber le lanzó una puñalada con su arma, pero el hombre estaba bastante alejado como para que el golpe fuese definitivo. La punta dio en la solapa de su chaqueta, luego siguió hacia arriba dividiéndole el mentón. Su mano dejó de palpar la cartuchera para ir hacia la herida.

Instantáneamente, Faber se volvió para enfrentarse a los de la orilla. Uno de los soldados saltó. Faber avanzó sobre él y le sostuvo el brazo derecho estirado y rígido, con lo cual se ofreció como blanco del estilete de veinte centímetros de largo.

El impacto hizo perder pie a Faber, que soltó el estilete apresado bajo el cuerpo del soldado caído. Faber se apresuró a levantarse; no había tiempo de recuperar el arma. El capitán estaba abriendo la cartuchera. Faber saltó sobre él, buscándole la cara. La pistola estaba a la vista. Faber llevó sus dedos a los ojos del capitán, que dio un grito de dolor y con un gesto trató de liberarse de los brazos de Faber.

Se produjo un temblor cuando el cuarto de los hombres consiguió abordar el velero. Faber dejó al capitán, que ahora no podía ver y apuntar su pistola, aun cuando lograra quitarle el seguro. El cuarto hombre llevaba una cachiporra de policía que utilizó con todas sus fuerzas contra Faber, pero este se movió hacia la derecha, de modo que el golpe no le dio en la cabeza, sino que lo alcanzó en el hombro izquierdo. Por el momento, le paralizó el brazo. Con el canto de la mano golpeó el cuello del otro. Fue un golpe certero. Asombrosamente, el hombre sobrevivió y tuvo fuerzas para levantar la cachiporra y disponerse a dar un segundo golpe que Faber interrumpió. Recuperó la sensibilidad en el brazo izquierdo y comenzó a dolerle mucho. Tomó entre las manos la cabeza del soldado, se la torció y la giró, y la volvió a torcer. El cuello del hombre se rompió con un súbito crujido. En el mismo momento el cachiporrazo cayó sobre la cabeza de Faber, que retrocedió atontado.

El capitán volvió a echarse contra él, aún con paso vacilante. Faber le pegó un empujón que lo mandó hacia atrás haciéndole perder la gorra y proyectándolo fuera de la borda para caer al agua con gran estrépito.

El cabo saltó el último tramo que separaba la rama del árbol del suelo. Faber recuperó su estilete de debajo del cuerpo del guardia y saltó a la orilla. Watson aún estaba vivo, pero no sería por largo tiempo, pues la sangre manaba por la herida de la garganta.

Faber y el cabo se enfrentaron. Este último tenía una pistola, y se encontraba comprensiblemente aterrorizado. En los segundos que había necesitado para bajar del roble, aquel hombre había asesinado a tres de sus compañeros y arrojado al cuarto al canal.

Faber observó el arma. Era vieja..., parecía casi una pieza de museo. Si el cabo hubiera tenido alguna confianza en ella, ya habría disparado.

El cabo dio un paso hacia delante y Faber notó que tenía cierta dificultad con la pierna derecha, como si se la hubiera magullado al bajar del árbol. Entonces hizo una especie de finta hacia un lado, forzando al otro a apoyar el peso del cuerpo sobre la pierna debilitada para poder seguir manteniendo la puntería. Ahora Faber encajó la punta del pie en el borde de una piedra y la pateó hacia arriba. El cabo centró su atención en la piedra y Faber actuó.

El cabo apretó el gatillo, pero no salió ningún disparo. El viejo revólver se había atascado. Aun cuando se hubiera producido el disparo, no habría dado en el blanco; su vista siguió en la piedra, vaciló sobre su pierna debilitada y Faber se abalanzó sobre él.

Lo asesinó de un tajo en la garganta.

Solo quedaba el capitán.

Faber se volvió y lo vio tratando de salir del agua en la otra orilla. Encontró una piedra y se la tiró. Dio justo en la cabeza del capitán, pero aun así el hombre alcanzó a salir del agua y comenzó a correr.

Faber se apresuró a llegar a la otra orilla. Vadeando y dando unas brazadas logró hacerlo. El capitán estaba a unos cien metros delante de él y corría, pero era viejo. Faber fue sacándole ventaja hasta que pudo oír su penoso jadeo. El capitán aminoró la marcha y por fin se desplomó sobre un arbusto. Faber llegó hasta él y le volvió de frente. El capitán dijo:

—Usted es un... demonio.

—Ha visto usted mi cara —respondió Faber, y lo mató.

12

El trimotor JU-52 de transporte con esvásticas en las alas saltó hasta detenerse en la pista mojada por la lluvia, en Rastenburg, en los bosques del este de Prusia. Un hombre pequeño, pero de rasgos acusados, con una gran nariz, gran boca, grandes orejas, bajó del avión y cruzó apresuradamente la zona asfaltada hasta llegar a un Mercedes que lo aguardaba.

Mientras el coche empezaba a deslizarse a través del oscuro bosque lleno de humedad, el mariscal de campo Erwin Rommel se quitó la gorra y se pasó una mano nerviosa por las profundas entradas en la línea de crecimiento del cabello. Sabía que en pocas semanas más, otro hombre recorrería el mismo camino con una bomba en su portafolio, una bomba destinada al propio Führer. Mientras tanto, la lucha debía continuar, de modo que el nuevo líder de Alemania, que podía ser él mismo, pudiera negociar con los aliados desde una posición relativamente fuerte.

Tras haber recorrido quince kilómetros, el coche llegó a Wolfsschanze, la guarida del lobo, los cuarteles generales de Hitler y del cada vez más exclusivo círculo de generales neuróticos que lo rodeaban.

Caía una llovizna incesante y grandes goterones se deslizaban de las altas coníferas del lugar. Ante la puerta del recinto personal de Hitler, Rommel se volvió a poner la gorra y bajó del coche. El *Oberführer* Rattenhuber, el jefe del cuerpo de guardia de las SS, levantó la mano sin pronunciar palabra para recibir la pistola de Rommel.

La reunión se celebraría en el refugio del subsuelo, un lugar frío, húmedo, sin aire, construido con cemento armado. Rommel bajó los escalones y entró. Ya se habían congregado unos diez o doce que aguardaban la reunión que se realizaría a mediodía. Himmler, Goering, Von Ribbentrop, Keitel y Rommel intercambiaron secos saludos y se sentaron a esperar en sillas de respaldo duro.

Cuando Hitler entró, todos se pusieron de pie. Llevaba una túnica gris y pantalones negros, y Rommel observó que cada vez estaba más encorvado. Se dirigió directamente al otro extremo del búnker, donde colgaba un gran mapa del noroeste de Europa sobre la pared de cemento. Parecía cansado e irritable. Comenzó a hablar sin preámbulos.

—Este mismo año se producirá una invasión aliada en Europa. Será lanzada desde Inglaterra con fuerzas conjuntas estadounidenses y británicas. Desembarcarán en Francia. Los destruiremos en alta mar. Sobre este punto no hay discusión posible.

Miró a su alrededor como para desafiar a su Estado Mayor a que lo contradijera. Se produjo el silencio. Rommel tembló; el lugar era mortalmente frío.

—La pregunta es dónde desembarcarán. Von Roenne, su informe.

El coronel Alexis von Roenne, que efectivamente había tomado el lugar de Canaris, se puso de pie. Al principio de la guerra era un simple capitán, pero se había distinguido con un magnífico informe sobre la debilidad del ejército francés, un informe que había sido considerado un factor decisivo en la victoria alemana. Así se había convertido en el jefe del servicio de inteligencia en el año 1942, y ese servicio había absorbido al Abwehr cuando Canaris fue depuesto. Rommel había oído que se trataba de alguien orgulloso y franco, pero también capaz.

Von Roenne dijo:

—Nuestra información es abundante, pero de ningún modo completa. El código aliado para la invasión es Overlord. La concentración de tropas en Gran Bretaña es la siguiente.

—Tomó un puntero y, cruzando la habitación, se aproximó al mapa que colgaba de la pared—. Primero: a lo largo de la costa sur. Segundo: aquí en el distrito conocido como East Anglia, donde la concentración es desde todo punto de vista la mayor. Tercero: en Escocia. Hemos llegado a la conclusión de que la invasión se producirá en forma de horquilla de tres puntas. Primero: un ataque para distraer la atención, a Normandía. Segundo: el cuerpo principal de ataque, a través del estrecho de Dover hasta la costa de Calais. Tercero: un flanco de invasión desde Escocia atravesando el mar del Norte hasta Noruega. Todas las fuentes del servicio de inteligencia anticipan este curso. —Se sentó.

—¿Comentarios? —preguntó Hitler.

Rommel, que era comandante del grupo B del ejército, que controlaba la costa norte de Francia, dijo:

—Puedo informar sobre señales de confirmación: el paso de Calais es el que ha recibido más tonelaje de bombas.

—¿Qué fuentes de información apoyan su pronóstico, Von Roenne? —preguntó Goering.

Von Roenne se puso de pie una vez más.

—Tres fuentes: reconocimiento por aire, intercepción de mensajes de radio y la información de los agentes. —Volvió a sentarse.

Hitler cruzó protectoramente las manos ante los genitales. Era una costumbre que indicaba que iba a hablar.

—Les diré —comenzó— cómo estaría pensando yo de ser Winston Churchill. Ante mí hay dos opciones: al este del Sena o al oeste del Sena. El este tiene una ventaja: queda más cerca. Pero en la guerra moderna hay solo dos distancias: dentro de la línea de fuego y fuera de la línea de fuego. Las dos opciones están dentro de la línea de fuego, por lo tanto la distancia no debe ser tenida en cuenta.

»El oeste tiene un gran puerto, Cherburgo; en cambio, el este no tiene ninguno. Y lo que es más importante, el este se halla mucho más fortificado que el oeste. El enemigo también realiza reconocimientos aéreos.

»En consecuencia, yo elegiría el oeste. ¿Y qué haría entonces? ¡Trataría de que los alemanes pensaran lo contrario! Enviaría al paso de Calais dos bombarderos por cada uno que mandara a Normandía. Trataría de destruir todos los puentes sobre el Sena. Enviaría mensajes de radio equívocos, enviaría falsos informes destinados al servicio de inteligencia, dispondría de mis tropas de manera equívoca. Engañaría a tontos como Rommel y Von Roenne. ¡Tendría pretensiones de engañar al propio Führer!

Tras un largo silencio, Goering habló el primero.

—Mi Führer, creo que usted sobrevalora a Churchill al atribuirle un ingenio similar al suyo.

Sus palabras aflojaron la tensión que reinaba en el lugar. Goering había dicho exactamente lo que había que decir, componiéndoselas para manifestar su desagrado dándole la forma de un cumplido. Los demás le hicieron coro, cada uno acentuando un poco más lo dicho. Los aliados elegirían el camino más corto en pro de la velocidad; la costa más cercana permitiría que los aviones se reabastecieran y retornaran en menos tiempo; el sudeste era mejor plataforma de lanzamiento, con más estuarios y puertos; era improbable que todos los informes del servicio de inteligencia fueran erróneos.

Hitler escuchó durante media hora, luego levantó los brazos para que se hiciera el silencio. Cogió un fajo de papeles amarillentos que se hallaban sobre la mesa y los agitó.

—En 1941 —dijo— lancé mis instrucciones para la *Construcción de las defensas costeras*, donde vaticino que el decisivo desembarco de los aliados se realizaría en las partes salientes de Normandía y Bretaña, pues ahí los excelentes puertos favorecerán la operación. ¡Eso fue lo que me indicó mi intuición entonces, y eso es lo que me indica ahora!

En el labio inferior del Führer apareció un hilo de saliva.

Von Roenne volvió a hacer oír su voz. («Tiene más coraje que yo», pensó Rommel.)

—Mi Führer, nuestras investigaciones continúan, como es natural, y existe una línea particular de investigación acerca de la cual usted debería estar informado. Hace pocas semanas mandé a un emisario a Inglaterra para que entrara en contacto con el agente conocido como Die Nadel.

Los ojos de Hitler brillaron.

—¡Ah!, conozco al hombre. Continúe.

—La orden que tiene Die Nadel es realizar una apreciación de la fuerza del Primer Grupo de Ejército de Estados Unidos bajo el mando del general Patton en East Anglia. Si él encuentra que esto ha sido exagerado, deberemos indiscutiblemente reconsiderar nuestros pronósticos. Si, en cambio, informa que el ejército es tan fuerte como creemos en este momento, no cabe duda de que el objetivo es Calais.

—¿Quién es ese Nadel? —le preguntó Goering a Von Roenne.

Hitler respondió a la pregunta.

—Es el único agente valioso que reclutó Canaris, y eso porque lo hizo a indicación mía. Conozco a su familia. Son alemanes de honor, leales, de una sola pieza. ¡Y Die Nadel es un hombre brillante, brillante! Conozco sus informes. Ha estado en Londres desde...

Von Roenne lo interrumpió.

—Mi Führer...

—¿Sí? —dijo Hitler fulminándolo con la mirada.

—Entonces, usted aceptará el informe que envíe Die Nadel —dijo Von Roenne tentativamente.

—Ese hombre descubrirá la verdad —dijo asintiendo con la cabeza.

TERCERA PARTE

13

Faber se inclinó temblando contra un árbol y vomitó. Luego consideró si debía enterrar a los cinco hombres muertos. Podría necesitar entre treinta y sesenta minutos, más o menos, todo dependía de lo bien que escondiera los cuerpos. Durante ese tiempo podía ser atrapado.

Tenía que considerar el riesgo contra las preciosas horas que podría ganar demorando el hallazgo de los cuerpos.

Muy pronto se descubriría la ausencia de los cinco hombres. Alrededor de las nueve comenzaría a organizarse la búsqueda. Dando por sentado que pertenecían a una patrulla de servicio regular, su recorrido sería conocido. Lo primero que harían los encargados de buscarlos sería mandar a alguien a que recorriera el mismo trayecto. Si los cuerpos quedaban tal como estaban, inmediatamente serían descubiertos y se daría la voz de alarma. Del otro modo, el enviado informaría y se organizaría una operación de búsqueda, con sabuesos y policías registrando todos los arbustos. Podrían necesitar un día entero para hallar los cadáveres. Para entonces, Faber podría estar ya en Londres. Era importante que estuviese fuera del área antes de que supieran que estaban buscando al asesino. En consecuencia, decidió arriesgar la hora adicional.

Cruzó una vez más a nado el canal con el capitán sobre los hombros, y lo lanzó sin mayor cuidado tras unos arbustos. Luego rescató los dos cuerpos del interior del barco y los apiló encima del cuerpo del capitán. Finalmente, agregó a Watson y al cabo.

No tenía con qué cavar y necesitaba una fosa grande. Encontró un lugar donde la tierra estaba bastante suelta, situado dentro del bosque. Además, el terreno formaba una especie de hueco, lo cual suponía alguna ventaja. Llevó una sartén de la pequeña cocina del barco y con ella comenzó a cavar.

Hasta medio metro más o menos solo había hojas sueltas y tierra floja, de modo que era fácil avanzar. Luego, cuando llegó a la arcilla, la labor se hizo terriblemente dificultosa. En media hora no alcanzó a cavar veinte centímetros. Y tendría que ser suficiente con eso.

Llevó los cuerpos hasta el agujero, uno por uno, los arrojó dentro. Luego se quitó las ropas embarradas y ensangrentadas y las arrojó encima. Cubrió la fosa con tierra blanda y una capa de hojarasca reunida de debajo de los árboles y arbustos cercanos. Aquello debería ser suficiente para burlar la primera inspección superficial.

Con el pie empujó tierra sobre el lugar cerca de la orilla donde se había desangrado Watson. También en el barco había sangre donde había caído el soldado. Faber buscó un trapo y limpió la cubierta.

Después se puso ropa limpia, desplegó las velas y partió.

No pescó ni observó pájaros; no era momento de protegerse con actividades deportivas. En cambio, desplegó bien las velas, poniendo tanta distancia como fuera posible entre él y la fosa. Tenía que salir del agua y acceder a una forma más rápida de viajar, y lo antes posible. Mientras navegaba iba meditando sobre las ventajas y desventajas de coger un tren o de robar un coche. Este último era más rápido en caso de que fuera posible hallar uno; pero la búsqueda del vehículo podría iniciarse inmediatamente, aunque el robo no estuviera vinculado con la desaparición de la patrulla de la Home Guard. Encontrar una estación de ferrocarril podría requerir más tiempo, pero todo indicaba que era lo más seguro; si tomaba las debidas precauciones podría evitar ser considerado sospechoso durante quizá todo un día.

No sabía qué hacer con el velero. Lo ideal sería echarlo a pique, pero no pasaría inadvertido. Si lo dejaba en un muelle o simplemente amarrado a la orilla del canal, la policía lo vincularía mucho antes con los asesinatos; ello indicaría a la policía, además, en qué dirección se desplazaba él. Por lo tanto, aplazó la decisión.

Por desgracia no estaba seguro del lugar en que se hallaba. Su mapa de los cursos de agua de Inglaterra incluía todos los puentes, puertos y atracaderos; pero no incluía las estaciones ferroviarias. Calculó que se encontraba a una o dos horas a pie de varias poblaciones, pero una población no significa necesariamente una estación de ferrocarril.

Los dos problemas tuvieron una solución simultánea, pues el canal pasaba por debajo de un puente ferroviario.

Tomó una brújula, el rollo de fotografías, su billetera y su estilete. El resto de sus pertenencias se hundiría junto con el barco.

El camino a ambos lados estaba sombreado por árboles y no había carreteras en las cercanías. Arrió las velas, desmanteló la base del mástil y puso el palo sobre la cubierta. Luego quitó el tapón de la quilla y saltó a la ribera sosteniendo la soga.

Al ir llenándose de agua, el barco se fue tumbando debajo del puente. Faber sostenía la cuerda para mantener la embarcación justo debajo del arco de ladrillos mientras se hundía. La popa se sumergió primero, luego la proa, y finalmente el agua del canal se cerró sobre el techo de la cabina. Afloraron unas cuantas burbujas, luego nada. La silueta del barco quedaba desdibujada a las miradas desaprensivas por la sombra que proyectaba el puente. Faber dejó que la soga también se hundiera.

El tren corría del noroeste al sudoeste. Faber subió a la costa y caminó en dirección sudoeste, es decir, hacia Londres. Era una línea de doble vía, probablemente rural. Incluiría pocos trenes, pero pararían en todas las estaciones.

A medida que caminaba, el sol se hacía sentir con más fuerza y el esfuerzo le provocó calor. Tras enterrar sus ropas negras había tenido que ponerse una chaqueta cruzada y pantalones de franela gruesa. Se quitó la chaqueta y dejó que le colgara sobre el hombro.

Después de haber andado cuarenta minutos, oyó el distante chuf-chuf-chuf y se escondió entre los arbustos a los lados de las vías. Una vieja máquina de vapor pasó lentamente hacia el norte arrojando espesas nubes de humo y arrastrando una hilera de vagones de carga con carbón. Si pasaba otro en dirección opuesta podía saltar dentro. Pero ¿debía hacerlo? Le ahorraría un buen trayecto, pero por otra parte quedaría evidentemente sucio, y quizá no le sería fácil salir del tren sin ser visto. No, era más seguro seguir a pie. La línea corría recta como una flecha a través de la llanura. Faber se cruzó con un campesino que araba su campo con un tractor. No podía evitar que lo vieran. El campesino lo saludó agitando la mano y sin interrumpir su trabajo. Estaba demasiado lejos para distinguir con claridad la cara de Faber.

Habría caminado más de diez kilómetros cuando alcanzó a divisar una estación de tren a más o menos un kilómetro de distancia; todo lo que podía distinguir era la elevación de las plataformas y un racimo de señales. Dejó de seguir las vías y fue a campo traviesa, manteniéndose junto a las líneas de árboles hasta que encontró una carretera.

A los pocos minutos llegó a un pueblo, pero no había ninguna señal que indicara su nombre. Ahora que el peligro de la invasión era un mal recuerdo, estaban devolviendo a su lugar los postes de señalización y demás indicaciones, pero en aquel villorrio aún no habían llegado a esa etapa.

Había una oficina de correos, una tienda de granos y un pub llamado The Bull. Una mujer con un cochecito de bebé le dirigió un amable «buenos días» mientras él pasaba junto al monumento conmemorativo de la guerra. La pequeña estación se bañaba perezosamente en el sol de primavera. Faber entró en la sala de espera.

En la pizarra de informaciones había una tabla de horarios.

Faber se detuvo ante ella. Desde la ventanilla de venta de billetes una voz le dijo:

—Yo de usted no me molestaría en leerla. Es la obra de ficción más importante desde que se escribió *La saga de los Forsyte*.

Faber sabía que la tabla de horarios sería vieja, pero tenía que averiguar si había algún tren que fuera a Londres. Lo había. Entonces preguntó:

—¿Tiene alguna idea de a qué hora sale el próximo para Liverpool Street?

—Con buena suerte —rio sarcásticamente el empleado—, en algún momento del día.

—De todos modos sacaré el billete. Ida, por favor.

—Cinco libras y cuatro peniques. Dicen que los trenes italianos son puntuales —dijo el empleado.

—Ya no —observó Faber—. De todos modos, es preferible tener malos trenes y nuestra política.

—Tiene razón —dijo el hombre con una mirada de resquemor—, naturalmente. ¿Quiere esperar en The Bull? Desde allí oirá la llegada del tren, y si no la oye ya enviaré a alguien a que le avise.

Faber no quería que más gente viera su cara.

—No, gracias. No haría más que gastar dinero. —Tomó el billete y se fue a la plataforma.

Unos minutos más tarde el empleado lo siguió y se sentó en un banco a su lado, al sol. Le preguntó:

—¿Tiene prisa?

Faber movió la cabeza negando.

—Hoy me tomo el día libre. Me he levantado tarde, he discutido con el patrón, y el camión que me ha recogido en el camino ha tenido una avería.

—Es uno de esos días que, bueno... —El empleado miró su reloj—. Esta mañana la máquina ha pasado puntual, y lo que va tiene que volver, dicen. De modo que podría usted tener suerte. —Se levantó y volvió a su oficina.

Faber tuvo suerte. El tren llegó veinte minutos más tarde.

Estaba lleno de campesinos, familias, hombres de negocios y soldados. Faber encontró sitio en el suelo junto a una ventanilla. Mientras el tren arrancaba recogió un periódico de dos días atrás que alguien había tirado, pidió prestado un lápiz y comenzó a hacer los crucigramas en inglés. Era una verdadera prueba de fluidez en un idioma extranjero. Pasado un rato, el movimiento del tren lo adormiló, e incluso soñó.

Era un sueño familiar; se trataba de su llegada a Londres.

Venía desde Francia con un pasaporte belga en el que figuraba como Jan van Golder, un representante de la Phillips (lo cual justificaba su aparato de radio si en la aduana le abrían la maletita). En aquel entonces su inglés era fluido, pero no coloquial. En la aduana no lo habían molestado, era un aliado. Había tomado el tren para Londres. En aquellos días había abundancia de asientos vacíos en los vagones y se podía pedir comida. Faber había comido carne al horno y pudin de Yorkshire. Le gustaba. Había estado charlando sobre la situación política europea con un estudiante de Historia que venía de Cardiff. El sueño fue como la realidad hasta que el tren se detuvo en Waterloo. Ahí se convirtió en una pesadilla.

La dificultad comenzó cuando le pidieron el billete. Como en todos los sueños, este tenía su propia extraña falta de lógica. El documento que le pedían no era su pasaporte falso sino su billete perfectamente legítimo. El empleado, al reclamárselo, le dijo:

—Este es un billete del Abwehr.

—No, no es verdad —respondió Faber con un increíble acento alemán. ¿Qué había pasado con su hermosa pronunciación de las consonantes? Simplemente no le salían—. Lo compré en Dover —añadió empleando el verbo *gekauft* en lugar del *bought* inglés, y maldiciéndose interiormente.

Pero el empleado, que se había vuelto hacia un policía londinense con casco y todo, parecía ignorar su repentina caída en el idioma alemán. Le sonrió amablemente y dijo:

—Será mejor si registro solo su Klamotte, señor.

La estación estaba llena de gente. Faber pensó que si conseguía mezclarse entre la multitud, podría escapar. Abandonó su maleta con el transmisor y disparó, abriéndose camino entre los viajeros. De pronto se dio cuenta de que se había dejado los pantalones en el tren y de que llevaba esvásticas en los calcetines. Tenía que comprarse pantalones en la primera tienda que encontrara antes de que la gente empezara a darse cuenta de que había por ahí un individuo sin pantalones que huía y que llevaba calcetines con la esvástica. Luego, alguien en la multitud dijo:

—He visto antes su cara.

Y le pegó, y cayó al suelo del tren con estrépito, y ahí fue donde se despertó.

Parpadeó, bostezó y miró a su alrededor. Le dolía la cabeza. Durante un momento sintió un gran alivio al advertir que se trataba de un sueño, luego le hizo gracia la ridiculez del simbolismo: la esvástica, los calcetines. ¡Increíble!

Un hombre vestido con un *overall* y que estaba a su lado le dijo:

—Parece que ha echado un buen sueño.

Faber levantó la vista con desasosiego. Siempre tenía miedo de hablar en sueños y delatarse.

—He tenido una pesadilla —dijo, y el hombre no agregó ningún comentario.

Estaba oscureciendo. Realmente había dormido mucho. Súbitamente se encendió la luz del vagón, una sola bombilla azul, y alguien bajó las cortinas. Los rostros de las gentes se convirtieron en pálidos óvalos sin facciones. El obrero se volvió comunicativo una vez más.

—Se ha perdido lo mejor —le dijo a Faber.

—¿Qué ha pasado? —preguntó. Era imposible que hubiera dormido mientras se realizaba algún control policial.

—Uno de esos coches yanquis nos pasó. Iba a unos quince

kilómetros por hora, lo conducía un negro, iba tocando la bocina y llevaba una barredora impresionante en la parte de delante. Parecía el salvaje Oeste.

Faber sonrió y pensó una vez más en el sueño. En realidad, su llegada a Londres no había provocado inconvenientes. Primero había ido a un hotel con sus papeles belgas. En el término de una semana había recorrido distintos cementerios, anotando los nombres de los fallecidos, su edad, tal como se consignaba en las lápidas, y solicitando tres duplicados de partidas de nacimiento. Luego había encontrado una pensión y un trabajo humilde, empleando referencias falsas de una firma de Manchester que no existía. Incluso formó parte del registro electoral de Highgate antes de la guerra. Votó al Partido Conservador. Cuando se estableció el racionamiento, los bonos se entregaban a las dueñas de casa para cada una de las personas que en una determinada noche habían dormido en los diversos domicilios. Faber se las arregló para pasar parte de esa noche en cada una de las tres casas, y de ese modo obtuvo libretas para cada una de sus personalidades. Quemó el pasaporte belga. En el caso poco probable de que necesitara pasaporte podría llegar a obtener tres, británicos.

El tren se detuvo, y por el ruido del exterior los pasajeros se dieron cuenta de que habían llegado. Cuando Faber bajó del tren se percató de cuán hambriento y sediento estaba. Su última comida había consistido en unas salchichas, unas galletas secas y una botella de agua, y de eso hacía ya veinticuatro horas. Dejó atrás el control de billetes y se dirigió a la cafetería de la estación. Estaba llena de gente, la mayoría soldados, durmiendo o tratando de dormir en las mesas. Faber pidió un bocadillo de queso y una taza de té.

—La comida está reservada a los hombres que están de servicio —le dijo la mujer situada detrás del mostrador.

—Entonces deme solamente té.

—¿Ha traído taza?

—No, no tengo —dijo Faber, sorprendido.

—Y nosotros tampoco, amigo mío.

Faber consideró la posibilidad de ir al Great Eastern Hotel

para cenar, pero le haría perder tiempo. Encontró un pub y se tomó dos cervezas, luego compró una bolsa de patatas fritas en un tenderete y se las comió en el propio envoltorio de papel de periódico, de pie en la calle. Aquello le hizo sentirse sorprendentemente satisfecho.

Ahora tenía que encontrar un laboratorio fotográfico, pues quería revelar su rollo para asegurarse de que las fotos habían salido. No se iba a arriesgar a volver a Alemania con un rollo velado. Si las fotos no servían tendría que robar más película y volver. El pensamiento le resultaba insoportable.

Tendría que ser un establecimiento pequeño e independiente, y no la sucursal de una cadena que haría el revelado en la casa central. Debía ser una zona donde la gente del lugar pudiera tener cámaras fotográficas (o las tuviera desde antes de la guerra). La parte del East London, donde quedaba la Liverpool Street, no era la adecuada. Decidió, pues, dirigirse hacia Bloomsbury.

Alumbradas por la luz de la luna, las calles estaban tranquilas. Esa noche aún no habían sonado las sirenas. Dos policías militares lo pararon en Chancery Lane y le pidieron su documento de identidad. Faber aparentó estar ligeramente bebido y la PM no le pidió que explicara qué hacía por las calles.

Encontró la tienda que buscaba en el extremo norte de Southampton Row. Había un anuncio de Kodak en el escaparate. Sorprendentemente, estaba abierto. Entró.

Un hombre cargado de hombros, irritable, de pelo ralo y gafas estaba de pie detrás del mostrador con una chaqueta blanca. Le dijo:

—Solo tenemos abierto para las recetas médicas.

—Está bien. Solo quiero saber si revelan fotografías.

—Sí, si usted vuelve mañana...

—¿Las revelan aquí mismo? —preguntó Faber—. Es que las necesito rápido, ¿sabe?

—Sí, si usted vuelve mañana...

—¿Me las revelarían en el mismo día? Mi hermano está de permiso y quiere llevarse algunas.

—Veinticuatro horas es el mínimo de tiempo que necesitamos. Vuelva usted mañana.

—Gracias, volveré.

Al salir, advirtió que el establecimiento cerraba diez minutos más tarde. Cruzó la calle y se quedó entre las sombras, esperando.

A las nueve, diligentemente, el farmacéutico salió, cerró la tienda y se alejó. Faber caminó en dirección contraria y dobló dos esquinas.

No parecía tener acceso directo por la parte de atrás, y él no quería entrar por delante para no correr el riesgo de que algún policía advirtiera que la puerta estaba abierta mientras él estaba dentro. Caminó por una calle paralela tratando de encontrar un modo de entrar. Aparentemente, no había ninguno. Sin embargo, tenía que haber algún espacio entre casa y casa, pues las dos calles estaban demasiado apartadas como para que los edificios estuvieran pegados por la parte trasera.

Finalmente, encontró una gran casa vieja con una chapa en la puerta que la identificaba como residencia de estudiantes de una escuela de las cercanías. Faber entró y atravesó rápidamente una cocina pública. Una muchacha solitaria estaba sentada ante una mesa, tomando café y leyendo un libro. Faber murmuró:

—Inspección de oscurecimiento del colegio.

Ella asintió con la cabeza y volvió a la lectura, y Faber salió por la puerta de atrás.

Cruzó el patio y tropezó con un montón de latas vacías; siguió y halló una puerta que daba a un sendero. En pocos segundos estuvo en lo que era la parte trasera de la tienda. Era evidente que aquella entrada nunca se utilizaba. Anduvo tropezando sobre unas cámaras de automóvil y un colchón viejo, y luego empujó la puerta con el hombro. La madera podrida cedió fácilmente y Faber se encontró en el interior.

Encontró el cuarto oscuro y se encerró en él. El tablero de la luz encendió una lámpara roja en el cielo raso. El lugar estaba muy bien equipado, con frascos de líquidos para revelar perfectamente rotulados, una ampliadora e incluso secador para las copias.

Faber trabajó rápida pero cuidadosamente, controlando la temperatura de las cubetas, agitando los fluidos para que el revelado fuese homogéneo, regulando el tiempo de los procesos por medio de las manecillas de un gran reloj eléctrico situado sobre la pared.

Los negativos eran perfectos.

Los dejó secar, luego los puso en la ampliadora e hizo una serie completa de copias de diez por ocho. A medida que las imágenes aparecían en el baño de revelado, se sentía alborozado. Realmente, había hecho un buen trabajo.

Ahora había que tomar una decisión importante.

El problema le había rondado por la cabeza durante todo el día y ahora que las fotografías estaban reveladas se veía obligado a afrontarlo.

¿Qué sucedería si no podía llegar con ellas a Alemania?

El viaje que lo esperaba era, como mínimo, azaroso. Tenía suma confianza en su habilidad para concertar un encuentro pese a las restricciones en los viajes y a la vigilancia de las costas; pero no podía tener garantía de que el submarino estaría ahí; o que haría el camino de regreso a través del mar del Norte. Además, por cierto, podía suceder que al salir lo atropellara un autobús.

El riesgo de que él pudiera morir, tras haber descubierto el secreto más importante de la guerra, y de que este secreto desapareciera con él, era demasiado tremendo para detenerse a pensarlo.

Tenía que encontrar una estratagema de refuerzo, un segundo método para asegurarse de que las pruebas del engaño de los aliados llegarían al Abwehr.

Entre Inglaterra y Alemania no había servicio de correos, naturalmente. La correspondencia debía llegar por medio de un país neutral. Y toda esa correspondencia seguramente pasaba por la censura. Podía escribir en código, pero ese no era el caso; tenía que mandar las fotografías, que en definitiva eran las pruebas que importaban.

Había una vía eficaz, según le habían dicho. En la embajada de Portugal en Londres había un funcionario que tenía simpatía por Alemania, en parte por razones políticas y en parte —eso preocupaba a Faber— porque recibía una buena paga. Ese funcionario pasaría los mensajes, desde la Lisboa neutral a la embajada alemana, por valija diplomática. Una vez allí, ya era seguro que el mensaje llegaría. La ruta se había abierto a comienzos de 1939, pero Faber solo la había utilizado una vez, cuando Canaris exigió una comprobación de rutina de que esa vía funcionaba bien.

Tendría que emplear ese medio. No había otra salida.

Faber se sintió irritado. Odiaba depositar su confianza en otros. ¡Eran todos unos botarates! No obstante, correría el riesgo. Debía cubrir su información. Era menos peligroso que utilizar la radio. Y, por cierto, implicaba menos riesgo que si el mensaje nunca llegaba a Alemania.

Faber era muy lúcido. El contrapesar los argumentos indudablemente favorecía al contacto de la embajada portuguesa.

Se sentó a escribir una carta.

14

Frederick Bloggs había pasado una tarde desagradable en las afueras.

Cuando cinco esposas atribuladas se pusieron en contacto con el destacamento de la Policía Local para comunicar que sus maridos no habían regresado a sus hogares, un jefe de la Policía Rural llegó a la conclusión de que una patrulla entera de la guardia territorial simplemente se había perdido —todos eran un poco bobalicones, pues de no ser así habrían estado en el ejército—, pero, de todos modos, se comunicó con la central para ponerse a cubierto. El sargento de guardia que recibió la llamada se dio cuenta inmediatamente de que los hombres que faltaban habían estado patrullando un área militar particularmente sensible, y pasó la comunicación a su inspector, el cual a su vez se puso en contacto con Scotland Yard, que destinó a un enviado especial, el cual habló con el MI5, que envió a Bloggs.

El enviado especial era Harris, que había estado investigando el caso Stockwell. Él y Bloggs se encontraron en el tren, que era una de las unidades del Wild West prestadas a Gran Bretaña por los americanos porque aquellos sufrían escasez de trenes. Harris le repitió la invitación a la comida de los domingos y Bloggs le dijo de nuevo que trabajaba casi todos los domingos.

Cuando bajaron del tren pidieron bicicletas prestadas para recorrer el camino hasta encontrarse con los hombres asignados para la búsqueda. Harris, con veinte kilos más que Bloggs, se fatigó con el esfuerzo de pedalear.

Se encontraron con el grupo bajo el puente del ferrocarril. Harris bendijo la oportunidad de bajar de su bicicleta.

—¿Qué han encontrado? —preguntó—. ¿Cadáveres?

—No. Un barco —dijo un policía—. ¿Quién es usted?

Se presentaron. Un agente en ropa interior estaba buceando para examinar el barco. Volvió a la superficie con un tapón en la mano.

—¿Hundido a propósito? —preguntó Bloggs mirando a Harris.

—Así parece. —Harris se volvió hacia el nadador—. ¿Ha visto algo más?

—No hace mucho que está hundido. Está en buenas condiciones y el mástil ha sido desmontado, no roto.

—Es mucha información para un minuto bajo el agua —dijo Harris.

—Soy navegante de fin de semana —aclaró el nadador.

Harris y Bloggs montaron en sus bicicletas y se alejaron.

Cuando se encontraron con el grupo principal, los cadáveres ya habían sido hallados.

—Los cinco asesinados —dijo el uniformado inspector a cargo del caso—. Capitán Langham, cabo Lee, y los guardias independientes de la Home Guard: Watson, Dayton y Forbes. Dayton tenía el cuello roto; los demás fueron asesinados con una especie de cuchillo puntiagudo. Era evidente que el cuerpo de Langham había estado sumergido en el canal. Todos se encontraban juntos en una fosa poco profunda. Un asesino sanguinario. —Estaba muy impresionado y conmovido.

Harris observó de cerca los cinco cadáveres, colocados en línea, y luego dijo:

—Ya había visto heridas de este tipo, Fred.

Bloggs se acercó a observarlas.

—Santo Dios, si parecen...

—... de estilete —asintió Harris.

—¿Saben ustedes quién lo ha hecho? —preguntó, azorado, el inspector.

—Podemos adivinarlo —dijo Harris—. Creemos que ya ha

cometido dos crímenes. Si se trata del mismo hombre, sabemos quién es, pero no dónde está.

—Muy bien —dijo el inspector—. Teniendo en cuenta que estamos tan cerca de la zona de acceso restringido, y que la sección especial y el MI5 han llegado con tanta rapidez, ¿creen ustedes que yo debo saber algo más sobre este caso?

—Simplemente quédese tranquilo hasta que su inspector jefe hable con nuestra gente.

—¿Ha averiguado algo más, inspector? —le preguntó Bloggs.

—Aún estamos registrando la zona en círculos cada vez mayores, pero hasta ahora no hemos encontrado nada más. Había algunas ropas en la fosa —señaló.

Bloggs las tocó con repugnancia; unos pantalones negros, un jersey negro y una chaqueta corta de cuero negro al estilo de la RAF.

—Ropas para trabajo nocturno —dijo Harris.

—Y para un hombre alto y fornido —agregó Bloggs.

—¿Qué altura tiene su hombre?

—Algo más de un metro ochenta.

—¿Han visto a los hombres que han encontrado el barco hundido? —preguntó el inspector.

—Sí —respondió Bloggs frunciendo el ceño—. ¿Dónde está la compuerta más próxima?

—Unos seis kilómetros más arriba.

—Si nuestro hombre venía en un barco, el cuidador de la compuerta tiene que haberlo visto, ¿no es así?

—En efecto —asintió el inspector.

—Lo mejor será que hablemos con él —dijo Bloggs volviendo a su bicicleta.

—Otros seis kilómetros no —se quejó Harris.

—Hay que eliminar alguna de esas comidas de los domingos —le respondió Bloggs.

Necesitaron más de una hora para recorrer los seis kilómetros. El camino de sirga había sido hecho para caballos, no para ruedas. Era irregular, y estaba lleno de piedras y raíces de árboles aquí y allá. Cuando llegaron al lugar, Harris sudaba y soltaba palabrotas.

El cuidador estaba sentado fuera de su pequeña casa, fumando una pipa y disfrutando de la apacible tarde. Era un hombre de mediana edad, de hablar pausado y movimientos más pausados aún. Miró a los dos ciclistas con cierto placer.

Bloggs habló porque Harris estaba sin aliento.

—Somos de la policía —dijo.

—Ah, ¿sí? —respondió el hombre—. ¿Qué es lo que tanto les preocupa? —Él estaba tan tranquilo, como un gato ante el fuego del hogar.

Bloggs sacó de su billetera la fotografía de Die Nadel.

—¿Lo ha visto alguna vez?

El cuidador se puso la foto sobre las rodillas mientras encendía un fósforo y lo arrimaba a su pipa. Luego estudió un poco la foto y la devolvió.

—¿Y bien? —dijo Harris.

—Sí. Estuvo aquí, más o menos a esta misma hora, ayer. Entró a tomar una taza de té. Era un tipo simpático. ¿Qué ha hecho? ¿Se ha dejado alguna luz encendida durante el oscurecimiento?

Bloggs se dejó caer en una silla y dijo:

—Todo concuerda.

—Deja ir el barco corriente abajo y se mete en el área militar después del anochecer —dijo Harris pensando en voz alta, pero sin alzar el tono para que el cuidador no le oyera—. Al volver resulta que la Home Guard le ha requisado el barco. Los despacha, navega un poco más hasta el puente del ferrocarril, echa el barco a pique y... ¿se mete de un salto en un tren?

—Esa línea de ferrocarril que cruza el canal unos pocos kilómetros corriente abajo, ¿adónde va? —preguntó Bloggs al cuidador.

—A Londres.

—Mierda —exclamó Bloggs.

Bloggs volvió a la Oficina de Guerra en Whitehall a medianoche. Godliman y Billy Parkin lo estaban esperando. Bloggs dijo:

—Sí, es él. —Y les contó la historia.

Parkin estaba ansioso, Godliman parecía tenso. Cuando
Bloggs hubo concluido, Godliman dijo:

—De modo que está de nuevo en Londres y nosotros lo
estamos buscando por todos lados; una vez más es como buscar una aguja en un pajar. —Mientras hablaba hacía dibujos
con los fósforos sobre su escritorio—. Cada vez que miro esa
fotografía es como si yo realmente hubiera conocido a ese
maldito individuo.

—Bueno, santo Dios —dijo Bloggs—, piense dónde puede
haber sido.

Godliman movió la cabeza con frustración.

—Debe de haber sido solo una vez, y en algún lugar extraño. Es como una cara que hubiese visto entre el público de una
conferencia o entre los asistentes a una fiesta de sociedad. Un
pantallazo fugaz, un encuentro casual. Probablemente, cuando me acuerde no nos servirá de nada.

—¿Qué hay en esa área? —preguntó Parkin.

—No lo sé, lo cual significa que posiblemente sea algo muy
importante —respondió Godliman.

Quedaron en silencio. Parkin encendió un cigarrillo con
uno de los fósforos de Godliman. Bloggs levantó la vista.

—Podríamos imprimir un millón de copias para dar una a
cada policía, miembro del ARP, de la Home Guard, a empleados, mozos de estación, pegarlas en las oficinas públicas y pu-
blicarlas en los periódicos...

Godliman movió la cabeza.

—Es demasiado arriesgado. ¿Qué sucedería si él ya hubiese
hablado con Hamburgo sobre todo lo que ha visto? Si arma-
mos mucho escándalo con él, se sabrá que su información era
buena y no haremos más que confirmar su mensaje.

—Tenemos que hacer algo.

—Haremos circular su fotografía entre la policía. Daremos
su descripción a los periódicos y diremos simplemente que se

lo busca por asesinato. Podemos dar los detalles de los crímenes de Highgate y Stockwell, sin decir que están en juego secretos de la seguridad nacional.

—Lo que usted está diciendo significa que tenemos que luchar con un brazo atado a la espalda.

—Al menos por el momento.

—No podemos hacer mucho más esta noche —dijo Godliman—, pero no tengo ganas de irme a casa. No dormiré.

Parkin se puso de pie.

—En ese caso, voy a buscar una tetera y a preparar un poco de té. —Y salió.

Los fósforos sobre el escritorio de Godliman habían formado el dibujo de un coche con un caballo. Le quitó una pata a este último y encendió la pipa con él.

—¿Tiene alguna chica, Fred? —preguntó en tono de conversación informal.

—No.

—¿Desde entonces...?

—No.

—No se puede vivir en estado de duelo, ¿no? —dijo Godliman echando una bocanada de humo.

Bloggs no respondió.

—Mire —dijo Godliman—, quizá no debería hablarle como un viejo tío, pero sé cómo se siente... yo también he pasado por eso, con la diferencia de que no tenía a quién echarle la culpa.

—Y no se ha vuelto a casar —dijo Bloggs sin enfrentar la mirada de Godliman.

—No, y no quiero que usted cometa el mismo error. Cuando llegue a la madurez, vivir solo puede ser muy deprimente.

—Alguna vez le dije que la llamaban Bloggs la Temeraria, ¿verdad?

—Sí, me lo dijo.

Finalmente, Bloggs miró a Godliman.

—Dígame, ¿dónde en el mundo podré encontrar otra muchacha como esa?

—¿Es necesario que sea un héroe?

—Después de Christine...

—Inglaterra está llena de héroes, Fred.

En ese momento entró el coronel Terry.

—No se levanten, señores. Lo que tengo que decirles es importante, presten atención. Quienquiera que sea que haya matado a esos cinco guardias territoriales ha descubierto un secreto vital. Ustedes saben que se prepara una invasión. No sabemos cuándo ni dónde. Es innecesario decir que nuestro objetivo consiste en mantener a los alemanes en el mismo estado de ignorancia. Sobre todo acerca de dónde se realizará la invasión. Hemos tomado medidas extremas para estar seguros de que el enemigo sea despistado con respecto a esto. Ahora es seguro que no lo será si ese hombre se nos escabulle. Está definitivamente comprobado que ha descubierto el engaño. A menos que impidamos que pase la información, la invasión y, por lo tanto, podemos decir sin temor a exagerar, la guerra se ven amenazadas. Con esto les he dicho más de lo que me proponía decir, pero es fundamental que ustedes comprendan la urgencia y todo lo que está en juego si no se logra impedir que la información salga de nuestras fronteras. —No les dijo que Normandía era el punto por donde se invadiría, ni que el paso de Calais vía East Anglia tenía por objeto distraer la atención del enemigo, aunque dedujo que Godliman llegaría a esa conclusión una vez que encarrilara a Bloggs en el esfuerzo de rastrear al asesino de los guardias territoriales.

—Perdone —dijo Bloggs—, pero ¿por qué está usted tan seguro de que su hombre realizó ese descubrimiento?

Terry se dirigió a la puerta.

—Pase usted, Rodrigues —dijo.

Un hombre alto, atractivo, con pelo negro y nariz larga entró en la habitación y saludó amablemente a Godliman y a Bloggs. Terry dijo:

—El señor Rodrigues es nuestro hombre en la embajada de Portugal. Cuénteles usted lo sucedido, Rodrigues.

—Como ustedes saben —dijo este, de pie junto a la puerta—, hemos estado observando al señor Francisco, miembro de la embajada, desde hace algún tiempo. Hoy bajó al encuentro de un hombre en un taxi y recibió un sobre. Se lo quitamos poco después de que el taxi partiera, pero pudimos tomar el número de la matrícula del coche.

—Estoy haciendo localizar el taxi —informó Terry—. Muy bien, Rodrigues, vuelva a la embajada y muchas gracias.

El portugués salió de la habitación. Terry entregó a Godliman un gran sobre amarillo —ya había sido abierto— y sacó un segundo sobre con una cantidad de letras sin sentido que seguramente conformaban un código.

Dentro del sobre interior había varias hojas de papel escritas a mano y una serie de fotografías de diez por ocho. Godliman examinó la carta.

—Parece un código muy básico —observó.

—No es necesario que la lea —dijo Terry, impaciente—, examine las fotos.

Godliman lo hizo. Había unas treinta y las miró una por una antes de hablar. Se las pasó a Bloggs.

—Esto es catastrófico.

Bloggs también miró las fotos y las dejó sobre el escritorio. Godliman dijo:

—Esto es solo parte de su estrategia. Aún tiene los negativos y va con ellos a alguna parte.

Los tres hombres sentados tiesos en la pequeña oficina parecían una ilustración. La única luz del ambiente provenía de la lámpara situada sobre el escritorio de Godliman. Las paredes de color crema, la ventana oscurecida, el mobiliario escaso y la gastada alfombra característica del servicio civil constituían un prosaico telón de fondo para un drama.

—Tendré que informar a Churchill —dijo Terry.

Sonó el teléfono y el coronel atendió la llamada.

—Sí, bien. Tráiganlo directamente aquí, por favor..., pero antes pregúntele dónde dejó al pasajero. ¿Cómo? Gracias; venga enseguida. —Colgó—. El taxi dejó a nuestro hombre en el University College Hospital.

—Quizá resultase herido en la lucha con los hombres de la Home Guard —dijo Bloggs.

—¿Dónde queda ese hospital? —preguntó Terry.

—A unos cinco minutos a pie de la Euston Station —respondió Godliman—. Los trenes de Euston van a Holyhead, Liverpool, Glasgow..., todos ellos lugares desde donde se puede tomar un transbordador a Irlanda.

—Liverpool a Belfast —señaló Bloggs—, luego un coche hasta la frontera pasando a Irlanda, y de ahí a un submarino en la costa atlántica. En algún lugar. No se arriesgaría a hacer el trayecto Holyhead-Dublín por el control de pasaportes, y no tendría sentido pasar por Liverpool para ir a Glasgow.

—Fred —dijo Godliman—. Vaya hasta la estación y enseñe a todos la fotografía de Faber. Quizá alguien lo haya visto subir al tren. Hablaré con la estación para avisar de que usted va hacia allí y averiguar al mismo tiempo qué trenes han partido más o menos desde las diez y media.

Bloggs tomó su sombrero y su gabardina diciendo:

—Ya estoy en marcha.

—Sí, estamos en marcha —repitió Godliman levantando el receptor.

En la Euston Station aún había mucha gente. Aunque en épocas normales cerraba alrededor de medianoche, durante el tiempo de guerra los retrasos eran tan grandes que el último tren a menudo no había partido antes de que llegara el primer vagón lechero de la mañana. La sala de espera estaba atiborrada de bolsas de viaje y cuerpos dormidos.

Bloggs mostró la fotografía a tres policías del ferrocarril. Ninguno de ellos reconoció el rostro. Lo intentó con diez mujeres que hacían de mozo de equipaje, nada. Fue a todas las ventanillas de venta de billetes. Uno de los empleados dijo:

—Nos fijamos en los billetes, no en las caras.

Interrogó a una docena de pasajeros sin resultado alguno.

Finalmente fue a las oficinas centrales y mostró el retrato a cada uno de los empleados.

Uno muy gordo, con una dentadura postiza floja, reconoció la cara.

—Yo me distraigo con un juego —dijo a Bloggs—: trato de descubrir en cada pasajero algo que me diga por qué toma el tren. Si por ejemplo lleva una corbata negra para ir a un funeral o las botas embarradas, significa que es un granjero que vuelve; o quizá lleve el distintivo de una universidad; o si veo una línea blanca en el dedo de una mujer significa que se ha quitado la alianza... ¿Se da cuenta de lo que quiero decir? Todos tienen algo. Para entretener un poco este trabajo aburrido..., no es que me queje...

—¿Y qué le llamó la atención en este tipo? —le interrumpió Bloggs.

—Nada. Ese es el asunto, ¿se da cuenta? No pude advertir nada que lo distinguiera de los demás. Casi como si se propusiese pasar inadvertido, ¿me explico?

—Sí, sí, ya veo lo que quiere decir. —Bloggs hizo una pausa—. Ahora quiero que lo piense detenidamente. ¿Adónde iba? ¿Puede recordarlo?

—Sí —dijo el empleado gordo—, a Inverness.

—Eso no significa que vaya allí realmente —dijo Godliman—. Es un profesional. Sabe que podemos investigar en las estaciones de ferrocarril. De entrada, supongo que habrá comprado un billete para un lugar al que no va. —Consultó su reloj—. Debe de haber tomado el tren de las doce menos cuarto. Ese tren está llegando ahora a Stafford. Ya he hablado con la central del ferrocarril y ellos con los encargados de los cruces. Detendrán el tren antes de que llegue a Crewe. Tengo dispuesto un avión para que os lleve a vosotros dos a Stokeon-Trent.

»Tú, Parkin, abordarás el tren, que estará parado en las afueras de Crewe. Irás vestido como revisor y marcarás cada billete, y cada rostro, de ese tren. Cuando hayas descubierto a Faber, simplemente te quedas junto a él.

»Bloggs, usted estará esperando a la salida en Crewe, por si a Faber se le ocurriera escabullirse por ahí. Pero no lo hará. Usted subirá al tren y será el primero en bajarse en Liverpool, y se queda esperando a Parkin y a Faber en el control de billetes hasta que ellos bajen. La mitad de la policía del lugar estará allí para respaldarlo.

—Eso está bien si él no me reconoce —dijo Parkin—. ¿Y si me recuerda de Highgate?

Godliman abrió un cajón del escritorio, sacó una pistola y le dijo, entregándosela:

—Si te reconoce, lo matas sin más.

Parkin se guardó el arma sin agregar comentario alguno.

—Ya has oído lo que ha dicho el coronel Terry —acotó Godliman—, pero quiero subrayar la importancia de todo esto. Si no atrapamos a este hombre, tendremos que retrasar la invasión a Europa... posiblemente un año. En ese año la guerra podría tomar un giro adverso para nosotros, y es posible que hayamos perdido nuestra oportunidad.

—¿Sabemos cuánto falta para el día D? —le preguntó Bloggs.

Godliman decidió que ellos tenían tanto derecho a saberlo como él. Después de todo, iban al campo de batalla.

—Todo lo que sé es que será en cuestión de semanas.

«Entonces será en junio», pensó Bloggs.

Sonó la campanilla del teléfono y Godliman fue a atender la llamada. Tras un momento, levantó la mirada y dijo:

—El coche os espera.

Bloggs y Parkin se pusieron de pie. Godliman añadió:

—Esperad un minuto.

Se detuvieron junto a la puerta, mirando al profesor.

—Sí, cómo no, señor, lo haré. Adiós —dijo Godliman.

Bloggs no se imaginaba a quién podría estar llamando «señor».

—¿Quién era? —preguntó Bloggs.

—Churchill —respondió Godliman.

—¿Qué tenía que comunicar? —preguntó Parkin, atemorizado.

—Os desea a ambos buena suerte y alas en los pies —respondió Godliman.

15

El vagón estaba totalmente a oscuras. Faber pensaba en los chistes y bromas que se intercambiaban los pasajeros: «Quítame las manos de las rodillas. No, tú no. Tú». Los británicos pueden bromear por nada. Sus trenes funcionaban peor que nunca, pero nadie se quejaba porque se trataba de luchar por una buena causa. Faber prefería la oscuridad; era anónima.

Antes habían cantado. Tres soldados en el pasillo comenzaron y todo el vagón se les unió. Habían pasado por «Be Like the Kettle and Sing», «There'll Always Be an England» (seguidas por «Glasgow Belongs to Me» y «Land of My Fathers», por aquello del equilibrio étnico) y, finalmente, «Don'it Get Around Much Any More».

Se produjo una alarma antiaérea, y el tren disminuyó la velocidad. Se sobrentendía que todos debían tirarse al suelo del vagón, pero naturalmente no había espacio para hacerlo. Una voz femenina anónima dijo: «Dios mío, tengo miedo», y una voz masculina, igualmente anónima, salvo que era de un londinense de los suburbios, le respondió: «Estás en el lugar más seguro posible, muchacha, no pueden acertarle a un blanco en movimiento». Entonces, todos rieron y nadie más tuvo miedo. Alguien abrió una maleta y pasó un paquete de bocadillos de huevo duro.

Uno de los marineros quería jugar a las cartas.

—¿Cómo podemos jugar a las cartas en la oscuridad?

—Palpa los bordes. Todos los naipes de Harry están marcados.

Inesperadamente, el tren se detuvo más o menos a las cuatro de la madrugada. Una voz culta, que a Faber le pareció la del abastecedor de bocadillos, dijo:

—Me parece que estamos en las afueras de Crewe.

—Conociendo los ferrocarriles, podríamos estar en cualquier lugar entre Bolton y Bournemouth —dijo el del bajo Londres.

El tren dio una sacudida y partió. Todos lanzaron hurras. Faber se preguntó dónde estaba ese inglés de la caricatura con su frígida reserva y su labio superior tenso. Allí al menos no estaba.

Unos pocos minutos más tarde una voz en el pasillo dijo:

—Billetes, por favor. —Faber notó el acento de Yorkshire; ahora estaban en el norte. Se palpó el bolsillo en busca de su billete.

Él tenía el primer asiento cerca de la puerta, de modo que podía ver lo que ocurría en el pasillo. El revisor miraba los billetes con una linterna. Faber vio la silueta del hombre por el reflejo de la luz. Le pareció vagamente familiar.

Se acomodó bien en su asiento dispuesto a esperar. Recordó la pesadilla. «Es un billete del Abwehr», y sonrió en la oscuridad.

Luego frunció el ceño. El tren paró inesperadamente poco después de que comenzara la revisión de billetes; la cara del inspector le resultaba vagamente conocida... podía no significar nada, pero Faber sobrevivía gracias a su preocupación por las cosas que podían no significar nada. Volvió a mirar hacia el pasillo, pero el hombre había entrado en un compartimento.

El tren no se detuvo mucho. La estación era Crewe, según la compartida opinión de los pasajeros.

Faber alcanzó a ver nuevamente la cara del revisor, y ahora le recordaba. ¡La pensión en Highgate! ¡Era el muchacho de Yorkshire que quería entrar en el ejército!

Faber lo observó atentamente. Paseaba su linterna por la

cara de cada uno de los pasajeros. No controlaba solamente los billetes.

«No —se dijo Faber—, no saquemos conclusiones apresuradas.» ¿Cómo podrían haber llegado hasta él? No podían saber en qué tren iba, conseguir a una de las pocas personas en el mundo que sabían cómo era él, y haberla puesto en el tren vestida de revisor en tan poco tiempo...

Su nombre era Parkin. Billy Parkin. Ahora parecía mucho mayor. Se aproximaba.

Debía de ser alguien que se le parecía... quizá un hermano mayor. Tenía que ser una coincidencia.

Parkin entró al compartimento contiguo al de Faber. Ya no había tiempo que perder.

Faber dio por descontado que se trataba de lo peor y se preparó para actuar.

Se levantó, salió del compartimento y fue atravesando el pasillo, sorteando maletas, bolsos de marinero y cuerpos, hasta el lavabo. Estaba vacío. Se metió dentro y puso el cerrojo a la puerta.

Estaba tratando de ganar tiempo, pues los revisores no dejaban de revisar los lavabos. Se sentó y comenzó a pensar en cómo salir de aquello. El tren había ganado velocidad e iba demasiado rápido para saltar. Además, alguien podría verlo, y si realmente lo estaban buscando detendrían el tren.

—Billetes, por favor.

Parkin se acercaba una vez más.

Faber tuvo una idea. El enganche entre los vagones tenía un pequeño espacio cerrado por un ensamble en forma de fuelle y aislado del resto por las puertas de los vagones, y evitaba el ruido y las corrientes de aire. Dejó el lavabo y dificultosamente llegó al final del vagón, abrió la puerta y se metió en el pasadizo de comunicación. Cerró la puerta tras él.

Hacía un frío espantoso y el ruido era ensordecedor. Faber se sentó en el suelo y se acurrucó aparentando estar dormido. Solo un muerto podía dormir ahí, pero en aquellos días la gente hacía cosas extrañas en los ferrocarriles. Trató de no temblar.

La puerta se abrió a sus espaldas.

—Billetes, por favor.

Ignoró la orden. Oyó que se cerraba la puerta.

—Despierte, Bella Durmiente. —La voz era inconfundible.

Faber aparentó despertarse, se puso de pie, manteniéndose de espaldas a Parkin. Cuando se volvió, el estilete estaba en su mano. Acorraló a Parkin contra la puerta, manteniendo la punta del cuchillo contra su garganta, y dijo:

—Quieto o te mato.

Con la mano izquierda cogió la linterna de Parkin y la dirigió a su rostro. Parkin no parecía tan amedrentado como debía. Faber dijo:

—Bueno, bueno, Billy Parkin, el que quería ingresar en el ejército y ha acabado en los ferrocarriles. Y bien, de todos modos es un uniforme.

—¡Usted! —dijo Parkin.

—Sabes perfectamente que soy yo, amiguito Billy Parkin. Me estabas buscando. ¿Por qué? —Hacía todo lo posible por parecer un degenerado.

—No veo por qué tendría que estar buscándolo; no soy policía.

—Deja de mentirme —dijo Faber apretando un poco el arma.

—En serio, señor Faber. Déjeme ir. Le prometo no decirle a nadie que lo he visto.

Faber comenzó a dudar. Parkin decía la verdad o estaba fingiendo tanto como él mismo.

El cuerpo de Parkin se movió, su mano derecha se deslizó en la oscuridad. Faber le agarró la muñeca con la fuerza de un garfio. Por un instante, Parkin se debatió, pero Faber hizo que la afiladísima punta del estilete se hundiera un poco en la garganta de Parkin, que se quedó inmóvil. Faber halló el bolsillo que Parkin había tratado de alcanzar, y sacó la pistola.

—Los revisores no van armados —dijo—. ¿En qué estás metido, Parkin?

—Ahora todos vamos armados porque se cometen muchos crímenes en los trenes, por la oscuridad.

Al menos, Parkin mentía con coraje y creativamente. Faber decidió que las amenazas no iban a ser suficientes para soltarle la lengua.

Su movimiento fue súbito y preciso. La hoja del estilete saltó en su puño y la punta entró casi un centímetro en el ojo izquierdo de Parkin, para volver a salir instantáneamente. Con la otra mano le tapaba la boca.

El ahogado grito de dolor quedó apagado por el ruido del tren, y Parkin se llevó las manos al ojo maltrecho.

—Trata de salvar tu otro ojo, Parkin. ¿Con quién estás?

—Inteligencia militar. Al diablo, no me dé otra vez.

—¿Con quién? ¿Menzies, Masterman?

—¡Ay, Dios...! Godliman, Godliman...

—Godliman. —Faber conocía el nombre, pero no era momento de buscar los detalles en su memoria—. ¿Qué saben de mí?

—Tienen una fotografía. Yo lo reconocí en los archivos.

—¿Qué fotografía? ¿Cuál?

—En un equipo de corredores... corriendo... con una copa... el ejército...

Faber lo recordó. Al diablo de dónde habían sacado aquello. Era su pesadilla: tenían una fotografía. La gente reconocería su cara. Su propia cara.

Llevó el cuchillo más cerca del ojo derecho de Parkin.

—¿Cómo me localizaron?

—¡No! No lo haga, por favor... la embajada... su carta interceptada... el taxi... Euston. Por favor, el otro ojo no... —Se cubría los dos ojos con las manos.

—(«Maldito sea, el estúpido de Francisco... Ahora él.») ¿Cuál es el plan? ¿Dónde está la trampa?

—Glasgow. Lo están esperando en Glasgow. Allí vaciarán el tren.

Faber bajó el cuchillo a la altura de la barriga de Parkin. Para distraerlo le dijo:

—¿Cuántos hombres? —Luego se lo hundió y lo dirigió hacia arriba, al corazón.

Parkin lo miró horrorizado, con su único ojo, pero no murió. Era lo contrario del método favorito de asesinato de Faber. Normalmente, el shock del cuchillo era suficiente para detener el corazón. Pero si este era fuerte no siempre daba resultado. Después de todo, a veces los cirujanos introducen una aguja hipodérmica directamente en el corazón para inyectar adrenalina. Si el corazón seguía palpitando, el movimiento haría un orificio en torno a la hoja, y por ahí se escurriría la sangre. Era igualmente fatal, pero la muerte llegaba más despacio.

Finalmente, el cuerpo de Parkin se desplomó. Faber lo sostuvo contra la pared durante un momento, pensando. Antes de morir había tenido algo... un destello de coraje, la sombra de una sonrisa. Eso tenía algún significado. Tales cosas siempre lo tienen.

Dejó que el cuerpo cayera al suelo, luego lo acomodó en posición de dormir, con las heridas ocultas a la vista. Pateó la gorra del uniforme a un rincón. Limpió el estilete en los pantalones de Parkin, y también el líquido ocular de sus manos. No había sido un trabajo limpio.

Se guardó el arma en la manga y abrió la puerta del vagón, volviendo a su compartimento en la oscuridad.

Cuando se sentó, el londinense le dijo:

—Ha tardado bastante. ¿Hay cola?

—Algo que he comido debe de haberme sentado mal —le respondió.

—Probablemente el bocadillo de huevo duro. —Rio el otro.

Faber estaba pensando en Godliman. Conocía el nombre, incluso podía adjudicarle vagamente un rostro; de mediana edad, con gafas, fumaba en pipa y tenía un aire profesional y ausente..., sí... era profesor.

Iba haciendo memoria. En sus primeros dos años de permanencia en Londres tenía poco que hacer. La guerra aún no había comenzado, y la mayoría de la gente creía que no estallaría. (Faber no estaba entre los optimistas.) Pudo realizar algún trabajo de utilidad, principalmente confrontando y revisando los mapas viejos del Abwehr, además de algunos informes generales sobre la base de sus propias observaciones y la lectura de los periódicos; pero no era mucho. Para llenar el tiempo, mejorar su inglés y adelantar su trabajo había salido a recorrer distintos lugares.

Su objetivo al visitar la catedral de Canterbury había sido desinteresado, aunque compró una foto aérea de la ciudad y de la catedral, que luego mandó a la Luftwaffe, aunque no sirviera de mucho; allí se habían pasado la mayor parte del año 1942 sin disponer de esa información... Faber se había tomado un día entero para ver el edificio y leer las antiguas iniciales grabadas en las paredes, observando los distintos estilos de la arquitectura, leyendo la guía muy cuidadosamente a medida que recorría el lugar.

Había estado en la galería sur del coro, en la arcada cerrada, cuando de pronto tuvo conciencia de que había otra persona igualmente concentrada a su lado, un hombre mayor que le dijo:

—Es fascinante, ¿no?

Y Faber le preguntó por qué.

—Ese único arco quebrado en una arcada de arcos redondeados. No tiene razón de ser. Evidentemente, esa sección no fue remodelada. Por alguna razón, alguien modificó solo ese. Vaya a saber por qué.

Faber advirtió lo que quería decir. El coro era románico; la nave, gótica. Sin embargo, allí en el coro había un único arco gótico.

—Quizá —dijo él— los monjes lo pidieran para ver cómo quedaban los arcos ojivales, y el arquitecto les hizo ese para que pudieran verlo.

—¡Es una conjetura estupenda! —le respondió el hombre mayor mirándolo con asombro—. Seguro que esa es la razón. ¿Es usted historiador?

—No, soy un simple empleado —respondió Faber riendo—, y lector ocasional de libros de historia.

—¡La gente obtiene doctorados por descubrimientos inteligentes como el que acaba de hacer!

—¿Usted lo es? Historiador, quiero decir.

—Sí, ese es mi castigo. —Le tendió la mano—. Percy Godliman.

¿Era posible —pensó Faber a medida que el tren continuaba con su ruido peculiar atravesando Lancashire— que aquella figura insignificante, metida en una chaqueta de tweed, pudiera ser el hombre que había descubierto su identidad? Los espías generalmente afirmaban que eran empleados del Estado o algo igualmente vago, no historiadores; esa mentira podía ser fácilmente descubierta. Pero se rumoreaba que el servicio de inteligencia militar había sido reforzado con gran número de académicos. Faber se imaginaba que se trataba de gente joven, ágil, agresiva y belicosa, además de inteligente. Godliman era inteligente, pero no tenía ninguna de las demás cualidades. A menos que hubiera cambiado.

Faber lo había visto una vez más, aunque en esa segunda oportunidad no había hablado con él. Después de ese breve encuentro en la catedral, Faber vio un anuncio de una conferencia pública sobre Enrique II, pronunciada por el profesor Godliman en su universidad. Él había ido por mera curiosidad. La conferencia era erudita, entretenida y convincente. Godliman era aún una figura levemente cómica, que gesticulaba detrás de su atril, se entusiasmaba con sus propias palabras; pero no cabía duda de que su mente era extraordinariamente aguda.

De modo que ese era el hombre que había descubierto cuál era el aspecto de Die Nadel. Un aficionado.

Bien, también cometería errores de aficionado. Mandar a Billy Parkin había sido uno: Faber lo había reconocido. Godliman tendría que haber mandado a alguien a quien él no pudiera reconocer. Parkin tenía más probabilidades de reconocerlo, pero ninguna de sobrevivir al encuentro. Un profesional habría advertido eso.

El tren se estremeció y se detuvo. Fuera, una voz apagada

anunció que se encontraban en Liverpool. Faber se maldijo por lo bajo; tendría que haber pasado ese tiempo cavilando su próximo movimiento y no acordándose de Percival Godliman.

Lo esperaban en Glasgow, según dijo Parkin antes de morir. ¿Por qué en Glasgow? Sus averiguaciones en Euston les habrían indicado que iba a Inverness. Y si ellos sospechaban que Inverness era el lugar codiciado, habrían deducido que iría igualmente a Liverpool, puesto que era el punto más próximo para tomar un transbordador que le trasladara a Irlanda.

Faber odiaba las decisiones atropelladas.

No importaba el próximo paso, ahora tenía que salir del tren.

Se puso de pie, abrió la puerta, bajó y se dirigió al molinete de salida.

Pensó en algo más. ¿Qué era lo que brilló en los ojos de Billy Parkin antes de morir? No era el odio, ni el dolor... aunque todo eso estuviera presente. Era más como... el triunfo.

Faber levantó la vista dirigiéndola más allá del empleado que recogía los billetes y comprendió.

Esperando en la otra punta, vestido con sombrero e impermeable, se encontraba el joven rubio, el agente de Leicester Square.

Parkin, en su muerte dolorosa y humillada, había acabado por engañarle. La trampa estaba allí.

El hombre del impermeable aún no había descubierto a Faber entre la multitud. Faber se volvió y subió de nuevo al tren. Una vez dentro, corrió la cortina y miró hacia fuera. El perseguidor buscaba un rostro en la multitud. No había advertido que alguien había regresado al tren.

Faber se quedó observando mientras los pasajeros iban saliendo, hasta que la plataforma quedó vacía. El hombre rubio habló ansiosamente con el que recogía los billetes, quien negó con la cabeza. El hombre parecía insistir. Pasado un momento, hizo señas a alguien fuera del alcance de su vista. Un oficial de policía emergió de las sombras y habló con el empleado. El guardia de la plataforma se unió al grupo, seguido por un hombre vestido de civil que supuestamente era un funcionario del ferrocarril de mayor jerarquía.

El maquinista y el fogonero dejaron la locomotora y se dirigieron a la salida. Hubo más gestos de negación con los brazos y la cabeza.

Finalmente, los funcionarios se encogieron de hombros y volvieron la mirada al cielo expresando su derrota. El hombre rubio y el oficial de policía hicieron señas a otros policías, y se dirigieron a la plataforma.

Evidentemente, iban a registrar el tren.

Todos los funcionarios del ferrocarril, incluyendo obreros, habían desaparecido en dirección opuesta, sin duda en busca de bocadillos y té, mientras aquellos maniáticos trataban de registrar un tren lleno de gente, lo cual le dio a Faber una idea.

Abrió la puerta y saltó del lado contrario a la plataforma, a cubierto de la policía por los mismos vagones. Corrió a saltos por la grava en dirección a la máquina.

La cosa andaba mal, por cierto. Desde el momento en que se dio cuenta de que Billy Parkin no saltaría del tren, Frederick Bloggs supo que Die Nadel había escapado de entre sus manos una vez más. A medida que los policías uniformados subían al tren, dos por cada vagón, Bloggs pensó en algunas posibles explicaciones de la no aparición de Parkin, y todas eran igualmente deprimentes.

Se subió el cuello del impermeable y se puso a caminar por la ventosa plataforma. Tenía muchas ganas de pescar a Die Nadel; y no solo en beneficio de la invasión —aunque ella fuera razón suficiente—, sino por Percy Godliman, y por los cinco hombres de la Home Guard, y por Christine. Y por sí mismo...

Miró su reloj. Eran las cuatro. Pronto sería de día. Bloggs había estado de pie durante toda la noche, y no había probado bocado desde el desayuno del día anterior, pero hasta ahora se mantenía segregando adrenalina. El fracaso de la trampa —él estaba completamente seguro de que había fallado— lo agotó. Sintió que se le venían encima el hambre y la fatiga. Tenía que hacer grandes esfuerzos para no caer en la fantasía de la comida caliente y la cama tibia.

—¡Señor! —Un policía sacaba la cabeza por una ventanilla y lo llamaba con la mano—. ¡Señor!

Bloggs caminó hacia él, luego corrió:

—¿Qué sucede?

—Podría ser su hombre, Parkin.

Bloggs subió al tren.

—¿Qué diablos quiere decir con «podría ser»?

—Mejor, échele una mirada. —El policía abrió la puerta de comunicación entre los vagones y enfocó la luz de su linterna.

Era Parkin; Bloggs lo distinguió por el uniforme de revisor. Estaba acurrucado sobre el suelo. Bloggs cogió la linterna del policía y se arrodilló junto a Parkin, volviéndole boca arriba.

Vio la cara de Parkin y se dio la vuelta, incapaz de resistirlo.

—Oh, Dios mío.

—Seguro que este es Parkin, entonces —dijo el policía.

Bloggs asintió. Se levantó muy lentamente, sin volver a mirar el cadáver.

—Entrevistaremos a todos en este coche y el siguiente —dijo—. Cualquiera que haya visto u oído algo fuera de lo común será retenido para ser interrogado. No es que nos sirva de mucho; el asesino debe de haber saltado del tren antes de llegar aquí.

Bloggs volvió a salir a la plataforma. Todos los investigadores habían completado sus tareas y se hallaban reunidos en un grupo. Destacó a seis para que colaboraran con las entrevistas.

—De modo que su hombre se ha escabullido —dijo el inspector de policía.

—Casi con toda seguridad. ¿Han buscado en todos los lavabos y en el compartimento del guarda?

—Sí, y encima del tren y debajo de él, y en la máquina y en el vagón carbonero.

Un pasajero bajó del tren y se aproximó a Bloggs y al inspector. Era un hombre bajo que hablaba con exceso de sonidos sibilantes.

—Discúlpenme —dijo.

—Sí, señor —respondió el inspector.

—Quizá estén buscando a alguien.

—¿Por qué lo dice?

—Bueno, porque quizá estén buscando a un tipo alto.

—¿Por qué se le ocurre eso?

Bloggs interrumpió con impaciencia.

—Sí, un tipo alto. Vamos, suéltelo de una vez.

—Bueno, lo que pasó fue que un tipo alto bajó por el lado opuesto del tren.

—¿Cuándo?

—Un par de minutos después de que el tren entrara en la estación. Primero se bajó, luego volvió a subir y se bajó por el otro lado. Saltó a las vías, y no tenía equipaje, lo cual parecía raro, entonces se me ocurrió...

—Mierda —dijo el inspector.

—Seguramente advirtió la trampa —dijo Bloggs—. Pero ¿cómo? No conoce mi cara, y sus hombres estaban escondidos.

—Algo le hizo sospechar.

—¿De modo que cruzó hacia la plataforma de enfrente y salió por ese lado? ¿Y no tendría que haber sido visto?

El inspector se encogió de hombros.

—No hay demasiada gente rondando a esta hora de la madrugada. Y de haber sido visto, podría haber dicho simplemente que tenía demasiada prisa para estar haciendo cola en la salida.

—¿Apostó a hombres en las salidas de las otras estaciones?

—Lamentablemente no pensé en eso. Bueno, podemos buscar por el área adyacente, y después en los diversos lugares de la ciudad, y, por cierto, mantendremos vigilado el transbordador...

—Sí, por favor, no deje de hacerlo —dijo Bloggs.

Pero en su fuero interno sabía que Faber no sería hallado.

Pasó más de una hora antes de que el tren volviera a arrancar. Faber tenía el tobillo izquierdo acalambrado y la nariz llena de polvo. Oyó que el maquinista y los fogoneros volvían a sus puestos, y pescó trozos de conversación sobre un cadáver hallado en el tren. También le llegó el sonido metálico de la pala que removía el carbón, luego el silbido del vapor, el rechinar de los pistones, un empujón y la humareda a medida que el tren arrancaba. Con alivio, Faber cambió su posición y hasta se permitió un estornudo. Eso le hizo sentirse mejor.

Estaba al fondo del vagón de carbón, bien enterrado en él, de modo que un hombre con una pala hubiera necesitado unos buenos diez minutos para descubrirlo. Tal como esperaba, la policía se asomó al vagón carbonero, miró bien y no pasó de ahí.

Se preguntó si ya sería oportuno aparecer. Debía de estar aclarando ya; ¿resultaría visible desde el puente que se veía en la distancia? Decidió que no. Su piel estaba bastante ennegrecida, y en un tren que se desplazaba en la pálida luz del amanecer él sería tan solo un manchón oscuro sobre un fondo igualmente oscuro. Sí, se arriesgaría. Despacio y con sumo cuidado, fue desbrozando su salida de aquella tumba de carbón.

Respiró profundamente el aire fresco. El carbón era sacado del vagón con una pala por un pequeño agujero en la parte delantera. Quizá más tarde, cuando la pila de combustible disminuyera, el fogonero tendría que entrar en el vagón. Pero por el momento estaba seguro.

Cuando la luz aumentó, se echó una mirada. Estaba cubierto de polvo de carbón de pies a cabeza, como un minero que saliera de la mina. De algún modo tendría que lavarse y cambiarse de ropa.

Arriesgó una mirada por el costado del vagón. El tren aún se encontraba en los suburbios, pasaba por las fábricas y por hileras de casas tristes y pequeñas. Tenía que pensar cuál sería su próximo movimiento.

Su plan original era bajarse en Glasgow, tomar otro tren a Dundee y seguir hasta la costa este de Aberdeen. Aún le era posible desembarcar en Glasgow. Por supuesto que no lo haría precisamente en la estación, pero podría saltar justo antes de llegar o poco después de salir. Sin embargo, eso implicaba riesgo. Era seguro que el tren pararía en estaciones intermedias entre Liverpool y Glasgow, y en esas paradas podía ser reconocido. No, tenía que saltar pronto del tren y hallar otro medio de transporte.

El lugar ideal sería un tramo solitario justo en las afueras de una ciudad o pueblo. Tenía que ser un lugar solitario para que no lo vieran saltar del vagón carbonero, pero también debía ser en la proximidad de las casas para que pudiera robar ropa y un automóvil. Y tenía que ser en un tramo cuesta arriba para que el tren fuese lo bastante despacio para saltar.

En ese momento iría a unos cincuenta kilómetros por hora. Faber volvió a recostarse en el carbón para esperar. No podía inspeccionar constantemente el lugar por donde iban por miedo de que lo vieran. Decidió que miraría hacia fuera cada vez que el tren disminuyera la marcha. Pero en tanto no fuese así, permanecería inmóvil.

Tras pocos minutos, se descubrió adormeciéndose pese a la incomodidad de la postura. Se movió y se apoyó sobre un codo, de modo que si se dormía caería y el mismo golpe lo despertaría.

El tren seguía ganando velocidad. Entre Londres y Liverpool casi parecía no moverse; ahora, en cambio, humeaba veloz a través de la campiña. Para completar su incomodidad, comenzó a llover. Era una llovizna fría y constante que le fue penetrando las ropas y parecía convertirse en hielo sobre su carne. Razón de más para abandonar el tren; podía morir congelado antes de llegar a Glasgow.

Tras media hora de marcha constante a alta velocidad, comenzó a considerar la posibilidad de matar a la tripulación de la máquina y parar él mismo el tren. El código de señalización les salvó la vida. El tren comenzó a disminuir súbitamente la velocidad, y a medida que se le aplicaba los frenos, se desaceleraba en etapas. Faber advirtió que había indicaciones de límites de velocidad. Echó una mirada afuera. Estaban una vez más en el campo. Pudo advertir por qué había que disminuir la velocidad; estaban llegando a una bifurcación.

Faber permaneció alerta mientras el tren se detenía. Pasados cinco minutos arrancó de nuevo. Faber trepó al borde del vagón, donde quedó un momento a horcajadas, y saltó.

Aterrizó sobre un pastizal y permaneció boca abajo hasta que el tren desapareció de la vista. Entonces se puso de pie. El único signo de civilización en las cercanías era el poste de señalización situado en una construcción de dos pisos, de madera, con grandes ventanas en la cabina de control en la parte de arriba, una escalera exterior y una puerta a nivel del suelo. En el lado opuesto había un sendero.

Faber caminó en un amplio círculo para aproximarse al lugar desde la parte trasera, donde no había ventanas. Entró por la puerta de abajo y encontró lo que esperaba: un váter, un lavabo y, como si eso fuera poco, un capote colgado de una percha en la pared.

Se quitó la ropa empapada, se lavó las manos y la cara y se frotó vigorosamente el cuerpo con una toalla astrosa. El pequeño cilindro de celuloide que contenía los negativos aún estaba sobre su pecho, pegado con tela adhesiva. Volvió a ponerse la ropa, pero sustituyendo el capote del ferroviario por su propia chaqueta mojada.

Ahora todo lo que necesitaba era un medio de transporte. El ferroviario debía de tener algo en alguna parte. Faber salió y encontró una bicicleta asegurada con una cadena a una empalizada en la parte de atrás de la pequeña edificación. Con la hoja del estilete hizo saltar el pequeño candado y comenzó a alejarse en línea recta por la parte de atrás, donde no había ventana alguna. Pedaleó hasta que estuvo fuera del alcance de la vista del puesto de control de señales. Luego siguió a campo traviesa a pie, hasta encontrar un sendero, donde montó de nuevo en la bicicleta y se alejó.

16

Percival Godliman había llevado un pequeño catre de campaña desde su casa y descansaba en su oficina vestido con pantalón y camisa, tratando en vano de dormir. Hacía casi cuarenta años que no sufría de insomnio, por lo menos desde que realizó sus últimos exámenes en la universidad. Con gusto habría cambiado la ansiedad de aquellos días por la que ahora lo mantenía en vela.

Había sido un hombre distinto en ese entonces, lo sabía; no era tan solo que fuera más joven, sino considerablemente menos... abstraído. Era directo, agresivo, ambicioso; proyectaba meterse en política. Entonces no era estudioso y tenía, por lo tanto, sus razones para estar ansioso.

Sus entusiasmos se dividían entre la discusión y el baile. Se había distinguido como orador en la Oxford Union y había aparecido en *The Tatler* bailando el vals con principiantes. No perseguía obsesivamente a las mujeres; le gustaba el sexo con una mujer a quien amara, no porque tuviera altos principios en tal sentido, sino simplemente porque lo sentía así.

De modo que se había mantenido virgen hasta que conoció a Eleanor, que no era una principiante, pues se trataba de una brillante graduada en Matemáticas, dueña de calidez y gracia, y con un padre que se moría de una enfermedad en los pulmones tras cuarenta años de trabajo en las minas. Él la llevó a que conociera a su familia. Su padre era alguacil del condado y la casa le había parecido a Eleanor una mansión, pero se había comportado con naturalidad y simpatía, sin sentirse apabullada en absoluto; y cuando en un momento dado la madre de Percy se mostró desafortunadamente condescendiente con respecto a ella, su reacción fue de despiadado ingenio, lo cual hizo que él la quisiera aún más.

Él obtuvo su título, y luego, después de la Primera Guerra Mundial, enseñó en una escuela del Estado y se presentó a tres oposiciones complementarias. Los dos se sintieron muy fastidiados cuando se enteraron de que no podían tener hijos; pero se amaban con entrega total y eran felices, y su muerte fue para Godliman la más terrible de las tragedias. Había acabado con su interés en el mundo real y se había retirado a la época medieval.

Esta peripecia común lo había unido a Bloggs. Y la guerra lo había devuelto a la vida; había hecho revivir en él esas características de empuje, agresividad y fervor que habían sido sus virtudes de orador y maestro, y la esperanza del Partido Liberal. Deseaba con toda su alma que sucediera en la vida de Bloggs algo que lo rescatara de aquella existencia de amargura e introspección.

En el momento en que estaba presente en el pensamiento de Godliman, Bloggs llamó por teléfono desde Liverpool para decir que Die Nadel se había escurrido de la red, y que Parkin había sido asesinado.

Godliman, sentado en el borde del catre de campaña para atender la llamada, dijo cerrando los ojos:

—Tendría que haberle puesto a usted en el tren...

—Gracias —respondió Bloggs.

—Lo digo porque no conoce su rostro.

—Quizá lo conozca —respondió Bloggs—. Sospechamos que detectó la trampa, y mi cara era la única visible cuando él bajó del tren.

—Pero ¿dónde puede haberla visto...? Oh, Leicester Square.

—No veo cómo, pero entonces..., me parece que lo estamos subestimando.

—¿Ha puesto vigilancia en el transbordador? —preguntó Godliman con impaciencia.

—Sí.

—Es evidente que no lo utilizará. Es más probable que robe una embarcación. Por otro lado, es posible que vaya aún hacia Inverness.

—He alertado ya a la policía de allí.

—Bien. Pero mire, no podemos estar basándonos en intuiciones acerca de la dirección que ha seguido. Mantengámonos alerta.

Godliman se puso de pie, tomó el teléfono y comenzó a pasearse sobre el suelo alfombrado.

—Además, no dé por descontado que fue él quien bajó por el lado contrario del tren. Trabaje sobre el supuesto de que bajó antes, en o después de Liverpool. —El cerebro de Godliman estaba en pleno funcionamiento nuevamente, seleccionando combinaciones y posibilidades—. Hablaré con el inspector jefe.

—Está aquí.

Hubo una pausa, luego una voz nueva dijo:

—El inspector Anthony al habla.

—¿Está usted de acuerdo en que nuestro hombre descendió en algún lugar dentro de su zona? —preguntó Godliman.

—Parece probable, sí.

—Muy bien. Entonces, lo primero que necesita es un medio de transporte, de modo que debe tomar usted todos los detalles de cualquier automóvil, embarcación, bicicleta o animal que sea robado dentro de un área que abarque ciento cincuenta kilómetros alrededor de Liverpool durante las próximas veinticuatro horas. Manténgame informado, pero transmita la información a Bloggs y trabaje en estrecho contacto con él en cuanto se produzca alguna novedad.

—Sí, señor.

—Preste atención a los crímenes que podrían ser cometidos por un fugitivo..., robo de alimentos o ropas, asaltos inexplicables, documento de identidad con irregularidades y demás.

—De acuerdo, señor.

—Ahora bien, señor Anthony, ¿se da cuenta usted de que este hombre es algo más que un asesino convencional?

—Efectivamente, señor, dado que usted se interesa. Pero no conozco los detalles.

—Es un asunto de seguridad nacional, lo suficientemente importante para hacer que el primer ministro se mantenga en constante comunicación con esta oficina.

—Sí..., bueno..., el señor Bloggs quiere hablar un momento con usted, señor.

Bloggs volvió a ponerse al teléfono.

—¿Recordó de dónde conocía usted esa cara? Usted dijo que creía conocerla...

—Ah, sí..., como le había anticipado, no tiene importancia. Lo encontré por casualidad en la catedral de Canterbury y sostuvimos una conversación sobre arquitectura. Todo lo que nos dice este hecho es que se trata de un tipo inteligente. Me hizo algunas observaciones bastante agudas, según recuerdo.

—Ya sabíamos que es inteligente.

—Por eso; no nos ayuda en nada.

El inspector Anthony, un integrante voluntarioso de la clase media con un acento de Liverpool cuidadosamente suavizado, no sabía si mostrarse consternado por la forma en que el MI5 disponía de él y le daba órdenes, o si sentirse fascinado ante la oportunidad de salvar a Inglaterra desde su propio condado.

Bloggs advirtió el conflicto —él mismo lo había tenido cuando comenzó a trabajar con las fuerzas de policía locales— y se las ingenió para inclinar la balanza a su favor. Entonces le dijo:

—Estoy muy agradecido por su buena voluntad, inspector. Usted sabe que este tipo de cosas no pasan inadvertidas en Whitehall.

—No hacemos más que cumplir con nuestro deber... —Anthony no sabía bien si se suponía que debía llamar «señor» a Bloggs.

—Hay una gran diferencia entre la colaboración a desgana y la ayuda entusiasta.

—Sí, bueno, es posible que pasen algunas horas antes de que encontremos el rastro. ¿Quiere echar un sueñecito mientras tanto?

—Sí —dijo Bloggs, agradecido—. Si tiene una silla me sentaré en un rincón, en cualquier lado...

—Quédese aquí —dijo Anthony, indicando su oficina—. Yo estaré en la sala de operaciones. En cuanto tengamos alguna novedad lo despertaré. Póngase cómodo.

Anthony salió y Bloggs se ubicó en un sillón, echando la cabeza hacia atrás con los ojos cerrados. Inmediatamente vio la cara de Godliman como proyectada por una pantalla sobre el interior de sus párpados diciéndole: «Tiene que haber un fin a la tribulación..., no quiero que usted cometa el mismo error...». De pronto, Bloggs se dio cuenta de que no quería que la guerra terminara; eso significaría que tendría que enfrentarse a los hechos, entre ellos el que le había planteado Godliman. La guerra simplificaba la vida. Sabía por qué odiaba al enemigo, y sabía qué debía hacer. Luego..., pero el pensamiento de que pudiera haber otra mujer le parecía desleal.

Bostezó y se hundió más en el sillón, mientras el pensamiento iba desdibujándose a medida que el sueño se apoderaba de él. Si Christine hubiera muerto antes de la guerra, sus sentimientos con respecto a un nuevo matrimonio habrían sido muy distintos. Él siempre la había querido y respetado, naturalmente. Pero después de que ella asumiera el trabajo de la ambulancia, el respeto se había convertido casi en una admiración heroica y el cariño se había transformado en amor. Entonces había entre ellos algo muy especial, algo que ellos consideraban muy exclusivo. Ahora, pasando más de un año, sería fácil para Bloggs hallar otra mujer a la que pudiera respetar y apreciar, pero sabía que eso no bastaba. Un matrimonio común, una mujer común, siempre le recordarían que una vez él, que era un hombre más bien común, había tenido a la más extraordinaria de las mujeres...

Se movió en la silla tratando de librarse de aquellos pensamientos para poder dormir. Inglaterra estaba llena de héroes, le había dicho Godliman. Bien, pero si Die Nadel se escapaba...

Las cosas más importantes primero...

Alguien lo sacudió. Estaba inmerso en un sueño muy profundo, en el cual estaba con Die Nadel en una habitación pero no podía apresarlo porque lo había cegado con un estilete. Cuando se despertó aún pensaba que estaba ciego porque no podía ver quién le sacudía, hasta que se dio cuenta de que era porque simplemente tenía los ojos cerrados. Al abrirlos vio la gran figura uniformada del inspector Anthony inclinada sobre él.

—¿Han averiguado algo? —preguntó Bloggs enderezándose un poco y frotándose los ojos.

—Muchísimo —respondió Anthony—. Pero la cuestión es dónde está lo importante. Aquí tiene el desayuno. —Le puso una taza de té y un bizcocho sobre el escritorio y fue a sentarse en el otro extremo.

Bloggs dejó su sillón, arrimó una silla dura al escritorio y tomó un sorbo de té. Era flojo y muy dulce.

—Veamos cómo está la cosa —dijo.

Anthony le entregó un manojo de cinco o seis hojas de papel.

—No me diga que estos son los únicos delitos que se cometen en su zona —dijo Bloggs.

—Naturalmente que no —respondió Anthony—; pero no estamos interesados en borracheras, disputas domésticas, violaciones durante el oscurecimiento, accidentes de tráfico o crímenes por los que ya se haya arrestado a gente.

—Disculpe, tiene razón, pero todavía estoy dormido —dijo Bloggs—. A ver, déjeme leer estos.

Había tres robos en las casas. En dos de las denuncias habían robado joyas y objetos de valor, y en la otra, pieles.

—Podría robar objetos de valor con el afán de despistarnos —dijo Bloggs—. ¿Podría señalarme estos casos en el mapa, por favor? Quizá presenten cierta concordancia —dijo devolviéndole dos hojas.

En cuanto al tercer robo, acababa de denunciarse y no se disponía de detalles. Anthony le marcó los lugares en el mapa.

En Manchester habían robado cien talonarios de racionamiento en una oficina de Asuntos Alimenticios. Bloggs comentó:

—Él necesita comida, no tarjetas de racionamiento —descartó ese. Había el robo de una bicicleta justo en las afueras de Preston y un rapto en Birkenhead—. No creo que viole a nadie, pero de todos modos la dejamos aparte —le dijo Bloggs a Anthony.

El lugar del robo de la bicicleta y la tercera de las casas donde habían robado estaban muy próximas. Bloggs dijo:

—El puesto de señales donde fue robada la bicicleta, ¿queda cerca de la línea principal?

—Sí, creo que sí —respondió Anthony.

—Supongamos que Faber siguió escondido en el tren y que de algún modo no lo descubrimos. ¿Es el puesto de señales el primer lugar donde para el tren después de dejar Liverpool?

—Podría ser.

Bloggs miró la hoja de papel.

—Han robado un capote y dejado en cambio una chaqueta mojada.

—Podría tener algún significado —dijo Anthony encogiéndose de hombros.

—¿No hubo robo de automóviles?

—Ni barcos ni burros —replicó Anthony—. No hay muchos robos de coches en estos días. Es fácil conseguir un coche. Lo que la gente roba es el combustible.

—Estaba seguro de que habría robado un coche en Liverpool —dijo Bloggs golpeándose la rodilla con frustración—. Con una bicicleta no puede ir muy lejos.

—Sin embargo, es nuestro dato principal y creo que deberíamos seguir esa pista —señaló Anthony.

—Muy bien. Pero entretanto investigue si alguien ha robado comida y ropa. Posiblemente las víctimas aún no se hayan dado cuenta. Enseñe la fotografía de Faber a la víctima de violación también, y controle todos los crímenes. ¿Puede facilitarme algún medio de transporte para llegar a Preston?

—Le proporcionaré un coche —dijo Anthony.

—¿Cuánto tiempo se tardará en obtener los detalles de este tercer robo?

—En este momento seguramente se están llevando a cabo los interrogatorios —respondió Anthony—, y para el momento en que usted llegue al puesto de señales yo tendré un cuadro completo.

—No permita que se retrasen. —Bloggs recogió su impermeable—. En cuanto llegue allí me comunicaré con usted para conocer los resultados.

—¿Anthony? Habla Bloggs. Estoy en el puesto de señales.

—No pierda su tiempo ahí. El tercer robo lo cometió su hombre.

—¿Seguro?

—A menos que haya dos delincuentes que andan por ahí amenazando a la gente con un estilete.

—¿A quién ha amenazado?

—A dos ancianas que vivían solas en una pequeña casa.

—Oh, Dios, ¿están muertas?

—No, a menos que hayan muerto del susto.

—¿Cómo?

—Váyase para allá; ya verá lo que le digo.

—Me pongo en camino.

Era el tipo de casita que están siempre habitadas por dos solteras mayores que viven solas. Era pequeña, cuadrada y vieja, y en torno a la puerta crecía un rosal silvestre fertilizado por miles de montoncitos de hojas de té usadas. En el jardín de enfrente, hileras de verduras mostraban la atención que se les dedicaba, lo mismo que el seto cuidadosamente cortado. Las cortinas de las ventanas eran blancas y rosas, y los goznes del portillo chirriaban. La puerta de entrada había sido pintada con empecinado esfuerzo por un aficionado, y el picaporte tenía la forma de una herradura de caballo.

La llamada fue respondida por una octogenaria con una escopeta.

—Buenos días, soy de la policía —dijo Bloggs.

—No es verdad —respondió ella—. Los de la policía ya han estado aquí, de modo que váyase antes de que le haga volar la cabeza.

Bloggs la miró. Medía menos de un metro y medio, llevaba el espeso pelo blanco recogido en un moño y mostraba una cara pálida y cubierta de arrugas. Sus manos eran como palillos, pero asía la escopeta con fuerza y seguridad. Llevaba el bolsillo del delantal lleno de pinzas de tender la ropa. Bloggs bajó la mirada hasta los pies y vio que usaba botas masculinas.

—La policía que ha visto usted esta mañana era local. Yo soy de Scotland Yard.

—¿Y cómo sé que es verdad? —preguntó ella.

Bloggs se volvió y llamó al chófer de la policía. El agente bajó del coche y se aproximó a la verja. Bloggs entonces le preguntó a la anciana:

—¿Es suficiente el uniforme para que se convenza?

—Está bien —dijo ella, y se hizo a un lado para permitir que él pasara.

Entró en una habitación de techo bajo y de suelo embaldosado, atestada de muebles viejos y pesados con ornamentos de porcelana y cristales. Un pequeño fuego ardía en la salamandra. El lugar olía a lavanda y a gatos.

Una segunda anciana se levantó de una silla. Era idéntica a la primera pero mucho más gorda, y cuando se puso de pie dos gatos saltaron de sus rodillas. Dijo:

—Mucho gusto; soy Emma Parton, mi hermana es Jessie. Olvídese de la escopeta, no está cargada, gracias a Dios. A Jessie le encanta el drama. ¿Quiere tomar asiento? Parece usted tan joven para ser policía... Me sorprende que Scotland Yard se interese en nuestro pequeño robo. ¿Vino usted desde Londres? Jessie, prepárale una taza de té al joven.

—Si no estamos equivocados con respecto a la identidad del ladrón, se trata de un fugitivo de la justicia —dijo él.

—¡Te lo dije! —exclamó Jessie—. Nos podría haber matado, asesinado a sangre fría.

—No seas tonta —terció Emma, y se volvió nuevamente hacia Bloggs—. Era un hombre tan simpático...

—Cuénteme qué sucedió —dijo Bloggs.

—Bueno, yo había ido al fondo —comenzó Emma—, estaba en el gallinero, tratando de ver si habían puesto algún huevo. Jessie estaba en la cocina.

—Me sorprendió —terció Jessie—. Ni siquiera me dio tiempo de ir en busca de la escopeta.

—Tú ves demasiadas películas del Oeste —la reconvino Emma.

—Son mejores que tus películas de amor; solo lágrimas y besos.

Bloggs sacó una fotografía de Faber de su cartera.

—¿Es este el hombre?

—Sí, es él —dijo Jessie observando la foto.

—¡Qué maravilla de inteligencia! —exclamó Emma.

—Si fuéramos tan inteligentes ya le habríamos pescado —dijo Bloggs—. ¿Qué hizo?

—Me puso un cuchillo en la garganta —relató Jessie— y dijo: «Cualquier movimiento y le rebano el gañote», y yo creo que estaba dispuesto a hacerlo.

—Oh, Jessie, tú me dijiste que te había dicho: «No le haré daño alguno si hace lo que le digo».

—Bueno, Emma, son cosas que se dicen.

—¿Y qué quería? —preguntó Bloggs.

—Comida, un baño, ropa seca y un coche. Bueno, entonces le dimos los huevos, naturalmente. Hallamos algunas ropas que pertenecieron al difunto marido de Jessie, Norman...

—Por favor, ¿quiere describírmelas?

—Sí. Un capote azul, *overall* azul, camisa a cuadros. Y se llevó el coche del pobre Norman. No sé cómo nos arreglaremos ahora para ir al cine. ¿Se da cuenta?..., es el único vicio que tenemos...

—¿Qué clase de coche era?

—Un Morris. Norman lo compró en 1924. Nos venía bien nuestro cochecito.

—Pero no se dio el baño caliente, sin embargo —dijo Jessie.

—Bueno —intervino Emma—, tuve que explicarle que dos mujeres que viven solas no pueden admitir que un hombre esté desnudo bañándose en su cocina...

—Hubieras preferido que te rebanara la garganta antes que tener un hombre en cueros, ¿no? ¡Hay que ser tonta! —dijo Jessie.

—¿Y qué dijo él cuando usted se negó? —preguntó Bloggs.

—Se rio —respondió Emma—. Pero creo que interpretó bien nuestra posición.

—Creo —dijo Bloggs sin poder resistir una sonrisa— que usted se ha comportado con mucha valentía.

—No soy nada valiente, créame.

—De modo que él partió en un Morris de 1924, llevaba un *overall* y un capote azul. ¿Qué hora sería?

—Alrededor de las nueve y media.

Sin quererlo, el pie de Bloggs dio con un gato pelirrojo que lo miró entrecerrando los ojos, arqueó el lomo y empezó a ronronear.

—¿Había mucho combustible en el coche?

—Unos quince litros, pero se llevó nuestros cupones.

—¿Cómo se las arreglan para tener derecho a cupones de combustible si está racionado?

—Con fines agrícolas —dijo Emma a la defensiva, mientras se sonrojaba.

—Y además estamos solas, y somos mayores. También tenemos derechos.

—Y cuando vamos al cine aprovechamos para ir a la tienda de granos y semillas —agregó Emma—. No malgastamos la gasolina.

—Está bien, está bien, no se preocupen —dijo Bloggs levantando las manos—. El racionamiento no es de mi incumbencia. ¿Qué velocidad alcanza el coche?

—Nosotras nunca pasamos de cuarenta kilómetros por hora —dijo Emma.

Bloggs consultó su reloj. Aun a esa velocidad, ya podría estar a unos cien kilómetros de distancia. Se puso de pie.

—Debo comunicar estos detalles a Liverpool. Ustedes no tendrán teléfono, ¿verdad?

—No.

—¿Qué modelo de Morris es?

—Un Cowley. Norman solía llamarlo «Nariz de Toro».

—¿Color?

—Gris.

—¿Número de matrícula?

—MLN 29.

Bloggs tomó nota de todo.

—¿Cree que alguna vez recuperaremos nuestro coche? —preguntó Emma.

—Así lo espero..., pero quizá no esté en muy buenas condiciones. Cuando alguien conduce un coche robado, por lo general no lo trata con miramientos. —Se levantó y se fue hacia la puerta.

—Ojalá puedan detenerle —llegó la voz de Emma.

Jessie le acompañó hasta la puerta. Aún estaba aferrada a la escopeta. Una vez ante la puerta y tirándole a Bloggs de la manga, le dijo en un murmullo:

—Dígame, ¿qué es? ¿Un condenado que se escapó, un asesino, un violador?

Bloggs bajó la cabeza para mirarla. Sus ojillos verdes brillaban con ansiedad. Él inclinó la cabeza para hablarle bajo al oído.

—No se lo cuente a nadie, pero es un espía alemán.

Sonrió con deleite. Obviamente, pensó, él veía las mismas películas que ella.

17

Faber cruzó el puente de Sark y entró en Escocia poco después del mediodía. Pasó por el Sark Toll Bar House, un edificio bajo con un gran cartel de propaganda que se anunciaba como la primera posada de Escocia, más arriba había una inscripción con algún texto sobre el matrimonio que él no pudo leer. Medio kilómetro más adelante comprendió, al entrar en Gretna, que efectivamente ese era un lugar donde los que se fugaban iban a casarse.

Las carreteras aún estaban mojadas por la lluvia temprana, pero el sol las estaba secando rápidamente. Los postes de señalización y los nombres de lugares habían sido repuestos desde que la posibilidad de invasión se había desvanecido, y Faber apresuró la marcha a través de pequeños pueblos, en las tierras bajas: Kirkpatrick, Kirtlebridge, Ecclefechan. El campo abierto era agradable, el marjal verde brillaba al sol.

Se había detenido a repostar gasolina en Carlisle. La mujer que le atendió, de edad mediana, con un astroso delantal cubierto de aceite, no le había hecho preguntas raras. Faber llenó el depósito y también el de reserva.

Estaba muy satisfecho con el pequeño coche de dos plazas. Todavía podía dar sesenta kilómetros pese a su edad. El motor de válvula lateral de 1.548 centímetros cúbicos, de cuatro cilindros, trabajaba perfecta e incansablemente al subir y descender las montañas de Escocia. El asiento tapizado en cuero era confortable. Apretó la perilla de la bocina para prevenir a una oveja descarriada sobre su aproximación.

Atravesó la pequeña ciudad mercantil de Lockerbie, cruzó el río Annan por el pintoresco puente de Johnstone y comenzó a ascender a Beattock Summit. Se encontró con que cada vez exigía más a su coche de tres velocidades.

Había decidido no tomar la vía más directa a Aberdeen, por Edimburgo y la carretera de la costa. Buena parte de la costa este de Escocia a ambos lados del estuario de Forth era un área de circulación restringida. Los visitantes tenían prohibida la circulación en una amplia faja de quince kilómetros. Supuso que las autoridades no podían vigilar severamente semejante cordón de tierra. Sin embargo, Faber corría menos riesgo de ser detenido e interrogado cuanto más lejos se mantuviera de la zona de seguridad.

En un momento dado tendría que entrar en ella, pero cuanto más tarde, mejor, y volvió a ocupar su mente con la historia que inventaría en caso de que lo interrogaran. Desde hacía un par de años, el paseo en coche por mero placer había desaparecido a causa de la severa restricción de combustible, y aquellos que tenían automóvil podían ser enjuiciados por salirse de su ruta habitual por razones personales, aunque fuera unos pocos kilómetros. Faber había leído que un famoso empresario había sido encarcelado por utilizar el combustible pedido por razones de cultivo agrícola para llevar a varios actores desde un teatro hasta el Hotel Savoy. Una publicidad interminable le repetía a la gente que un bombardero Lancaster necesitaba unos dos mil litros de combustible para llegar al Ruhr. Nada podía complacer más a Faber que gastar la gasolina que de otro modo sería empleada para bombardear su patria en circunstancias normales; pero ser detenido entonces, con la información que llevaba sujeta al pecho, y arrestado por violar las disposiciones de racionamiento sería una ironía insoportable.

Era difícil. Casi todo el tránsito era de carácter militar, pero él no tenía documentación militar. Tampoco podía argumentar que llevaba un tipo de abastecimiento indispensable, porque no llevaba en el coche nada que pudiera entregar a nadie.

Frunció el ceño. ¿Quién viajaba en esos días? Los marineros con licencia, los funcionarios, alguna que otra persona de vacaciones, obreros muy especializados... Eso estaba bien. Sería un mecánico, un especialista en algún campo esotérico, como aceites para cajas de velocidades a alta temperatura, que se dirigía a Inverness para revisar las máquinas de un establecimiento fabril, y si le preguntaban cuál, respondería que estaba clasificado como secreto. (Su presunto destino debía quedar en el otro extremo del lugar verdadero al que se dirigía, de modo que nunca pudiera ser interrogado por alguien que supiera que tal establecimiento no existía.) Dudó acerca de si los técnicos especializados llevarían ropa de trabajo como la que había robado a las ancianas hermanitas. Pero en tiempo de guerra todo era posible.

Una vez llegado a esta conclusión, se sintió razonablemente a salvo de una imprevista detención en el camino. El peligro de ser detenido por alguien que buscara específicamente a Henry Faber, espía fugitivo, era otro problema. Esa fotografía que tenían... Conocían su cara. ¡Su cara!

Y antes de que pasara mucho tiempo tendrían la descripción del coche en el cual viajaba. No pensó que bloquearían los caminos, puesto que no sabían hacia dónde se dirigía él; pero en cambio estaba seguro de que cada uno de los policías del país estaría al acecho de un Morris gris modelo Cowley, matrícula número MLN 29.

En el caso de que le descubrieran en pleno campo, no le capturarían inmediatamente; los policías rurales tenían bicicletas, no coches. Pero un policía podía llamar por teléfono a la central y en pocos minutos los coches se lanzarían en su persecución. Si veía a un policía, tendría que desbarrancar aquel coche y robar otro, y además cambiar la trayectoria programada; sin embargo, en aquellas tierras escocesas tan poco pobladas tenía la posibilidad de poder seguir todo su camino hasta Aberdeen sin encontrar un policía rural. En las ciudades sería distinto. Allí, el peligro de verse perseguido por un coche de la policía era muy grande. Le resultaría más que difícil escapar; su coche era viejo y bastante lento, y los policías por lo general eran buenos conductores. Su mejor opción era dejar el vehículo y perderse entre la multitud de las calles vecinas. Consideró la posibilidad de enterrar el Morris en alguna zanja y robar otro coche cada vez que se viera forzado a pasar por una ciudad de cierta importancia. El problema era que dejaría un rastro descomunal para que el MI5 lo siguiera. Quizá la mejor solución fuera algo intermedio; pasaría por las ciudades pero emplearía solamente las calles apartadas. Miró su reloj. Al oscurecer llegaría a Glasgow, y en adelante se beneficiaría de la oscuridad.

Bueno, no era muy satisfactorio, pero la única forma de estar totalmente seguro era no siendo espía.

Cuando llegó a la altura del Beattock Summit comenzó a llover. Faber detuvo el coche y bajó para levantar la capota. El aire era opresivamente caluroso. Faber levantó la vista al cielo, que se había nublado muy rápidamente y prometía rayos y truenos.

Mientras continuaba la marcha fue descubriendo algunas de las limitaciones del coche. El viento y la lluvia se colaban por varios agujeros de la capota y el pequeño limpiaparabrisas, que solo limpiaba la media parte superior del cristal dividido horizontalmente, proporcionaba una visión como de túnel de la carretera ante su vista. A medida que el terreno se hacía progresivamente más montañoso, el motor comenzó a pistonear. No era extraño; era un coche de veinte años y se le estaba exigiendo demasiado.

El chaparrón amainó. La tormenta que se cernía amenazante no se produjo; pero el cielo permaneció oscuro, y la atmósfera, sobrecargada.

Faber pasó por Crawford, aposentada entre colinas verdes; por la iglesia de Abington y una oficina de correos sobre la orilla oeste del río Clyde, y por Lesmahagow, al borde de un marjal cubierto de vegetación.

Media hora más tarde llegaba a las afueras de Glasgow. En cuanto entró en el área urbana dobló hacia el norte para salir de la calle principal con la esperanza de bordear la ciudad. Siguió una sucesión de calles secundarias y cruzó las arterias principales para internarse en la parte este, hasta llegar a Cumbernauld Road, donde volvió a girar hacia el este alejándose de la ciudad.

Todo había sido más rápido de lo que él esperaba. Seguía teniendo suerte. Se encontraba en la calle A80, habiendo dejado atrás las fábricas, minas y establecimientos agrícolas. La mayoría de los nombres escoceses no habían alcanzado a aparecer cuando ya desaparecían de su mente: Millerston, Stepps, Muirheard, Mollinburn, Condorrat.

La suerte lo abandonó entre Cumbernauld y Stirling.

Aceleraba en una recta pendiente abajo, con campos despejados a ambos lados. Cuando la aguja del velocímetro iba llegando a los setenta kilómetros por hora, se produjo un súbito estallido en la máquina, luego un gran ruido como de cadena que pasa por una polea. Disminuyó la velocidad a cincuenta, pero el ruido no se hizo menor. Era evidente que estaba fallando alguna pieza importante del mecanismo.

Faber prestó atención. Se había roto un cojinete en la transmisión o algo en el cigüeñal, o se había dañado seriamente un terminal. Por supuesto, no era nada tan simple como el carburador bloqueado, o una bujía sucia; aquello no era algo que pudiera repararse fuera del taller mecánico.

Levantó el capó y examinó el motor. Parecía estar todo lleno de aceite, pero salvo ese indicio nada podía advertir. Volvió al volante y apartó el coche de la orilla del camino; no corría pero aún funcionaba.

Unos kilómetros más adelante comenzó a salir humo del radiador. Faber se dio cuenta de que el coche se pararía definitivamente. Buscó un lugar para dejarlo y descubrió un camino lleno de barro que se apartaba de la carretera. Probablemente condujera a una granja. A unos ochenta metros de la carretera había una curva cubierta por arbustos de zarzamora. Faber aparcó muy cerca de los arbustos y cerró el contacto. El silbido del vapor que se desprendía del motor fue apagándose poco a poco. Se bajó y cerró la portezuela con llave. Sintió un poco de lástima por Emma y Jessie, para quienes sería muy difícil tener arreglado su coche antes del fin de la guerra.

Fue a pie hasta la carretera principal. Desde allí no se podía ver el coche. Podían pasar uno o dos días antes de que el vehículo abandonado despertara sospechas. «Para entonces —pensó Faber—, podré estar en Berlín.»

Comenzó a andar. Antes o después encontraría una ciudad donde podría robar otro coche. No podía quejarse, las cosas le iban saliendo bien; habían pasado menos de veinticuatro horas desde que salió de Londres, y aún tenía un día por delante antes de que el submarino llegara al lugar de encuentro señalado a las seis de la mañana.

Hacía tiempo que se había puesto el sol, y la oscuridad llegó súbitamente. Apenas podía ver. Afortunadamente, una línea blanca señalaba el centro de la carretera —se trataba de una innovación necesaria a causa del oscurecimiento— y él podía seguirla, y considerando el total silencio de la noche oiría con mucha anticipación si se aproximaba un vehículo.

En efecto, solo pasó uno. Oyó el ruido del motor en la distancia y se apartó unos pocos metros del camino para no ser advertido cuando el coche se aproximara. Era un coche grande, un Vauxhall, intuyó Faber, e iba a gran velocidad. Lo dejó pasar, luego se levantó. Estaba aparcado a un lado de la carretera. De haberlo advertido a tiempo habría dado un rodeo, pero las luces estaban apagadas, y el motor, silencioso, de modo que casi chocó con él en la oscuridad.

Antes de que pudiera pensar en qué hacer, el haz de una linterna lo enfocó desde la cabina del conductor y una voz dijo:

—¿Quién anda por ahí?

—¿Tiene algún problema? —preguntó Faber colocándose en el haz de luz.

—Me parece que sí.

El otro bajó la luz, y a medida que Faber se aproximaba podía ver el reflejo de la linterna, la cara con bigotes de un hombre de edad media, con un abrigo. En la otra mano el hombre tenía una llave inglesa y no parecía saber muy bien qué hacer con ella. Faber miró el motor.

—¿Qué tiene?

—Fue perdiendo velocidad —dijo el hombre con acento inculto—. En un momento dado iba perfectamente, luego empezó a vacilar. Y me temo que de mecánica no entiendo mucho. ¿Usted sí? —preguntó volviendo a enfocarlo y con acento esperanzador.

—No mucho —dijo Faber—, pero sé darme cuenta de si se ha desconectado algo importante. —Cogió la linterna de manos del hombre y la apuntó sobre el motor, apretó bien una bujía que se había soltado del cilindro y le dijo—: A ver, inténtelo ahora.

El hombre volvió a su puesto y puso en marcha el motor.

—¡Perfecto! —gritó—. ¡Es usted un genio! ¡Venga, que lo llevo!

Por la cabeza de Faber cruzó la idea de que podría ser una trampa urdida por el MI5, pero la descartó. En el caso improbable de que supieran dónde se encontraba, ¿por qué habrían de tratarlo con tanta sutileza? Era mucho más fácil enviar veinte policías en camiones celulares.

Subió.

El conductor salió a la carretera, accionó rápidamente los cambios hasta que el vehículo adquirió una buena velocidad. Faber se puso cómodo. El conductor dijo:

—Bueno, ya que estamos aquí..., soy Richard Porter.

Faber pensó rápidamente en el documento de identidad que llevaba en la billetera.

—James Baker.

—Mucho gusto. Debo de haberlo pasado en la carretera, pero no lo vi.

Faber se dio cuenta de que el hombre le estaba pidiendo disculpas por no haberlo recogido. Desde que había racionamiento de combustible, todo el mundo recogía a los peatones.

—Está bien, no importa —dijo Faber—. Probablemente

estuviera a un lado, tras los arbustos, haciendo lo que nadie puede hacer por uno; oí el motor.

—¿Viene desde lejos? —preguntó Porter ofreciéndole un cigarro.

—Gracias, no fumo —dijo—. Sí, vengo desde Londres.

—¿Todo el tiempo a dedo?

—No, mi coche se averió en Edimburgo. Parece que necesita una pieza de repuesto que no está en el mercado, así que tuve que dejarlo en el taller.

—Qué mala suerte. Bueno, yo voy a Aberdeen, de modo que puedo dejarlo donde usted quiera.

Aquello sí que era un golpe de suerte. Cerró los ojos y se imaginó un mapa de Escocia.

—Magnífico —dijo—, yo voy a Banff. Si me lleva hasta Aberdeen se lo agradeceré mucho. Solo que estaba planeando tomar la carretera..., pero no tramité el permiso. Aberdeen es área de circulación restringida, ¿verdad?

—Solamente el puerto —respondió Porter—. De todos modos, no tiene por qué preocuparse por eso mientras vaya conmigo... Soy juez de paz J. P. y miembro de la Comisión de Guardia. ¿Qué le parece?

Faber sonrió en la oscuridad.

—Gracias. ¿Es un trabajo a jornada completa? Me refiero a ser magistrado.

Porter arrimó un fósforo a su cigarro y soltó el humo.

—En verdad no. Tengo un medio retiro. Solía trabajar como abogado, hasta que advirtieron que tenía el corazón blando.

—¡Ah! —dijo Faber tratando de adoptar un tono cordial.

—Supongo que no le molesta el humo —dijo Porter blandiendo su grueso cigarro.

—En absoluto.

—¿Qué lo lleva a Banff?

—Soy ingeniero mecánico. Hay un problema en una fábrica... En realidad se trata de un trabajo bastante especializado y...

Porter levantó la mano.

—No diga una palabra más, lo comprendo.

Durante un rato se quedaron en silencio. El coche pasó por varias poblaciones. Era evidente que para conducir a tal velocidad en medio del oscurecimiento había que conocer el trayecto. El enorme automóvil devoraba kilómetros. Su desplazamiento suave era soporífero, de modo que Faber bostezó y se acomodó.

—Diablos, debe de estar usted cansado —dijo Porter—. Perdone, póngase cómodo y eche un sueñecito.

—Gracias —dijo Faber—, lo haré.

Cerró los ojos.

El deslizarse del automóvil era como el de un tren, y Faber volvió a tener su pesadilla de llegada a Inglaterra, solo que esta vez era ligeramente distinta. En lugar de comer en el tren y de hablar de política con su compañero de viaje, por alguna razón desconocida estaba obligado a viajar en el furgón carbonero, sentado sobre el maletín de su radio, con la espalda contra la pared de hierro. Cuando el tren llegó a Waterloo, todos —incluso los pasajeros que bajaban— tenían un pequeño duplicado de la fotografía de Faber con el equipo de la carrera; y todos se miraban entre sí y comparaban las caras que veían con la de la fotografía. Cuando llegaron ante el empleado que recogía los billetes, este lo agarró del hombro y le dijo:

—Usted es el hombre de la foto, ¿no es así?

Faber se quedó mudo. Todo lo que podía hacer era mirar la fotografía y recordar la forma en que había corrido para ganar aquella copa. Dios, cómo había corrido. Salió el primero, inició el tramo final unos veinticinco metros antes de lo que había planeado, y durante los últimos quinientos metros habría querido morir. Y ahora quizá moriría porque aquel empleado tenía en la mano aquella fotografía... Le estaba diciendo: «¡Despierte!», y súbitamente Faber se encontró de vuelta en el Vauxhall Ten de Richard Porter. Y era Porter el que le estaba diciendo que despertara. Su mano derecha iba ya al encuentro de su manga izquierda, donde tenía envainado el estilete. Durante una fracción de segundo olvidó que para Porter él era solo James Baker, un inocente tipo que viajaba en autoestop; entonces su mano cayó y volvió a relajarse.

—Se despierta como un soldado —dijo Porter con aire divertido—. Hemos llegado a Aberdeen.

Faber volvió a notar el tono afectado al articular las palabras y recordó que Porter era magistrado y miembro de la policía. Faber miró al hombre a la mortecina luz del amanecer. Porter era rubicundo, con bigote lustroso; su abrigo color pelo de camello parecía caro. Era rico y poderoso en aquella ciudad, dedujo Faber, y si desapareciera se notaría inmediatamente su falta. En consecuencia, decidió no asesinarlo.

—Adiós —dijo Faber.

Desde su asiento y a través del cristal miró la ciudad de granito. Avanzaban lentamente por la calle principal, donde se veían tiendas a ambos lados. Algunos de los primeros trabajadores andaban por ahí, todos evidentemente concentrados en sus tareas, que los llevaban en una misma dirección. Faber dijo que serían pescadores. El lugar parecía frío y ventoso. Porter le dijo:

—¿No quisiera afeitarse y desayunar un poco antes de seguir el viaje? Tendría mucho gusto en invitarlo a venir a mi casa.

—No quisiera causar molestias.

—En absoluto. Si no fuera por usted aún estaría en la A80, en Stirling, esperando que abriera algún taller mecánico.

—Bueno, otra vez será. Gracias. Quiero seguir el viaje.

Porter no insistió, y Faber creyó advertir que se sentía aliviado de que él no hubiera aceptado su oferta. El hombre dijo:

—En ese caso lo dejaré en George Street, donde comienza la A96, la carretera lleva directamente a Banff. —Un momento más tarde detuvo el coche en una esquina—. Bueno, hemos llegado.

—Gracias por el viaje —expresó Faber mientras abría la puerta.

—Ha sido un placer. —Porter le tendía la mano—. ¡Buena suerte!

Faber bajó, cerró la puerta y el automóvil partió. De Porter no tenía nada que temer, pensó; el hombre seguramente llegaría a su casa y dormiría todo el día, y cuando se diera cuenta de que había ayudado a un fugitivo sería demasiado tarde para remediarlo.

Se quedó mirando cómo el Vauxhall desaparecía de su vista, luego cruzó la calle y entró en la esperada calle denominada Market Street. Poco después se encontró en los muelles, y siguiendo en línea recta llegó al mercado del pescado. Se sintió halagüeñamente anónimo entre el ruidoso ir y venir, con aquel olor característico, donde todo el mundo estaba vestido con ropas de trabajo, como él. En el aire rebotaban los peces mojados y alegres obscenidades. A Faber le resultaba difícil entender el cerrado acento gutural de aquellas gentes. En un puesto compró té caliente y fuerte que le sirvieron en un jarro con la loza rota, acompañado de un panecillo y un trozo de queso blanco. Se sentó sobre una barrica para comer y pensar. El momento propicio para robar una embarcación sería aquella noche. Tener que esperar todo el día era una contrariedad, y le presentaba el problema de cómo ocultarse durante las siguientes horas. Estaba demasiado cerca de su objetivo para permitirse correr riesgos, y robar un bote durante el día era mucho más arriesgado que en la oscuridad del atardecer.

Terminó su desayuno y se puso de pie. Tenía aún un par de horas antes de que la ciudad se movilizara. Emplearía ese lapso para hallar un buen escondite.

Recorrió los muelles. La seguridad era escasa, pero advirtió varios lugares donde podía ocultarse durante las horas peligrosas. Se puso a caminar por la playa arenosa y siguió por una explanada de más de un kilómetro, en cuyo extremo opuesto estaban anclados algunos yates de paseo, justo en la boca del río Don. Cualquiera de ellos le habría venido muy bien, pero con toda seguridad carecían de combustible.

Un espesor de nubes escondía el sol naciente. Una vez más el aire amenazó con tormentas eléctricas. Unos pocos excursionistas obstinados emergieron de los hoteles de la costa y llegaron hasta la playa a la espera de que apareciera el sol. Faber dudó mucho de que pudieran disfrutar de él.

El mejor escondite podría brindárselo la playa. La policía buscaría en la estación de ferrocarril y en la de autobuses, pero no harían un registro completo de la ciudad. Entrarían en unos pocos hoteles y casas de huéspedes. Pero no era probable que se aproximaran a todos los que andaban por la playa. Decidió pasar el día sobre una hamaca. Compró el periódico en un quiosco y alquiló una hamaca. Se quitó la camisa y volvió a ponerse el *overall* sin la chaqueta.

Si venía un policía alcanzaría a verlo mucho antes de que llegara al lugar donde estaba él. Habría tiempo de sobra para dejar la playa y perderse entre las calles.

Comenzó a leer el periódico. Había una nueva ofensiva aliada en Italia, según los titulares, pero Faber era escéptico. Anzio había sido un desastre. El periódico estaba muy mal impreso y no había fotografías. Leyó que la policía estaba buscando a un tal Henry Faber, que había asesinado a dos personas en Londres con un estilete...

Pasó una mujer en traje de baño que lo miró largamente. El corazón le dio un vuelco. Luego se dio cuenta de que solo eran ganas de flirtear. Durante un segundo estuvo tentado de hablar con ella.

Hacía tanto tiempo que no... Se quitó el pensamiento de la cabeza.

Paciencia; había que tener paciencia. Al día siguiente llegaría a su propio país.

Era una pequeña lancha para pescar, de unos diez o quince metros de eslora y amplia de manga, con motor interior. La antena indicaba que tenía una poderosa radio. La mayor parte de la cubierta estaba ocupada por escotillas para el pequeño dispositivo de lavado. La cabina estaba en la popa y solo cabían en ella dos hombres de pie, además del instrumental y los controles. El casco estaba recién calafateado; la pintura se veía impecable.

Había otras dos lanchas que también le convenían, pero Faber se había quedado en el muelle y había observado cómo la tripulación de esta la preparaba y cargaba combustible antes de dejarla para irse a casa.

Les dio unos minutos para que se alejaran, luego dio un rodeo y saltó dentro de la lancha, que se llamaba *Marie II.*

Descubrió que el timón estaba trabado con una cadena. Se sentó en el suelo de la pequeña cabina, oculto a la vista, y pasó diez minutos intentando abrir el candado. Oscurecía rápidamente a causa de la capa de nubes que aún cubría el cielo.

Cuando hubo liberado el timón levantó la pequeña ancla, luego volvió a saltar al muelle y desató los amarres. Volvió a la cabina, puso en marcha el motor diésel y presionó el acelerador. El motor tosió y se apagó. Volvió a intentarlo. Esta vez funcionó. Comenzó a maniobrar para sacar la lancha del embarcadero.

Esquivó la otra embarcación del muelle y encontró el canal principal para salir del puerto. Debía seguir las boyas. Observó que solo los barcos de mayor calado necesitaban realmente mantenerse dentro del canal, pero no le pareció que la precaución estuviera de más.

Una vez que hubo abandonado el puerto, sintió la brisa y esperó que su creciente fuerza no significara que el tiempo iba a empeorar. El mar estaba sorprendentemente picado y el valiente barco se levantaba en el oleaje. Faber empujó a fondo la manija del acelerador, consultó la brújula del tablero de instrumentos y se lanzó a toda marcha. En la gaveta situada debajo de la rueda del timón encontró algunos mapas. Parecían viejos y poco usados; no cabía duda de que el capitán del barco conocía muy bien las aguas locales y no necesitaba mapas. Faber confrontó la carta de referencias que había memorizado aquella noche en Stockwell, señaló el rumbo con más precisión y trabó el timón para mantener el rumbo.

Las ventanas de la cabina estaban oscurecidas por el agua.

Faber no podía saber si se trataba de lluvia o de salpicaduras. El viento ahora cortaba las crestas de las olas. Sacó la cabeza por la puerta de la cabina y se le mojó completamente la cara.

Puso en funcionamiento la radio. Se oyó un zumbido y luego crujidos de estática. Movió el control de frecuencia sorteando a los radioaficionados y pescó unos pocos mensajes desmadejados. El aparato funcionaba perfectamente. Trató de comunicarse con el submarino captando su frecuencia y luego cortando, pero era demasiado pronto para establecer la comunicación.

A medida que se adentraba en aguas más profundas el oleaje era más fuerte. Ahora la lancha corcoveaba con cada ola como si fuera un caballo, luego se mantenía un momento en alto antes de dejarse caer estremecedoramente en la siguiente depresión. Faber miraba enceguecido hacia fuera de la cabina a través del cristal de la ventanilla. Había caído la noche, y no podía ver absolutamente nada. Se sintió levemente mareado.

Cada vez que trataba de convencerse de que las olas ya no podían crecer más, un nuevo monstruo más alto que el anterior elevaba la lancha hacia los aires. Y cada vez se hacían más seguidas, de tal modo que la lancha estaba siempre con la popa proyectada hacia lo alto o hacia el lecho de las aguas. En una caída particularmente profunda la pequeña embarcación fue de pronto iluminada por un relámpago con tanta claridad como si fuera de día. Faber alcanzó a divisar una montaña gris verdosa que descendía sobre la proa y barría la cubierta y la cabina donde él se hallaba. No pudo decir si el terrible crac que oyó un segundo después era del trueno que siguió o de las maderas de la lancha que se partían. Desesperadamente buscó un salvavidas en la cabina, pero no había ninguno.

El relámpago volvió a repetirse. Faber sostenía firmemente entre las manos el timón y trataba de afirmar la espalda contra la pared de la cabina para permanecer erguido. Ya no tenía sentido tratar de mantener el rumbo, pues la embarcación iría hacia donde la arrojara el oleaje.

Todo el tiempo trataba de decirse que la lancha debía estar

construida para soportar aquellas tormentas de verano. Pero no podía convencerse. Los pescadores experimentados probablemente hubieran visto los signos de lo que se aproximaba, y por lo tanto no se hicieron a la mar, sabedores de que sus embarcaciones no lo soportarían.

No tenía idea de dónde se encontraba en ese momento. Quizá estuviera de nuevo en Aberdeen, o en el lugar de su cita. Se sentó en el suelo de la cabina y conectó la radio. El desenfrenado balanceo de las olas hacía difícil accionar el aparato. Una vez que este se calentó, Faber trató de buscar con los diales una transmisión, pero no sintonizó nada. Aumentó el volumen al máximo sin ningún resultado.

Seguramente la marejada se había llevado la antena del techo de la cabina. Apretó el botón de transmitir y repitió el mismo y simple mensaje:

—Adelante, por favor. —Luego dejó el receptor conectado. Casi no tenía esperanza de que su mensaje fuera captado.

Paró el motor para ahorrar combustible. Iba a tener que salir de la tormenta —si podía—, y luego hallar la forma de reparar la antena o de cambiarla. El combustible podría serle necesario.

La lancha se balanceaba peligrosamente de costado ante la proximidad de la nueva ola. Faber se dio cuenta de que necesitaba que el motor funcionara para asegurarse de que la embarcación encaraba la ola con la proa. Apretó el contacto. No pasó nada. Lo intentó varias veces y por fin se dio por vencido, maldiciéndose por haberlo apagado.

La barca ahora era arrollada con tal fuerza que Faber cayó y se golpeó la cabeza contra el timón. Permaneció obnubilado sobre el suelo de la cabina, esperando que la embarcación volcara en cualquier momento. Otra ola vino a estamparse en la cabina con tal fuerza que rompió el cristal. Y de pronto Faber se encontró bajo las aguas. Era evidente que el barco se hundía. Luchó por enderezarse y salir a la superficie. Las ventanas habían desaparecido, pero la lancha aún flotaba. De una patada abrió la puerta de la cabina y el agua salió. Se aferró al timón para impedir que el agua lo barriera fuera de la barca.

La tormenta iba en aumento de un modo increíble. Uno de los últimos pensamientos coherentes de Faber fue que semejante tormenta probablemente no se produjera más de una vez en un siglo. Luego concentró su voluntad en el problema de no soltar el timón. De haber podido se hubiera atado a él, pero no se atrevía siquiera a soltarlo para hallar un trozo de soga. Perdió totalmente la noción de arriba y abajo. La barca cabeceó y rodó sobre las olas y los acantilados. La fuerza del viento y los miles de litros de agua se confabulaban para arrancarlo de donde estaba. Los pies le resbalaban continuamente sobre el suelo mojado y las paredes, y los músculos de los brazos le dolían terriblemente. Cada vez que sentía la cabeza fuera del agua trataba de absorber aire, y si no aguantaba el aliento. Varias veces estuvo a punto de desvanecerse, y solo tenía la noción de que el techo de la cabina había desaparecido.

Cada vez que se producía un relámpago tenía visiones de pesadilla. Siempre se sorprendía de ver dónde estaba la ola: allí delante, más abajo, rodando junto a él o por completo fuera del alcance de su vista. También descubrió con horror que no sentía las manos, y solo por la vista advirtió que aún las tenía aferradas al timón, congeladas y paralizadas como en la rigidez de la muerte. En sus oídos había un constante rugido, y el viento era ya indiscernible del trueno y el mar.

La capacidad de un pensamiento coherente fue desapareciendo lentamente para convertirse en algo menos que una alucinación, pero en algo más que el soñar despierto. Vio a la muchacha que lo había mirado con fijeza en la playa. Ella caminaba interminablemente hacia él sobre la castigada cubierta de la lancha pesquera, llevaba el traje de baño colgando en el brazo y avanzaba, pero nunca llegaba hasta él. Supo que cuando se acercara lo suficiente él dejaría la rueda del timón para aferrarse a ella, pero mientras tanto repetía: «Aún no, aún no». Ella seguía caminando sonriente mientras balanceaba las caderas. Estuvo tentado de dejar el timón y correr hacia ella, pero algo le decía en el fondo de la mente que si se movía nunca la alcanzaría, de modo que esperó observándola y sonriéndole de vez en cuando, aunque podía verla incluso cuando mantenía los ojos cerrados.

Ahora perdía y recuperaba la conciencia, todo se le desvanecía, primero se iban el mar y la lancha, luego la muchacha, hasta que se despertaba con una sacudida para darse cuenta de que aún estaba aferrado al volante, aún inverosímilmente vivo. Entonces permanecía consciente un momento, pero el cansancio lo devolvía al estado anterior.

En uno de sus últimos momentos de lucidez notó que las olas iban en una dirección determinada, arrastrando el barco consigo. El relámpago volvió a dibujarse y le hizo ver hacia un lado una enorme masa oscura..., una gigantesca ola..., no, no era una ola sino un acantilado... La idea de estar próximo a tierra se mezclaba con el temor de ser destrozado contra un acantilado. Estúpidamente tiró del contacto, luego se apresuró a llevar la mano a la rueda del timón; pero ya no pudo agarrarse.

Una nueva ola levantó el barco y lo lanzó hacia delante como un juguete roto. Mientras caía en el aire, aún aferrando el timón con una mano, vio aparecer la punta de una roca que emergía como un estilete que hubiera ensartado una ola. Parecía indudable que el barco quedaría allí destrozado..., pero el casco raspó el borde y siguió de largo.

Ahora las olas rompían contra la montaña. La proximidad de los acantilados fue demasiado para los despojos del barco, que recibió un sólido impacto y se partió con un gran estampido. Faber supo que la lancha ya no existía.

Las aguas se habían retirado y Faber entonces no tuvo duda alguna de que el casco se había partido porque había chocado con tierra. Se quedó mirando mudo de asombro, al tiempo que un nuevo relámpago iluminaba la playa. El mar atraía los restos de la lancha y los depositaba en la arena mientras el agua volvía a barrer la cubierta arrojando a Faber al suelo. Pero en ese instante había visto todo con meridiana claridad. La playa era estrecha y las olas rompían justo sobre el acantilado, pero a su derecha había un malecón, y una especie de puente que iba del malecón hacia la cumbre del acantilado. Sabía que si abandonaba la lancha en la playa, la siguiente ola la mataría golpeándole la cabeza como un huevo contra la piedra; pero si entre el lapso de dos olas podía llegar al malecón, podría trepar hasta el puente y quedar fuera del alcance de las aguas.

La siguiente ola abrió la cubierta en dos como si la madera fuese una piel de plátano. La barca se abrió bajo los pies de Faber y sintió que el agua lo tragaba. Logró enderezarse y tocar fondo con los pies. Sentía las piernas como gelatina debajo de él, pero logró dar unos pasos en dirección al malecón. Esos pocos metros fueron el ejercicio más extenuante que había realizado en su vida. Quería tropezar, cualquier cosa, con tal de tirarse al agua y morir, pero siguió manteniéndose erguido, tal como le había sucedido cuando ganó la carrera de los cinco mil metros, hasta que finalmente tropezó contra los pilotes del malecón. Se agarró como pudo del maderamen, rogando que sus manos adquirieran de nuevo vida aunque solo fuera unos segundos; cuando pudo encajar la barbilla sobre un reborde se afirmó y consiguió hacer rodar las piernas y el cuerpo fuera del agua.

La ola llegó cuando se incorporaba sobre las rodillas. Se tiró de boca, el agua lo arrastró unos pocos metros y volvió a tirarlo contra los tablones. Tragó agua y vio las estrellas. Cuando desapareció el peso de su espalda quiso recuperar fuerzas para volver a desplazarse, pero no podía, se sentía inexorablemente arrastrado hacia atrás. De pronto sintió un acceso de ira. No dejaría que..., maldita sea..., y menos ahora que ya estaba fuera. Maldijo la jodida tormenta y al mar y a los ingleses y a Percival Godliman, y de pronto se encontró sobre los pies y corriendo; corriendo contra el mar y cuesta arriba; corriendo con los ojos cerrados y la boca abierta, convertido en un demente que quería reventar sus pulmones y quebrar sus huesos; corriendo sin destino pero sabiendo que no se detendría hasta volverse loco.

La rampa era larga y empinada. Un hombre fornido podría haber corrido de un tirón hasta arriba solo con entrenamiento y descansado. Un atleta olímpico cansado habría llegado hasta medio camino. Un hombre normal de cuarenta años no habría logrado avanzar un par de metros.

Faber llegó a la cumbre.

Un metro antes de alcanzarla sintió un dolor agudo, como un leve ataque de corazón, y se desmayó, pero sus piernas aún dieron dos pasos más antes de caer sobre la hierba mojada.

Nunca supo cuánto tiempo permaneció sin conocimiento. Cuando se despertó, el tiempo aún era tormentoso, pero despuntaba el día y podía ver a pocos metros de distancia una pequeña casa que parecía habitada.

Se incorporó sobre las rodillas y, arrastrándose, comenzó el interminable recorrido hasta la puerta de entrada.

18

El submarino giró en un tedioso círculo, sus poderosos motores diésel habían aminorado al máximo la marcha mientras
surcaba las profundidades como un gran tiburón gris y des-
dentado. Su comandante, el teniente Werner Heer, su amo,
bebía un sucedáneo de café y trataba de no fumar más cigarrillos. Habían tenido una larga noche y un largo día. No le
gustaba nada la misión que le habían encomendado; él era un
combatiente y allí no se libraba combate alguno; además, sentía
antipatía por el callado funcionario del Abwehr, con sus ojos
azules astutos como de personaje de libro de cuentos, el cual
constituía un huésped no deseado a bordo de su submarino.

El hombre del servicio de inteligencia, mayor Wohl, estaba
sentado frente al capitán. El hombre nunca tenía aspecto cansado, maldito fuera. Aquellos ojos azules lo escudriñaban
todo, pero su expresión permanecía impasible. Su uniforme
nunca se ajaba pese a los rigores de la vida debajo del agua, y
encendía un cigarrillo cada veinte minutos y se lo fumaba hasta
quemarse los dedos. Heer habría querido dejar de fumar para
hacer que se obedecieran las disposiciones y evitar que Wohl
disfrutara del tabaco, pero él mismo era demasiado adicto.

Heer nunca había tenido simpatía por la gente del servicio
de inteligencia, pues siempre tenía la sensación de que le estaban controlando a él; tampoco le gustaba trabajar con el
Abwehr. Su submarino estaba hecho para el combate, no para
andar dando vueltas por las costas británicas recogiendo agen-

tes secretos. Le parecía que era una locura estar arriesgando una maquinaria de combate, por no hablar de una tripulación entrenada, en función de un hombre que podía no aparecer.

Terminó el líquido de su taza e hizo un gesto de desagrado.

—Maldito café —dijo—. Tiene un sabor espantoso.

La inexpresiva mirada de Wohl descansó sobre él un momento, y luego se apartó. No dijo una palabra.

Siempre hermético. Al diablo con él. Heer se movió ansioso en el asiento. Sobre el puente de una barca hubiera andado de un lado para otro, pero los hombres en los submarinos aprenden a evitar todo movimiento innecesario. Finalmente dijo:

—Su hombre no va a aparecer con semejante tiempo. ¿No le parece?

—Esperaremos hasta las seis de la mañana —respondió Wohl consultando su reloj.

No era una orden. Wohl no podía dar órdenes a Heer; pero una afirmación así era un insulto a un oficial de superior categoría, y Heer se lo dijo.

—Ambos cumpliremos nuestras órdenes —dijo Wohl—. Que, por cierto, como usted sabe, provienen de muy altas autoridades.

Heer controló su encono. Él tenía razón, naturalmente: Heer cumpliría con las órdenes recibidas, pero cuando volvieran a puerto informaría sobre la insubordinación de Wohl. No porque sirviera de mucho; quince años en la Marina le habían enseñado que los que estaban en los cuarteles generales se hacían su propia ley.

—Bueno, aun cuando su hombre fuera lo suficientemente tonto para arriesgarse esta noche, con toda seguridad no es lo bastante buen marino para sobrevivir.

La única respuesta de Wohl fue la misma mirada vacía.

—Weissman. —Heer llamó al radioperador.

—Nada, señor.

—Me parece —dijo Wohl— que los murmullos que oímos hace unas pocas horas provenían de él.

—De ser así, se encontraba a gran distancia del lugar señalado, señor —dijo el radioperador—. Más bien creo que era el
ruido de los relámpagos.

—Si no era él, no era él —agregó Heer—. Y si era él, en estos momentos ya se habrá ahogado.

—Usted no conoce a ese hombre —dijo Wohl, y esta vez
había realmente signos de emoción en su voz.

Heer no contestó. El ruido de los motores se alteró levemente y le pareció oír un leve pistoneo. Si en el camino de regreso se acentuaba lo haría revisar al llegar a puerto. De todos
modos lo haría revisar, aunque solo fuese para evitarse otro
viaje con el inefable mayor Wohl.

Un marinero se asomó para ofrecer un café. Heer movió la
cabeza.

—Si bebo más mearé café.

—Yo sí quiero, por favor —dijo Wohl, y sacó otro cigarrillo.

Eso hizo que Heer consultara su reloj. Eran las seis y diez.
El sutil mayor Wohl había retrasado su cigarrillo de las seis
para mantener el submarino allí unos pocos minutos extra.
Heer dijo:

—Preparen los motores para volver.

—Un momento —dijo Wohl—. Creo que deberíamos echar
una mirada a la superficie antes de regresar.

—No diga estupideces —soltó Heer, sabiendo que pisaba
fuerte ahora—. ¿No se da cuenta de la tormenta que hay ahí
arriba? No podríamos abrir la escotilla, y el periscopio no alcanzaría más que unos metros de visión.

—¿Cómo puede saber qué tipo de tormenta hay, estando a
semejante profundidad?

—La experiencia.

—Entonces por lo menos envíe un mensaje a la base y díga-
les que nuestro hombre no ha establecido contacto. Quizá nos
ordenen permanecer aquí.

Heer soltó un suspiro exasperado.

—No es posible establecer contacto desde esta profundidad, y menos con la base.

Finalmente, Wohl perdió la calma.

—Comandante Heer, le ruego encarecidamente que suba a la superficie y envíe un mensaje por radio antes de abandonar este punto de encuentro. El hombre que debíamos recoger posee información esencial. El Führer está esperando su informe.

Heer lo miró.

—Gracias por hacerme partícipe de su opinión, mayor —dijo, y se volvió—. A toda máquina —ordenó.

El sonido de los bimotores diésel se elevó hasta convertirse en un rugido y el submarino comenzó a adquirir velocidad.

CUARTA PARTE

19

Cuando Lucy se despertó, la tormenta que había comenzado la tarde anterior aún se mantenía. Se inclinó cuidadosamente sobre el borde de la cama para no molestar a David y levantó el reloj de pulsera del suelo, acababan de dar las seis. El viento aullaba por el techo. David podía seguir durmiendo, ese día se trabajaría poco.

Se preguntó si el viento no se habría llevado algunas tejas durante la noche. Tendría que subir a la buhardilla. El trabajo debería esperar a que David se levantara, de no ser así se enfadaría porque no le pedía que lo hiciera él.

Saltó de la cama. Hacía mucho frío. El tiempo cálido de los últimos días había sido un falso veranillo, la preparación de la tormenta. Ahora hacía tanto frío como en noviembre. Se quitó el camisón de franela y rápidamente se puso la ropa interior, los pantalones y el jersey. David se movió. Ella lo miró; él se dio la vuelta, pero no se despertó.

Cruzó el minúsculo rellano y se asomó a la habitación de Jo. El bebé se había convertido en un niño de tres años licenciado de la cuna y ocupante de una cama, de la cual a veces se caía durante las noches sin despertarse. Esa mañana estaba en su cama y dormía boca arriba con la boca abierta. Lucy sonrió. Cuando dormía era realmente adorable.

Bajó despacito, preguntándose por qué se habría despertado tan temprano. Quizá Jo hubiera hecho algún ruido o quizá fuera la tormenta.

Se arrodilló ante el hogar, se arremangó el jersey y comenzó a preparar el fuego. Mientras barría los restos y limpiaba el hogar silbaba una melodía que había oído en la radio: «Eres tú o nadie, ¿verdad, amorcito?». Removió las cenizas, dejando los carbones que encontraba como base para el fuego de ese día. El helecho seco servía de yesca, y encima madera y carbón. A veces solo usaba madera, pero el carbón era mejor para aquel tiempo. Extendió una página de periódico a través de la parrilla de la chimenea, la sostuvo unos minutos para crear la corriente de tiraje. Cuando quitó la hoja encendida, la madera ya se había prendido y el carbón se veía rojo. Apagó el papel y lo dejó debajo de la rejilla para el día siguiente.

La llama pronto entibiaría la pequeña casa, pero mientras tanto una taza de té caliente le vendría muy bien. Lucy entró en la cocina y puso la tetera en la cocina eléctrica. Cogió la bandeja y colocó dos tazas encima, luego los cigarrillos de David y un cenicero. Preparó el té, llenó las tazas y cruzó la sala para llevar la bandeja arriba.

Tenía el pie en el escalón más bajo cuando oyó que alguien llamaba a la puerta. Se detuvo, frunció el ceño, decidió que era el viento que golpeaba algo y dio otro paso. El sonido volvió a repetirse. Era como si alguien estuviera llamando a la puerta de enfrente.

Era absurdo, naturalmente. No había nadie que llamara a la puerta, solo Tom, y él siempre venía por la puerta de la cocina y nunca llamaba.

Otra vez el sonido.

Bajó los escalones y, balanceando la bandeja en una mano, abrió la puerta de entrada.

Tiró la bandeja del susto. El hombre cayó en el recibidor, tirándola a ella. Lucy lanzó un grito.

El susto le duró solo un momento. El extraño yacía al lado de ella, cuan largo era, en el suelo de la sala, evidentemente incapaz de atacar a nadie. Tenía las ropas empapadas y las manos y la cara mortalmente pálidas por el frío.

Lucy se incorporó. David se deslizaba escalera abajo sobre su trasero, diciendo:

—¿Qué pasa? ¿Qué pasa?

—Él —decía Lucy señalándolo.

David llegó al pie de la escalera, aún con su pijama, y se instaló él mismo en su silla de ruedas.

—No veo a qué viene tanto grito —dijo aproximándose con la silla e inspeccionando al hombre en el suelo.

—Lo lamento, me asusté. —Se agachó y tomando al hombre por los brazos lo arrastró hasta el centro de la sala.

David los siguió.

Lucy lo colocó ante el hogar.

David se quedó mirando el cuerpo inerte.

—¿De dónde diablos ha caído?

—Debe de haber naufragado... la tormenta.

Pero llevaba ropas de obrero, no de marinero, según advirtió Lucy, quien se quedó estudiándolo. Era un hombre de fuerte complexión que excedía en mucho el largo de la alfombra colocada ante el hogar, y muy robusto en torno al cuello y los hombros. Tenía una cara de rasgos muy marcados, agradable; la frente muy alta y una mandíbula potente. Posiblemente fuera un hombre guapo, pensó, solo que esa palidez mortal no permitía advertir nada.

Él se movió y abrió los ojos. Al principio parecía terriblemente atemorizado, como un niño pequeño que despierta en un lugar desconocido; pero enseguida su expresión se distendió, y miró a su alrededor, descansando brevemente su mirada en Lucy, David, la ventana, la puerta y el fuego.

—Tenemos que cambiarlo de ropa —dijo Lucy—. Trae un pijama y una bata, David.

David hizo desplazar su silla y Lucy se arrodilló ante el extraño. Primero le quitó los zapatos y los calcetines. Casi parecía haber una expresión divertida en sus ojos mientras la miraba. Pero cuando ella llegó a la chaqueta, él cruzó protectoramente los brazos sobre el pecho.

—Morirá de neumonía si no se quita esas ropas —dijo

ella de la forma más amable posible—. Permítame que lo ayude.

—No sé si nos conocemos lo suficiente —dijo el hombre—. Después de todo, no nos han presentado.

Esas fueron sus primeras palabras. Su voz era tan agradable; sus palabras, tan formales que el contraste con su terrible aspecto hizo reír a Lucy en voz alta.

—¿Es usted tímido? —le preguntó ella.

—Simplemente creo que un hombre debe conservar un aire de misterio. —Sonreía socarronamente, pero de pronto la sonrisa se le quebró y los ojos se le cerraron por el dolor.

David volvió con un pijama limpio sobre el brazo.

—Parece que vosotros dos ya os entendéis muy bien —dijo.

—Tendrás que desnudarlo tú —informó Lucy—. A mí no me lo permite.

La expresión de David era hermética.

—Podré hacerlo solo —dijo el extranjero—, si no se considera como excesiva ingratitud de mi parte.

—Haga lo que quiera —soltó David, dejando las ropas en una silla y saliendo.

—Prepararé un poco más de té —dijo Lucy saliendo también y cerrando la puerta de la sala.

David ya estaba llenando la tetera en la cocina, con un cigarrillo balanceándose en su boca. Lucy se apresuró a limpiar y recoger los trozos de las tazas que habían quedado en el suelo del recibidor y luego se le unió.

—Hace cinco minutos no estaba seguro de si el tipo estaba vivo, y ahora se está vistiendo solo —dijo David.

—Quizá estuviera fingiendo —respondió Lucy, ocupándose de preparar el té.

—La perspectiva de ser desnudado por ti le produjo una rápida recuperación.

—No puedo creer que alguien sea tímido hasta tal extremo.

—Tu propia suerte en ese aspecto puede conducirte a subestimar sus poderes en otros.

Lucy hacía ruido con las tazas.

—No nos peleemos hoy, David; tenemos algo más interesante que hacer.

Tomó la bandeja y se dirigió a la sala.

El desconocido estaba abotonándose la chaqueta del pijama. Cuando ella entró se volvió de espaldas. Ella dejó la bandeja y sirvió té. Cuando lo miró, ya estaba vestido con las ropas de David.

—Ha sido usted muy amable —dijo él, con una mirada directa.

Realmente no parecía el tipo de hombre tímido, pensó Lucy. Sin embargo, era unos años mayor que ella —quizá unos cuarenta— y su actitud podría deberse a ello. Cada minuto que pasaba parecía menos un náufrago.

—Siéntese junto al fuego —le sugirió ella alcanzándole una taza de té.

—No creo que pueda sostener el plato —respondió él—. No puedo mover los dedos. —Tomó la taza con las dos palmas de las manos tiesas y se la llevó a los labios.

David entró y le ofreció un cigarrillo que él no aceptó.

El desconocido se bebió todo el té y luego preguntó:

—¿Dónde estoy?

—El lugar se llama la isla de las tormentas —respondió David.

El hombre pareció aliviado.

—Creí que habría sido devuelto a Inglaterra.

David movió las piernas del hombre en dirección al fuego para calentarle los pies desnudos.

—Probablemente fue lanzado a la bahía —dijo David—. Por lo general, las cosas son lanzadas allí. Así se formó la playa.

Jo entró, con los ojos cargados aún de sueño, arrastrando un oso tan grande como él mismo. Al ver al desconocido corrió hasta Lucy y escondió la cara.

—He asustado a su hijita. —El hombre sonrió.

—Es un niño. Tengo que cortarle el pelo. —Lucy levantó a Jo y lo puso sobre sus rodillas.

—Lo lamento. —Los ojos del desconocido volvieron a cerrarse y se balanceó en la silla.

Lucy se puso de pie, depositando a Jo en un sofá.

—Debemos llevar al pobre hombre a la cama, David.

—Espera un instante —dijo David arrimándose en la silla junto al desconocido—. Tal vez haya otros sobrevivientes.

El hombre levantó la cara.

—Estaba solo —murmuró el hombre haciendo un gran esfuerzo.

—David —empezó Lucy.

—Una pregunta más: ¿notificó al guardacostas cuál era su rumbo?

—¿Qué importancia tiene? —preguntó Lucy.

—Tiene importancia, porque si lo hizo es posible que haya hombres arriesgando su vida para encontrarlo, y podemos hacerles saber que está a salvo.

—No... no lo hice... —respondió el hombre muy despacio.

—Es suficiente —dijo Lucy a David, y fue a arrodillarse ante el hombre—. ¿Cree que podrá subir la escalera?

Él asintió y se puso de pie.

Lucy le pasó el brazo sobre el hombro de ella y comenzó a andar.

—Le pondré en la cama de Jo —dijo.

Fueron subiendo con una pausa en cada escalón. Cuando llegaron arriba, el poco calor que el fuego había devuelto a la cara del hombre había desaparecido. Lucy lo llevó hasta el dormitorio más pequeño, donde se desplomó sobre la cama.

Lucy le arregló las mantas, lo tapó bien y abandonó la habitación cerrando muy despacio la puerta.

El alivio cubrió a Faber como una marea. Durante los últimos pocos minutos los esfuerzos de autocontrol habían sido sobrehumanos. Se sintió impotente, derrotado y enfermo.

Una vez que se abrió la puerta de entrada se dejó caer durante algunos minutos. El peligro se hizo presente cuando una hermosa muchacha comenzó a desnudarlo y él recordó la cápsula con la película que tenía adherida al pecho. La necesidad de controlar la situación volvió a alertarlo. También temió que llamaran a una ambulancia, pero eso no se había mencionado; quizá la isla era demasiado pequeña para tener un hospital. Por lo menos no estaba en tierra firme, ahí habría sido imposible no informar acerca del naufragio. Sin embargo, por el giro de las preguntas del marido todo indicaba que por el momento no se daría ninguna información.

Faber no tenía energías para especular sobre problemas ulteriores. Por el momento parecía estar a salvo, y eso era todo lo que podía pedir. Estaba caliente, seco, vivo y la cama era mullida.

Se dio la vuelta para reconocer la habitación: la puerta, la ventana, la chimenea. El hábito de ser cauteloso sobrevivía a todo, excepto a la muerte. Las paredes eran rosadas, como si la pareja hubiera esperado una niña. En el suelo había un tren de juguete y gran cantidad de libros con ilustraciones. Era un lugar seguro, doméstico; un hogar. Él era un lobo entre una manada de ovejas. Un lobo agotado.

Cerró los ojos. Pese al agotamiento debía forzarse a descansar, a distenderse músculo por músculo. Gradualmente la cabeza se le vació de pensamientos y se durmió.

Lucy probó las gachas y les agregó otra pizca de sal. Había llegado a gustarles la forma en que las hacía Tom, a la escocesa, sin azúcar. Ya nunca volvería a hacerlas con azúcar, aunque hubiera abundancia y quedara atrás el racionamiento. Era notable cómo uno se acostumbraba a las cosas cuando no quedaba otro remedio: el pan negro, la margarina y las gachas con sal.

Las sirvió con cucharón y la familia se sentó a desayunar. Jo echó leche para enfriar las suyas. David comía muchísimo últimamente y no engordaba, desarrollaba una intensa actividad al aire libre. Le miró las manos a través de la mesa. Estaban ásperas y permanentemente morenas, eran las manos de un trabajador manual. Ella había observado las manos del extranjero: eran largas, de dedos finos, la piel blanca pese a las heridas y magulladuras. Se veía que no estaba acostumbrado al trabajo de atender un barco.

—Hoy no podrás hacer mucho —dijo Lucy—. Parece que la tormenta seguirá.

—No importa. Pese a todo, las ovejas requieren cuidado con buen o mal tiempo.

—¿Dónde estarás?

—Hacia el lado de Tom. Iré en el jeep.

—¿Puedo ir? —preguntó Jo.

—No, hoy no —respondió Lucy—. Está demasiado húmedo y frío.

—Pero no me gusta el hombre.

—No seas tonto. —Lucy le sonrió—. No nos hará ningún daño. Está tan enfermo que casi no puede moverse.

—¿Quién es?

—No sabemos su nombre. Se le hundió el barco y tenemos que cuidarlo hasta que se ponga bien y pueda volver a tierra firme. Es un hombre muy simpático.

—¿Es mi tío?

—Es solo un desconocido, Jo. Come.

Jo parecía defraudado. En una ocasión había conocido a un tío. En su mente los tíos eran personas que regalaban caramelos, que a él le gustaban, y dinero, que él no sabía cómo emplear.

David terminó su desayuno y se puso la capelina, una especie de gran plástico con mangas y un agujero para la cabeza. Cubría la mayor parte de su silla de ruedas, además de su cuerpo. Se puso un sombrero para la lluvia, se lo ató debajo del mentón, besó a Jo y se despidió de Lucy.

Un par de minutos después oyó que el jeep iba cuesta arriba y fue a la ventana para ver cómo David se iba bajo la lluvia. Las ruedas traseras del vehículo patinaban en el barro.

Tendría que conducir con sumo cuidado.

Se volvió hacia Jo y él le dijo:

—Este es un perro. —Estaba haciendo un dibujo sobre el mantel con gachas y leche.

Lucy le dio una palmada en las manos.

—¡Mira lo que has hecho! —El niño adoptó una expresión de ofensa y desagrado, y Lucy pensó en lo mucho que se parecía a su padre. Tenían el mismo pelo oscuro, casi negro, la piel morena y una misma manera de replegarse cuando estaban enfadados. Pero Jo reía con facilidad...; por fortuna había heredado algo de la familia materna.

Jo confundió la mirada contemplativa de la madre con enojo y dijo:

—Lo siento.

Ella lo lavó en la pileta de la cocina, luego limpió y lavó las cosas del desayuno pensando en el desconocido que se encontraba arriba. Ahora que la crisis inmediata había pasado y que al parecer el hombre no se iba a morir, estaba picada por la curiosidad acerca de él. ¿Quién era? ¿De dónde provenía? ¿Qué estaba haciendo en medio de la tormenta? ¿Tenía familia? ¿Por qué vestía ropas de obrero y sus manos no lo eran? Su acento, ¿de dónde era? Resultaba muy interesante.

Pensó que de haber vivido en cualquier otro lugar no habría aceptado aquella presencia que le caía de golpe. Quizá fuera un desertor, o un criminal, o incluso un prisionero de guerra. Pero viviendo en una isla uno olvidaba que otros seres humanos podían ser amenazadores en lugar de solidarios. Era tan hermoso ver una cara nueva, que albergar sospechas parecía innoble. Quizá —el pensamiento era desagradable— ella fuera más apta que nadie para dar la bienvenida a un hombre atractivo... Trató de quitarse tal idea de la cabeza.

Era una tontería, una tontería. Él estaba tan cansado y enfermo que no podía representar una amenaza para nadie. Ni siquiera en tierra firme alguien podría haberse negado a brindarle ayuda, ¿verdad? ¿Quién podría haberse negado a recibirlo, casi moribundo e inconsciente? Cuando se sintiera mejor podrían interrogarlo, y si su historia de cómo había llegado allí era algo menos que verosímil podrían comunicarlo a tierra firme desde la casa de Tom.

Cuando acabó las tareas de la cocina se dirigió arriba para echarle un vistazo. Dormía de cara a la puerta y cuando ella se detuvo a observarlo los ojos de él se abrieron instantáneamente. Una vez más se produjo ese inicial segundo de expresión temerosa.

—Bueno, bueno —murmuró Lucy—, solo quería asegurarme de que usted se encuentra bien.

Él cerró los ojos sin hablar.

Ella volvió a bajar. Se puso ropas de lluvia y botas, y lo mismo hizo con Jo, y salieron. Aún llovía a cántaros, y el viento era fortísimo. Miró al techo; efectivamente habían perdido algunas tejas. Se encaminó hacia la cumbre, inclinándose en dirección contraria al viento.

Llevaba a Jo cogido con fuerza de la mano, pues el viento podía arrebatárselo en cualquier momento. Dos minutos después estaba deseando no haber salido. La lluvia le penetraba por el cuello del impermeable y por encima de las botas. Jo también debía de estar empapado, pero puesto que ya se habían mojado podían aguantarse unos minutos más. Lucy quería ir a la playa.

Sin embargo, cuando llegaron al final de la rampa se dio cuenta de que lo que se proponía era imposible. El estrecho camino de tablas estaba sumamente resbaladizo por la lluvia, y con semejante viento era posible que perdiera pie y cayera rodando hasta la playa, veinticinco o treinta metros más abajo. Debía contentarse con mirar.

Era todo un espectáculo.

Enormes olas, cada una del tamaño de una pequeña casa, llegaban a la playa siguiéndose muy de cerca. Una vez que atravesaban la playa crecían aún más, y su cresta se retorcía en un signo de interrogación y se arrojaba furiosamente contra el acantilado. La espuma convertida en vapor subía en grandes sábanas hasta el final de la piedra, haciendo que Lucy retrocediera rápidamente un paso atrás y Jo lanzara gritos de deleite.

Lucy podía oír la risa de su hijo, solo porque este se le había subido a los brazos y tenía la boca a la altura del oído de su madre; el ruido del viento y del mar ahogaban sonidos más distantes.

Mirar los elementos desatados, rugiendo con fuerza, era algo estremecedor, y más aún estar de pie al borde del acantilado, sintiéndose amenazada y a salvo al mismo tiempo, temblando de frío y sudando de miedo. Era estremecedor en verdad, y más considerando las pocas emociones que había en su vida.

Estaba a punto de volver, temerosa de que Jo se enfriara, cuando divisó la barca.

Ya no era una barca, por cierto. Eso era lo terrible del espectáculo. Todo lo que quedaba eran los grandes tablones de la cubierta y de la quilla. El resto estaba desperdigado por las rocas debajo del acantilado, como las cerillas de una caja aplastada. Lucy advirtió que había sido una barca grande. Un hombre solo podría haberla manejado, pero no era nada fácil, y el daño que le había causado el mar era sobrecogedor. Se podía decir que no habían quedado dos pedazos de madera unidos.

¿Cómo era posible, Dios santo, que el desconocido hubiera salido de aquello con vida? Se estremeció al pensar en lo que las olas en conjunción con las rocas podían haber hecho a un cuerpo humano. Jo advirtió su súbito cambio de estado de ánimo y le dijo al oído:

—Vayamos a casa, mamá.

Ella volvió rápidamente sobre sus pasos y se apresuró por el camino enlodado para llegar a su casa.

Una vez allí se quitaron las ropas mojadas —chaqueta, sombrero, botas— y las colgaron en la cocina para que se secaran. Lucy fue hasta arriba y volvió a mirar al desconocido. Esta vez él no abrió los ojos. Parecía estar durmiendo tranquilamente. Sin embargo, ella tuvo la sensación de que él se había despertado y que al reconocer su paso en la escalera había cerrado nuevamente los ojos antes de que ella abriera la puerta.

Se metió en el cuarto de baño y llenó la bañera con agua

caliente. Desnudó a Jo y lo metió dentro. Luego, sin detenerse a pensarlo, se quitó también ella la ropa y se metió junto con él. El calor del agua era una bendición. Cerró los ojos y se relajó. Aquello también era agradable. Estar en una casa, sentirse al abrigo mientras la lluvia golpeaba con impotencia las fuertes paredes de piedra.

De pronto la vida se había vuelto interesante. En una noche se había producido una tormenta, un naufragio y había aparecido un hombre misterioso; esto después de tres años de... Deseó que el desconocido se despertara pronto para poder averiguar cosas acerca de él.

Mientras tanto se hizo la hora de que empezara a preparar el almuerzo para los hombres. Tenía cordero para hacer un guiso. Salió de la bañera y comenzó a secarse tranquilamente. Jo se entretenía con un juguete de goma: un gato muy mordisqueado. Lucy se miró en el espejo examinándose las estrías que le recordaban su embarazo. Poco a poco iban como borrándose, pero nunca desaparecerían por completo. Sin embargo, los baños de sol contribuirían a disimularlas. Sonrió, pensando que no tenía muchas posibilidades de tomarlos. Por otra parte, ¿a quién podría interesarle las condiciones de su piel, como no fuera a sí misma?

—¿Puedo quedarme un minuto más? —preguntó Jo.

Era una frase que utilizada por él podía significar cualquier cantidad de tiempo. «Un minuto más» podía ser medio día.

—El tiempo de vestirme, no más —le dijo. Colgó la toalla y se dirigió a la puerta.

El desconocido estaba en el vano observándola.

Se quedaron mirándose. Era extraño que no se sintiera atemorizada en absoluto, pensó Lucy más tarde. Quizá por la forma en que él la miró; en su expresión no había amenaza alguna, ni deseo, ni agresividad. Él no le miraba el pubis, tampoco los senos, solamente la miraba a la cara, a los ojos. Ella recordaba que se sorprendió pero no se sintió confundida, y en algún recodo de la mente se preguntó por qué no gritaba, ni se cubría con las manos, ni le cerraba la puerta con ademán rotundo.

Por fin sus ojos adquirieron cierta expresión. Quizá ella la imaginaba, pero advirtió admiración, un ligero aire de sincero humor y un matiz de tristeza. Y luego la situación se quebró. Él se dio la vuelta y volvió a su habitación, cerrando la puerta tras él. Un momento después, Lucy oyó crujir el somier, lo cual indicaba que había vuelto a meterse en la cama.

Y sin que hubiera una razón determinada para ello, se sintió terriblemente culpable.

20

Para entonces, Percival Godliman había levantado todas las restricciones.

Todos los policías del Reino Unido tenían un duplicado de la fotografía de Faber, y casi la mitad de ellos trabajaban a todo ritmo en la búsqueda. En las ciudades controlaban los hoteles y las casas de pensión, las estaciones de tren y las terminales de autobús, los bares y los centros comerciales; y los puentes y lugares bombardeados, que eran refugio de delincuentes. Y en el campo registraban los silos, los graneros, las casas vacías, los castillos en ruinas, los setos, los claros en las espesuras boscosas y en los maizales. Mostraban la fotografía a los empleados del ferrocarril, a los de las gasolineras, a los encargados de los transbordadores y a los mozos de equipaje. Había hombres de guardia en todos los puertos y aeródromos, y su fotografía estaba pinchada en todos los mostradores de control de pasaportes.

La policía, por cierto, aún creía que estaba buscando a un simple asesino. El agente de guardia sabía que el hombre de la fotografía había matado a dos personas en Londres con un estilete. Los oficiales sabían algo más: que uno de los asesinatos había implicado violación, otro era aparentemente inmotivado y un tercero —lo cual no debían difundir entre sus hombres— era la inexplicable muerte de un soldado que iba en el tren de Euston a Liverpool. Solamente los inspectores y unos pocos jefes de Scotland Yard sabían que el soldado había tenido un destino temporal con el MI5 y que todos los asesinatos tenían que ver de un modo u otro con la seguridad del Estado.

Los periódicos también pensaban que se trataba de la búsqueda de un asesino ordinario. Al día siguiente de la concesión de información decretada por Godliman, la mayoría de ellos llevaba los informes detallados en la última edición. Las primeras ediciones destinadas a Escocia, Úlster y el norte de Gales no la incluían, pues incluirían una versión sintetizada al día siguiente. La víctima de Stockwell había sido identificada como un trabajador a quien se le atribuían nombre y actividades falsas en Londres. El comunicado de prensa proveniente de Godliman vinculaba el asesinato con la muerte de la señora Una Garden en 1940, pero era ambiguo en torno a la naturaleza del vínculo. El arma empleada había sido un estilete.

Los dos periódicos de Liverpool muy pronto se enteraron del hallazgo del cadáver en el tren, y los dos se preguntaron si el asesino del estilete de Londres no sería el responsable. Hicieron averiguaciones en la policía de Liverpool. Los jefes de redacción de los dos periódicos recibieron llamadas telefónicas del jefe de policía y ninguno de los dos publicó más información. Ciento cincuenta y siete hombres trigueños fueron arrestados bajo sospecha de ser Faber. Todos excepto veintinueve pudieron probar que ninguno de ellos podría haber cometido los crímenes. Encuestadores del MI5 hablaron con los veintinueve. Veintisiete hicieron comparecer a padres, parientes y vecinos que afirmaron que los sospechosos habían nacido en Inglaterra, donde vivían desde veinte años atrás, época en que Faber había estado en Alemania.

Los dos restantes fueron llevados a Londres, donde se los volvió a interrogar; esa vez lo hizo Godliman personalmente. Los dos eran solteros, vivían solos, no tenían parientes vivos y su vida era un tanto desconcertante. El primero vestía bien, era seguro y afirmaba imperturbablemente que se ganaba la vida viajando por el país y aceptando trabajos diversos como obrero manual. Godliman le explicó que —a diferencia de la policía— él tenía autorización para encarcelar a cualquiera durante el tiempo que durara la guerra y sin que mediara proceso alguno de por medio. Además, le señaló, él no estaba interesado en absoluto en los pecadillos comunes, y toda información que se le diera a él, allí en la Oficina de Guerra, era estrictamente confidencial y no iba más lejos.

El sospechoso confesó diligentemente ser un embaucador, y dio las direcciones de diecinueve mujeres maduras a quienes había engatusado en las tres últimas semanas apoderándose de sus joyas. Godliman lo entregó a la policía.

No se sintió en la obligación de ser sincero con un mentiroso profesional.

El último sospechoso también cedió ante el tratamiento de Godliman. Su secreto consistía en que, lejos de ser soltero, estaba casado en Brighton, y en Solihull, Birmingham, y en Colchester, Newbury, y en Exeter. En los cinco casos las esposas pudieron presentar sus certificados de matrimonio. El bígamo múltiple fue a la cárcel, donde permaneció a la espera de que se le abriera juicio.

Godliman durmió en la oficina mientras la búsqueda continuaba.

Bristol Temple Meads, estación de ferrocarril.

—Buenos días, señorita, ¿quiere mirar esto?

—Chicas, venid. ¡El poli nos va a enseñar fotos!

—Vamos, no haga escándalo, simplemente dígame si lo conoce o no.

—¡Oh! ¡Oooh! ¿No es sensacional? ¡Ojalá lo conociera!

—No querría, si supiera lo que ha hecho. Por favor, ¿quieren mirar todas?

—Nunca lo he visto.

—Yo tampoco.

—Ni yo.

—Cuando lo pesque, dígale si quiere conocer a una chica guapa de Bristol...

—Vamos, muchachas, no me lo explico. En cuanto os dan

un par de pantalones y un puesto de mozo de equipajes, ya creéis que debéis actuar como hombres...

El transbordador de Woolwich.

—Día inmundo, inspector.

—Buenos días, capitán. Supongo que en alta mar será peor.

—¿En qué puedo ayudarle? ¿O simplemente es una visita de cortesía?

—Quiero que vea una foto, capitán.

—A ver, espere que me ponga las gafas. Oh, no se preocupe, para guiar el barco veo lo suficiente. Es para ver las cosas de cerca que necesito gafas. A ver, veamos...

—¿Le dice algo?

—Lo lamento, inspector, pero no me recuerda a nadie.

—Bueno, si llega a verlo hágamelo saber.

—Naturalmente.

—Buen viaje.

—Por lo menos que no haya sangre.

Número 35 de Leak Street, Londres E1:

—¡Sargento Riley! ¡Qué sorpresa tan agradable!

—No malgastes amabilidades, Mabel. ¿A quiénes tienes en tu casa?

—Todos huéspedes honorables, sargento; usted me conoce.

—Así es, por eso mismo estoy aquí. ¿Alguno de tus simpáticos y respetables huéspedes anda fugitivo?

—¿Desde cuándo se dedica a reclutar gente para el ejército?

—No estoy reclutando, Mabel, ando en busca de alguien, y si está aquí probablemente te ha dicho que lo están persiguiendo.

—Mira, Jack, si te digo que no hay nadie aquí, no veo por qué... ¿Quieres largarte y dejar de tomarme el pelo?

—¿Por qué habría de creerte?

—Por lo de 1936.

—Entonces eras más guapa, Mabel.

—Y tú también, Jack.

—Está bien, tienes razón. Si sabes algo dímelo, ¿quedamos así?

—Prometido.

—Tampoco te preocupes demasiado por el asunto.

—Está bien.

—Mabel... el tipo asesinó a una mujer de tu edad. Ten cuidado.

El bar de Bill, en la A30, cerca de Bagshot:

—Un té, por favor, Bill. Con dos terrones.

—Buenos días, cabo Pearson. Qué día tan espantoso.

—¿Qué hay en el plato, Bill, albóndigas de Portsmouth?

—Y también bollos y buñuelos, como siempre.

—Ah, bueno, entonces ponme dos. Gracias... Bueno, muchachos, si alguien quiere que le registren el camión entero puede ir saliendo. Así va mejor. Echad una mirada a esta foto, por favor.

—¿Por qué lo buscan, cabo, por andar sin luces?

—Bueno, basta de bromas, Harry. Haz circular la foto. ¿Alguien llevó a este tipo en su camión?

—Yo no.

—No.

—Tampoco, lo siento.

—Jamás lo he visto.

—Gracias, muchachos. Si llegáis a verlo decídmelo en seguida. Adiós.

—Cabo...

—¿Sí, Bill?

—No ha pagado los buñuelos.

Gasolinera de Smethwich, Carlisle:

—Buenos días, señora. Cuando tenga un momento...

—Enseguida estoy con usted, oficial. Despacho a este señor... Doce libras y seis peniques, señor. Gracias. Adiós...

—¿Qué tal anda el negocio?

—Más o menos, como siempre. ¿En qué puedo servirle?

—¿Podemos entrar un momento en la oficina?

—Sí, cómo no... Bueno, suéltelo ya.

—Échele una mirada a esta foto y dígame si ha despachado gasolina a este individuo en los últimos días.

—Bueno, a ver, no creo que me sea muy difícil recordarle, porque no viene demasiada gente. ¡Oh! ¿Sabe usted que me parece que sí?

—¿Cuándo?

—Anteayer, por la mañana.

—¿Está segura?

—Bueno... Era mayor que en esa foto, pero le diría que sí.

—¿Qué automóvil conducía?

—Un coche gris. No soy muy buena para las marcas; en realidad, el que entiende es mi marido, pero ahora está en la Marina.

—Bueno, ¿cómo era?

—Era un coche antiguo, con capota plegable, de dos asientos, tipo sport. Tenía un depósito de reserva que también le llené.

—¿Se acuerda de cómo iba vestido?

—Realmente no... Me parece que con ropa de trabajo.

—¿Era un hombre alto?

—Sí, más alto que usted.

—¿Tiene un teléfono...?

William Duncan tenía veinticinco años, medía un metro sesenta, pesaba setenta kilos y gozaba de excelente salud. La vida al aire libre y su total desinterés por el tabaco, la bebida, la vida nocturna y los problemas lo mantenían en esa buena forma. Sin embargo, no estaba en el ejército.

De niño parecía normal, algo lento, pero normal; así fue

hasta los ocho años, momento en que su mente perdió la capacidad de seguir desarrollándose. No había sufrido ningún trauma, al menos nadie tenía noticia de ello, y tampoco ningún daño físico que pudiera justificar su situación. En realidad, algunos años antes nadie había notado que hubiera nada anormal en él, pues a los diez años solo era algo lento, y a los doce, poco lúcido; pero a los quince era evidentemente simple, y a los dieciocho se le conocía por el apodo de «el Tonto Willie».

Sus padres pertenecían a un oscuro grupo religioso cuyos miembros tenían prohibido casarse fuera de dicho grupo (lo cual puede o no haber tenido algo que ver con su retraso mental). Rezaban por él, naturalmente; pero además lo llevaron a un especialista en Stirling. El médico, hombre mayor, lo sometió a una serie de tests y luego les dijo, mirándolos por encima del arco de oro de sus medio anteojos, que el muchacho tenía una edad mental de ocho años y que su capacidad intelectual nunca iría más allá. Ellos continuaron rezando, pero sospecharon que el Señor los había sometido a esa prueba deliberadamente, por lo que trataron de asegurarse de que el alma de Willie estuviera salvada, y aguardaron el día en que le reencontrarían en la Gloria ya curado. Mientras, el muchacho necesitaba encontrar un trabajo.

Un chico de ocho años puede guardar vacas, pero además guardar vacas es un trabajo, por lo que el Tonto Willie se convirtió en pastor de vacas, y fue mientras estaba desempeñando esta función cuando descubrió un coche abandonado.

Dio por descontado que en el interior habría una pareja de enamorados.

Willie sabía de eso; es decir, sabía que los enamorados existen, y que se hacen cosas irrepetibles el uno al otro en lugares oscuros, entre los matorrales, en los cines y en los coches, y que en esos casos uno no les hablaba. De modo que apresuró el paso de las vacas por el lugar donde estaba aparcado el Morris Cowley Bullnose 1924 de dos asientos (él sabía de coches tanto como cualquier niño de ocho años), y trató por todos los medios de no mirar hacia dentro, no fuera a ser que alcanzara a divisar el pecado.

Llevó sus vacas a un cobertizo para que las ordeñaran y se fue por un camino distinto a su casa, le leyó un capítulo del Levítico a su padre —lo hizo en voz alta y con gran empeño— y luego se fue a la cama para soñar con los amantes.

Al anochecer del día siguiente el coche aún seguía en el mismo lugar.

Por mucha que fuera la candidez de Willie, sabía que los amantes no se hacían lo que fuese que se hiciesen durante veinticuatro horas sin parar, de modo que esa vez fue directamente hasta el coche y miró dentro. Estaba vacío. El suelo bajo el motor estaba negro y pegajoso de aceite. Willie elaboró otra conclusión: el coche se había estropeado y había sido abandonado por su conductor. No se le ocurrió pensar cuál sería la causa de que estuviera semiescondido entre los arbustos.

Cuando llegó de regreso al cobertizo, le dijo al granjero lo que había visto.

—Hay un coche roto en el desvío que va a la carretera.

El granjero era un hombre grandote con pobladas cejas color arena, que se juntaban cuando él estaba pensando.

—¿No había nadie cerca?

—No... y ayer tampoco.

—¿Y por qué no me lo dijiste ayer?

—Bueno... yo creí... —dijo Willie sonrojándose— que quizá... usted sabe... hubiera dos...

El granjero advirtió que Willie no estaba dando rodeos sino que estaba verdaderamente confundido. Palmeó al muchacho en el hombro.

—Bueno, vete a casa y deja que yo me ocupe del asunto.

Después de ordeñar, el granjero fue a echar una mirada por sí mismo. A él sí se le ocurrió pensar por qué estaría el coche semiescondido. Había oído hablar del asesino del estilete, y si bien no llegó a la conclusión de que el coche había sido abandonado por el asesino de Londres, pensó que podría existir alguna relación entre el coche abandonado y un crimen, de modo que después del almuerzo mandó a su hijo mayor a caballo al pueblo para que telefoneara a la policía de Stirling.

La policía llegó antes de que volviera el muchacho del pueblo. Había por lo menos doce, y todos eran incansables bebedores de té. El granjero y su mujer estuvieron en pie media noche, atendiéndolos.

El Tonto Willie fue llamado a contar su historia una vez más, repitiendo que había visto el coche el día anterior, y sonrojándose de nuevo cuando explicó que había dado por sentado que en su interior había dos amantes.

En definitiva, fue para ellos la noche más excitante desde el estallido de la guerra.

Esa noche, Percival Godliman, ante la perspectiva de pasar su cuarta noche consecutiva en la oficina, fue a su casa a bañarse, cambiarse y llevarse alguna ropa.

Tenía su apartamento en una zona residencial de Chelsea. Era pequeño pero suficiente para un hombre solo, y estaba limpio y cuidado excepto en el despacho al que la mujer de la limpieza tenía prohibida la entrada, y que en consecuencia estaba atestado de periódicos y libros. El mobiliario era de antes de la guerra, por cierto, pero había sido bien elegido y el lugar tenía un aspecto confortable, con sillas de madera y cuero, y un sofá en la sala. La cocina estaba llena de artefactos que ahorraban el trabajo y que casi nunca se usaban.

Mientras llenaba la bañera fumaba un cigarrillo —últimamente se había aficionado a ellos, pues la pipa causaba demasiado alboroto— contemplando su posesión más valiosa, que era una extraña escena medieval probablemente de Jerónimo Bosch. Era una herencia familiar y Godliman nunca había pensado en venderlo, ni siquiera en momentos de necesidad.

En la bañera pensó en Barbara Dickens y en su hijo Peter. No le había contado nada a nadie acerca de ella, tampoco a Bloggs, aunque estuvo a punto de hacerlo cuando tuvieron la conversación acerca de volver a casarse, pero el coronel Terry la había interrumpido. Ella era viuda; su marido había muerto en acción de guerra al comienzo mismo de la contienda. Godliman no sabía su edad, pero aparentaba unos cuarenta años, trabajaba en la decodificación de señales interceptadas y era inteligente, entretenida y muy atractiva. También era rica. Godliman la había invitado a cenar dos o tres veces antes que la presente crisis se produjera. Él veía que ella estaba enamorada de él.

Barbara había arreglado un encuentro entre su hijo Peter, que era capitán, y Godliman. A él le gustó el muchacho. Pero además sabía algo que ni ella ni su hijo sabían; Peter debía ir a Francia el día D.

Y que los alemanes estuvieran o no allí esperándolo dependía de que pudieran apresar a Die Nadel.

Salió de la bañera y se afeitó a fondo, mientras se preguntaba si estaba enamorado de ella. No estaba seguro de cómo se sentía el amor cuando se es ya maduro. Evidentemente, no era la pasión desbordante de la juventud. Si el afecto, la admiración, la ternura y un cierto deseo sexual eran amor, entonces él la amaba.

Y él ahora necesitaba compartir su vida. Durante años había necesitado su soledad y su investigación. Ahora la camaradería del servicio de inteligencia militar lo estaba absorbiendo: las reuniones, las sesiones nocturnas por búsquedas desesperadas de personas que siempre tienen la muerte cerca, pero como algo siempre impredecible. Todo eso había terminado por atraparlo. Sabía que una vez concluida la guerra quedarían otras cosas, aunque todo eso desapareciera: la necesidad de hablar con alguien cercano sobre sus frustraciones y sus triunfos, la necesidad de tocar a alguien por la noche, la necesidad de decir: «Vamos, mira esto. ¿No es magnífico?».

La guerra era cruenta, opresiva y frustrante, pero uno tenía amigos. Si la paz traía de nuevo la soledad, Godliman pensó que no iba a poder sobrellevarla.

En ese momento la sensación de tener ropa interior limpia

y una camisa recién planchada constituía todo un lujo. Puso más ropa limpia en la maleta, y luego se sentó a disfrutar de un vaso de whisky antes de emprender el camino de regreso a la oficina. El chófer militar y el comandante Daimler podían esperar un poco más.

Estaba llenando la pipa cuando sonó el teléfono. Dejó la pipa y encendió un cigarrillo.

Su teléfono estaba conectado con el conmutador de la Oficina de Guerra. El operador le dijo que el inspector jefe Dalkeith estaba llamando desde Stirling.

Esperó a oír el clic de la conexión.

—Habla Godliman.

—Hemos encontrado su Morris Cowlen —dijo Dalkeith sin más preámbulos.

—¿Dónde?

—En la A80, justo al sur de Stirling.

—¿Vacío?

—Sí. Reventado. Hace veinticuatro horas que está allí. Fue apartado unos metros de la carretera y escondido entre los arbustos. Un muchacho algo retrasado que trabaja en una granja lo encontró.

—¿Hay alguna estación de autobús o de tren cerca del lugar?

—No.

—De modo que lo más probable es que nuestro hombre haya tenido que caminar o hacer autoestop después de dejar el coche.

—Así es.

—En ese caso, sería conveniente hacer averiguaciones en el lugar...

—Ya estamos tratando de saber si alguien de la localidad lo vio o lo transportó.

—Bien. Comuníqueme cualquier novedad... Mientras tanto, pasaré las noticias al Yard. Gracias, Dalkeith.

—Nos mantendremos al habla. Adiós, señor.

Godliman colgó el receptor y volvió a su escritorio. Se sentó y abrió un mapa de carreteras del norte de Inglaterra. Londres, Liverpool, Carlisle, Stirling... Faber iba hacia el noroeste de Escocia.

Godliman pensaba si no debería reconsiderar la teoría de que Faber estaba tratando de salir del país. El mejor modo de salir era por el oeste, por Irlanda. La costa este, sin embargo, era el centro de toda clase de actividades militares. ¿Sería posible que Faber tuviera el coraje de continuar su reconocimiento, sabiendo que el MI5 le estaba pisando los talones? Decidió que quizá lo fuera —sabía que era un hombre que no se amilanaba—. Pese a todo, era poco probable. Nada de lo que descubriera en Escocia podría ser tan importante como la información que ya poseía.

Por lo tanto, Faber se estaba evadiendo por la costa este. Godliman repasó los métodos posibles para recoger a un espía que quiere escapar: un avión ligero que aterrizara en un lugar solitario; navegando a través del mar del Norte en un barco robado, ser rescatado por un submarino, como había supuesto Bloggs, internándose mar adentro, en un barco mercante pasando por un país neutral hacia el Báltico, desembarcando en Suecia y cruzando la frontera en dirección a la parte ocupada de Noruega... Había demasiadas formas.

De cualquier modo, Scotland Yard debía estar al tanto de los últimos movimientos. Ellos pedirían a toda la policía de Escocia que tratara de hallar a alguien que hubiera recogido a un caminante en las afueras de Stirling. Godliman volvió a la sala para hablar por teléfono, pero este sonó antes de que él lo cogiera. Levantó el receptor.

—Habla Godliman.

—Un tal Richard Porter lo llama desde Aberdeen.

—¡Oh! —Godliman había esperado que Bloggs llamara desde Carlisle—. Póngame con él, por favor. ¡Hola! Habla Godliman.

—Hola, sí. Habla Richard Porter. Pertenezco a la comisión local de vigilancia.

—¿En qué puedo servirle?

—Bueno, en realidad, amigo mío, es muy deplorable lo que me ha sucedido.

Godliman controlaba su impaciencia.

—Dígalo de una vez.

—El tipo ese que andan buscando..., el que cometió asesinatos con un estilete y demás. Bueno, estoy seguro de que lo llevé en mi propio coche.

Godliman se aferró con más fuerza al receptor.

—¿Cuándo?

—Anteanoche. Mi coche se averió en la A80, justo saliendo de Stirling. En medio de la cochina noche. Por allí venía el tipo ese, a pie, y me solucionó el problema en un momento. Entonces, naturalmente...

—¿Dónde lo dejó?

—Aquí en Aberdeen. Dijo que iba a Banff. El asunto es que dormí casi todo el día de ayer, de modo que ha sido esta tarde cuando me he enterado...

—No se lo reproche, señor Porter; muchas gracias por llamar.

—Bueno, adiós.

Godliman agitó la horquilla y el operador de la Oficina de Guerra volvió a tomar la línea.

—Por favor, póngame con el señor Bloggs —dijo Godliman—. Está en Carlisle.

—En este momento está en la línea, esperando para hablar con usted, señor.

—¡Magnífico!

—Hola, Percy. ¿Qué noticias hay?

—Nuevamente le estamos siguiendo la pista. Fue identificado en una gasolinera de Carlisle y abandonó el Morris justo en las afueras de Stirling. Luego hizo autoestop y consiguió que lo llevaran hasta Aberdeen.

—¡Aberdeen!

—Debe de estar tratando de salir por el este.

—¿Cuándo llegó a Aberdeen?

—Probablemente ayer por la mañana, temprano.

—En ese caso no puede haber tenido tiempo para salir, a menos que fuera realmente muy rápido. En este momento allí se ha desatado la peor tormenta de que se tenga memoria. Comenzó anoche y aún no ha amainado. Ningún barco ha zarpado, y ni pensar en que haya aterrizado un avión. Con este tiempo sería absurdo pensarlo.

—Bueno. Vaya para allá en cuanto pueda. Entretanto pondré en movimiento a la Policía Local. Llámeme en cuanto llegue a Aberdeen.

—Me marcho ahora mismo.

21

Cuando Faber se despertó, era casi de noche. A través de la ventana del dormitorio podía ver las últimas vetas de gris que se iban cubriendo por la oscuridad de la noche. La tormenta no había amainado; la lluvia golpeaba el tejado y caía por una canaleta, y el viento aullaba y soplaba incansablemente.

Apretó el botón de una mesita de noche situada al lado de su cama. El esfuerzo lo cansó, y tuvo que dejarse caer en la almohada. Lo atemorizó sentirse tan débil. Quienes creen que la fuerza es la razón deben estar siempre fuertes, y Faber era lo suficientemente autoconsciente para conocer las implicaciones de su propia ética. El temor no abandonaba la tónica de sus emociones; quizá por eso había sobrevivido tanto. Tenía una incapacidad crónica de sentirse a salvo. Comprendía, de esa manera vaga en que uno a veces comprende las cosas más fundamentales sobre uno mismo, que esa misma inseguridad era lo que lo había llevado a elegir la profesión de espía; era la única forma de vida que podía permitirle matar inmediatamente a quien pudiera representar la más leve amenaza. El temor a ser débil era parte del síndrome que incluía su independencia obsesiva, su inseguridad y su menosprecio por sus superiores militares.

Mientras descansaba en la cama del niño, en el dormitorio de paredes rosadas, pasaba revista a su propio cuerpo. Parecía haber sufrido golpes por todas partes, pero aparentemente no tenía nada roto. Tampoco se sentía afiebrado. Su organismo, pese a la noche pasada en la barca, no había contraído una afección bronquial. Lo que sentía era simplemente debilidad. Sospechaba que era algo más que agotamiento. Recordaba un momento, cuando llegaba al tope de la rampa, en que pensaba que moriría; y se preguntaba si no se habría infligido a sí mismo algún daño permanente en ese último impulso obsesivo por no aflojar antes de lograr la meta.

También controló sus pertenencias. La cápsula con los negativos fotográficos seguía adherida a su pecho, el estilete seguía enfundado en su antebrazo izquierdo, y sus papeles y su dinero se encontraban en el bolsillo de la chaqueta del pijama que le habían prestado.

Echó a un lado las mantas y se sentó con los pies en el suelo. Durante un momento se mareó. Se puso de pie. Era importante no permitirse actitudes psicológicas de inválido. Se puso la bata y salió para meterse en el cuarto de baño.

Cuando volvió, sus propias ropas estaban a los pies de la cama, lavadas y planchadas; las interiores, el *overall* y la camisa. Súbitamente recordó haberse levantado en algún momento por la mañana y haber visto a una mujer desnuda en el cuarto de baño. Fue una escena extraña y no estaba seguro de su significado. Recordaba que era muy hermosa, de eso estaba seguro.

Se vistió lentamente. Le habría gustado afeitarse, pero decidió pedirle permiso a la dueña de la casa antes de utilizar la maquinilla que había en el cuarto de baño. Algunos hombres eran tan posesivos con sus adminículos de afeitar como con sus mujeres. No obstante, se tomó la libertad de usar el peine de baquelita del niño, que halló en el último cajón del armario.

Se miró al espejo sin orgullo. No era pedante. Sabía que algunas mujeres lo encontraban atractivo y otras no, y dio por descontado que con los hombres ocurría lo mismo. Por cierto, le importaba más la consideración de las mujeres que la de los hombres, pero atribuyó esto último a su apetito, no a su aspecto. Su imagen en el espejo le indicó que estaba presentable, que era cuanto deseaba saber.

Dejó el dormitorio y bajó lentamente la escalera. Una vez más sintió una oleada de debilidad, y una vez más se propuso superarla aferrándose al pasamanos de la escalera y colocando deliberadamente un pie ante el otro hasta llegar a la planta baja.

Se detuvo fuera de la puerta de la sala y, al no oír ruido alguno, continuó hasta la cocina. Dio unos golpes a la puerta y entró. La joven pareja estaba a la mesa terminando de comer.

—¡Se ha levantado! —dijo ella poniéndose de pie al verlo entrar—. ¿Está seguro de que no le hará daño?

Faber se dejó conducir hasta una silla.

—Gracias —dijo—. Realmente no tendrían que estimularme para que me decrete enfermo.

—Creo que usted no se da cuenta de cuán terrible es la experiencia que ha soportado —comentó ella—. ¿Tiene ganas de comer algo?

—La estoy molestando...

—En absoluto. No diga tonterías. Le he guardado un poco de sopa bien caliente.

—Son ustedes muy generosos —dijo Faber—, y no sé siquiera cómo se llaman.

—David y Lucy Rose. —Con un cucharón le sirvió sopa en un cuenco y lo puso en la mesa, ante él—. Córtame pan, David, por favor.

—Soy Henry Baker. —Faber no sabía por qué había dicho eso, pues no tenía documentos con ese nombre. Henry Faber era el hombre que buscaba la policía, de modo que hubiera sido más atinado haber dicho que se llamaba James Baker, pero de algún modo él deseaba que aquella mujer le llamara Henry, que era el nombre inglés más aproximado a Heinrich, su verdadero nombre.

Tomó una cucharada de sopa y, de pronto, se dio cuenta de que estaba famélico. Comió la sopa con ansiedad, luego el pan. Cuando acabó, Lucy se echó a reír. Estaba hermosa, abría mucho la boca, dejando al descubierto dos hileras de dientes blancos, y los ojos se le fruncían graciosamente en las comisuras.

—¿Más? —le ofreció.

—No, muchas gracias.

—Veo que le sienta bien. Ya le sube color a las mejillas.

Faber advirtió que se sentía físicamente mejor. Se forzó a aceptar un segundo plato, que comió más lentamente por cortesía, pero aún disfrutaba al comerlo.

—¿Qué hizo para que le pescara la tormenta fuera de puerto? —Era la primera vez que él hablaba.

—No lo acoses, David...

—No, no, está bien —dijo Faber inmediatamente—. Fui un tonto, eso es todo. Este era el primer fin de semana libre que tenía desde que empezó la guerra, y no quería dejármelo arruinar por el tiempo. Me propuse salir de pesca. ¿A usted le gusta pescar?

—Me dedico a la cría de ovejas —respondió David negando con la cabeza.

—¿Tiene muchos peones?

—Solo uno, Tom.

—Supongo que hay otras personas dedicadas a la cría de ovejas en la isla.

—No. Vivimos en este extremo y Tom en el otro, y en medio no hay más que ovejas.

Faber asintió. Magnífico... estupendo. Una mujer, un inválido, un niño y un viejo... y él ya se estaba encontrando mejor, iba recuperando sus fuerzas.

—¿Cómo se las arreglan para establecer contacto con tierra firme? —preguntó Faber.

—Cada quince días llega una lancha. Debe llegar este lunes, pero si la tormenta prosigue, seguramente no vendrá. Hay un radiotransmisor en la cabaña de Tom, pero solo podemos usarlo en casos de urgencia. Si consideráramos que le pueden estar buscando, o si necesitara asistencia médica urgente, podría utilizarlo. Pero tal como están las cosas me parece que no es necesario. Sobre todo porque nadie puede venir a recogerlo hasta que no amaine la tormenta, y cuando haya amainado la lancha vendrá, de modo...

—Naturalmente. —El tono de Faber escondía su deleite. El

problema de cómo establecer contacto con el submarino el lunes era algo que le había estado preocupando sin planteárselo directamente. Había visto que en la sala de los Rose había un aparato de radio común, y, de ser necesario, él podría convertirlo en un transmisor. Pero el hecho de que aquel Tom tuviera un radiotransmisor propio hacía que todo fuera mucho más simple—. ¿Para qué necesita Tom un radiotransmisor?

—Es miembro del Royal Observer Corps. Aberdeen fue bombardeada en 1940, sin que mediara alarma aérea. Hubo cincuenta muertos. Entonces reclutaron a Tom, lo cual fue muy atinado porque su oído es mucho mejor que su vista.

—Supongo que los bombarderos vienen desde Noruega.

—Supongo que sí.

—Vayamos al otro lado —dijo Lucy.

Los hombres la siguieron. Faber ya no se sintió ni débil ni mareado. Sostuvo la puerta para que pasara David, quien condujo su silla hasta la proximidad del fuego. Lucy ofreció un coñac a Faber, pero él no lo aceptó. Ella sirvió uno para su marido y otro para sí misma.

Faber se sentó cómodamente y comenzó a estudiarlos. Lucy era realmente asombrosa: rostro ovalado, ojos almendrados de un raro color ámbar, como los gatos, y abundante pelo rojo oscuro. Se notaba que, pese al jersey de pescador y los pantalones amplios, tenía una figura que vestida con medias de seda y un modelo para cóctel, por ejemplo, resultaría muy atractiva. David también era atractivo... casi guapo, si no fuera por una sombra de barba muy oscura. El pelo casi negro y la piel de aspecto mediterráneo. De haber tenido piernas hubiera sido alto, dada la longitud de sus brazos, que según Faber sospechó, debían de tener una fuerza extraordinaria y una poderosa musculatura, desarrollada por aquellos años de conducir su propia silla de ruedas.

Era una pareja atractiva, pero había algo entre ellos que no andaba bien. Faber no era ningún experto en matrimonios, pero su entrenamiento en técnicas de interrogatorio le había enseñado a leer el lenguaje silencioso del cuerpo; a saber, por pequeños gestos, cuándo alguien sentía temor, seguridad, escondía algo o mentía. Lucy y David rara vez se miraban, y nunca se tocaban. Le hablaban a él más de lo que se hablaban entre ellos. Se desplazaban uno en torno al otro como los pavos que necesitan cierto espacio libre entre uno y otro. La tensión entre los dos era muy grande. Eran como Churchill y Stalin, obligados a luchar temporalmente juntos y tratando de sofocar una enemistad mayor. Faber se preguntaba cuál sería la verdadera causa de su separación. Aquella pequeña casa confortable era una especie de olla a presión emocional, pese a sus alfombras y a su pintura brillante, sus sillones con diseños floreados, sus leños ardientes y sus paredes con cuadros. Vivir solos, con un viejo y un niño por toda compañía, con ese algo oculto entre ellos... Le hacía pensar en una obra de teatro que había visto en Londres, de un autor llamado Tennessee No Sé Qué.

Abruptamente, David tragó su bebida y dijo:

—Tengo que irme a dormir, la espalda me lo pide.

—Lo lamento, lo he mantenido en vela.

—De ningún modo —dijo David haciéndole ademán con la mano de que volviera a sentarse—. Usted ha dormido todo el día... seguramente no tiene ganas de irse temprano a la cama. Además, Lucy debe de tener ganas de charlar, estoy seguro. Lo que pasa es que maltrato mi espalda...; la espalda está hecha para compartir el peso del cuerpo con las piernas, ¿comprende?

—Entonces es mejor que esta noche tomes dos píldoras —dijo Lucy. Tomó un frasco del estante superior de la biblioteca, sacó dos tabletas y se las dio a su marido.

Él se las tragó en seco.

—Bueno, hasta mañana —dijo marchándose con su silla.

—Hasta mañana, David.

—Hasta mañana, señor Rose.

Pasado un momento, Faber oyó que David se arrastraba escaleras arriba y se preguntó cómo lo haría.

Como para ahogar el ruido que él producía al subir, Lucy comenzó a hablar:

—¿Dónde vive usted, señor Baker?

—Por favor, llámeme Henry. Vivo cerca de Londres.

—Hace años que no voy a Londres. Probablemente no es mucho lo que queda en pie.

—Está cambiado, pero no tanto como podría creerse. ¿Cuándo estuvo por última vez?

—En 1940. —Se sirvió otro coñac—. Desde que vinimos aquí, solo he salido de la isla una vez, y fue para tener al niño. En estos días no se puede viajar demasiado, ¿no es así?

—¿Qué les hizo venir aquí?

—Bueno... —Se sentó, tomó un sorbo de su bebida y miró el fuego.

—Quizá no debería...

—No, está bien. Tuvimos un accidente el día de nuestra boda. Así perdió David las piernas. Estaba entrenándose como piloto de caza...; los dos quisimos entonces apartarnos, creo. Fue un error, pero, como se dice, en ese momento parecía una buena idea.

—Es una razón para que un hombre saludable se sienta insatisfecho.

—Es usted muy sutil —dijo ella, lanzándole una aguda mirada.

—Salta a la vista —señaló él tranquila y pausadamente—. También su infelicidad.

—Ve usted demasiado —dijo ella con un pestañeo nervioso.

—No es difícil. ¿Y por qué siguen juntos si la cosa no anda?

—No sé muy bien qué decirle. —O qué decirse a sí misma por hablar tan abiertamente con él—. ¿Quiere que le conteste con frases hechas? Por la forma en que era antes, el vínculo matrimonial, el niño, la guerra... Si hay algo más que agregar no puedo hallar la forma de traducirlo en palabras.

—Quizá la culpa —dijo Faber—. Pero usted está pensando en dejarlo, ¿no es verdad?

Ella se quedó mirándolo y lentamente asintió con la cabeza.

—¿Cómo sabe usted tanto?

—Después de cuatro años en esta isla, ha perdido usted el

arte del disimulo. Además, estas cosas son más simples vistas desde fuera.

—¿Ha estado usted casado?

—No, casado precisamente no.

—¿Por qué no? Creo que usted debería estarlo.

Ahora le tocó a Faber desviar la mirada al fuego. ¿Por qué no, en verdad? Su respuesta para sí mismo, y sin profundizar, era su profesión. Pero no podía decirle eso a ella, y de todos modos era demasiado convencional.

—No confío en que pueda amar a nadie hasta ese punto. —Las palabras le habían salido sin pensarlas, y estaba asombrado de ello. Además, se preguntó si no sería la pura verdad. Un momento después estaba admirado de la forma en que Lucy había violado sus controles, justamente cuando creyó que la estaba desarmando.

Durante un momento, ninguno de los dos dijo nada. El fuego se estaba extinguiendo. Unas pocas gotas de agua se habían filtrado por la chimenea y restallaron al caer sobre los carbones que se enfriaban. Faber se encontró pensando en la última mujer que había tenido. ¿Cómo se llamaba? Gertrud. De eso hacía siete años, pero ahora, ante el fuego vacilante, la recordaba nítidamente: una cara redonda, alemana, pelo rubio, ojos verdes, hermosos senos, caderas demasiado anchas, piernas gordas, pies desagradables; el tipo de relación que se establece en un tren expreso, con un entusiasmo desbordante e inextinguible por el sexo... Ella lo había seducido porque admiraba su mente (eso decía) y adoraba su cuerpo (eso no necesitaba decírselo). Escribía poemas para canciones populares y se los leía en un pobre apartamento de sótano en Berlín; no era una profesión lucrativa. Él la recordaba en aquel dormitorio descuidado, acostada, desnuda y urgiéndole a realizar actos de complicado erotismo: que la castigara, que se masturbara, que estuviera totalmente inmóvil mientras ella le hacía el amor... Movió ligeramente la cabeza para barrer de su mente aquellos recuerdos. No había tenido esos pensamientos durante todos los años que había permanecido célibe, y ahora las imágenes le resultaban perturbadoras. Miró a Lucy.

—Estaba usted muy lejos —dijo ella con una sonrisa.

—Recuerdos —respondió él—. Esta conversación sobre el amor...

—No debo apesadumbrarlo.

—No lo hace usted.

—¿Son buenos recuerdos?

—Muy buenos. ¿Y los suyos? Usted también estaba pensando.

—En el futuro, no en el pasado. —Ella volvió a sonreír.

—¿Y qué ve en el futuro?

Parecía estar a punto de responder, pero luego cambió de idea. Le sucedió dos veces. Había signos de tensión en torno a sus ojos.

—Yo la veo encontrando a otro hombre —dijo Faber, y mientras lo decía pensaba: «¿Por qué estoy haciendo esto?»—. Es un hombre más débil que David, y menos atractivo, pero es en parte por su debilidad que usted lo ama. Es inteligente pero no es rico, solidario sin ser sentimental; tierno, amante...

La copa de coñac en la mano de ella se quebró por la presión de sus dedos. Los fragmentos le cayeron sobre las rodillas y sobre la alfombra, y los ignoró. Faber cruzó hasta su silla y se arrodilló ante ella. Le sangraba el pulgar. Él le cogió la mano.

—Se ha cortado.

Él la miró. Estaba llorando.

—Lo lamento —dijo él.

El corte era superficial. Ella cogió el pañuelo del bolsillo de los pantalones y enjugó la sangre. Faber le soltó la mano y comenzó a recoger los trozos de cristal, deseando haberla besado cuando se le presentó la ocasión, y colocó los restos sobre la repisa.

—No fue mi intención perturbarla —dijo él. (¿Era así?)

Ella retiró el pañuelo y se miró el dedo. Aún sangraba. (Sí que había querido. Y Dios sabe que lo había logrado.)

—Un poco de vendaje —sugirió él.

—En la cocina.

Él encontró un rollo de venda, un par de tijeras y un alfiler imperdible. Llenó un pequeño cuenco con agua caliente y volvió a la sala.

En su ausencia ella había borrado toda huella de lágrimas de su cara. Permaneció quieta, dejándole hacer, mientras él le sumergía el dedo en el agua, se lo secaba y le ponía un pequeño vendaje. Ella le miraba el rostro todo el tiempo, no las manos; pero su expresión era indescifrable.

Él concluyó la operación y se echó hacia atrás súbitamente, lo cual fue una tontería. Había llevado las cosas demasiado lejos. Debía concederle algún tiempo para volver al ritmo normal.

—Bueno, lo mejor será que me vaya a la cama —dijo él.

Ella asintió.

—Lo siento mucho...

—Deje de pedir disculpas —interrumpió ella—. No le sienta bien.

El tono de ella era severo. Él advirtió que también ella sentía que había perdido el control de la situación.

—¿Se queda levantada? —preguntó.

Ella negó con la cabeza.

—Bueno...

Él la siguió a través de la sala y escaleras arriba, y observó el movimiento de sus caderas, que se balanceaban suavemente.

Al final de la escalera, en el pequeño rellano, ella se volvió y le dijo en voz baja:

—Buenas noches.

—Buenas noches, Lucy.

Ella lo miró durante un momento. Él extendió la mano al encuentro de la de ella, pero ella se volvió inmediatamente, entró en su dormitorio y cerró la puerta sin mirar atrás, dejándolo ahí de pie preguntándose qué pasaba por la mente de ella y, lo que viene más al caso, qué pasaba realmente en la de él.

22

Bloggs condujo peligrosamente deprisa, a través de la noche, en un coche patrulla Sumbean Talbot especialmente preparado para alta velocidad. El serpenteante camino de montaña estaba resbaladizo por la lluvia, y en algunas depresiones había entre cuarenta y cincuenta centímetros de agua. La lluvia caía contra el parabrisas como una masa compacta. En las partes más altas del camino, la fuerza del viento amenazaba con arrastrar el coche hacia la parte del barranco. Kilómetro tras kilómetro, Bloggs condujo incorporado hacia delante en el asiento, atisbando a través del pequeño espacio que dejaba el limpiaparabrisas, esforzando la vista para descubrir la forma de la carretera mientras los faros competían con la lluvia torrencial. Al norte de Edimburgo atropelló tres conejos, sintiendo el desagradable impacto mientras las ruedas destrozaban sus pequeños cuerpos. Pero no aminoró la marcha. Durante un rato se quedó pensando si los conejos eran animales que salían por la noche.

La tensión le produjo dolor de cabeza, y la posición en el asiento, dolor de espalda. Además, sentía hambre. Bajó el cristal para que la brisa fresca lo mantuviera despierto, pero entraba tanta agua que se vio forzado a subirlo de nuevo. Pensó en Die Nadel, o Faber, o cualquiera que fuese ahora su nombre: un joven en pantalón corto, sosteniendo un trofeo. Y bien, hasta el momento Faber iba ganando la carrera. Le llevaba cuarenta y ocho horas de adelanto, y además tenía la ventaja de que solamente él conocía la ruta que debía seguir. A Bloggs le hubiera encantado establecer una competencia con él si los costes no fueran tan altos, tan endemoniadamente altos.

Se dijo que si en algún momento se topaba frente a frente con aquel hombre, «lo mataría sin pensarlo dos veces antes de que él me matara a mí». Faber era un profesional, y sabía que no había que mezclarse jamás con esa clase de gente. La mayor parte de los espías eran aficionados: revolucionarios frustrados de la izquierda o la derecha, gente que fantaseaba con los encantos ocultos del espionaje, hombres codiciosos, mujeres ninfomaníacas o víctimas de chantaje. Los pocos profesionales eran realmente peligrosos, pues además eran inclementes.

Aún faltaban una o dos horas para que amaneciera cuando llegó a Aberdeen. Nunca en su vida le estuvo tan agradecido a las luces de las calles, por muy amortiguadas y veladas que estuvieran. No tenía idea de dónde se encontraba la comisaría central de policía, y no había nadie en las calles para orientarlo, de modo que anduvo dando vueltas por la ciudad hasta que advirtió la familiar luz azul (también amortiguada).

Aparcó el coche y corrió a través de la lluvia hasta el edificio. Lo esperaban. Godliman había hablado por teléfono y en ese momento era una autoridad muy alta. Hicieron pasar a Bloggs a la oficina de Alan Kincaid, un inspector jefe de unos cincuenta y cinco años. Había otros tres oficiales en la habitación. Se intercambiaron apretones de manos e inmediatamente olvidó sus nombres.

—Ha hecho buen promedio de velocidad desde Carlisle —dijo Kincaid.

—Casi me mato por lograrlo —replicó Bloggs, y se sentó—. Si puede, invíteme a un bocadillo...

—Naturalmente. —Kincaid sacó la cabeza por la puerta y gritó algo—. Lo tendrá en un instante —le dijo a Bloggs.

La oficina tenía paredes blanqueadas, suelo de madera y los muebles indispensables: un escritorio, unas pocas sillas y un fichero. Eso era todo; no había cuadros ni ornamentos, ni toque personal alguno. Sobre el suelo descansaba una bandeja con tazas sucias y el aire se espesaba por el humo. Olía a lugar donde los hombres han estado trabajando toda la noche.

Kincaid tenía un pequeño bigote, ralo pelo gris, y llevaba gafas. Era un hombre robusto, de aspecto inteligente, que andaba en mangas de camisa y tirantes. Hablaba con acento local, signo de que, al igual que Bloggs, había ido ascendiendo y provenía de las filas del pueblo, aunque para su edad estaba claro que su ascenso había sido más lento que el de Bloggs.

—¿Qué es lo que sabe usted acerca de todo este asunto? —preguntó Bloggs.

—No mucho, no mucho —respondió Kincaid—. Pero su jefe, Godliman, dijo que los crímenes de Londres son lo menos que ha cometido este hombre. También sabemos cuál es el departamento al que usted pertenece, de modo que apostaría doble contra sencillo a que el tal Faber...

—Y hasta ahora, ¿qué han hecho? —preguntó Bloggs.

Kincaid puso los pies sobre el escritorio.

—Llegó aquí hace dos días, ¿correcto? En ese momento comenzamos la búsqueda. Teníamos la fotografía, sospecho que todas las fuerzas del país la tienen.

—Sí.

—Revisamos los hoteles y casas de pensión, la estación y la sala de equipajes de la terminal de autobús. Nos esmeramos mucho, aunque no sabíamos que había venido aquí. Es innecesario decirle que no obtuvimos resultado alguno. Estamos realizando de nuevo las comprobaciones, por cierto; pero en mi opinión, lo más probable es que haya salido ya de Aberdeen.

Una mujer policía entró con una taza de té y un gran bocadillo de queso. Bloggs le dio las gracias y se puso a comer inmediatamente, mientras Kincaid decía:

—Apostamos un hombre en la estación de ferrocarril antes de que saliera el primer tren de la mañana, y lo mismo hicimos en la terminal de autobús. De modo que si salió de la ciudad lo hizo en un automóvil robado o alguien lo recogió en el camino. No tenemos denuncias de ningún coche robado, de modo que me inclino a creer lo segundo...

—Puede haber salido por mar —dijo Bloggs con la boca aún llena de pan.

—De los barcos que navegaron ese día, ninguno era lo suficientemente grande para salir al mar, y después vino la tormenta, de modo que no ha podido zarpar nadie.

—¿No ha habido barcos robados?

—Nadie lo ha denunciado, al menos.

—Bueno, si no hay forma de salir a navegar —dijo Bloggs encogiéndose de hombros—, es posible que los dueños no hayan bajado al puerto... en cuyo caso no se conocería el robo hasta que pase la tormenta.

Uno de los oficiales que estaba en el cuarto dijo:

—Eso no lo hicimos, jefe.

—Así es —respondió Kincaid.

—Quizá la guardia del puerto podría hacer un recorrido por los embarcaderos —sugirió Bloggs.

—Tiene razón —respondió Kincaid. Se puso a marcar el número. Pasado un momento dijo—: ¿Capitán Douglas? Kincaid. Sí, ya sé que la gente civilizada duerme a esta hora. Pero todavía no ha oído lo peor... quiero que salga a dar un paseo bajo la lluvia. Sí, me ha oído bien... —Kincaid puso la mano sobre el receptor—. ¿Sabe lo que se dice acerca del vocabulario de la gente de mar? Es la pura verdad. —Luego volvió a hablar al receptor—: Dese una vuelta por todos los atracaderos usuales y tome nota de cualquiera de los barcos que no vea en su lugar. Pase por alto los que usted sabe que están fuera de la rada, y me da los nombres y las direcciones de sus propietarios, y también los números de teléfono, si los tiene. Sí, sí, ya sé... lo haré por partida doble. Está muy bien. Una botella. Y muy buenos días también a usted, amigo mío. —Y colgó.

—¿Se ha enfadado mucho? —Bloggs sonrió.

—Bueno, si yo hiciera lo que él sugirió que hiciese con mi trasero, no podría volver a sentarme. —Kincaid se puso serio—. Tardará una media hora. Luego necesitaremos un par de horas para controlar todas las direcciones. Vale la pena hacerlo, aunque creo que él logró que alguien lo recogiera en la carretera.

—Lo mismo pienso yo —dijo Bloggs.

La puerta se abrió y entró un hombre vestido de civil. Kincaid y sus oficiales se pusieron de pie, y Bloggs se les unió.

—Buenos días, señor —saludó Kincaid—. Este es el señor Bloggs. Señor Bloggs, Richard Porter.

Se estrecharon la mano. Porter tenía una cara rubicunda y un bigote cuidadosamente cultivado. Usaba un sobretodo de color pelo de camello.

—Mucho gusto. Yo soy el idiota que recogió al tipo que andan buscando. Lo traje hasta Aberdeen. Es increíble. —No tenía el acento de la región.

—Mucho gusto —dijo Bloggs.

A primera vista, Porter parecía exactamente la clase de estúpido que es capaz de recoger a un espía y llevarlo por todo el país. Sin embargo, Bloggs se dio cuenta de que ese aire de tarambana podía ocultar una mente aguda. Trató de ser tolerante... él también había cometido errores deplorables en las últimas horas.

—¿Vio la fotografía?

—Sí, en efecto. No lo podía ver bien porque era de noche durante la mayor parte del trayecto. Pero alcancé a verlo bastante a la luz de la linterna cuando estuvimos con el capó levantado, y después cuando entramos a Aberdeen... para entonces ya amanecía. Si yo hubiera visto la fotografía, por lo menos habría dicho que posiblemente su aspecto indicaba que podía ser él. Teniendo en cuenta dónde lo recogí y la cercanía del Morris abandonado, no cabe duda de que era él.

—Estoy de acuerdo —dijo Bloggs, y se quedó pensando un momento qué información útil podría obtener de él—. ¿Qué impresión le causó Faber?

—Me pareció que estaba agotado —respondió inmediatamente Porter—, nervioso y decidido. También advertí que no era escocés.

—¿Cómo describiría su acento?

—Neutral. El acento de las escuelas públicas comunes de algún distrito. Además, sus ropas, ¿se da cuenta? Llevaba un *overall*. Otra cosa que no advertí hasta después.

Kincaid interrumpió para ofrecer té. Todos aceptaron. El policía fue hasta la puerta.

—¿Sobre qué hablaron?

—Sobre nada en particular.

—Pero estuvieron juntos durante horas.

—Él durmió la mayor parte del trayecto. Arregló el motor. Se trataba solo de un cable desconectado, pero me temo que no sé nada de motores... entonces él me dijo que su coche se le había averiado en Edimburgo y que debía ir a Banff. Dijo que prefería no cruzar Aberdeen porque no tenía permiso para pasar por las zonas de circulación restringida. Y yo, encima, le dije que no se preocupara por eso, que me responsabilizaría de él si nos paraban. Me siento realmente estúpido, ¿se da cuenta? Pero sentía que estaba en deuda con él, pues en verdad me había sacado de un apuro.

—Nadie lo culpa, señor Porter —dijo Kincaid.

Bloggs lo hacía, pero no se lo dijo, y en cambio prosiguió con las preguntas.

—Muy poca gente ha conocido a Faber y puede decirnos cómo es. ¿Podría hacer un esfuerzo y decirme por qué clase de persona lo tomó usted?

—Se despertó como un soldado —dijo Porter—. Fue cortés, y parecía inteligente. Se despidió con un firme apretón de manos. Eso es algo que yo tomo en cuenta.

—¿Algo más?

—Sí, hay algo más. Cuando se despertó... —la cara rubicunda de Porter se marcó con las arrugas de entrecejo fruncido—, su mano derecha fue al encuentro de su antebrazo izquierdo, de este modo. —Lo ilustró con el gesto.

—Eso es significativo —dijo Bloggs—. Ahí debe de guardar el estilete enfundado en la manga.

—Supongo que sí.

—Y dijo que iba a Banff. Eso significa que no es verdad.

Apuesto a que usted le dijo primero adónde iba, y entonces él decidió que llevaba esa dirección.

—Sí; creo que así fue —asintió Porter—. Bien, bien.

—O bien su destino era Aberdeen, o él enfiló hacia el sur una vez que usted lo dejó. Puesto que dijo ir hacia el norte, lo más probable es que no lo hiciera.

—Ese tipo de razonamiento podría no ser exacto —dijo Kincaid—. No siempre funciona, evidentemente Faber no es ningún tonto. ¿Le dijo usted que es juez de paz?

—Sí.

—Por eso no lo mató.

—¿Qué? Santo Dios.

—Sabía que se notaría inmediatamente su ausencia.

La puerta volvió a abrirse, y el hombre que entró dijo:

—Aquí tengo su información y espero que no haya sido para nada.

Bloggs sonrió. Se trataba del encargado del puerto; un hombre bajo, con abundante pelo blanco, que fumaba una gran pipa y llevaba un chaquetón de botones dorados.

—Adelante, capitán —dijo Kincaid—. ¿Cómo se ha mojado tanto? No tenía que haber salido con semejante lluvia.

—A la mierda —respondió el capitán, produciendo deleite en los demás rostros de la habitación.

—Buenos días, capitán —saludó Porter.

—Buenos días, su señoría.

—¿Qué ha averiguado? —preguntó Kincaid.

El capitán se quitó la gorra y le sacudió las gotas de lluvia.

—Falta el *Marie II* —dijo—. Lo vi llegar la tarde que comenzó la tormenta. No lo vi zarpar, pero sé que ese día no hubiera vuelto a salir. Sin embargo, parece que lo hizo.

—¿A quién pertenece?

—A Tam Halfpenny. Le he llamado por teléfono y él lo había dejado en el atracadero ese día, y desde entonces no ha vuelto a verlo.

—¿Qué clase de barco es? —preguntó Bloggs.

—Es un pequeño barco pesquero, con motor interior. No

tiene ningún estilo particular. Los pescadores de por aquí no siguen ningún tratado especial de construcción de barcos cuando hacen los suyos.

—Permítame una pregunta —dijo Bloggs—. ¿Ese barco podría haber sobrevivido a la tormenta?

El capitán hizo una pausa para arrimar el fósforo a su pipa, y luego respondió:

—Con un timonel muy hábil... qué sé yo, puede que sí, puede que no.

—¿Cuánto pudo haber navegado antes de que se iniciara la tormenta?

—Muy poco... unas pocas millas. El *Marie II* no estuvo amarrado hasta el atardecer.

Bloggs se puso de pie, dio una vuelta en torno a su silla y volvió a sentarse.

—Entonces ¿dónde puede estar ahora?

—Lo más seguro es que el muy estúpido esté en el fondo del mar. —La afirmación del capitán no carecía de cierto regocijo.

Bloggs no podía encontrar satisfacción en la posibilidad de que Faber estuviera muerto. Era demasiado poco. El descontento se transmitía a su cuerpo y se sintió inquieto, ansioso. Frustrado. Se rascó la barbilla; le hacía falta un afeitado. Comentó:

—Solo lo creeré cuando lo vea.

—No lo verá.

—Por favor, ahórrese las opiniones —replicó Bloggs—. Queremos su información, no su pesimismo. —Los otros hombres en la habitación recordaron que, pese a su juventud, era el de mayor jerarquía—. A ver, volvamos a considerar las posibilidades. Uno: ha dejado Aberdeen por tierra y es otra persona quien ha robado el *Marie II.* En ese caso, probablemente ya haya llegado a su destino, pero a causa de la tormenta no puede haber dejado el país. Ya tenemos todas las fuerzas policiales tras él, y eso es todo lo que podemos hacer con respecto a la posibilidad número uno.

»Dos: aún está en Aberdeen. En ese caso estamos a cubierto, pues andamos tras su pista.

»Tres: ha dejado Aberdeen por mar. Creo que estamos de acuerdo en que esa es la posibilidad mayor. Veamos entonces las opciones de esto último. Tres A: halló refugio en alguna parte o naufragó, cerca de tierra firme o de alguna isla. Tres B: murió. —No mencionó, por cierto, las tres C: que hubiera pasado a otro barco... un submarino, antes de que comenzara la tormenta... probablemente no tuvo tiempo, pero podría haberlo tenido. Y si había hallado un submarino no había nada que hacer, de modo que mejor era olvidarlo.

»Si halló refugio —continuó Bloggs— o si naufragó, tarde o temprano encontraremos indicios. Ya sea el *Marie II* o los restos. Podemos revisar la línea de la costa y también inspeccionar el mar en cuanto el tiempo aclare lo suficiente para hacer despegar un avión. Si se ha ido al fondo del mar, también encontraremos restos del barco.

»De modo que tenemos tres desarrollos de la acción. Continuaremos las investigaciones comenzadas; organizaremos la búsqueda en la costa hacia el norte y el sur partiendo de Aberdeen, y nos prepararemos para volar sobre el mar en cuanto mejore el tiempo.

Bloggs caminaba de un lado al otro mientras hablaba. De pronto se detuvo y miró a su alrededor.

—¿Algún comentario?

Los últimos sucesos los habían animado a todos. El súbito acceso de energía de Bloggs les había sacudido la modorra. Uno se inclinó hacia delante frotándose las manos; otro se ataba los cordones de los zapatos; un tercero se puso la chaqueta. Todos querían empezar el trabajo inmediatamente. No hubo comentarios ni preguntas.

23

Faber estaba despierto. Posiblemente su cuerpo necesitaba descanso, pese al hecho de que se había pasado el día en la cama; pero su mente estaba hiperactiva, barajando posibilidades, esbozando planes de acción... pensando sobre mujeres y sobre su país.

Ya estaba tan próximo a salir de aquello que los recuerdos domésticos se le volvían casi dolorosamente agradables. Pensaba en cosas tales como salchichas lo suficientemente gruesas como para cortarlas en rodajas, y coches a la derecha de la carretera, y árboles realmente altos, y sobre todo en su propio idioma... palabras entrañables y precisas, consonantes duras y vocales puras, y el verbo al final de la oración, donde debía estar, con la finalidad y el significado llegando a un mismo clímax.

Y el pensamiento del clímax le trajo el recuerdo de Gertrud una vez más; su cara debajo de la de él, el maquillaje barrido por los besos, los ojos apretadamente cerrados por el placer para abrirse luego y mirarlo con deleite, y la boca en un permanente jadeo, diciendo: «*Ja, Liebling, ja...*».

Era tonto. Durante varios años había llevado la vida de un monje, pero ella no tenía razón alguna para hacer lo mismo. Habría tenido una docena de hombres después de Faber. Inclusive podría estar muerta, haber sucumbido bajo los bombardeos de la RAF o asesinada por maníacos porque su nariz tenía algún milímetro de más, o atropellada por algún vehículo durante un oscurecimiento. De cualquier modo, casi no se acordaría de él. Probablemente nunca volvería a verla. Pero ella era importante. Significaba algo... en lo cual él podía pensar.

Normalmente, no se permitía sumergirse en lo sentimental. De cualquier modo había en su naturaleza una veta de gran frialdad y la cultivaba. Lo protegía. Ahora, sin embargo, estaba tan cerca del éxito que se sentía libre. No como para aflojar ni bajar la guardia, pero al menos se permitía fantasear un poco.

Mientras continuara, la tormenta era su salvaguardia. El lunes, simplemente, entraría en contacto con el submarino mediante la radio de Tom, y su capitán enviaría un bote a la bahía en cuanto mejorara el tiempo. Si la tormenta amainaba antes del lunes, habría una ligera complicación: la lancha de las provisiones. David y Lucy, naturalmente, esperarían que él embarcara para volver a tierra firme.

Lucy entraba en sus pensamientos con vívidos colores e imágenes que no podía controlar. Vio sus notables ojos de color ámbar que se clavaban en él mientras le vendaba el dedo; su silueta subiendo la escalera ante él, vestida con simples ropas masculinas; sus pesados senos redondos mientras estaba desnuda en el baño; y a medida que las imágenes se convertían en fantasía, ella se inclinaba sobre el vendaje y le besaba la boca, se volvía hacia él en la escalera y lo abrazaba; salía del baño, le cogía las manos y las colocaba sobre sus senos.

Se revolvió inquieto en la cama, maldiciendo la imaginación que le enviaba una clase de sueños que no había tenido desde sus días de estudiante. En aquel entonces, antes de haber experimentado las realidades del sexo, se había construido complicados libretos sexuales, donde entraban las mujeres mayores con quienes él establecía a diario algún contacto: la imponente Matron; la trigueña, delgada e intelectual esposa del profesor Nagel; la dueña de la tienda del pueblo que usaba un lápiz de labios excesivamente rojo y hablaba con desprecio de su marido. A veces las unía a las tres en una fantasía orgiástica. Cuando a la edad de quince años había seducido, como correspondía, a la hija de la criada durante el crepúsculo, en un bosque de la Prusia occidental, dejó fluir sus orgías imaginarias, pues eran mejores que la frustrante realidad. El joven Heinrich se había quedado muy perplejo ante ello. ¿Dónde estaban las sensaciones de éxtasis enceguecedor, de volar por los aires como un pájaro, la mística fusión de dos cuerpos en uno? Las fantasías se volvieron dolorosas al recordarle la imposibilidad de convertirlas en algo real. Más tarde, por cierto, la realidad mejoró, y llegó a la conclusión de que el éxtasis no provenía de disfrutar a una mujer, sino de la capacidad de disfrutarse mutuamente. Le había comunicado esta opinión a su hermano mayor, quien la había considerado una perogrullada en vez de un descubrimiento; y antes de que pasara mucho tiempo, él mismo lo consideró así.

En su momento, llegó a ser un buen amante. Descubrió que el sexo era interesante y también físicamente agradable. Nunca fue un gran seductor... el estremecimiento de la conquista no era lo que buscaba. Pero era un experto en proporcionar y recibir gratificación sexual, sin llegar a la ilusión propia del experto de que la técnica lo era todo. Para algunas mujeres él era un tipo muy atractivo, y el hecho de no ser muy consciente de eso solo sirvió para hacerlo aún más atractivo.

Trataba de recordar a cuántas mujeres había tenido: Anna, Gretchen, Ingrid, la chica norteamericana, aquellas dos prostitutas de Stuttgart..., no podía recordarlas a todas, pero no podían haber sido más de veinte. Y Gertrud, naturalmente.

Ninguna de ellas había sido tan bella como Lucy. Soltó un suspiro exasperado; había permitido que aquella mujer de algún modo le conmoviera, porque durante demasiado tiempo había sido excesivamente riguroso consigo mismo, y además ahora estaba a un paso de su país. Se sintió fastidiado. Esto constituía una indisciplina; no debía aflojar en ningún sentido hasta que su misión se hubiera cumplido, y este no era todavía el caso. No, aún no.

Estaba el problema de cómo evitar el regreso a tierra firme en la lancha de las provisiones. Se le ocurrían varias soluciones. Quizá la más viable fuera incapacitar a los habitantes de la isla;

ir él mismo al encuentro de la barca y enviar de regreso al piloto con alguna excusa. Podría decirle que estaba de visita en casa de los Rose, que había llegado en otro barco, que era un pariente o un observador de pájaros...; en fin, ya vería. El problema era demasiado pequeño para dedicarle toda su atención en aquel momento. Más tarde, y si el tiempo mejoraba, consideraría qué historia debía contar.

Realmente, no tenía problemas serios. Estaba en una isla solitaria, a kilómetros de la costa inglesa, había solo cuatro habitantes... era un escondite ideal. Cuando pensaba en la situación que acababa de atravesar, la gente que había asesinado, los cinco hombres de la Home Guard, el muchacho de Yorkshire en el tren, el mensajero del Abwehr, se consideró en una situación de privilegio.

Un viejo, un inválido, una mujer, un niño... matarlos sería muy simple.

Lucy también estaba despierta. Y escuchaba. Había mucho que escuchar. El tiempo formaba una orquesta, la lluvia tamborileaba sobre el techo, el viento silbaba entre los aleros, el mar orquestaba un verdadero pandemónium en la playa. La vieja casa también decía cosas, crujiendo en sus goznes mientras sufría los embates de la tormenta. Dentro de la habitación había más sonidos: la respiración regular y lenta de David, que amenazaba con llegar al ronquido, aunque nunca lo hacía mientras dormía profundamente bajo la influencia de la doble dosis de somníferos; y la respiración más acelerada y menos profunda de Jo, que se diluía confortablemente sobre el catre de campaña junto a la pared del extremo opuesto.

«El ruido me mantiene despierta —pensó Lucy; luego, inmediatamente—: ¿A quién estoy tratando de engañar?» Su vigilia estaba causada por Henry, que había mirado su cuerpo desnudo, y tocado suavemente sus manos mientras le vendaba el pulgar, y que en ese momento estaba en la cama de la habitación contigua, posiblemente sumido en un profundo sueño.

Él no le había contado mucho acerca de sí mismo; lo único, en realidad, fue que era soltero. No sabía dónde había nacido; su acento no le daba ninguna pista. Ni siquiera hizo alusión a qué hacía para ganarse la vida, aunque ella imaginaba que debía de tratarse de un profesional, quizá un dentista o un militar. No era tan pedestre como para ser abogado, y demasiado inteligente para ser periodista, mientras que los médicos nunca podían mantener oculta su profesión más de cinco minutos. No era tan rico como para ser abogado, demasiado introvertido para ser actor. Apostaría a que pertenecía al ejército.

¿Viviría solo? ¿Quizá con su madre? ¿O con una mujer? ¿Qué ropas usaba cuando no estaba pescando? ¿Tenía automóvil? Sí, lo más seguro; un coche diferente. Probablemente conducía a gran velocidad.

Ese pensamiento le trajo el recuerdo del coche de dos asientos de David, y cerró los ojos con fuerza para borrar las imágenes de pesadilla. «Piensa en alguna otra cosa. Piensa en alguna otra cosa.»

Nuevamente pensó en Henry, y se dio cuenta —lo aceptó— de la verdad: ella quería seducirlo.

Era ese tipo de deseo que, en su esquema de las cosas, era propio de los hombres, pero no de las mujeres. Una mujer podía conocer a un hombre y encontrarlo atractivo, querer conocerle mejor, incluso comenzar a enamorarse de él; pero no sentía un deseo físico inmediato. No, a menos... que fuera anormal.

Se dijo a sí misma que ello era ridículo; que lo que ella necesitaba era hacer el amor con su marido y no copular con el primer tipo presentable que se cruzara en su camino. Y se dijo que ella no pertenecía a esa clase de mujeres.

De todos modos era agradable especular. David y Jo estaban profundamente dormidos; nada podía impedir que ella se levantara de la cama, cruzara el rellano, entrara en su habitación y se deslizara dentro de la cama, junto a él.

Nada podía detenerla como no fuera su carácter, la buena educación y sus antecedentes de respetabilidad.

Si lo hiciera con alguien, tendría que ser con una persona como Henry. Él sería amable, bueno, considerado, y no la despreciaría por ofrecerse como una trotacalles del Soho.

Se revolvió en la cama, sonriendo ante su propia torpeza. ¿Cómo era posible saber de antemano que no la despreciaría? Solo hacía un día que se conocían, y él había pasado la mayor parte de ese día durmiendo.

Pese a todo, sería hermoso que él volviera a mirarla con esa expresión de asombro teñida con un leve asomo de diversión. Sería hermoso sentir sus manos, tocarle el cuerpo, apretarse contra la calidez de su piel.

Advirtió que su cuerpo estaba respondiendo a las imágenes de su mente. Sintió el impulso de tocarse y lo resistió, tal como había hecho durante cuatro años. «Por lo menos no me he secado como una vieja», pensó.

Cambió las piernas de posición y suspiró mientras una sensación de calidez se esparcía por su cuerpo. Aquello se estaba volviendo irracional. Era hora de dormir. No había modo alguno de hacerle el amor a Henry ni a nadie aquella noche.

Con ese pensamiento salió de la cama y fue hasta la puerta.

Faber oyó un rumor y reaccionó automáticamente.

De su mente desaparecieron de inmediato los lascivos pensamientos con que se había estado entreteniendo. Bajó los pies al suelo y con un solo movimiento se deslizó de la cama; luego, silenciosamente, cruzó la habitación y permaneció junto a la ventana, en la esquina más oscura, con el estilete en la mano derecha.

Oyó que se abría la puerta, oyó que el intruso penetraba en su cuarto, oyó que volvía a cerrarse la puerta. A esas alturas comenzó a pensar antes que a reaccionar. Un asesino habría dejado la puerta abierta por si debía escapar apresuradamente, y se le ocurrió que había cientos de razones por las que era imposible que un asesino lo encontrara allí.

Ignoró el pensamiento. Su supervivencia se debía a acertar

con la milésima posibilidad. El viento amainó momentáneamente y escuchó una respiración, un leve jadeo que situaba junto a su cama y que le permitía localizar perfectamente al intruso. Dejó de ocultarse.

La aferró en la cama, boca abajo, con el cuchillo en la garganta y la rodilla sobre la parte baja de la cintura antes de aceptar que el intruso era una mujer, y en una milésima de segundo reconoció su identidad. Aflojó la presión, estiró la mano y encendió la luz de la mesilla de noche.

Su cara apareció muy pálida bajo el apagado fulgor de la lámpara.

Faber envainó el estilete antes de que ella pudiera verlo. Le quitó de encima el peso de su cuerpo.

—Perdón —dijo—. Yo...

Ella se volvió boca arriba y lo miró sorprendida, mientras él se le ponía a horcajadas. Era un atropello, pero de algún modo la súbita reacción del hombre la había excitado aún más, y comenzó a reírse entrecortadamente.

—Pensé que era un ladrón —dijo Faber sabiendo que debía sonar ridículo.

—¿Y de dónde iba a salir un ladrón, si puede saberse? —La sangre volvió de pronto a sus mejillas, ruborizándola.

Llevaba un camisón de franela, muy suelto, que la cubría del cuello a los tobillos. Su rojo pelo se desparramaba en una mata sobre la almohada de Faber, sus ojos parecían inmensos y tenía los labios húmedos.

—Es notablemente hermosa —le dijo Faber.

Ella cerró los ojos.

Faber se inclinó y le besó los labios. Ella los abrió inmediatamente y devolvió el beso. Con la punta de los dedos la tomó de los hombros, le acarició el cuello y las orejas. Ella se deslizó debajo de él.

Él quiso besarla durante largo tiempo, explorar su boca y saborear su intimidad, pero se dio cuenta de que ella no tenía tiempo para la ternura. Ella deslizó la mano dentro del pijama de él; jadeaba suavemente y se le aceleraba la respiración.

Aún besándola, Faber estiró el brazo y apagó la luz. Se apartó de ella y se quitó la chaqueta del pijama. Rápidamente, de modo que ella no tuviera tiempo de pensar en qué estaba haciendo él, dio un tirón y despegó la cápsula que tenía adherida al pecho, ignorando la picazón que le provocó arrancar la tela adhesiva de su piel. Deslizó las fotografías debajo de la cama. También desabrochó la vaina del estilete de su brazo izquierdo y la tiró junto a las fotos.

Le levantó la falda del camisón hasta la cintura.

—Pronto —dijo ella—. Pronto.

Faber bajó su cuerpo hacia el de ella.

Después ella no sintió ninguna clase de culpa. Simplemente estaba contenta, satisfecha, plena. Había obtenido lo que tanto deseaba. Se quedó quieta, con los ojos cerrados, acariciándole el pelo de la nuca, disfrutando de la sensación que le producía ese contacto en la yema de los dedos.

Pasado un momento, ella dijo:

—Tenía tanta prisa...

—No hemos terminado todavía —dijo él.

—¿Tú no...? —preguntó ella frunciendo el ceño en la oscuridad, pues en realidad no estaba segura.

—No, yo no he terminado y tú casi tampoco.

—Esperemos un poco. —Ella sonrió.

—Veremos —dijo él estirando el brazo y encendiendo la luz para mirarla.

Él se deslizó hacia los pies de la cama, entre sus muslos, y le besó el vientre; su lengua entraba y salía, rodeando el ombligo de ella. «Es una sensación maravillosa —pensó. Su cabeza siguió bajando—. No pensará besarme ahí.» Lo hizo, y no solo la besó, pues sus labios fueron tanteando los suaves pliegues de su piel. Ella se quedó paralizada por el shock cuando su lengua comenzó a tantear en las hendiduras y luego, mientras le iba separando los labios con los dedos, se introducía más profundamente en ella... Por último, su incansable lengua halló un diminuto lugar sensible, tan diminuto que ella no sabía que existiera, y tan sensible que al principio tocarlo resultaba doloroso. A medida que era superada por la más aguda de las sensaciones que jamás había experimentado, fue olvidando su shock. Incapaz de refrenarse, movía las caderas arriba y abajo, cada vez con un ritmo más acelerado, refregando su piel resbaladiza por su boca, barbilla, nariz, frente, totalmente absorta en su propio placer, que fue acumulándose y acumulándose, hasta que se sintió totalmente poseída por él y abrió la boca para gritar; en ese momento él le puso la mano sobre la cara. Pero ella gritó ahogadamente a medida que el orgasmo avanzaba, finalizando en algo semejante a una explosión y dejándola tan exhausta que creyó que nunca nunca más podría levantarse.

Durante un momento su cabeza pareció quedar en blanco. Sabía vagamente que él estaba aún entre sus piernas, con su cara áspera contra el suave interior de sus muslos, moviendo los labios suave y afectuosamente.

En un momento dado ella dijo:

—Ahora sé lo que significa Lawrence.

—No comprendo —dijo él levantando la cabeza.

—No sabía que podía llegar a ser así. Ha sido fantástico —suspiró ella.

—¿Ha sido?

—Oh, Dios, no tengo más fuerzas...

Él cambió de posición, arrodillándose a horcajadas sobre el pecho de ella y haciendo que advirtiera lo que él quería que ella hiciera, y por segunda vez se quedó paralizada por el shock. Simplemente, era demasiado grande... pero, de pronto, ella quería hacerlo, necesitaba introducirlo en su boca. Ella levantó la cabeza y los labios se cerraron en torno a él, mientras él exhalaba un suave quejido.

Él le sostenía la cabeza entre las manos, moviéndose hacia delante y atrás, gimiendo suavemente. Ella le miraba la cara. Él la miraba también, realimentado su placer ante la visión de lo que ella estaba haciendo. Pensó en qué haría ella cuando él...

terminara... y decidió que no le importaba, porque todo lo demás había sido tan bueno con él que ella sabía que incluso llegaría a disfrutar con eso.

Pero no sucedió. Cuando ella pensó que él ya estaba a punto de perder el control, él se detuvo, se apartó, se colocó encima de ella y la penetró suavemente. Esta vez fue muy lento y distendido, como el ritmo de las olas en la playa; hasta que él le puso las manos debajo de las nalgas agarrándole con fuerza cada mitad del trasero, y ella le miró la cara y supo que en ese momento estaba listo para perder el control y derramarse en ella. Y eso la excitaba más que nada, de modo que cuando él finalmente arqueó su espalda, con el rostro distorsionado en una máscara de dolor y gimió hundido en el pecho de ella, le envolvió la cintura con las piernas y se abandonó al éxtasis de la sensación, y entonces, después de tanto tiempo, escuchó las trompetas y timbales que Lawrence le había prometido.

Se quedaron tranquilos durante un largo rato. Lucy sentía calor, como si estuviera en combustión; nunca había estado tan ardiente en su vida. Cuando se les apaciguó la respiración, ella podía oír la tormenta fuera. Henry pesaba sobre ella, pero no quería que cambiara de posición... le gustaban su peso y el leve olor a sudor de su piel blanca. De vez en cuando, él movía la cabeza para rozar las mejillas de Lucy con los labios.

Era el hombre perfecto para hacer el amor; sabía más que ella misma acerca de su cuerpo, y el de él también era hermoso: ancho y musculoso de hombros, estrecho en la cintura y las caderas, con largas piernas velludas. Creyó ver algunas cicatrices, aunque no estaba segura. Era fuerte, amable, hermoso. Perfecto. También sabía que nunca se enamoraría de él, nunca desearía fugarse con él o casarse. Sentía que en lo profundo de él había algo muy frío y duro... su reacción y su explicación cuando ella entró en el cuarto habían sido algo extraordinario... pensaría acerca de ello. Parte de él estaba ausente... tendría que mantenerlo a distancia y usarle con precaución, como una droga que crea adicción.

No es que ella tuviera mucho tiempo para convertirse en adicta; después de todo, al cabo de un día y medio se habría marchado.

Ella se movió, y él inmediatamente salió de encima de ella para quedar boca arriba. Sí, tenía cicatrices: una larga en el pecho y una pequeña marca como una estrella —que podría haber sido una quemadura— en la cadera. Ella le frotó el pecho con la palma de la mano.

—No es muy femenino —le dijo—, pero deseo darte las gracias.

Él alargó el brazo, le tocó la mejilla y sonrió.

—Tú eres muy femenina.

—No sabes lo que has hecho. Has...

Él le puso un dedo sobre los labios.

—Sé lo que he hecho.

Ella le mordió el dedo, luego él le puso la mano sobre el pecho y le buscó un pezón. Ella le dijo:

—Por favor, no empieces otra vez.

—No creo que pueda —respondió él.

Pero pudo.

Ella le dejó un par de horas antes de que amaneciera. Oyó un leve ruido en la otra habitación y de pronto pareció recordar que tenía un marido y un hijo en la casa. Faber quería decirle que no importaba, que ni él ni ella tenían la más mínima razón para que les importara lo que el marido sabía o pensaba; pero se contuvo y la dejó marchar. Ella lo besó una vez más con mucho ardor; cuando se puso de pie se alisó el arrugado camisón sobre el cuerpo y salió.

Él la miró con cariño. «Realmente es alguien», pensó. Se quedó echado de espaldas, mirando al cielo raso. Ella era muy ingenua y carente de experiencia, pero de todos modos le había gustado mucho. «Quizá podría enamorarme de ella», pensó.

Se levantó y sacó de debajo de la cama la cápsula con la

película y el estilete envainado. Dudó en volverlos a tener sobre su persona. Durante el día podía querer hacerle el amor de nuevo… Decidió usar solo el cuchillo —no se sentiría vestido sin él— y dejar la cápsula en algún otro lugar. La puso sobre la cómoda y la tapó con sus papeles y la cartera. Sabía muy bien que estaba transgrediendo una norma, pero esta debía ser su última misión y se sintió con derecho a gozar de una mujer. Además, casi no tenía importancia que ella o su marido vieran las fotos; incluso aunque pudieran entender su significado, lo cual era improbable, ¿qué podían hacer?

Se recostó sobre la cama, luego volvió a levantarse. Simplemente, los años de entrenamiento no le permitían correr aquellos riesgos. Puso la cápsula junto con sus papeles en el bolsillo de su chaqueta. Ahora podía descansar mejor.

Oyó la voz del niño, luego los pasos de Lucy que bajaba la escalera, y luego a David arrastrándose hacia el cuarto de baño. Tendría que levantarse y tomar el desayuno con la familia. Estaba bien. De todos modos ahora no quería dormir.

Se detuvo ante la ventana surcada por la lluvia y contempló la tormenta hasta que oyó que se abría la puerta del cuarto de baño.

Entonces se puso la chaqueta del pijama y entró a afeitarse. Utilizó la maquinilla de David sin pedirle permiso.

Ya no parecía tener importancia.

24

Erwin Rommel sabía desde el principio que tendría que pelearse con Heinz Guderian.

El general Guderian era exactamente el tipo del aristócrata prusiano militar que Rommel odiaba. Lo conocía desde hacía algún tiempo. En el inicio de sus carreras ambos habían comandado el batallón Goslar Jaeger, y habían vuelto a encontrarse durante la campaña de Polonia. Cuando Rommel dejó África, había recomendado que Guderian fuese su sucesor, sabiendo que la batalla estaba perdida; la maniobra fue un fracaso porque en esa época Guderian había caído en desgracia ante Hitler, y la recomendación fue directamente rechazada.

Rommel sabía que el general era de esa clase de hombres que se ponían un pañuelo de seda sobre las rodillas para impedir que se arrugaran los pantalones mientras se sentaban a beber en el Herrenklub. Era oficial porque su padre lo había sido y su abuelo era rico. Rommel, hijo de un maestro de escuela, que había ascendido de teniente coronel a mariscal de campo en solo cuatro años, despreciaba la casta militar de la cual él nunca había sido miembro.

Ahora contemplaba a través de la mesa al general, que estaba saboreando el coñac saqueado a los Rothschild de Francia. Guderian y su ayudante, el general Von Geyr, habían llegado a los cuarteles generales de Rommel en La Roche-Guyon, al norte de Francia, para indicarle cómo desplegar sus tropas. Las reacciones de Rommel ante tales visitas iban de la impaciencia a la furia. En su opinión, el cuartel general existía para proporcionar información rigurosa y abastecimiento regular, y sabía por su propia experiencia en África que sus miembros eran incompetentes tanto en la primera como en la segunda de sus misiones.

Guderian tenía un bigote claro, muy poblado, y las esquinas de sus ojos estaban surcadas de abundantes arrugas, de modo que siempre parecía estar sonriendo a su interlocutor. Era alto y atractivo, lo cual no era ningún mérito ante alguien pequeño, feo y progresivamente calvo —según la visión que Rommel tenía de sí mismo—. Parecía relajado, y cualquier general alemán que a esas alturas de los acontecimientos se mostrara relajado era indudablemente un idiota. La comida que acababan de ingerir —ternera del lugar y vino del sur— no servía de excusa.

Rommel miró por la ventana. La lluvia caía entre los árboles del patio mientras él esperaba que Guderian comenzara su exposición. Por último, cuando lo hizo, resultó evidente que había estado pensando en el mejor modo de mantener su punto de vista, y que había decidido aproximarse poco a poco.

—En Turquía —comenzó—, el noveno y el décimo regimientos británicos están reuniéndose con el ejército turco en la frontera griega. En Yugoslavia, los adictos a la causa también se están concentrando. Los franceses están preparándose en Argelia para invadir la Riviera. Al parecer, los rusos están realizando una gran operación para llevar a cabo la invasión anfibia de Suecia. En Italia, los aliados están listos para marchar sobre Roma. Hay indicios menores: el rapto de un general en Creta, un oficial del servicio de inteligencia asesinado en Lyon, un puesto de radar atacado en Rodas, un avión saboteado con grasa abrasiva y destruido en Atenas, una operación comando en Sagvaag, una explosión en la fábrica de oxígeno en Boulogne-sur-Seine, un tren descarrilado en Ardennes, un pozo de petróleo incendiado en Boussens... podría continuar. El cuadro es claro. En los territorios ocupados se producen crecientes sabotajes y traiciones, desde nuestras fronteras vemos preparativos para la invasión en todas partes. Ninguno de nosotros duda de que este verano se producirá una ofensiva aliada a gran escala, y también podemos estar seguros de que todo este simulacro tiene por objeto confundirnos sobre la dirección de la cual partirá el ataque.

El general hizo una pausa. La parrafada en el mejor estilo escolar resultaba irritante para Rommel, quien aprovechó la oportunidad para interrumpir.

—Para eso tenemos un cuartel general que debe procesar tal información, evaluar la actividad del enemigo y anticipar sus futuros movimientos.

Guderian sonrió indulgentemente.

—También debemos tener conciencia de las limitaciones de dicha anticipación. Usted tiene ideas propias acerca de la dirección del lugar del que partirá el ataque. Estoy seguro de que es así, pues todos las tenemos. Nuestra estrategia debe tener en cuenta la posibilidad de que nuestras apreciaciones sean incorrectas.

Ahora Rommel advirtió adónde conducía el razonamiento lateral del general, y suprimió su urgencia de demostrar su desagrado antes de que la conclusión fuera expresada.

—Usted tiene cuatro divisiones armadas bajo su mando —continuó Guderian—. La segunda división acorazada en Amiens. La ciento dieciséis en Ruan, la veinticinco en Caen y la segunda de las SS en Toulouse. El general Von Geyr ya le ha propuesto que deberían agruparse, bastante retirados de la costa, preparadas para entrar en acción en cualquier punto. Esta estratagema es en realidad un principio de la política del OKW. Sin embargo, usted no solo se ha resistido a la sugerencia de Von Geyr, sino que ha desplazado a la veinticinco directamente hacia la costa atlántica.

—Y las otras tres deben ser desplazadas hacia la costa tan pronto como sea posible —saltó Rommel—. ¡Cuándo lo van a entender! Los aliados controlan el aire. Una vez que esté lanzada la invasión, no habrá mayor movimiento de ejércitos armados. Las operaciones por tierra ya no son posibles. Si sus preciosos carros blindados están en París mientras los aliados desembarcan en la costa, se quedarán en París; acribillados por la RAF... hasta que los aliados desfilen por el boulevard St. Michel. Ya lo sé. Me lo han hecho dos veces. —Se detuvo para tomar aliento—. Agrupar a nuestros ejércitos como reserva móvil significa inutilizarlos. No habrá contraataque. La invasión debe ser detenida en las playas donde desembarque, mientras aún sea sumamente vulnerable, y ser empujada de regreso al mar.

El rubor desapareció de su cara y comenzó a exponer su propia estrategia defensiva.

—He creado redes de defensa submarina, reforzado el Muro del Atlántico, extendido líneas de minas y colocado obstáculos en todos los campos que pueden ser usados como zonas de aterrizaje detrás de nuestras líneas. Todas mis tropas están ocupadas en cavar defensas durante los momentos en que no hacen ejercicios de entrenamiento. Mis divisiones armadas deben ser llevadas a la costa. La reserva de OKW tendría que ser devuelta a Francia. La novena y la décima divisiones de las SS deben ser devueltas desde la frontera oriental. Toda nuestra estrategia debe consistir en evitar que los aliados tengan una punta de lanza de desembarco, porque una vez que la conquisten, la partida estará perdida, incluso, quizá, la guerra.

Guderian se inclinó hacia delante entrecerrando los ojos en aquella exasperante semisonrisa.

—Usted quiere que defendamos la línea costera desde Tromsö, en Noruega, rodeando la península Ibérica, hasta Roma. ¿Se puede saber de dónde vamos a sacar semejante ejército?

—Esa pregunta se la tendrían que haber hecho en 1938 —dijo Rommel entre dientes.

Después de esa observación se produjo un silencio embarazoso, que resultaba tanto más desagradable por provenir del notoriamente apolítico Rommel.

Von Geyr rompió la tensión.

—¿De dónde cree usted que vendrá el ataque, mariscal de campo?

Rommel había estado esperando aquello.

—Hasta hace poco, mi convicción era que la teoría del paso de Calais era la acertada. Sin embargo, la última vez que estuve con el Führer me impresionaron sus argumentos en favor de Normandía. También estoy enormemente asombrado por su intuición, y más aún por la precisión de su memoria. Por lo tanto, creo que nuestras divisiones acorazadas deberían ser desplegadas a lo largo de la costa de Normandía con, quizá, una división en la desembocadura del Somme. Esto último respaldado por fuerzas que no son de mi grupo.

—No, no, no —dijo Guderian moviendo la cabeza—. Resulta demasiado arriesgado.

—Estoy preparado para llevarle esta propuesta a Hitler —amenazó Rommel.

—En ese caso, eso es lo que deberá hacer —respondió Guderian—, porque no voy a contribuir a llevar adelante sus planes, a menos...

—¿A menos...? —Rommel se sorprendió de que la posición del general pudiera considerarse razonable.

Guderian giró la cabeza, molesto por haber hecho una concesión a un antagonista tan tozudo como Rommel.

—Posiblemente usted sepa que el Führer está esperando un informe de un agente excepcionalmente eficaz situado en Inglaterra.

—Lo recuerdo —asintió Rommel—. Die Nadel.

—Sí. Se le ha encomendado evaluar la fuerza del Primer Ejército de Estados Unidos a las órdenes de Patton, en la parte este de Inglaterra. Si halla (como estoy seguro de que hallará) que ese ejército es grande, fuerte y está preparado para entrar en acción, entonces seguiré oponiéndome a usted. Sin embargo, si halla que el FUSAG es un bluf; es decir, un pequeño ejército que quiere pasar por fuerza invasora, entonces aceptaré que usted tiene razón, y en ese caso dispondrá de sus divisiones acorazadas. ¿Está dispuesto a aceptar este compromiso?

Rommel asintió con su gran cabeza.

—En ese caso depende de Die Nadel.

25

La casa era terriblemente pequeña, según advirtió súbitamente Lucy. Mientras hacía sus tareas de la mañana —encender la estufa, preparar el potaje, asear y vestir a Jo—, las paredes parecían aprisionarla. Después de todo, eran solo cuatro habitaciones conectadas por un pequeño espacio con una escalera; no era posible moverse sin tropezar con alguien. Si se estaba inmóvil y se escuchaba, se podía oír todo lo que hacían los demás. Henry dejaba correr el agua en el lavabo, David se deslizaba escaleras abajo, Jo castigaba a su oso en la salita. Lucy hubiera querido contar con algún tiempo de soledad antes de encontrarse con los demás; tener tiempo para que los acontecimientos de la noche anterior reposaran en su memoria sin tener que rechazar los pensamientos para poder actuar normalmente sin realizar un esfuerzo consciente.

Advirtió que no era nada buena en el arte del fingimiento. No le salía con naturalidad, carecía de toda experiencia. Trató de pensar en otras ocasiones de su vida en que hubiera engañado a alguien cercano a ella, y no lo lograba. No se trata de que se rigiera por tan altos principios; la idea de mentir no la atribulaba tanto. Lo fundamental era que, simplemente, nunca había tenido razones para actuar con deshonestidad.

David y Jo estaban sentados a la mesa de la cocina y comenzaron a comer. David estaba silencioso, Jo hablaba en su media lengua simplemente por el placer de construir palabras. Lucy no tenía apetito.

—¿No vas a comer? —preguntó David.

—Ya he comido un poco. —Ahí estaba su primera mentira. No le había salido del todo mal.

La tormenta volvía más aguda la claustrofobia. La lluvia era tan fuerte que Lucy apenas podía distinguir el granero desde la ventana de la cocina. Uno se sentía aún más cerrado cuando abrir la puerta o la ventana constituía un esfuerzo mayor. Las nubes bajas, el cielo gris plomo y la niebla creaban un crepúsculo permanente. En la huerta la lluvia corría en riachuelos entre las patateras, y el trozo de césped se había convertido en una especie de laguna. El nido de gorriones en el tejado de la galería había sido barrido, y las aves revoloteaban entrando y saliendo del alero, invadidas por el pánico.

Lucy oyó que Henry bajaba, y se sintió mejor. Por alguna razón, sentía que él era muy bueno para el engaño.

—Buenos días —dijo Faber, entusiasta.

David, sentado a la mesa en su silla de ruedas, levantó la vista y asintió amablemente. Lucy se apresuró a ocuparse en la cocina. Se le leía la culpabilidad en todo el rostro. Faber lo notó y gruñó para sus adentros. Pero David no parecía notar la expresión de su mujer. Faber comenzó a pensar que David era bastante obtuso... por lo menos con respecto a su mujer...

—Siéntese y desayune un poco —dijo Lucy.

—Muchas gracias.

—No puedo ofrecerle llevarlo a la iglesia, lamentablemente. Todo lo que tenemos son los himnos sacros que nos llegan a través de la radio —dijo David.

—¿Van ustedes a la iglesia? —preguntó Faber, dándose cuenta ahora de que era domingo.

—No —respondió David—. ¿Y usted?

—Tampoco.

—El domingo se parece mucho a cualquier otro día entre la gente que realiza tareas agrícolas —continuó David—. Iré hasta el otro extremo de la isla a ver al pastor. Usted puede venir si se siente con fuerzas.

—Me encantaría —dijo Faber. Ello le daría una oportunidad de efectuar un reconocimiento. Necesitaría conocer el camino a la cabaña donde se encontraba el radiotransmisor—. ¿Quiere que yo conduzca?

—Puedo hacerlo sin problemas. —David lo miró intencionadamente y se produjo un momento de silenciosa tensión—. Con este tiempo el camino se ha convertido en un recuerdo. Será mucho más seguro que sea yo quien conduzca.

—Sí, por supuesto. —Faber comenzó a comer.

—A mí me da igual —insistió David—. No venga si para usted representa demasiado...

—En realidad me encantaría acompañarlo.

—¿Ha dormido bien? No se me ocurrió que quizá podría estar aún cansado. Espero que Lucy no lo haya tenido despierto hasta tarde.

Faber se esforzó por no mirar a Lucy, pero con el rabillo del ojo advirtió que ella se sonrojaba.

—Ayer dormí todo el día —dijo tratando de sincronizar la mirada de David con la suya.

Era inútil. David estaba mirando a su mujer. Él sabía. Ella se volvió de espaldas.

David sería hostil ahora, y la hostilidad conducía a la sospecha. Como ya lo había decidido anteriormente, no era peligroso, pero podría resultar molesto.

David pareció recuperar rápidamente la compostura. Se apartó de la mesa con su silla y se dirigió a la puerta trasera, diciendo casi como para sí mismo:

—Sacaré el jeep del cobertizo. —Luego descolgó su pasamontañas de una percha, se lo puso en la cabeza, abrió la puerta y salió.

En los pocos instantes que la puerta quedó abierta, la tormenta se hizo sentir en la pequeña cocina dejando el suelo mojado. Cuando se cerró, Lucy se estremeció y comenzó a secar el agua de las baldosas.

Faber estiró el brazo para tocar el de ella.

—No —dijo ella señalando con la cabeza hacia Jo.

—Te estás comportando tontamente —le dijo Faber.

—Creo que lo sabe —comentó ella.

—Pero si lo piensas un momento, no te importa mucho que lo sepa o no, ¿verdad?

—Se supone que debe importarme.

Faber se encogió de hombros. La bocina del jeep sonaba con insistencia. Lucy le entregó un sombrero para la lluvia y un par de botas.

—No me nombres para nada —le recomendó ella.

Faber se puso las ropas impermeabilizadas y se dirigió a la puerta de enfrente. Lucy lo acompañó y cerró la puerta de la cocina para que no fuera Jo.

Con la mano en el picaporte, Faber se volvió y la besó, y ella hizo lo que quería, que fue devolverle el beso, con fuerza. Luego se dirigió a la cocina.

Faber corrió bajo la lluvia, a través del barro, y saltó al jeep junto a David, quien arrancó de inmediato.

El vehículo había sido especialmente adaptado para que lo condujera un hombre sin piernas; tenía un acelerador de mano, cambios automáticos y una palanca al borde del volante para permitir la conducción con una sola mano. La silla de ruedas, plegada, iba en un compartimento especial detrás del asiento del conductor. Había una escopeta enfundada sobre el saliente del parabrisas.

David conducía muy bien. Tenía razón acerca del camino, que no era más que un pastizal aplastado por las ruedas del jeep. La lluvia se acumulaba en grandes charcos. El coche patinaba en el barro. David parecía divertirse con ello. Llevaba un cigarrillo entre los labios y desplegaba un incongruente aire bravucón. Quizá Faber pensó que aquello fuera para él un sucedáneo del vuelo.

—¿A qué se dedica cuando no pesca? —le preguntó con el cigarrillo siempre en la boca.

—Soy empleado —respondió Faber.

—¿En qué tipo de trabajo?

—Finanzas. Soy simplemente una tuerca del engranaje.

—¿En la Administración?

—Fundamentalmente.

—¿Es interesante el trabajo? —insistió.

—Regular. —Faber reunió fuerzas para inventar una historia—. Sé bastante sobre cuánto debería costar tal o cual pieza de una máquina, y empleo la mayor parte de mi tiempo asegurándome de que el que paga los impuestos no se vea sobrecargado.

—¿Algún tipo particular de maquinaria?

—Todo, desde clips sujetapapeles hasta motores de avión.

—Ah, bueno. Todos contribuimos de una u otra manera a lo que exige la guerra.

Naturalmente, lo dicho tenía su segunda intención, y David no tenía idea de por qué Faber no se sentía aludido.

—Soy demasiado mayor para participar en la lucha —dijo Faber suavemente.

—¿Estuvo en la primera?

—No. Era demasiado pequeño.

—Vaya una suerte, ¿eh?

—Efectivamente.

La huella iba bien pegada al borde del acantilado, pero David no disminuía la velocidad. A Faber se le cruzó la idea de que podía querer que se mataran los dos. Se agarró de una manija.

—¿Voy demasiado rápido para usted? —preguntó David.

—Parece conocer muy bien el camino.

—Tiene cara de asustado.

Faber pasó por alto esa observación y David disminuyó un poco la velocidad, aparentemente satisfecho de haber conseguido un tanto a su favor.

La isla era bastante chata y desnuda, según observó Faber. Existían desniveles de terreno, pero aún no había visto montañas. La vegetación estaba fundamentalmente constituida por pasto, con algunos helechos y arbustos, pero pocos árboles. Había poca protección frente a la intemperie. Las ovejas de David Rose tenían que ser muy resistentes, pensó Faber.

—¿Está usted casado? —preguntó de pronto David.

—No.

—Es un hombre sabio.

—Oh, no estoy tan seguro.

—Apostaría a que usted lo pasa bien, solo, en Londres. Para qué hablar...

A Faber siempre le había disgustado la subestima y el desprecio con que algunos hombres hablaban de las mujeres; de modo que le interrumpió.

—Yo diría que usted es extremadamente afortunado de tener la esposa que tiene...

—Ah, ¿sí?

—Sí.

—Sin embargo, no hay nada como la variedad, ¿no le parece?

—No he tenido la oportunidad de descubrir los méritos de la monogamia. —Faber decidió no decir nada más, pues lo que dijera sería echar leña al fuego. No cabía duda de que David se estaba poniendo pesado.

—Debo confesar que usted no tiene aspecto de empleado administrativo. ¿Dónde se dejó el paraguas y el bombín?

Faber intentó una leve sonrisa.

—Y usted parece muy adecuado para oficinista.

—Andaría en bicicleta en ese caso. Debe de ser usted muy fuerte para haber sobrevivido al naufragio.

—Gracias.

—Tampoco parece demasiado mayor para no estar en el ejército.

Faber se volvió para mirar a David.

—¿Adónde quiere llegar? —preguntó calmosamente.

—Ya hemos llegado —respondió David.

Faber miró a través del parabrisas y vio una cabaña muy similar a la de Lucy, con paredes de piedra, techo de pizarra y pequeñas ventanas. Estaba situada en la cima de una montaña, la única que Faber había visto en la isla, y tampoco podía decirse que fuera muy alta. Mientras ascendían, la casa iba tomando el aspecto de ser un lugar cerrado. El jeep pasó junto a un grupo de pinos y abetos. Faber se preguntó por qué no habían edificado la casa al abrigo de los árboles.

Además, junto a la casa había un gran espino blanco que arrastraba su follaje. David detuvo el coche y Faber lo miró mientras desplegaba la silla de ruedas y se trasladaba desde el asiento del conductor hasta la silla. De haberle ofrecido ayuda, se hubiese ofendido.

Entraron en la casa por una puerta de tablas sin cerradura. En la sala fueron saludados por un perro collie blanco y negro, un animal pequeño, de cabeza alargada, que movía la cola pero no ladraba. La distribución de la casa era idéntica a la de Lucy, pero la atmósfera era diferente, pues aquel lugar estaba desnudo, sin alegría y no demasiado limpio.

David fue hacia la cocina seguido de Faber. Allí, el viejo Tom, el pastor, estaba sentado junto a la vieja cocina de leña calentándose las manos. Al verlos se puso de pie.

—Este es Tom McAvity —dijo David.

—Encantado de conocerlo —respondió Tom formalmente.

Faber le estrechó la mano. Tom era un hombre bajo y ancho, con la cara como la superficie de una vieja maleta de cuero. Llevaba una gorra de tela y fumaba una gran pipa de brezo con tapa. Su apretón de manos era firme y el tacto de su piel era como papel de lija. Tenía la nariz muy grande, y Faber debía prestar mucha atención para poder entender lo que decía, pues conservaba un fuerte acento escocés.

—Espero no molestarlos —dijo Faber—. He venido solo porque tenía ganas de salir un poco.

—No creo que esta mañana hagamos mucho, Tom —afirmó David yendo con su silla hasta la mesa—. Simplemente echaremos una mirada.

—Sí, pero antes de salir tomaremos un poco de té, ¿eh?

Tom sirvió el té cargado en tres jarras y le agregó un chorro de whisky a cada uno. Los tres hombres se sentaron a sorber el té en silencio. David fumaba un cigarrillo, y Tom, tranquilamente, su enorme pipa, y Faber estaba seguro de que los dos pasaban buena parte del tiempo juntos de esa forma, fumando y calentándose las manos sin decir una palabra.

Cuando terminaron el té, Tom puso las jarras en el fregadero de piedra, y salieron a buscar el jeep. Faber se sentó detrás. Esta vez David conducía despacio, y el perro, que se llamaba Bob, los seguía a un lado, manteniéndose a su mismo paso sin esfuerzo aparente. Era evidente que David conocía el terreno muy bien, pues conducía con seguridad entre la hierba sin meterse una sola vez en un charco ni quedarse empantanado en el barro. Las ovejas parecían tener mucha lástima de sí mismas y se agrupaban con su lana empapada en las hondonadas o cerca de las matas de los arbustos, o en lugares a sotavento, demasiado desalentadas para pastar. Incluso los corderos estaban apabullados y se escondían detrás de sus madres.

Faber observaba al perro cuando este se detuvo, escuchó un momento y luego salió en línea recta. Tom también lo había observado y dijo:

—Bob ha descubierto algo.

El jeep siguió al perro unos trescientos metros. Cuando se detuvieron, Faber podía oír el mar; estaban cerca del extremo norte de la isla. El perro se había detenido al borde de un barranco pequeño. Cuando los hombres salieron del coche, pudieron oír lo que ya había oído el perro: el balido de una oveja herida. Fueron hasta el borde del barranco y miraron hacia el fondo.

El animal estaba unos seis o siete metros más abajo en precario equilibrio sobre la empinada loma, con una pata delantera en un ángulo extraño. Tom bajó hasta ella, apoyándose cautelosamente, y le examinó la pata.

—¡Esta noche comeremos cordero! —gritó.

David sacó la escopeta del jeep y la hizo deslizar hasta él. Tom sacrificó al animal terminando con su sufrimiento.

—¿Quieres que la subamos con una cuerda? —le gritó David.

—No... a menos que nuestro visitante quiera bajar a echarme una mano.

—Sí, claro —respondió Faber, y empezó a bajar hacia donde estaba Tom.

Cada uno cogió al animal de una pata y lo arrastraron hacia arriba. El impermeable de Faber se enganchó en un arbusto espinoso, y él casi se cayó barranco abajo antes de lograr desenganchar el hule con un sonoro ruido de desgarrón.

Cargaron la oveja en el jeep y continuaron la marcha. Faber sentía el hombro muy mojado y se dio cuenta de que se había rasgado casi toda la espalda del impermeable.

—Me temo que lo he arruinado —dijo.

—Pero ha sido por una buena causa —le respondió Tom.

Pronto volvieron a la cabaña de Tom. Faber se quitó el impermeable y también el chaquetón, que Tom puso sobre la estufa para que se secara. Faber se sentó cerca de él.

Tom puso a calentar una tetera con agua, luego fue arriba en busca de otra botella de whisky. Faber y David se calentaban las manos mojadas.

El disparo de la escopeta sobresaltó a los dos hombres. Faber corrió a la sala y de ahí escaleras arriba. David lo siguió, deteniendo su silla de ruedas al pie de la escalera.

Faber encontró a Tom en una habitación pequeña, desnuda, inclinado hacia fuera de la ventana y blandiendo su puño al cielo.

—Se me ha escapado —dijo Tom.

—¿Qué se le ha escapado?

—Un águila.

Abajo, David reía.

Tom bajó el arma y la puso junto a una caja de cartón. Sacó otra botella de whisky de la caja y encabezó la marcha escaleras abajo.

David ya estaba de regreso en la cocina, cerca del calor.

—Ha sido el primer animal que perdemos este año —dijo volviendo con sus pensamientos una vez más a la oveja muerta.

—Así es —asintió Tom.

—Este verano le pondremos cerco al barranco.

—Bueno.

Faber intuyó que había un cambio en el clima; ya no era lo mismo que había sido hacía un rato. Se sentaron y fumaron como antes, pero David parecía inquieto. En dos ocasiones Faber lo descubrió con la mirada puesta sobre él.

Pasado un momento, David dijo:

—Te dejaremos para que puedas desollar la oveja, Tom.

—Está bien.

David y Faber se fueron. Tom no se levantó, pero el perro los acompañó hasta la puerta.

Antes de poner en marcha el jeep, David cogió la escopeta, la sacó de su funda, la puso ante el parabrisas, volvió a cargarla y la dejó en el mismo lugar. En el camino de regreso sufrió otro cambio de humor —un cambio sorprendente— y se volvió nostálgico.

—Yo solía pilotar Spitfires, unos aviones estupendos con cuatro bocas de fuego en cada ala. Los Brownings norteamericanos disparaban mil doscientas sesenta andanadas por minuto. Los Jerries prefieren un cañón, por cierto. Sus Me-109 solo tienen dos ametralladoras. Un cañón es más destructivo, pero nuestros Spitfires son más rápidos y certeros.

—¿De verdad? —dijo Faber amablemente.

—Más tarde les pusieron cañones a los Hurricanes, pero los Spitfires fueron los que ganaron la batalla de Inglaterra.

Su jactancia resultaba irritante a Faber.

—¿Cuántos aviones enemigos abatieron?

—Perdí las piernas cuando me estaba entrenando aún.

Faber le miró la cara, inexpresivamente, pero la piel tenía un aspecto tan tirante que parecía poder cuartearse.

—No, aún no he matado a ningún alemán —dijo David.

Faber se puso muy alerta. No tenía idea de lo que David habría podido deducir o descubrir, pero ya le cabía poca duda de que el hombre sabía que algo sucedía, y que no se trataba únicamente de la noche con su esposa. Faber se volvió ligeramente de lado para mirar a David de frente, se apuntaló con el pie en la palanca de cambios en el suelo del jeep, apoyó la mano derecha suavemente sobre el brazo izquierdo. Esperó.

—¿Le interesa la aviación? —preguntó David.

—No.

—Me parece que se ha convertido en una especie de pasatiempo. Detectar aviones. Como observar pájaros. La gente compra libros sobre aviones, quiere identificarlos. Se pasan tardes enteras tumbados en el suelo, escudriñando los cielos con unos prismáticos. Pensé que usted podría ser uno de esos entusiastas.

—¿Por qué?

—¿Cómo?

—¿Qué le hizo pensar que yo podría ser uno de esos entusiastas?

—Bueno, no sé. —David detuvo el jeep para encender un cigarrillo. Estaban en el centro de la isla, a unos cuatro kilómetros de la cabaña de Tom y a otro tanto de la de Lucy. David tiró el fósforo al suelo—. Quizá sea la película que encontré en el bolsillo de su chaqueta.

Al decir esto arrojó el cigarrillo encendido a la cara de Faber y cogió la escopeta.

26

Sid Cripps miró por la ventana y maldijo para sus adentros. La pradera estaba cubierta por tanques americanos; había por lo menos ochenta. Era evidente que estaban en plena guerra, y con todas sus implicaciones; pero si tan solo le hubieran consultado, él les habría ofrecido otro campo donde la hierba no fuera tan abundante. Pero ahora los tanques arruinarían sus mejores pastos.

Se puso las botas y salió. Había algunos soldados yanquis en el campo, y quizá no hubieran visto al toro. Cuando llegó al portalón, se detuvo y se rascó la cabeza. Algo extraño estaba pasando.

Los tanques no habían aplastado la hierba ni habían dejado huellas. Pero los soldados americanos estaban haciendo huellas con algo semejante a un arado.

Cuando Sid trataba de darse cuenta de qué era lo que estaba sucediendo, el toro vio los tanques. Los miró durante un rato, luego resopló y embistió. Iba a embestir a un tanque.

—Pedazo de estúpido, te romperás la cabeza —murmuró Sid.

Los soldados también estaban observando el toro. Parecían considerar que el asunto era gracioso.

El toro fue directamente al tanque y de una cornada horadó la carrocería metálica del vehículo. Sid deseó fervientemente que los tanques británicos fueran más resistentes que los americanos.

Se oyó un fuerte chirrido cuando el toro sacó los cuernos. El tanque se aplastó como un globo que se desinfla. Los soldados americanos se agruparon riendo a carcajadas.

Todo resultaba muy extraño.

Percival Godliman atravesó a paso rápido Parliament Square con su paraguas. Debajo de su impermeable llevaba un traje a rayas, y sus zapatos negros estaban bien lustrados; por lo menos lo habían estado hasta que salió a la lluvia. No sucedía todos los días, ni siquiera todos los años, que tuviera una audiencia con Churchill.

Un militar de carrera hubiera sentido gran inquietud por presentarse con tan malas noticias ante el comandante supremo de las fuerzas armadas de la nación. Godliman no estaba nervioso. Un historiador distinguido no tenía nada que temer —se dijo—, ni de los militares ni de los políticos, a menos que su enfoque de la historia fuera bastante más radical de lo que era el de Godliman. No estaba, pues, nervioso, pero sí preocupado. Evidentemente preocupado.

Estaba pensando en el esfuerzo, los planes, las precauciones, el dinero y la energía humana que se habían empleado en la creación del Primer Ejército de Estados Unidos como un fantasma apostado en East Anglia. Los cuatrocientos barcos construidos de tela y sostenidos sobre montantes que eran tambores de combustible, apostados en los puertos y estuarios; los carros de combate y los camiones inflables, así como gran cantidad de pertrechos de guerra; las quejas publicadas en las cartas de los lectores de los periódicos locales acerca de la declinación de la moral de la población desde la llegada de miles de soldados americanos a la zona; el falso puerto de abastecimiento de combustible en Dover, diseñado por el más distinguido arquitecto de Gran Bretaña y construido con madera terciada y tuberías viejas por artesanos de los estudios de cine; los informes falsos transmitidos a Hamburgo por los agentes alemanes y preparados por la Comisión XX; y el incesante parloteo por radio, emitido para beneficio del servicio de espionaje, consistente en mensajes recopilados por escritores profesionales de ficción y que incluían hasta un «Quinto Regimiento de Su Majestad integrado por mujeres, presumiblemente no autorizado, entre los voluntarios». ¿Qué se haría con todo aquello? ¿Transportarlo a Calais?

Indudablemente, se había realizado una gran labor. Todo indicaba que los alemanes se habían tragado el anzuelo. Y ahora todo el plan quedaba en tela de juicio a causa de un maldito espía. Un espía que se le había escapado a Godliman. Lo que era, por cierto, la razón de que él estuviera yendo a donde iba.

Sus cortos pasos, como de pájaro, cubrieron la distancia que lo separaba de la pequeña puerta del número 2 de la Great George Street, en Westminster. La guardia armada que se encontraba junto al muro de bolsas de arena examinó su salvoconducto y le franqueó la entrada. Cruzó el corredor y bajó hasta los cuarteles generales de Churchill en el subsuelo.

Era como ir a la sala de máquinas de un barco de guerra. Protegido de las bombas por un techo de cemento de más de un metro de espesor, el refugio tenía puertas de hierro macizas y antiguas vigas de madera. Al tiempo que Godliman entraba en la sala de mapas, un grupo de jóvenes de cara solemne emergía de una sala de sesiones situada al lado. Tras ellos iba un secretario que identificó a Godliman.

—Es usted muy puntual, señor —dijo—. Lo está esperando.

Había alfombras en el suelo y un retrato del rey en la pared. Un ventilador eléctrico esparcía el humo en el aire. Churchill estaba sentado ante una vieja mesa muy lustrosa, en el centro de la cual se veía la estatuilla de un fauno, el emblema de las armas de simulacro del propio Churchill: la sección de control de Londres. Godliman decidió no saludar.

—Siéntese, profesor —dijo Churchill.

De pronto, Godliman advirtió que Churchill no era un hombre corpulento, pero que se sentaba como si lo fuera: los hombros levantados, los codos en los brazos de su asiento, la barbilla hacia abajo, las piernas separadas. Llevaba una chaqueta negra a rayas, corta, como de abogado, y pantalones grises a rayas, con un corbatón de lunares azules y una impecable camisa blanca. Pese a su complexión compacta y a su abdomen, la mano que sostenía el lápiz era delicada, de dedos finos. Su tez era rosada como la de un niño. En la otra mano sostenía un cigarro, y sobre la mesa, junto a los papeles, había un vaso con algo que al parecer era whisky.

Estaba escribiendo notas sobre el margen de un informe escrito a máquina y ocasionalmente, a medida que escribía, murmuraba algo. Godliman no se sintió realmente apabullado por el gran hombre. En opinión de Godliman, Churchill había sido un desastre como estadista en tiempo de paz. Sin embargo, tenía las cualidades de un gran jefe guerrero, y Godliman le respetaba mucho por eso. (Churchill modestamente negaba ser el gran león británico, diciendo que él solo había tenido el privilegio de soltar el rugido; Godliman pensaba que la estimación era más o menos correcta.)

Súbitamente levantó la mirada.

—Supongo que no cabe duda de que el maldito espía descubrió en lo que andamos metidos, ¿verdad?

—Absolutamente ninguna, señor —respondió Godliman.

—¿Cree usted que ha escapado?

—Le seguimos la pista hasta Aberdeen. Es casi seguro que salió de allí hace dos noches en un barco robado. Presumiblemente debían ir a su encuentro en el mar del Norte. Sin embargo, no podía estar lejos del puerto cuando comenzó la tormenta. Es posible que fuera recogido por el submarino antes de que se iniciara la tormenta, pero lo más probable es que se haya ahogado. Lamento no poder ofrecer una información más concreta.

—También lo siento yo. —Y de pronto pareció enfadado, aunque no con Godliman. Se levantó de la silla y fue hasta el reloj en la pared, quedándose con la vista fija, como hipnotizado, ante la inscripción: «Victoria, R. I Ministerio de Trabajo, 1889». Luego, como si hubiese olvidado que Godliman estaba ahí, comenzó a caminar de un lado a otro junto a la mesa, murmurando algo para sí mismo. Godliman pudo oír las palabras y se quedó asombrado ante lo que decía: «Esta figura compacta, con una ligera inclinación, iba de un lado al otro, súbitamente inconsciente de toda presencia salvo de sus propios pensamientos...». Era como si Churchill estuviera ensayando un guion para una película de Hollywood, que escribía al mismo tiempo que caminaba.

La representación concluyó tan repentinamente como había comenzado, y si el hombre sabía que había estado comportándose de manera excéntrica, no lo demostraba en absoluto. Se sentó, le alargó a Godliman una hoja de papel y le dijo:

—Hasta la semana pasada, este era el orden de los ejércitos alemanes.

Godliman leyó:

Frente ruso:	122 divisiones de infantería,
	25 divisiones acorazadas,
	17 divisiones diversas.
Italia y los Balcanes:	37 divisiones de infantería,
	9 divisiones acorazadas,
	4 divisiones diversas.
Frente occidental:	64 divisiones de infantería,
	12 divisiones acorazadas,
	12 divisiones diversas.
Alemania:	3 divisiones de infantería,
	1 división acorazada,
	4 divisiones diversas.

Churchill dijo:

—De esas doce divisiones acorazadas en el oeste, solamente una está realmente en la costa normanda. Las grandes divisiones, Das Reich y Adolf Hitler, están en Toulouse y Bruselas, respectivamente, y no dan muestras de pensar en moverse. ¿Qué le dice a usted todo esto, profesor?

—Que nuestros planes de engaño parecen haber surtido efecto —respondió Godliman, y advirtió la confianza que Churchill había depositado en él. Hasta ese momento, Normandía nunca le había sido mencionada, ni por su tío, el coronel Terry, ni por nadie más, aunque él había inferido lo que estaba sucediendo, sabiendo, como sabía, que se estaban levantando falsas construcciones en Calais. Por cierto, él aún desconocía la fecha de la invasión (el día D) y estaba agradecido por ello.

—Un efecto total —dijo Churchill—. Están confundidos e inseguros, y sus apreciaciones más certeras sobre nuestras intenciones también son erróneas. Y sin embargo, pese a todo, el general Walter Bedell Smith, el jefe del Estado Mayor de Ike, me dice que... —Tomó una hoja de papel de su mesa y leyó en voz alta—: «Nuestras posibilidades de copar con éxito la playa, particularmente después de que los alemanes establezcan sus defensas, son de solo el cincuenta por ciento».

Dejó su cigarro sobre el cenicero y su voz se tornó muy suave.

—Lograr esta oportunidad del cincuenta por ciento ha requerido la totalidad del esfuerzo militar e industrial de todo el mundo de habla inglesa; la mayor civilización desde el Imperio romano. Cuatro años han sido necesarios para lograr esta posición del cincuenta por ciento de posibilidades. Si ese espía se escapa, perdemos incluso eso. Lo cual equivale a decir que lo perdemos todo.

Por un momento se quedó mirando a Godliman, luego levantó su lápiz con una mano frágil y blanca.

—No me traiga probabilidades, profesor. Tráigame a Die Nadel.

Bajó la vista y comenzó a escribir. Pasado un breve momento, Godliman se levantó y silenciosamente abandonó la habitación.

27

El tabaco del cigarrillo se consume a ochocientos grados centígrados. Sin embargo, el carbón en el extremo del cigarrillo está rodeado por lo general de una delgada capa de ceniza. Para causar una quemadura, debe presionarse el cigarrillo contra la piel durante casi un segundo, pues el mero contacto escasamente llegará a sentirse. Esto vale, incluso, para los ojos; el pestañeo es la reacción involuntaria más veloz del cuerpo humano. Solo los aficionados arrojan cigarrillos, y David Rose era un aficionado; un aficionado totalmente frustrado y sediento de acción. Los profesionales no los toman en cuenta.

Faber ignoró el cigarrillo encendido que David Rose le arrojó y estuvo acertado, porque le rozó la frente y cayó sobre el suelo de metal del jeep. Hizo ademán de coger el arma de David, lo cual fue un error. Tendría que haber empuñado inmediatamente el estilete y apuñalado a David. Este, a su vez, podría haberle disparado primero, pero David nunca había apuntado sobre un ser humano, y menos aún asesinado a alguien, de modo que era casi seguro que en el momento preciso le acometería la duda y entonces Faber lo mataría. Faber decidió que su error se debía al reciente lapso de humanidad por el que había pasado, pero sería el último e intolerable error.

David tenía ambas manos en torno a la parte media de la escopeta —la mano izquierda sobre el cañón, la derecha sobre la recámara—, y casi lo había desenfundado cuando Faber empuñó el arma por la boca con una mano mientras David la tiraba hacia sí, pero por un momento el puño de Faber se mantuvo firme y el arma apuntó hacia el parabrisas.

Faber era fuerte, pero David lo era aún más. Sus hombros, brazos y muñecas habían desplazado su cuerpo y su silla de ruedas durante cuatro años, y los músculos se le habían desarrollado de manera anormal. Además, sostenía el arma con las dos manos, y en cambio Faber lo hacía solo con una y sentado en un ángulo muy incómodo. David volvió a tironear, esta vez con más determinación, y Faber perdió el control de la boca del arma.

En ese instante, con la escopeta apuntada sobre su barriga y el dedo de David doblándose sobre el disparador, Faber sintió la muerte muy cerca.

Dio un salto fuera del asiento. Su cabeza fue a chocar contra la tela del techo del jeep al tiempo que se producía el disparo, que le ensordeció y le provocó un fuerte dolor en la parte de atrás de los ojos. El cristal del lado de su asiento, estalló en pedazos y comenzó a entrar la lluvia por el boquete. Faber se retorció y se lanzó no de regreso a su asiento, sino sobre David. Con las dos manos le apretó la garganta presionando con los pulgares.

David trató de interponer el arma entre los dos cuerpos y accionar de nuevo el gatillo, pero la escopeta era demasiado grande. Faber lo miró a los ojos y ¿qué vio en ellos? Alegría. El hombre, por fin, tenía verdaderamente la oportunidad de luchar por su país. Luego, a medida que sentía la falta de oxígeno y luchaba por él, su expresión fue cambiando.

David soltó el arma y levantó los codos cuanto le fue posible para golpear con fuerza las costillas del otro.

Faber distorsionó su expresión en un gesto de dolor, pero mantuvo firmes las manos sobre la garganta de David, sabiendo que era más fácil soportar ese dolor que la falta de aliento.

David debió de tener el mismo pensamiento. Cruzó los antebrazos entre sus cuerpos y empujó con fuerza, alejando a Faber; entonces, cuando la distancia fue un poco mayor levantó las manos hacia arriba y hacia fuera golpeando con fuerza en los brazos de Faber y aflojándole los dedos. Entonces cerró la mano y le aplicó un fuerte puñetazo en la mejilla, que si bien hizo lagrimear a Faber, no lo hirió.

Faber le devolvió una serie de golpes en el cuerpo; David siguió golpeándole la cara. Se encontraban demasiado cerca el uno del otro para dañarse seriamente en poco tiempo, pero la mayor fortaleza de David comenzó a hacerse notar.

Casi con admiración, Faber se dio cuenta de que David astutamente había elegido el lugar y el momento para la pelea, y en consecuencia tenía las ventajas de la sorpresa, el arma y el espacio confinado en el cual sus músculos contaban mucho, y en cambio la mayor profesionalidad y capacidad de maniobra de Faber contaban poco. Solo había cometido el error de la bravuconada, comprensible quizá, de mencionar la cápsula de la película, con lo cual puso sobre aviso a Faber.

Este último deslizó despacio su peso y entró en contacto con la palanca de cambios, que accionó con el cuerpo, de tal modo que el jeep siguió andando y dio unos tirones, haciéndole perder el equilibrio. David aprovechó la oportunidad para aplicarle un puñetazo con la izquierda, que, más por suerte que por cálculo, fue a dar en el mentón de Faber y lo dejó atravesado en el jeep. Su cabeza dio contra el armazón del parabrisas, con el hombro golpeó la manija de la puerta, que se abrió para arrojarlo fuera del coche y echarlo de cara contra el barro.

Durante un momento, quedó demasiado atontado para moverse. Cuando abrió los ojos, solo podía ver destellos de relámpagos azules contra un brumoso fondo rojizo. Oyó el motor a toda marcha. Movió la cabeza tratando de dejar de ver estrellas, y ayudándose con las manos consiguió ponerse de rodillas. Se apagó el sonido del motor y luego volvió a oírse como acercándose. Giró la cabeza hacia el lugar de donde procedía el ruido y, a medida que los colores desaparecían de sus ojos, vio el vehículo que se aproximaba.

David lo iba a atropellar.

Con el parachoques a menos de un metro de su cara, se echó de lado y rodó sobre su propio cuerpo. Sintió una ráfaga.

Un guardabarros chocó contra su pie estirado cuando el jeep pasó junto a él. Las ruedas escupían barro y arrancaban la hierba. Rodó dos veces sobre sí mismo en el suelo empapado y luego se incorporó sobre una rodilla. El pie le dolía. Vio que el jeep giraba en un círculo cerrado y se le venía encima una vez más.

Alcanzó a ver la cara de David a través del parabrisas. El joven estaba inclinado hacia delante, apoyado sobre el volante, con los labios replegados sobre los dientes en una mueca de risa casi salvaje... parecía que el frustrado combatiente se imaginaba en la cabina de un Spitfire, lanzándose desde las nubes sobre un avión enemigo con las ocho ametralladoras Brownings descargando 1.260 disparos por minuto.

Faber corrió hacia la orilla del acantilado. El jeep adquirió velocidad. Faber sabía que por un momento estaba incapacitado para correr. Recorrió la zona con la mirada. Estaban sobre una loma vertical, rocosa, desde la cual se veía el mar enfurecido cuarenta metros más abajo. El jeep venía lanzado en la bajada hacia él. Faber buscó desesperadamente un saliente, o algo en que apoyarse. No había nada.

El jeep estaba a tres o cuatro metros de distancia y venía a considerable velocidad, sus ruedas estaban a unos sesenta centímetros del borde del precipicio. Faber se tiró al suelo con las piernas colgando en el vacío y sosteniendo el peso del cuerpo con los antebrazos.

Las ruedas le pasaron a pocos centímetros. Un poco más allá, efectivamente, una de las ruedas se deslizó en el vacío. Durante un momento, Faber pensó que el coche resbalaría, precipitándose al mar, pero las otras tres ruedas lo salvaron del peligro.

El suelo bajo los antebrazos de Faber cedía. La vibración producida por el coche al pasar había aflojado la tierra. Sintió que resbalaba un poco. Más de cuarenta metros más abajo el mar bullía entre las rocas. Faber estiró al máximo uno de los brazos y hundió con fuerza los dedos en el blando suelo. Sintió que se le desgarraba una uña, pero ignoró el dolor. Repitió el proceso con el otro brazo. Una vez que tuvo ambos brazos bien afirmados, alzó el cuerpo hacia arriba. El proceso era espantosamente lento, pero en un momento dado tuvo la cabeza a la misma altura que las manos; luego, la cadera a la altura del suelo, y entonces pudo darse impulso y rodar sobre el borde del acantilado.

El jeep volvía una vez más. Faber corrió hacia él. Le dolía mucho el pie, pero decidió que no estaba fracturado. David aceleró para arrollarlo. Faber se volvió y corrió en línea perpendicular a la dirección del vehículo, lo cual forzó a David a virar, y en consecuencia a disminuir la velocidad.

Faber sabía que no podía mantener ese juego mucho tiempo; estaba seguro de cansarse antes que David. Esa debía ser la última escaramuza.

Corrió más rápido. David giró para interceptarle el paso y volvió a ir al encuentro de Faber. Este caracoleó, y el jeep zigzagueó. Ahora estaba muy cerca. Faber hizo una pirueta forzando a David a conducir en un círculo muy cerrado. El jeep iba cada vez más despacio, y Faber se acercaba más. Ahora solo había unos pocos metros entre ellos, y David se dio cuenta de la intención de Faber. Trató de alejarse, pero era demasiado tarde. Faber se lanzó sobre el costado del jeep y saltó arriba, dando con la cara sobre el techo de tela.

Se quedó en esa posición durante unos pocos segundos, tomando aliento. Tenía la sensación de que el pie le quemaba; le dolían los pulmones.

El jeep aún se movía. Faber desenvainó el estilete debajo de su manga y rajó la tela del techo, que se descolgó hacia abajo, y Faber se encontró mirando la parte de atrás de la cabeza de David.

David miró hacia arriba y atrás, con expresión de sorpresa. Faber echó atrás el brazo para asestar la puñalada. David empujó a fondo la manivela del acelerador y giró de golpe. El jeep picó y dio una curva cerrada sobre dos ruedas. Faber luchó para no caer. El jeep, a mayor velocidad, aún cimbreó al volver a afirmarse sobre las cuatro ruedas. Volvió a levantarse sobre dos. Zigzagueó precariamente durante unos pocos metros; las ruedas patinaron sobre el terreno fangoso y el vehículo se estrelló de costado con gran ruido.

Faber había sido arrojado a varios metros y cayó con un gemido ante el impacto. Pasaron varios segundos antes de que pudiera moverse.

La carrera alocada del jeep siguió peligrosamente cerca del acantilado.

Faber vio el estilete sobre la hierba a algunos metros de él. Lo recogió y volvió al jeep.

De alguna manera, David había salido con su silla de ruedas por el techo roto, y ahora estaba sentado en la silla y la hacía rodar hacia el precipicio. Faber, corriendo tras él, no pudo menos que reconocer su coraje.

David debió de oír sus pasos, porque antes de que Faber lo alcanzara se detuvo e hizo girar la silla. Faber observó que tenía un pesado palo en la mano.

Faber chocó contra la silla de ruedas, volcándola. Su último pensamiento fue que los dos irían a parar al mar... luego el garrote le dio de pleno en la parte posterior de la cabeza y perdió el conocimiento.

Cuando volvió en sí, la silla de ruedas estaba a su lado, pero no se veía a David por ninguna parte. Se levantó y miró totalmente azorado.

—Aquí.

La voz llegaba desde el acantilado. David debió de darle con el garrote antes de saltar de la silla y caer por el acantilado. Faber fue penosamente hasta el borde y miró.

David estaba agarrado de un arbusto que crecía justamente debajo del borde del acantilado. Con la otra mano se aferraba a un reborde de la roca. Estaba suspendido en el vacío tal como lo había estado Faber unos minutos antes. Ahora ya no hacía gala de bravura.

—Ayúdeme, por Dios —exclamó con voz ahogada.

—¿Cómo se enteró de la existencia de la película? —preguntó Faber, inclinándose más cerca.

—Ayúdeme, por favor.

—Contésteme a lo que le he preguntado.

—Oh, Dios. —David hizo un poderoso esfuerzo por concentrarse—. Cuando usted fue a dar una vuelta por la casa de Tom dejó la chaqueta colgada en la cocina para que se secara. Tom fue arriba a buscar más whisky y yo registré sus bolsillos y encontré los negativos.

—¿Y eso era prueba suficiente para que usted tratara de asesinarme?

—Eso y lo que usted hizo con mi esposa en mi casa... ningún inglés se hubiera comportado así.

Faber no pudo evitar reírse. Después de todo aquel hombre era un chiquillo.

—¿Y dónde están ahora los negativos?

—En mi bolsillo...

—Entréguemelos y le ayudo.

—Los tendrá que sacar usted, yo no puedo soltarme... Dese prisa...

Faber se tumbó boca abajo y estiró el brazo hasta el bolsillo interior del impermeable de David. Cuando sus dedos tocaron el rollo, suspiró aliviado y lo recogió cuidadosamente. Lo miró; parecía estar completo. Se puso la cápsula en el bolsillo de su capote, se lo abotonó y volvió a David. Ya no podía permitirse más errores.

Cogió el arbusto del cual David estaba agarrado, y con un violento tirón lo arrancó de raíz.

David gritó un «¡No!» desesperado e intentó asirse mientras su otra mano resbalaba inexorablemente soltando el borde de la roca.

—¡No es justo! —gritó, y luego su mano soltó definitivamente el reborde.

Pareció pender durante un instante en el aire; luego cayó, rebotando dos veces contra la roca hasta que, con un chasquido, fue a caer al agua.

Faber se quedó mirando un momento para asegurarse de que no saldría de nuevo.

—¿No es justo? ¿No es justo? ¿Acaso no sabe que estamos en guerra?

Durante unos minutos siguió mirando el mar. En un momento dado creyó vislumbrar en la superficie el amarillo del impermeable, pero desapareció antes de que pudiera verlo con claridad. Solo se veían el mar y las rocas.

De pronto se sintió espantosamente cansado. Cada uno de sus golpes y heridas fueron individualizándose: el pie golpeado, el hematoma de la cabeza, los rasguños de la cara. David Rose habría sido un poco tonto, jactancioso, e insatisfactorio como marido, y había muerto pidiendo ayuda; pero se había comportado valientemente, y había muerto por su país, y esa era su contribución.

Faber se dijo si su propia muerte tendría esa dignidad.

Se alejó del borde del acantilado y volvió al jeep volcado.

28

Percival Godliman se sintió renovado, decidido, incluso —lo cual le parecía raro— inspirado.

Cuando reflexionó sobre lo que le sucedía, se sintió incómodo. La locuacidad se dejaba para los soldados rasos, y los intelectuales se creían inmunes a los discursos emotivos. Sin embargo, aunque sabía que la representación del gran hombre había sido cuidadosamente preparada, los *crescendos* y *diminuendos* de sus palabras, aunque estuvieran preestablecidos como en una sinfonía, lo habían afectado tanto como si hubiera sido el capitán del equipo estudiantil de críquet que escuchaba las exhortaciones de última hora de su entrenador.

Volvió a su oficina ardiendo por hacer algo.

Dejó su paraguas en el recibidor, colgó el impermeable y miró en el espejo del interior de la puerta. Indudablemente, algo había cambiado en su rostro desde que se había convertido en uno de los cazadores de espías de Inglaterra. Unos días antes había encontrado una fotografía suya que fue tomada en 1937, con un grupo de estudiantes en un curso de Oxford. En aquellos días realmente parecía mayor que ahora: la piel blanca, el pelo mal peinado, la cara afeitada y las ropas demasiado holgadas, propias de un hombre solitario. El pelo ya no existía, ahora era calvo, solo le quedaba una especie de aro monjil. Llevaba ropa de ejecutivo, no de profesor. Le parecía —quizá fuera producto de su fantasía— que tenía una mandíbula más firme, los ojos más brillantes, y que tenía más cuidado en afeitarse bien.

Se sentó ante su escritorio y encendió un cigarrillo. Aquella innovación no era un hallazgo; le había producido tos, había tratado de dejarlo pero advirtió que se había vuelto adicto. Pero en la Inglaterra de la época de guerra todo el mundo fumaba, incluso algunas mujeres. Bueno, estaban haciendo trabajos de hombres y tenían derecho, pues, a vicios masculinos. El humo le atascó la garganta y Godliman se puso a toser. Apretó el cigarrillo contra la tapa de lata que usaba como cenicero.

La dificultad de estar inspirado para realizar lo imposible, reflexionó, era que la inspiración no sugería medios prácticos. Recordó su tesis universitaria sobre los viajes de un oscuro monje medieval llamado Thomas de Tree. Godliman se había impuesto la tarea menor pero difícil de trazar el itinerario del monje durante un período de cinco años. Había un desconcertante lapso que correspondía a la época en que había estado en París o en Canterbury, pero Godliman no había podido rastrear con certeza dónde, y eso amenazaba con desvalorizar todo el proyecto. Los materiales que él estaba utilizando simplemente no contenían esa información. Si la estancia del monje no había sido registrada, sería imposible corroborar dónde había estado, no había vueltas que darle al asunto. Con el optimismo propio de la juventud, el joven Godliman se negó a aceptar que la información no existía, y había trabajado en la suposición de que en alguna parte existiría la información acerca de cómo Thomas había pasado esos meses. Pese al hecho bien conocido de que casi todo lo sucedido en la Edad Media carecía de registros fidedignos. Si Thomas no estaba en París o en Canterbury, debió de haber estado en camino hacia uno de esos lugares, sostenía Godliman; y luego halló registros de viajes por barco en un museo de Ámsterdam, y según dichos registros Thomas se encontraba a bordo de un barco que iba a Dover, que fue desviado por los vientos y en un momento dado naufragó en las costas de Irlanda. Este modelo de investigación histórica fue lo que le valió a Godliman su profesorado.

Podría tratar de aplicar ese procedimiento de elaboración mental al problema de lo que sucedía con Faber.

Lo más probable era que Faber se hubiera ahogado. De no ser así, seguramente en ese momento estuviera en Alemania. Ninguna de estas dos posibilidades propiciaba una actuación, de modo que debían ser descartadas. Debía suponer que estaba vivo y que había llegado a tierra en algún lugar.

Salió de su oficina y bajó un tramo de escalera hasta el cuarto de mapas. Ahí estaba su tío, el coronel Terry, de pie ante el mapa de Europa, con el cigarrillo entre los labios. Godliman sabía que esa era una escena común en la Oficina de Guerra durante esos días: hombres de alta jerarquía de pie como hipnotizados ante los mapas, haciendo silenciosamente sus propios cálculos sobre si la guerra sería ganada o perdida. Pensó que se debía a que ya estaban hechos todos los planes y, en consecuencia, la gran maquinaria estaba en funcionamiento, y a aquellos a quienes correspondían las grandes decisiones solo les restaba esperar y ver si habían acertado.

Terry lo vio entrar y le preguntó:

—¿Cómo te ha ido con el gran hombre?

—Estaba bebiendo whisky —respondió Godliman.

—Bebe todo el día, pero no parece hacerle ningún efecto —dijo Terry—. ¿Para qué te llamó?

—Quiere la cabeza de Die Nadel sobre una bandeja. —Godliman atravesó la habitación hasta el mural con el mapa de Gran Bretaña y puso el dedo en Aberdeen—. Si tuvieras que enviar un submarino para recoger a un espía fugitivo, ¿cuál dirías que es el lugar más cercano para que el sujeto llegue con menos riesgo a la costa?

Terry se quedó a su lado y observó el mapa.

—A mí no me gustaría acercarme a más de tres millas. Pero si tuviera que actuar según mis preferencias, me quedaría diez millas mar adentro.

—Está bien. —Godliman trazó dos líneas paralelas a la costa, una a tres millas y otra a diez—. Ahora bien, si fueras un marino aficionado que saliera de Aberdeen en un pequeño barco pesquero, ¿cuánto lograrías navegar sin que te invadiera la inquietud?

—¿Quieres decir cuál es la distancia razonable para navegar en una embarcación de ese tipo?

—Naturalmente.

—Consulta a la Marina —dijo Terry, encogiéndose de hombros—. Yo diría que entre quince y veinte millas.

—Tienes razón. —Godliman trazó un arco con un radio de veinticinco millas y su centro en Aberdeen—. Entonces, si Faber está vivo, se encuentra de nuevo en Inglaterra o en algún lugar dentro de este espacio. —Y señaló el área comprendida entre las líneas paralelas y el arco.

—Pero en esa zona no hay tierra.

—¿No tenemos un mapa más grande?

Terry abrió un cajón y sacó un gran mapa de Escocia; lo extendió sobre la mesa. Godliman copió las marcas hechas con lápiz en el mapa de escala más pequeña.

Aún no había tierra dentro del área.

—Pero mira —dijo Godliman—, exactamente al este, dentro del límite de los quince kilómetros hay una larga y estrecha isla.

Terry observó más de cerca.

—«Isla de las tormentas» —leyó—. Justo.

—Podría ser... —dijo Godliman chasqueando los dedos.

—¿Puedes enviar a alguien ahí?

—Cuando amaine la tormenta. Bloggs está cerca. Haré que le envíen un avión. Puede partir en cuanto mejore el tiempo —dijo encaminándose a la puerta.

—¡Buena suerte! —le gritó Terry.

Godliman fue hasta el siguiente piso subiendo de dos en dos los escalones y entró en su oficina. Levantó el teléfono.

—Póngame al habla con el señor Bloggs, en Aberdeen, por favor.

Mientras aguardaba, dibujaba con su lápiz sobre el bloc de notas, esbozaba la isla, que era como la empuñadura de un bastón, con la curva en el extremo oeste. Tendría unos quince kilómetros de largo y quizá uno y medio de ancho. No tenía idea sobre qué clase de lugar sería: ¿un árido acantilado, una floreciente comunidad de pastos? Si Faber estaba allí todavía, podría ponerse en contacto con su submarino; en ese caso, Bloggs tendría que llegar a la isla antes que el submarino.

—El señor Bloggs está en la línea —dijo la telefonista.

—¿Fred?

—Hola, Percy.

—Creo que está en una isla que se llama isla de las tormentas.

—No, no está —dijo Bloggs—, acabamos de detenerlo.

—(Eso era lo que él esperaba.)

El estilete tenía veinticinco centímetros de largo, con un mango labrado y una pequeña pieza en cruz antes de comenzar la hoja. Era muy puntiagudo y afilado. Bloggs consideró que realmente parecía un instrumento eficacísimo para matar. Había sido afilado recientemente.

Bloggs y el inspector jefe Kincaid se quedaron mirándolo; ninguno de los dos quería tocarlo.

—Trataba de coger un autobús a Edimburgo —dijo Kincaid—. Un agente lo vio en la ventanilla cuando iba a sacar el billete y le pidió la documentación. Él soltó la maleta y salió corriendo. Una mujer conductora de autobús le pegó en la cabeza con el artefacto de los billetes. Tardó diez minutos en volver en sí.

—Bueno, vamos a echarle un vistazo —dijo Bloggs.

Atravesaron el pasillo hasta llegar a la celda.

—Es este —indicó Kincaid.

Bloggs lo observó por la mirilla. El hombre estaba sentado sobre un banco, en el extremo opuesto de la celda, con la espalda apoyada contra la pared. Tenía las piernas cruzadas, los ojos cerrados, las manos en los bolsillos.

—Tiene antecedentes penales —señaló Bloggs. El hombre era alto, con un rostro alargado y agradable, pelo oscuro. Podría haber sido el hombre de la fotografía, pero no podía tener ninguna seguridad.

—¿Quiere entrar? —le preguntó Kincaid.

—Dentro de un momento. ¿Qué había en su maleta, además del estilete?

—Las herramientas usuales de un ladrón. Bastante dinero. Una pistola, algunos cargadores. Ropas negras y zapatos con suela de goma. Doscientos paquetes de cigarrillos Lucky Strike.

—¿Nada de fotografías ni negativos?

Kincaid negó con la cabeza.

—Caray —dijo Bloggs con una especie de presentimiento.

—Los papeles lo identifican como Peter Fredericks, de Wembley, en Middlesex. Certifican que es un herrero sin trabajo que busca empleo.

—¿Herrero? —repitió Bloggs escépticamente—. No ha habido un solo artesano sin empleo desde hace cuatro años. Un espía no cometería ese error...

—¿Quiere que comience yo el interrogatorio? —preguntó Kincaid—. ¿O prefiere hacerlo usted?

—No, no. Hágalo usted.

Kincaid abrió la puerta y Bloggs entró tras él. El hombre sentado en el rincón abrió los ojos sin curiosidad. No alteró su posición. Kincaid se sentó ante una pequeña mesa. Bloggs se apoyó contra la pared. Kincaid dijo:

—¿Cuál es su verdadero nombre?

—Peter Fredericks.

—¿Qué hace tan lejos de su casa?

—Busco trabajo.

—¿Por qué no está en el ejército?

—Sufro del corazón.

—¿Dónde ha estado durante estos últimos días?

—Aquí, en Aberdeen. Anteriormente en Dundee, y antes en Perth.

—¿Cuándo llegó a Aberdeen?

—Anteayer.

Kincaid miró a Bloggs, quien asintió.

—Su historia es estúpida —dijo Kincaid—. Los herreros no necesitan andar buscando trabajo. Será mejor que diga la verdad.

—Estoy diciendo la verdad.

Bloggs tomó las monedas sueltas que tenía en el bolsillo y

las ató en un pañuelo. Mientras contemplaba el interrogatorio en silencio, balanceaba el bulto en la mano derecha.

—¿Dónde está la película? —dijo Kincaid aludiendo a lo que Bloggs le había dicho, aunque no sabía nada sobre el contenido de esta.

La expresión del hombre permaneció inalterable.

—No sé de qué está hablando.

Kincaid se encogió de hombros y miró a Bloggs.

—En pie —dijo Bloggs.

—¿Cómo?

—¡Póngase en pie!

El hombre se puso desganadamente de pie.

—Un paso adelante.

El hombre dio dos pasos hacia la mesa.

—¿Nombre?

—Peter Fredericks.

Bloggs se apartó de la pared y golpeó al hombre en la cara, justo en el puente de la nariz. Lanzó un grito y se llevó las manos al rostro.

—Conteste a lo que se le pregunta.

El hombre se enderezó y dejó caer las manos a los costados del cuerpo.

—Peter Fredericks.

Bloggs volvió a pegarle exactamente en el mismo lugar de antes. Esta vez cayó sobre una rodilla y los ojos se le llenaron de lágrimas.

—¿Dónde está la película?

El hombre movió la cabeza.

Bloggs lo levantó casi en vilo, le dio un rodillazo en la ingle, un puñetazo al estómago.

—¿Qué ha hecho con los negativos?

El hombre cayó al suelo y se levantó. Bloggs le dio un puntapié en la cara. Se oyó un ruido seco.

—¿Qué ha pasado con el submarino? ¿Dónde deben encontrarse? ¿Cuál es la consigna? Maldito sea...

Kincaid agarró a Bloggs desde atrás.

—Es suficiente —dijo—. Es mi sección y solo puedo hinchar un ojo. Usted me entiende...

—No se trata de un caso de mera ratería —soltó Bloggs volviéndose directamente hacia él—. Soy un MI5 y voy a hacer lo que me dé la gana en su sección. Si el prisionero muere, cargaré con la responsabilidad. —Una vez más se dio la vuelta para enfrentarse al hombre que estaba en el suelo, y que los miraba a él y a Kincaid con la cara ensangrentada y una expresión de incredulidad.

—¿De qué están hablando? —preguntó débilmente—. ¿Qué es esto?

Bloggs lo puso violentamente de pie.

—Usted es Heinrich Rudolph Hans von Müller-Güder, nacido en Oln el 26 de mayo de 1900, también conocido como Henry Faber, teniente coronel del servicio de inteligencia alemán. En tres meses será colgado por espionaje, a menos que sea más útil vivo que muerto. Empiece a volverse útil, coronel Müller-Güder.

—No —dijo el hombre—. ¡No, no! Soy un ladrón, no un espía. ¡Por favor! —Se agachó apartándose de Bloggs con los puños en alto—. ¡Puedo probarlo!

Bloggs volvió a pegarle, y Kincaid intervino por segunda vez.

—Bueno... está bien, Fredericks, si ese es su nombre. Pruebe que es un ladrón.

—La semana pasada robé en tres casas en Jubilee Crescent —jadeó el hombre—. De la primera saqué unas quinientas libras, y de la otra, varias alhajas, anillos de brillantes y algunas perlas. De la otra no pude sacar nada por el perro... usted debe de saber que estoy diciendo la verdad porque tienen que haber hecho la denuncia. ¿No es así? Oh, Dios mío.

Kincaid miró a Bloggs.

—Todos esos robos realmente ocurrieron.

—Puede haberse enterado por los periódicos.

—El tercero no fue denunciado.

—Tal vez los cometió, pero eso no quiere decir que no sea un espía. Los espías también pueden robar. —Se sentía muy mal.

—Pero esto sucedió la semana pasada, mientras su hombre estaba en Londres. ¿No es así?

Bloggs se quedó por un momento en silencio. Luego dijo:

—Bueno, mierda... —Y salió de la celda.

Peter Fredericks levantó la mirada hacia Kincaid y su cara era una máscara sangrienta.

—¿Quién es ese maldito SS? —exclamó.

—Alégrese de no ser el hombre que él está buscando —respondió Kincaid, mirándolo a su vez.

—¿Y bien? —preguntaba Godliman por teléfono.

—Falsa alarma. —La voz de Bloggs se oía entrecortada y distorsionada a través de la línea de larga distancia—. Un delincuente menor que dio la casualidad de que llevaba un estilete y además tenía un gran parecido físico con Faber...

—Volvemos al punto de partida —dijo Godliman.

—Usted había dicho algo acerca de una isla.

—Sí. La isla de las tormentas. Queda a unas quince millas de la costa, al este de Aberdeen. La encontrará en un mapa de escala de mayor amplitud.

—¿Qué le hace estar seguro de que se encuentra ahí?

—No estoy seguro, pero tenemos que controlar hasta la última posibilidad. Pero si en realidad robó la lancha, la...

—*Marie II.*

—Sí. Si en realidad la robó, el encuentro seguramente debía de tener lugar en el área de la isla; y en ese caso se ahogó o está como náufrago en la isla...

—Está bien, eso es lógico.

—¿Cómo está el tiempo por ahí?

—Ningún cambio.

—¿Cree que con un barco grande podrá llegar a la isla?

—Supongo que con un barco grande se puede superar cualquier tormenta. Pero esa isla no debe de tener un gran atracadero, ¿verdad?

—Es mejor que lo averigüe, pero supongo que tiene razón.

Ahora bien, escuche... Hay una base de la RAF cerca de Edimburgo. Mientras usted llega, tomaré las medidas necesarias para que un hidroavión lo espere. Parta en cuanto la tormenta se lo permita. Haga que la guardia costera local esté lista para proceder en cuanto reciba la orden de partida. No sé quién llegará primero.

—Pero si el submarino también aguarda a que amaine la tormenta, él llegará primero —respondió Bloggs.

—Tiene razón. —Godliman encendió un cigarrillo procurando que la inspiración no lo abandonara—. Bueno, podemos hacer que una corbeta de la Marina circunde la isla y escuche las señales de radio de Faber. Cuando amaine la tormenta puede enviar una lancha hasta la isla.

—¿Quizá con algunos soldados?

—Sí. Solo que, lo mismo que usted, tendrán que aguardar a que amaine la tormenta.

—Ya no puede durar mucho.

—¿Qué pronostican los meteorólogos escoceses?

—Que durará por lo menos un día más. Pero mientras nosotros estemos atascados, él también lo estará.

—Si es que está ahí.

—Sí.

—Está bien —dijo Godliman—. Tendremos la corbeta, los guardacostas, algunos soldados de la Marina y un hidroavión. Usted póngase en marcha enseguida. Llámeme desde Rosyth. Suerte.

—Gracias.

Godliman colgó. Su cigarrillo olvidado sobre el borde del cenicero se había consumido.

29

El jeep semitumbado se veía entero, pero imposibilitado como un elefante herido. El motor se había trabado. Faber le dio un buen empujón y consiguió que volviera a colocarse majestuosamente sobre sus cuatro ruedas. Había sobrevivido a la lucha relativamente indemne. La capota de tela estaba destruida; el tajo que Faber le había hecho con el estilete se había convertido en un boquete que iba de lado a lado. El parachoques delantero, que se había hundido en la tierra encallando el vehículo, estaba retorcido, y el faro del lado del barranco, totalmente destrozado. El cristal de la puerta de ese mismo lado se había hecho trizas con el disparo de la escopeta. El parabrisas, en cambio, estaba milagrosamente intacto.

Faber subió al asiento del conductor, puso la palanca en punto muerto y probó el arranque, que respondió y se detuvo. Volvió a intentarlo, y por fin el motor respondió. Se sintió agradecido por ello, pues realmente no hubiera podido realizar una caminata larga.

Se quedó un momento sentado ante el volante, haciendo inventario de sus heridas. Se tocó el tobillo derecho con mucho cuidado; estaba hinchándose todo el pie. Quizá tuviera el hueso fracturado. Por suerte el jeep estaba preparado para que lo condujera un hombre sin piernas. Él no hubiera podido presionar el pedal. El chichón en la parte posterior de la cabeza parecía enorme al tacto, por lo menos del tamaño de una pelota de golf; cuando se lo tocó, retiró la mano pegajosa de sangre.

Se miró la cara en el espejo retrovisor. Era una masa de cortes y magulladuras, como la cara del perdedor al final de un combate de boxeo.

Había dejado su capote en la cabaña, de modo que la chaqueta y el *overall* estaban empapados y embarrados. Necesitaba entrar pronto en calor.

Se aferró al volante. Sintió un dolor abrasador en la mano. Se había olvidado de la uña arrancada. Se la miró. Era la más espantosa de sus heridas. Tendría que conducir con una sola mano.

Salió despacio y encontró lo que consideró que sería el camino. No había peligro de perderse en la isla. Todo lo que tenía que hacer era seguir el borde del acantilado hasta llegar a la casa de Lucy.

Necesitaba inventar una mentira para explicarle a Lucy qué había pasado con su marido. Sabía que desde esa distancia ella no habría oído el disparo de la escopeta. Podría, indudablemente, decirle la verdad, puesto que ella no estaba en condiciones de hacer nada. Sin embargo, si se volvía molesta tendría que asesinarla, y le disgustaba tener que hacerlo. Mientras conducía despacio barranco abajo en medio de la lluvia y el viento, se asombraba de esa novedad en él, ese escrúpulo. Era la primera vez que sentía resistencia a matar. No era que fuese un amoral. Tenía la convicción de que cada una de las muertes que él causaba estaban en el mismo nivel que las causadas en el campo de batalla, y sus sentimientos estaban sujetos a su intelectualización. Después de matar, siempre tenía la misma reacción: vomitaba; pero eso era algo incomprensible que no trataba de explicarse.

Entonces ¿por qué no quería matar a Lucy?

Decidió que el sentimiento se equiparaba al que le hizo informar de tal modo que la Luftwaffe no destruyera la catedral de San Pablo: un imperativo que lo empujaba a proteger lo hermoso. Ella era una creación notable, tan llena de encanto y sutileza como un objeto de arte. Faber podía pactar consigo mismo como asesino, pero no como iconoclasta. Cuando tuvo claro ese pensamiento, se le ocurrió que en realidad esa era una manera particular de ser. Pero no cabía duda de que los espías eran seres muy particulares.

Recordó a algunos de los espías que habían sido reclutados por el Abwehr en la misma época que él: Otto, el gigante nórdico, que hacía delicadas esculturas de papel, al estilo japonés, y que además odiaba a las mujeres; Friedrich, el pequeño genio matemático, suspicaz, que se sobresaltaba ante las sombras y sufría depresiones de cinco días cuando perdía una partida de ajedrez; Helmut, que se deleitaba leyendo libros sobre la esclavitud en América del Norte y que pronto entró en las SS...; todos eran diferentes y peculiares. Si entre ellos tenían algo en común, él no sabía de qué se trataba.

Cada vez parecía conducir más despacio, y la lluvia y la niebla se volvían más impenetrables. Comenzó a preocuparle el borde del acantilado a su mano izquierda. Se sentía ardiendo, al mismo tiempo sufría escalofríos. Advirtió que había estado hablando en voz alta sobre Otto y Friedrich y Helmut, y reconoció los síntomas del delirio. Se esforzó por no pensar en nada más que en mantener el jeep en la huella. El silbido del viento se convertía en una especie de ritmo que se volvía hipnótico. En un momento dado se encontró parado, mirando en dirección al mar. Y no tenía ni idea de cuánto tiempo llevaba en esa actitud.

Al parecer habían pasado horas cuando divisó la cabaña de Lucy. Enfiló hacia ella pensando: «Debo acordarme de frenar antes de chocar contra la pared». Había una silueta de pie en la puerta, mirando hacia él a través de la lluvia. Debía mantener su lucidez como para poder decirle una mentira. Tenía que acordarse, tenía que acordarse...

Ya caía la tarde cuando el jeep volvió. Lucy estaba preocupada por lo que les habría sucedido a los hombres, y, al mismo tiempo, disgustada porque no volvían para el almuerzo que les había preparado. A medida que pasaba el tiempo, se pegaba más y más a los cristales de las ventanas, aguardando su llegada.

Cuando divisó el jeep, que bajaba por la cuesta hacia la casa, supo que algo había pasado, pues venía muy despacio y zigzagueando, y dentro solo iba una persona. Cuando estuvo más cerca, advirtió que el frente estaba retorcido, y el faro, destrozado.

—¡Oh, Dios!

El vehículo tironeó y se detuvo de golpe ante la casa, y vio que el que estaba dentro era Henry. Él no hizo ningún movimiento para bajar. Lucy corrió bajo la lluvia y abrió la puerta del lado del conductor.

—¿Qué ha pasado? ¿Qué ha pasado?

La mano se le deslizó del freno, y el jeep se desplazó hacia delante. Lucy se inclinó por encima de él y llevó la palanca a punto muerto.

—Dejé a David en la cabaña de Tom... choqué al volver... —Las palabras parecían costarle gran esfuerzo.

Ahora que sabía lo que había sucedido, el pánico de Lucy se calmó.

—Ven adentro —dijo con determinación.

El imperativo de su voz le llegó. Se volvió hacia ella, puso el pie sobre la plataforma del guardabarros para bajar, pero se desplomó al suelo. Lucy vio que tenía el tobillo hinchado como una pelota.

Le pasó las manos por debajo de los sobacos y lo ayudó a ponerse de pie.

—Pon el peso del cuerpo sobre el otro pie y apóyate en mí. —Ella le puso el brazo derecho en torno a su cuello y casi lo arrastró dentro.

Jo miraba con los ojos abiertos de par en par mientras ella ayudaba a Henry a entrar en la casa y lo depositaba en el sofá. Él se echó hacia atrás con los ojos cerrados. Sus ropas estaban mojadas y embarradas.

—Jo, vete arriba y ponte tu pijama, por favor —dijo Lucy.

—Pero yo quiero mi cuento. ¿Está muerto?

—No, no está muerto. Ha chocado con el jeep, y esta noche no te contaré un cuento. Vamos, ve arriba.

El niño hizo un gesto de fastidio y Lucy lo miró amenazadora. Entonces se fue.

Lucy tomó unas tijeras grandes de su costurero y cortó las ropas de Henry. Primero la chaqueta, luego el *overall*, después la camisa. Frunció el ceño azorada cuando vio el estilete envainado en su antebrazo izquierdo; pensó que era alguna herramienta especial para limpiar peces, o algo así. Cuando trató de quitárselo, él le apartó la mano. Ella se encogió de hombros y se puso a quitarle las botas. La izquierda salió con facilidad, pero él lanzó un quejido de dolor cuando le tocó la derecha.

—Debo quitártela —le dijo—. Debes ser valiente.

Una especie de extraña sonrisa se le dibujó en el rostro, y asintió. Ella le cortó los cordones y con firmeza, pero suavemente, agarró la bota con las dos manos y tiró. Esta vez él se mantuvo callado. Cortó el calcetín y también se lo quitó.

—¡Está en calzoncillos! —exclamó Jo entrando.

—Tiene toda la ropa mojada. —Besó al niño para que se fuera a dormir—. Vete solo a la cama. Después te arreglaré las mantas.

—Entonces besa al osito.

—Hasta mañana, osito.

Jo se fue. Lucy miró otra vez a Henry. Tenía los ojos abiertos y le sonreía. Dijo:

—Entonces besa a Henry.

Ella se inclinó y le besó la cara maltrecha. Luego, cuidadosamente, le quitó la ropa interior.

El calor del fuego pronto le secaría la piel desnuda. Ella fue a la cocina, llenó una vasija con agua tibia y le echó un poco de antiséptico para lavarle las heridas. Encontró un paquete de algodón y volvió a la sala.

—Esta es la segunda vez que llegas al umbral medio muerto —dijo ella mientras comenzaba la tarea.

—La consigna habitual —dijo Henry. Las palabras le brotaron súbitamente.

—¿Qué?

—Esperar en Calais un ejército fantasma...

—Henry, ¿de qué estás hablando?

—Todos los viernes y los lunes...

Finalmente ella se dio cuenta de que deliraba.

—No trates de hablar —le dijo levantándole la cabeza levemente para quitarle la sangre coagulada en torno al chichón.

De pronto él se irguió, la miró con ferocidad y dijo:

—¿Qué día es hoy? ¿Qué día es hoy?

—Es domingo, quédate tranquilo.

—Está bien.

Después de eso se calmó, y le permitió a ella que le sacara la vaina con el estilete. Ella le enjugó el rostro, le vendó el dedo que había perdido la uña y le puso pomada en el tobillo. Una vez terminada la tarea, se quedó mirándolo un momento. Parecía dormido. Le tocó la larga cicatriz sobre el pecho y la marca en forma de estrella sobre la cadera, que supuso que era una mancha de nacimiento.

Antes de tirar a un lado las ropas deshechas que le había quitado revisó bien los bolsillos. No era mucho lo que había: algo de dinero, sus documentos, una cartera de cuero y una cápsula para guardar una película. Puso todo en una pila sobre la repisa de la estufa, junto con su cuchillo de pescador. Tendría que ponerse alguna ropa de David.

Lo dejó y fue arriba a ver a Jo. El niño estaba dormido, sobre su osito y con los brazos estirados. Le besó la mejilla con suavidad y le arregló las mantas. Luego salió y metió el jeep en el cobertizo.

Se preparó algo para beber en la cocina y luego se sentó mirando a Henry, deseando que se despertara y volviera a hacerle el amor.

Cuando él se despertó era casi medianoche. Abrió los ojos, por su cara pasaron varias expresiones que ya eran familiares para ella: primero el temor, luego una cautelosa inspección del lugar, y por último la distensión. Siguiendo un impulso, ella le preguntó:

—¿De qué tienes miedo, Henry?

—No sé qué quieres decir.

—Cuando despiertas siempre tienes cara de miedo.

—No sé. —Se encogió de hombros y el movimiento pareció causarle dolor—. Diablos, estoy molido.

—¿Quieres contarme qué pasó?

—Sí, si me das un trago de coñac.

Ella sacó el coñac del aparador.

—Puedes ponerte alguna ropa de David.

—Dentro de un momento... A menos que te sientas incómoda.

Ella le alargó la copa, sonriente.

—Me temo que me estoy divirtiendo.

—¿Qué ha pasado con mi ropa?

—Tuve que arrancártela cortándola. La he tirado.

—Supongo que no habrás tirado mis papeles. —Sonrió, pero por debajo corría otra sensación.

—Ahí está todo sobre la repisa. —Señaló ella—. ¿El cuchillo es para limpiar los pescados o algo así?

Su mano derecha fue al encuentro de su brazo izquierdo, donde había estado la vaina.

—Sí, algo así —respondió. Pareció incómodo un instante, luego se relajó con un poco de esfuerzo y tomó un sorbo de bebida—. Me sienta bien.

—¿Y bien? —dijo ella pasado un momento.

—¿Y bien qué?

—¿Cómo te las arreglaste para perder a mi marido y estrellar el jeep?

—David decidió quedarse a pasar la noche en casa de Tom. Algunas ovejas tuvieron dificultades en un lugar que llaman The Gully...

—Sí, lo conozco.

—... y seis o siete estaban heridas. Están todas en la cocina de Tom; las están vendando mientras arman un escándalo terrible. De todos modos, David sugirió que yo volviera y te dijera que él se quedaría. Y no sé realmente cómo lo hice para chocar. No tengo práctica en el manejo de ese tipo de coche, y no hay camino propiamente dicho. Choqué contra algo y patiné, y el jeep se fue de lado. Los detalles... —Se encogió de hombros.

—Debías de ir a bastante velocidad. Cuando llegaste aquí, te hallabas en un estado miserable.

—Supongo que reboté dentro del jeep. Me golpeé la cabeza, me torcí el tobillo...

—Perdiste una uña, te magullaste toda la cara y casi pescas una pulmonía. Debes de tener predisposición a los accidentes.

Él bajó las piernas al suelo, se puso de pie y fue hasta la repisa.

—Tu poder de recuperación es increíble —dijo ella.

Él volvía a ajustarse el cuchillo al brazo.

—Nosotros, los pescadores, somos muy saludables. Me dijiste que me darías ropa.

Ella se levantó y se quedó muy cerca de él.

—¿Para qué necesitas ropa? Es hora de ir a la cama.

Él la abrazó, la apretó contra su cuerpo desnudo y la besó con fuerza. Ella le palmeó los muslos.

Pasado un momento, él se separó de ella, recogió sus cosas de la repisa, la cogió de la mano y luego, con paso inseguro, la condujo arriba, a la cama.

QUINTA PARTE

30

La ancha y blanca supercarretera serpenteaba a través del valle de Baviera de camino a la montaña. En el asiento trasero de cuero del Mercedes del comando, el mariscal de campo Gerd von Rundstedt aún estaba abatido. Tenía sesenta y nueve años, sabía que era demasiado aficionado al champán y no lo bastante adicto a Hitler. Su delgado rostro lúgubre reflejaba una carrera más larga y errática que cualquiera de los demás oficiales de Hitler. Había sido apartado del mando por caer en desgracia más veces de las que podía recordar, pero el Führer siempre le pedía que volviera.

A medida que el coche pasaba por la villa de Berchtesgaden, se preguntaba por qué volvía siempre que Hitler lo perdonaba. El dinero no significaba nada para él; había alcanzado el rango más alto posible; las condecoraciones no tenían valor alguno en el Tercer Reich, y él creía que no era posible ganar honores en aquella guerra.

Rundstedt había sido el primero en llamar a Hitler «el cabo de Bohemia». El pequeño hombre no sabía nada de la tradición militar alemana ni tampoco —pese a sus raptos de inspiración— de estrategia militar. De haber estado en sus manos, él no habría comenzado esa guerra, que era imposible de ganar. Rundstedt era el mejor de los soldados alemanes, y lo había demostrado en Polonia, Francia y Rusia, pero no creía en la victoria.

De todos modos, tampoco tenía nada que ver con el pequeño grupo de generales que, según él sabía, estaban conspirando para derrocar a Hitler. Hacía la vista gorda con respecto a ellos, pero el juramento de sangre del guerrero alemán, el *Fahneneid*, era demasiado fuerte en él como para permitirle que se uniera a la conspiración. Y ese era el motivo —según suponía él— por el cual seguía al servicio del Tercer Reich. Estuviera o no en lo cierto, su país estaba en peligro y no le quedaba más alternativa que protegerlo. «Soy como un viejo soldado de caballería —pensó—. Si me quedara en casa sentiría vergüenza.»

Estaba al mando de cinco ejércitos en el frente occidental; es decir, que tenía a un millón y medio de hombres bajo sus órdenes. No eran tan fuertes como podrían parecer. Algunas divisiones eran casi hogares de descanso para inválidos del frente ruso, había carencia de armamento, y entre las restantes formaciones abundaban los proscritos de otras nacionalidades. Sin embargo, Rundstedt podría mantener a los aliados fuera de Francia siempre y cuando utilizara a sus fuerzas con astucia.

Aquel despliegue de tropas era el que ahora debía discutir con Hitler.

El automóvil subió la Kehlsteinstrasse hasta donde finalizaba el camino, ante una gran puerta de bronce junto al Kehlstein Mountain. Un SS de la guardia presionó un botón y la puerta se abrió con un zumbido; el coche penetró en un largo túnel de mármol iluminado por focos emplazados sobre pedestales de bronce. Al llegar al extremo del túnel el conductor detuvo la marcha y Rundstedt, tras bajar del automóvil, se dirigió al ascensor, donde se sentó en uno de los asientos de cuero hasta completar el ascenso al Adlehorst, el Nido de las Águilas.

En la antecámara, Rattenhuber recogió su pistola y le hizo esperar. Indiferente, él fijaba la vista en la porcelana de Hitler mientras repasaba las palabras que le diría.

Poco después, uno de los guardaespaldas rubio retornó para conducirlo hasta la sala de reuniones.

El lugar le hizo pensar en un palacio del siglo XVIII. Las paredes estaban cubiertas con óleos y tapices, y había un busto de Wagner y un enorme reloj rematado por un águila de bronce. La vista desde la amplia ventana era realmente asombrosa; se podían ver las montañas de Salzburgo y el pico del Untersberg, el monte donde, según la leyenda, yacía el cuerpo del emperador Federico Barbarroja aguardando el momento para levantarse de su tumba y salvar a la patria. Dentro de la habitación, sentados en sillas especialmente incómodas, estaban Hitler y tres de los miembros de su Estado Mayor: el almirante Theodor Krancke, comandante de la Marina en el Oeste; el general Alfred Jodl, jefe del Estado Mayor, y el almirante Karl Jesko von Puttkamer, el ayuda de campo de Hitler.

Rundstedt saludó y se le indicó una silla. Un sirviente les llevó un plato de tostadas con caviar y un vaso de champán. Hitler se quedó ante el gran ventanal, mirando hacia el exterior con las manos entrecruzadas a la espalda. Sin volverse, dijo de pronto:

—Rundstedt ha cambiado de idea. Ahora está de acuerdo con Rommel en que los aliados invadirán Normandía. Eso es lo que mi instinto me ha sugerido siempre. Krancke, sin embargo, aún se inclina por Calais. Rundstedt, dígale a Krancke cómo ha llegado a esta conclusión.

Rundstedt tragó un bocado y tosió tapándose la boca con la mano.

—Hay dos cosas: una información y una lógica distinta —comenzó Rundstedt—. Primero me referiré a la información. Los últimos resúmenes de los bombardeos aliados en Francia muestran sin asomo de duda que su objetivo principal es destruir cada uno de los puentes que atraviesan el Sena. Ahora bien, si desembarcan en Calais, el Sena no desempeña ningún papel dentro de la batalla; pero si desembarcan en Normandía, todas nuestras reservas tienen que cruzar el Sena para llegar a la zona del conflicto.

»Segundo, el razonamiento lógico. Me he parado un poco a pensar cómo invadiría Francia si yo fuese el que estuviera al mando de las fuerzas aliadas. Mi conclusión es que mi meta principal debe ser abrir una brecha que sirva de puente, y a través de la cual puedan llegar hombres y abastecimientos a toda velocidad. La punta de lanza debe establecerse, por lo tanto, en la región donde haya un puerto grande y de gran capacidad. Naturalmente, la elección recaería sobre Cherburgo. Tanto el esquema de bombardeos como las necesidades estratégicas señalan Normandía —concluyó. Levantó su copa y la vació, y el sirviente acudió para volverla a llenar.

—Todo nuestro servicio de inteligencia —dijo Jodl— señala hacia Calais...

—Y acabamos de ejecutar al jefe del Abwehr por traidor —interrumpió Hitler—. Krancke, ¿está usted convencido?

—No —respondió el almirante—. Yo también he considerado cómo dirigiría la invasión si estuviera del otro lado. Pero he introducido en el razonamiento una cantidad de factores de naturaleza náutica que nuestro colega Rundstedt quizá no haya tenido en cuenta. Creo que atacarán durante la noche, iluminados por la luna, con marea alta para superar los obstáculos que Rommel ha colocado bajo las aguas, y lejos de los acantilados, lugares rocosos y con corrientes fuertes. ¿Normandía? Nunca.

Hitler movió la cabeza en señal de desacuerdo.

—Hay aún otro dato —dijo Jodl— que me parece significativo. La Guards Armored Division ha sido transferida del norte de Inglaterra a Hove, en la costa sudeste, para unirse al grupo del Primer Ejército de Estados Unidos al mando del general Patton. Nos enteramos de esto por una transmisión de radio. Hubo una confusión con respecto al envío de aprovisionamiento, cubiertos que fueron a una división en lugar de ir a otra, y los imbéciles han estado ventilando ese error por radio. Es una división británica muy aristocrática, al mando del general sir Allan Hebry Shafto Adair. Estoy seguro de que no estará muy lejos del centro del combate cuando este comience.

Las manos de Hitler se movían con nerviosismo, y su cara tenía aspecto de indecisión.

—¡Generales! —les gritó, iracundo—. Me traen opiniones conflictivas o no me aportan consejo alguno. Debo decirles todo...

Con su característica brillantez, Rundstedt lo interrumpió:

—Mi Führer, usted tiene cuatro estupendas divisiones acorazadas aquí en Alemania que no están haciendo nada. Si estoy en lo cierto, nunca llegarán a tiempo a Normandía para repeler la invasión. Le ruego que las envíe a Francia y las ponga bajo las órdenes de Rommel. Si estamos equivocados, y la invasión comienza en Calais, por lo menos estarán lo suficientemente cerca para entrar en combate en una etapa temprana.

—No sé, no sé. —Los ojos de Hitler se abrieron mucho y Rundstedt se dijo que a lo mejor había ido demasiado lejos, una vez más...

Ahora Puttkamer habló por primera vez.

—Mi Führer, hoy es domingo...

—¿Y bien...?

—Mañana por la noche el submarino recogerá al agente Die Nadel.

—Ah, sí, alguien en quien puedo confiar.

—Naturalmente, en cualquier momento, puede comunicarse con nosotros por radio, pero eso sería peligroso...

—No hay tiempo —dijo Rundstedt— para aplazar decisiones. Tanto las incursiones aéreas como el sabotaje se han intensificado notablemente. La invasión puede comenzar en cualquier momento.

—No estoy de acuerdo —dijo Krancke—. Las condiciones del tiempo no serán propicias hasta principios de junio...

—Para lo cual no falta mucho...

—¡Basta! —gritó Hitler—. Ya lo he decidido. Por ahora, mis divisiones acorazadas se quedan en Alemania. El martes debemos saber algo de Die Nadel y entonces volveré a considerar el destino de esas fuerzas. Si la información se inclina a favor de Normandía, como creo que lo hará, desplazaré a las divisiones.

Rundstedt dijo suavemente:

—¿Y si él no informa?

—Si él no informa, lo reconsideraré de todos modos.

Rundstedt asintió con la cabeza.

—Con su permiso, volveré a mi puesto de mando.

—Puede hacerlo.

Rundstedt se puso de pie, saludó militarmente y salió. En el ascensor con revestimiento de cobre, que lo conducía a ciento y pico de metros más abajo, al garaje subterráneo, sintió que se le revolvía el estómago. No sabía si la sensación se debía a la velocidad del descenso o al pensamiento de que el destino de su país estaba en las manos de un único espía en paradero desconocido.

SEXTA PARTE

31

Lucy se despertó despacio; surgió gradual, lánguidamente, del cálido vacío de sueño profundo, a través de las capas del inconsciente, percibiendo el mundo pedazo a pedazo; primero el cálido, duro cuerpo masculino a su lado; luego la extrañeza de la cama de Henry; el ruido de la tormenta fuera, tan fuerte e incansable como ayer y el día anterior; el suave olor de la piel del hombre; su brazo a través del pecho de él; sus piernas entrelazadas con las de él, como para mantenerlo ahí; sus senos prietos contra el flanco de él; la luz del día que daba contra sus pupilas; la respiración suave y regular que chocaba contra el rostro de ella; y luego, de repente, como la solución de una adivinanza, el darse cuenta de que estaba en flagrante adulterio, acostada con un hombre que había conocido solo cuarenta y ocho horas atrás, y que estaban desnudos en la cama, en la casa de su marido. Por segunda vez.

Abrió los ojos y vio a Jo. Dios mío... se había quedado completamente dormida.

Él estaba de pie junto a la cama con su pijama todo arrugado, el pelo revuelto, una muñeca de trapo destartalada debajo del brazo, chupándose el pulgar y contemplando con los ojos abiertos a su mamá y al hombre extraño abrazándose el uno al otro en la cama. Lucy no pudo leer su expresión, pues a esa hora del día él lo contemplaba todo más o menos de la misma manera, como si el mundo fuera nuevo y maravilloso todas las mañanas. Ella también lo miró en silencio, sin saber qué decirle.

Luego, la profunda voz de Henry dijo:

—Buenos días.

Jo se quitó el pulgar de la boca y respondió:

—Buenos días. —Dio media vuelta y salió de la habitación.

—Maldición, maldición —dijo Lucy.

Henry se deslizó hacia abajo hasta poner la cara al mismo nivel que la de ella y la besó. Su mano fue hasta sus muslos y la abrazó posesivamente.

—Santo Dios, basta —dijo ella apartándolo.

—¿Por qué?

—Jo nos ha visto.

—¿Y qué pasa con eso?

—Puede hablar, como comprenderás. Tarde o temprano le dirá algo a David. ¿Qué voy a hacer?

—No hagas nada. ¿Tiene tanta importancia?

—Por supuesto que la tiene.

—No veo por qué. Dada la forma en que él se comporta, no deberías sentirte culpable.

De pronto, Lucy se dio cuenta de que Henry simplemente no tenía noción de la compleja maraña de lealtades y obligaciones que constituía un matrimonio. Cualquier matrimonio, pero especialmente el de ella.

—No es tan simple como tú lo ves —dijo.

Saltó de la cama y cruzó el rellano hasta su propio dormitorio. Se vistió poniéndose unos pantalones y un jersey. Luego recordó que había destrozado las ropas de Henry y que tenía que prestarle algo de David. Encontró calzoncillos y calcetines, una camisa de punto y un jersey con cuello en V. Por último, encontró en el fondo de la maleta un pantalón que no estaba cortado por las rodillas y cosido. Mientras, Jo la miraba en silencio.

Llevó la ropa a la otra habitación. Henry había ido al cuarto de baño a afeitarse. Le habló a través de la puerta:

—Tu ropa está sobre la cama.

Bajó, encendió la cocina y puso una olla de agua a calentar. Decidió hacer huevos pasados por agua para el desayuno. Le lavó la cara a Jo en el fregadero de la cocina, lo peinó y lo vistió rápidamente.

—Te estás portando muy bien esta mañana —le dijo ella animadamente.

Él no respondió nada.

Henry bajó y se sentó a la mesa, con tanta naturalidad como si hubiera estado haciéndolo desde hacía años. Lucy se sentía muy extraña al verlo vestido con la ropa de David, ofreciéndole un huevo para desayunar y dejando una bandeja con tostadas sobre la mesa.

De pronto Jo dijo:

—¿Mi papá está muerto?

Henry dirigió una mirada al niño y no dijo nada.

—No seas tonto —dijo Lucy—. Está en la casa de Tom.

Jo la ignoró y se dirigió a Henry:

—Tú llevas la ropa de mi papá, y tienes a mi mamá. ¿Ahora vas a ser mi papá?

—Los niños y los locos... —citó Lucy.

—¿No viste mi ropa anoche? —preguntó Henry.

Jo asintió.

—Bueno, entonces sabes por qué he tenido que tomar prestada la de tu papá. Cuando consiga alguna mía se la devolveré.

—¿Y devolverás a mi mamá?

—Por supuesto que sí.

—Come tu huevo, Jo —dijo Lucy.

El niño, aparentemente satisfecho, se sumergió en su desayuno. Lucy estaba mirando por la ventana de la cocina.

—La lancha no vendrá hoy —comentó.

—¿Estás contenta? —le preguntó Henry.

—No lo sé.

Lucy no tenía hambre. Tomó una taza de té mientras Jo y Henry comían. Después, Jo se fue arriba a jugar y Henry recogió las cosas de la mesa. Mientras lo iba apilando todo en el fregadero, dijo:

—¿Temes que David te castigue? ¿Físicamente?

—No —dijo ella moviendo la cabeza.

—Tendrías que olvidarle —continuó Henry—. De todos modos, estabas planeando separarte de él. ¿Por qué habría de preocuparte tanto si lo sabe o no?

—Es mi marido. Eso significa algo. La clase de marido que es... todo eso... no me da derecho a humillarlo.

—Creo que te da derecho a que no te importe si se siente humillado o no.

—No es algo que pueda ser resuelto en forma lógica. Es simplemente la forma en que lo siento.

Él hizo un gesto de impotencia con los brazos.

—Lo mejor que puedo hacer es ir hasta la casa de Tom y averiguar si tu marido está dispuesto a regresar. ¿Dónde están mis botas?

—En el salón. Te buscaré una chaqueta.

Fue hasta arriba y cogió la más vieja, de fajina. Era de un tweed gris verdoso, muy bonita, muy elegante, con cinturón y bolsillos superpuestos. Lucy le había puesto parches de cuero en los codos para protegerlos; ya no se conseguía ropa como esa. Bajó con ella hasta el salón, donde Henry se estaba poniendo las botas. Se había atado la izquierda y penosamente estaba metiendo el pie golpeado en la otra. Lucy se arrodilló para ayudarlo.

—La hinchazón ha bajado —dijo ella.

—El maldito todavía duele.

Consiguieron encajar la bota, pero la dejaron abierta. Henry se puso de pie para probarla.

—Está bien —dijo.

Lucy lo ayudó a ponerse la chaqueta. Le quedaba un poco justa en los hombros.

—No tenemos otra chaqueta impermeable —dijo ella.

—Entonces me mojaré. —La abrazó y la besó con suavidad.

Ella le rodeó el cuello con los brazos y lo mantuvo apretado contra ella durante un momento.

—Hoy conduce con más cuidado —dijo.

Él sonrió, asintió y volvió a besarla —brevemente esta

vez—, y salió. Ella lo vio caminar con dificultad hacia el cobertizo y se quedó ante la ventana mientras él ponía en marcha el jeep y subía despacio la cuesta hasta desaparecer de la vista. Cuando se hubo ido se sintió aliviada, pero vacía.

Comenzó a ordenar la casa, a hacer las camas y lavar los platos, barrer y quitar el polvo; pero no lograba sentir ningún entusiasmo por lo que hacía. Estaba inquieta. Le preocupaba el problema de qué hacer con su vida. Giraba en torno a los mismos argumentos familiares una y otra vez, sin poder pensar en otra cosa. Sintió que la casa le producía una sensación de claustrofobia. Fuera se extendía el mundo, un mundo de guerra y heroísmo, lleno de color y de gente, millones de personas; quería estar allí, en el medio de todo, para conocer nuevas mentalidades y ver ciudades y escuchar música. Encendió la radio —un gesto automático—, y las noticias la hicieron sentir más y no menos sola. Estaban dando un informe sobre la guerra en Italia, las normas de racionamiento se habían flexibilizado un poco, el asesino londinense del estilete aún no había sido apresado, Roosevelt había pronunciado un discurso, Sandy Macpherson comenzó a tocar y Lucy apagó la radio. Nada le concernía, puesto que no pertenecía a aquel mundo.

Le vinieron ganas de gritar.

Pese al mal tiempo, tenía que salir de la casa. Aunque solo fuera una escapada simbólica... después de todo no eran las paredes de piedra las que la aprisionaban; pero era preferible el símbolo antes que nada. Fue a buscar a Jo arriba, separándolo con alguna dificultad de un regimiento de soldaditos de plomo, y lo cubrió con ropa impermeable.

—¿Por qué salimos? —preguntó él.

—Para ver si viene la lancha.

—Tú has dicho que hoy no vendría.

—Bueno, por si acaso.

Se pusieron los brillantes sombreros amarillos, se los anudaron por debajo de la barbilla y salieron.

El viento constituía un golpe físico que casi hizo perder el equilibrio a Lucy. En pocos segundos su cara estuvo empapada, y los mechones de pelo que le asomaban por debajo del sombrero estaban pegados contra sus mejillas y la parte trasera del impermeable. Jo lanzaba exclamaciones de deleite y saltaba por encima de los charcos.

Caminaron por el acantilado hasta donde comenzaba la bahía. Mirando hacia abajo veían el enorme mar del Norte, con las gigantescas olas que se estrellaban contra los peñascos de la playa. La tormenta había arrancado la vegetación submarina de sabía Dios qué profundidad, y la arrojaba contra la arena y las rocas. Muy pronto, madre e hijo quedaron absortos en la siempre renovada remesa de olas. Ya lo habían contemplado otras veces; el mar ejercía sobre ambos un efecto hipnótico, y luego Lucy nunca estaba demasiado segura de cuánto tiempo había pasado en aquella silenciosa contemplación.

Esta vez, la fascinación quedó interrumpida por algo que ella vio. Al principio fue solo un vislumbre de color en la depresión de la ola, tan fugaz que no estaba segura de qué color se trataba, y era tan pequeño y distante que inmediatamente dudó si en realidad lo había visto. Lo buscó, pero no volvió a verlo, y su mirada retornó a la bahía y al pequeño malecón sobre el que se juntaba la escoria, para luego volver a ser arrastrada por la siguiente ola grande. Cuando pasara la tormenta, ella y Jo irían a recorrer la playa para ver qué tesoros había arrastrado el mar, y volverían con piedras de colores extraños, trozos de madera a los que atribuían orígenes remotos, enormes caracolas y fragmentos retorcidos de metales herrumbrados.

Una vez más volvió a divisar el relumbrón de color, esta vez mucho más cerca, visible durante unos pocos segundos. Era de un amarillo brillante, del color de sus impermeables para la lluvia. Lo escudriñó a través de la cortina de lluvia, pero no podía identificar la forma antes de que volviera a desaparecer. Ahora la marejada lo aproximaba más, junto con las demás cosas que traía a la bahía y depositaba sobre la arena, como un hombre que se vacía los bolsillos del pantalón sobre la mesa.

Era realmente un impermeable, pudo verlo cuando el mar

lo levantó sobre la cresta de la ola y se lo mostró por tercera y definitiva vez. El día anterior, Henry había vuelto con el suyo puesto. Entonces ¿cómo había ido a parar al mar? La ola rompió contra el malecón y arrojó el objeto sobre el maderamen mojado de la rampa, y Lucy advirtió que no era el de Henry, porque su dueño estaba allí dentro. Su exclamación de horror fue arrastrada por el viento, de modo que ni ella pudo oírla. ¿Quién era? ¿De dónde salía? ¿Sería otro barco naufragado?

Se le ocurrió que quizá aún estuviera vivo. Debía bajar y comprobarlo. Se inclinó y le gritó a Jo al oído:

—¡Quédate aquí quietecito, no te muevas! —Luego echó a correr por la rampa.

A medio camino oyó pasos detrás de ella. Jo la seguía. La rampa era estrecha y resbaladiza, muy peligrosa. Se detuvo y alzó al niño en los brazos.

—¡Desobediente! ¡Te he dicho que me esperaras! —Miró al cuerpo abajo y la distancia hasta la cumbre sin saber si seguir o regresar. Se dio cuenta de que el mar se volvería a llevar el cuerpo en cualquier momento, y siguió camino hacia abajo con Jo.

Una ola más pequeña cubrió el cuerpo, y cuando el agua retrocedió Lucy estaba lo suficientemente cerca para advertir que se trataba de un hombre, y que había estado el tiempo suficiente en el mar para tener las facciones hinchadas y desfiguradas, lo cual significaba que estaba muerto. No podía hacer nada por él, y no iba a arriesgar su vida y la de su hijo por un cadáver. Estaba a punto de volver sobre sus pasos cuando algo le pareció familiar en aquel rostro desfigurado. Se quedó mirándolo, sin comprender, tratando de rescatar las facciones de alguien en su memoria; y luego, súbitamente, reconoció la cara. Se quedó paralizada por el terror, el corazón pareció detenérsele y murmuró:

—¡No, David, no!

Se aproximó olvidando el peligro. Otra ola menor la alcanzó hasta las rodillas llenándole las botas de agua salada y espuma, pero no lo notó. Jo forcejeaba entre sus brazos para mirar hacia delante.

—¡No mires! —le gritó al oído, y le apoyó la cabeza contra su hombro. Él comenzó a llorar.

Ella se arrodilló al lado del cuerpo y le tocó la horrible cara con la mano. David. No cabía la menor duda. Estaba muerto, y ya hacía algún tiempo. Llevada por la espantosa necesidad de estar absolutamente segura, levantó el borde del capote y miró los muñones de sus piernas.

Era imposible aceptar el hecho de la muerte. De algún modo había estado deseando que él estuviera muerto, pero sus sentimientos con respecto a él eran confusos por la mezcla de culpabilidad y miedo de que se descubriera su infidelidad. Espanto, pesar, alivio, todo se mezclaba en su interior sin que ningún sentimiento tomara la delantera.

Se hubiera quedado ahí, inmóvil, pero la siguiente ola era grande. Su fuerza la levantó en vilo y tragó bastante agua. De alguna manera pudo sostener a Jo y permanecer en la rampa; y cuando la marea se llevó la ola, se puso de pie y corrió hacia arriba, lejos de la insaciabilidad del océano.

Caminó hasta la cumbre del acantilado sin mirar hacia atrás. Cuando divisó la cabaña, vio el jeep fuera. Henry había regresado.

Llevando aún a Jo en los brazos echó a correr, desesperada por compartir su herida con Henry, por sentir sus brazos en torno a ella y lograr que él la confortara. Su respiración se mezclaba con los sollozos y sus lágrimas se mezclaban con la lluvia, irreconocibles. Fue hasta la parte trasera de la casa, irrumpió en la cocina y depositó suavemente a Jo en el suelo.

Henry dijo como al descuido:

—David ha decidido quedarse otro día en casa de Tom.

Ella se quedó mirándolo con la mente en blanco. Luego, aún sin poderlo creer, lo comprendió.

Henry había asesinado a David.

La conclusión llegó primero, como un demoledor golpe en el estómago; los motivos se mostraron un segundo después. El naufragio, el cuchillo de forma extraña, y del que nunca se desprendía, el jeep accidentado, el boletín de noticias con la mención del asesino del estilete, de Londres. De pronto todo encajó, como una herramienta cuyas piezas se tiran al aire y cae montada, armada, en una pirueta increíble.

—No parezcas tan sorprendida —le dijo Henry con una sonrisa—. Tienen bastante trabajo que hacer allí, aunque debo admitir que no lo estimulé para que volviera.

Tom. Debía acudir a Tom. Él sabría qué hacer; él los protegería a ella y a Jo hasta que viniera la policía; él tenía un arma y un perro.

Su miedo fue interceptado por una vaharada de tristeza, de pesar, porque el Henry en el cual ella había creído, al que casi había amado, evidentemente no existía; ella se lo había imaginado. En lugar de un hombre cálido, fuerte, afectivo, vio ante ella a un monstruo que permanecía sonriente y con toda tranquilidad le comunicaba mensajes inventados de su marido, a quien había asesinado.

Se esforzó por no temblar. Tomando la mano de Jo, salió de la cocina, fue hasta el salón y atravesó la puerta de salida. Subió al jeep, sentó a Jo a su lado y puso el motor en marcha.

Pero Henry estaba ahí, con su pie descuidadamente apoyado sobre el estribo del coche y la escopeta entre las manos.

—¿Adónde vas?

Si ella arrancaba, quizá disparara. ¿Qué secreto instinto le había hecho llevar el arma a la casa esta vez? Y mientras ella podía correr el riesgo, no podía hacer lo mismo con Jo. Le respondió:

—Voy a guardar el jeep.

—¿Necesitas que Jo te ayude a hacerlo?

—Le gusta ir en él. ¡Haz el favor de no interrogarme más!

Él se encogió de hombros y retiró el pie.

Ella lo miró un momento, vestido con la chaqueta de fajina de David y llevando tan tranquilamente su escopeta, y se preguntó si realmente la mataría en caso de que apretara el acelerador y partiera. Y entonces recordó esa veta de hielo que había intuido en él desde el comienzo, y supo que ese fondo, esa inclemencia, le permitiría hacer cualquier cosa.

Con una espantosa sensación de hastío, condujo el jeep hasta la parte de atrás de la casa y lo metió en el cobertizo, cerró el contacto y fue caminando con Jo de regreso a la casa. No tenía idea de qué le diría a Henry, de qué haría en su presencia, ni cómo escondería lo que sabía, si en realidad no lo había dejado traslucir ya.

No tenía planes.

Pero dejó abierta la puerta del cobertizo.

32

—Ese es el lugar, número uno —dijo el capitán, y bajó el telescopio.

El primer piloto oteó a través de la lluvia y la bruma del oleaje.

—No es precisamente un lugar ideal para pasar unas vacaciones. ¿No le parece, señor? Parece un páramo.

—Así es. —El capitán era un oficial de Marina de la vieja guardia, con una barba cana, que había prestado servicio en el mar durante la primera guerra con Alemania. Sin embargo, había aprendido a pasar por alto el descuidado estilo coloquial de su primer piloto, pues el muchacho había resultado, contra todo lo previsto, un magnífico marinero.

El «muchacho», que tenía más de treinta años y era considerado un veterano según las pautas de aquella guerra, no tenía ni idea de la magnanimidad de que estaba gozando. Se agarraba de la baranda y se aferraba con fuerza cuando la corbeta se levantaba con la cresta de la ola y se inclinaba y enderezaba según lo exigía el mar.

—Y ahora que estamos aquí, señor, ¿qué hacemos?

—Circundaremos la isla.

—Muy bien, señor.

—Y mantendremos los ojos bien abiertos para descubrir un submarino.

—No creo que con este tiempo podamos detectar ninguno cerca de la superficie, y de estar ahí, no lo veríamos, a menos que lo tuviéramos delante de las narices.

—La tormenta amainará esta noche; a lo sumo mañana.

El capitán comenzó a llenar su pipa con tabaco.

—¿Usted cree?

—Estoy seguro.

—Por instinto náutico, supongo.

—El parte meteorológico.

La corbeta fue bordeando la isla, y vieron una pequeña bahía con un malecón. Arriba, en la parte más alta del acantilado, había una pequeña cabaña, plantada contra el viento. El capitán la señaló.

—En cuanto podamos, desembarcaremos una partida.

—De todos modos... —dijo el primer piloto asintiendo.

—¿Sí?

—Cada vuelta en torno a la isla nos tomará más o menos una hora, diría yo.

—¿Y bien?

—Que a menos que tengamos una suerte de locos y estemos exactamente en el lugar debido en el minuto debido...

—El submarino subirá a la superficie, rescatará a su pasajero y se sumergirá de nuevo sin que hayamos visto siquiera los rizos de la superficie —finalizó el capitán.

—Sí.

El capitán encendió su pipa de una manera que hablaba de su larga experiencia en encender pipas en mares picados. Dio dos o tres chupadas cortas, luego inhaló profundamente y dijo:

—No nos corresponde hacer razonamientos. —Y sacó el humo a través de la nariz.

—Es una cita desafortunada, señor.

—¿Por qué?

—Se refiere a una notable carga de la Brigada Ligera.

—Lo desconocía. —El capitán volvió a echar una bocanada de humo—. Supongo que es una de las ventajas de no ser culto.

Había otra pequeña cabaña hacia el este de la isla. El capitán la observó a través de los prismáticos y señaló que tenía una antena de radio de aspecto profesional.

—¡Sparks! —llamó—. Vea si puede sintonizar ese lugar. Inténtelo con la frecuencia del Royal Observer Corps.

Cuando dejó de verse la cabaña, el radioperador dijo:

—No hay respuesta, señor.

—Está bien, Sparks —respondió el capitán—. No era importante.

La tripulación del cúter guardacostas estaba bajo la cubierta jugando al blackjack con calderilla, en el puerto de Aberdeen. Hacían comentarios sobre la falta de inteligencia que invariablemente parecía ser prerrogativa de los altos mandos.

—*Twist* —dijo Smith, que era más escocés de lo que indicaba su nombre.

Albert Parrish, al que llamaban Slim, un londinense gordo que se encontraba lejos de su hogar, le jugó un *Jack*.

—*Bust* —dijo Smith.

Slim hurgó en su monedero y apostó al máximo.

—Espero vivir lo bastante para tener tiempo de gastármelo —dijo haciendo aspavientos.

Smith limpió el cristal empañado del interior del ojo de buey y atisbó el exterior; los barcos se balanceaban suavemente en el puerto.

—La forma en que actúa el patrón haría pensar que estamos a punto de ir al propio Berlín y no a la isla de las tormentas.

—¿No lo sabías? Somos la punta de lanza de la invasión aliada.

Slim jugó un diez, se guardó un rey y dijo:

—Al veintiuno pago.

—¿Y quién es ese tipo después de todo?, ¿un desertor? —preguntó Smith.

Slim mezcló las cartas, luego respondió:

—Yo os diré lo que es: es un prisionero de guerra que se ha evadido. —Siguió el juego. Hicieron gestos de no creerle—. Está bien; cuando lo agarremos prestad atención a su acento.

—Dejó el mazo—. Escuchad, ¿qué barcos van a la isla de las tormentas?

—Solo el de aprovisionamiento —respondió alguien.

—De modo que la única forma en que puede volver a tierra firme es en la lancha de aprovisionamiento. Lo único que tendría que hacer la policía es esperar a que Charlie hiciera su viaje de rutina a la isla, y pescarlo cuando pusiera el pie en tierra. No hay razón para que nosotros estemos aquí sentados, esperando levar anclas y largarnos a la velocidad de la luz en cuanto amaine la tormenta, a menos... —Hizo una pausa melodramática—. A menos que tenga otra forma de salir de la isla.

—¿Y qué otra forma puede ser?

—Un submarino, eso es lo que puede ser.

—Cojones —cantó Smith; los demás simplemente rieron.

Slim repartió otra mano. Esta vez ganó Smith, pero todos los demás perdieron.

—Me estoy convirtiendo en un capitalista —dijo Slim—. Creo que me voy a retirar a esa hermosa casita de Devon. A ese individuo no lo pescaremos, por cierto.

—¿Al desertor?

—Al prisionero de guerra.

—¿Y por qué no?

Slim le palmeó la cabeza.

—Usa tu mollera. Cuando pase la tormenta, nosotros estaremos aquí y el submarino estará al pie de la bahía, junto a la isla. ¿Y quién llegará primero? Los otros.

—Y entonces ¿por qué diablos hacemos esto? —dijo Smith.

—Porque los que imparten las órdenes no son tan inteligentes como tú, Albert Parrish. Por más que te rías. —Repartió otra mano—. Bueno, cantad. Ya veréis cómo tengo razón. ¿Qué es eso? ¿Cuánto has puesto? ¿Un penique? Tranquilo, Gorblimey, sé lo que te digo; apuesto doble contra sencillo a que volvemos de la isla de las tormentas con las manos vacías. ¿Alguien apuesta? Doble contra sencillo, ¿eh? Doble contra sencillo.

—No apostamos nada —dijo Smith—. Da cartas.

Slim repartió las cartas.

El jefe de la flotilla aérea, Peterkin Blenkinsop (que había tratado de acortarse el nombre convirtiendo Peterkin en Peter, aunque de algún modo sus hombres siempre descubrían cómo se llamaba), se cuadró ante el mapa y se dirigió al resto de los presentes en la habitación.

—Volaremos en formación de tres —comenzó—. Los primeros despegarán tan pronto como el tiempo lo permita. Nuestro objetivo —dijo tocando el mapa con un puntero— es este: la isla de las tormentas. Al llegar volaremos en círculo durante veinte minutos a baja altura, tratando de localizar el submarino. Pasados los veinte minutos volveremos a la base. —Hizo una pausa—. Aquellos cuyas mentes funcionan con lógica ya habrán deducido que, para mantener el lugar constantemente vigilado, la segunda formación de tres aparatos debe despegar exactamente veinte minutos después que la primera, y así sucesivamente. ¿Alguna pregunta?

El oficial Longman dijo:

—¿Señor?

—Dígame, Longman.

—¿Qué hacemos en caso de avistar el submarino?

—Lo atacan, por supuesto; dejan caer varias bombas, producen alboroto.

—Pero nosotros somos pilotos de caza, señor... no es mucho lo que podemos hacer para detener a un submarino. Lo apropiado sería un barco de guerra, ¿no?

—Como de costumbre —suspiró Blenkinsop—, aquellos de ustedes que descubran mejores métodos para ganar la guerra están invitados a escribir a Mr. Winston Churchill, número 10 de Downing Street, Londres, SW-1. Ahora bien, ¿hay alguna pregunta que reemplace a las críticas tontas?

No hubo preguntas.

Bloggs pensó que los últimos años de la guerra habían producido un tipo diferente de oficiales de la RAF. Estaba sentado en una mullida silla de la sala de estar, junto al fuego, oyendo cómo la lluvia tamborileaba sobre el techo de cinc, y ocasionalmente cabeceaba. Los pilotos de la batalla de Gran Bretaña parecían incorregiblemente alegres, con su argot de pregraduados, su constante beber, su vitalidad incansable y su desprecio caballeresco por la vida que arriesgaban todos los días. El heroísmo estudiantil no había sido suficiente para conducirlos a través del tiempo, a medida que la guerra los llevaba a lugares alejados de sus hogares, y el énfasis era trasladado de la personalidad brillante y guerrera al entrenamiento mecánico que exigían las misiones de bombardeo. Aún bebían y utilizaban un argot exclusivo; pero parecían mayores, más recios, más cínicos. Ya no quedaba nada en ellos que recordara a *Los días escolares de Tom Brown*. Se acordaba de lo que le había hecho al pobre ratero en la policía de Aberdeen, y se daba cuenta de que lo mismo les habría sucedido a todos.

Eran muy tranquilos. Estaban sentados alrededor de él; algunos cabeceaban, lo mismo que él; otros leían libros o se distraían con algún juego de mesa. Un respetable navegante estudiaba ruso en un rincón.

Mientras Bloggs inspeccionaba la habitación con los ojos semicerrados, entró otro piloto y él pensó inmediatamente que este no había sufrido los mismos efectos que los demás. Tenía una especie de sonrisa antigua y la cara fresca como si no necesitara afeitarse más que una vez a la semana. Llevaba una chaqueta abierta y su casco. Se encaminó directamente hacia Bloggs.

—¿Detective inspector Bloggs?

—Sí, soy yo.

—Qué bien. Soy su piloto, Charles Calder.

—Encantado. —Se estrecharon las manos.

—El aparato está listo. El motor es una seda. Se trata de un hidroavión; supongo que lo sabía.

—Sí.

—Es algo magnífico. Amerizaremos y avanzaremos a unos ocho metros de la costa, donde podrá saltar a tierra.

—Y me esperará para traerme de regreso.

—Naturalmente. Bueno, todo lo que necesitamos ahora es contar con el tiempo a favor.

—Sí. Mire, Charles, desde hace seis días con sus noches estoy tratando de pescar a este tipo por todo el país, de modo que quisiera recuperar un poco de sueño. Disculpe.

—¡Por supuesto! —El piloto se sentó y sacó un grueso libro del interior de su chaqueta—. Intentaré hacer algo por mi educación —dijo—. *Guerra y paz*.

—Magnífico —dijo Bloggs.

Percival Godliman y su tío, el coronel Terry, estaban sentados, el uno junto al otro, en la sala de mapas; bebían café y movían la cabeza de los cigarrillos en un gran cenicero que había entre los dos. Godliman repetía como para sí mismo:

—No se me ocurre qué otra cosa podemos hacer.

—Así es.

—La corbeta ya está allí, y los marinos llegarán en pocos minutos. De modo que el submarino recibirá la lluvia de balas en cuanto asome a la superficie.

—Siempre y cuando lo vean.

—La corbeta mandará a tierra una compañía en cuanto sea posible. Bloggs estará en el lugar poco después, y la guardia costera cubrirá la retaguardia.

—Y ninguno de ellos puede asegurar que llegará a tiempo al lugar.

—Ya lo sé —dijo Godliman con fastidio—. Hemos hecho todo lo posible, pero ¿es suficiente?

Terry prendió otro cigarrillo.

—¿Y qué pasa con los habitantes de la isla?

—Bien. Hay solo dos casas: una del criador de ovejas y su mujer; tienen un hijo pequeño. En la otra vive un viejo pastor

363

de ovejas. El pastor tiene una radio, pertenece al Royal Observer Corps. Pero no podemos ponernos en contacto... probablemente tiene la manivela abierta en transmisión. Es viejo.

—El criador de ovejas es una posibilidad interesante —dijo Terry—. Si se trata de un tipo inteligente incluso podría impedir la fuga de tu espía.

Godliman movió la cabeza.

—El pobre tipo está en una silla de ruedas.

—Dios mío, no parece que estemos favorecidos por la suerte, ¿no?

—No —respondió Godliman—. Toda la suerte parece corresponder a Die Nadel.

33

Lucy estaba adquiriendo una gran serenidad. Ese sentimiento, o estado, fue llegándole poco a poco, como la sensación de frío que produce un anestésico, aletargando las emociones y agudizando la razón. Los momentos en que se paralizaba por el pensamiento de que estaba compartiendo su casa con un asesino se fueron espaciando para dar lugar a una atención fría que la sorprendía a ella misma.

Mientras andaba por la casa realizando las tareas domésticas, barriendo alrededor de Henry, que permanecía sentado leyendo una novela, se preguntaba en qué medida él habría notado el cambio de sus sentimientos. Él era muy observador; muy poco era lo que se le pasaba por alto, y se había producido decididamente una reacción de alerta, si no una sospecha directa, durante el encuentro en el jeep. Tenía que haber advertido que ella estaba impresionada por algo. Por otra parte, ya lo había estado cuando Jo los descubrió en la cama... y quizá creyera que eso era todo lo que no había ido bien.

Pese a todo, ella tenía el extraño presentimiento de que él sabía exactamente lo que pasaba dentro de ella, pero prefería aparentar que todo andaba bien.

Colgó la ropa en el tendero de la cocina.

—Lamento tener que hacer esto —dijo—, pero no puedo pasarme la vida esperando que pare la lluvia.

Él miró la colada con indiferencia y dijo:

—Está bien. —Y se fue hacia la sala.

Entre la ropa mojada había una muda seca de Lucy.

Preparó un pastel de verduras con una receta austera. Llamó a Jo y a Faber y sirvió la comida.

Él dejó la escopeta de David en un rincón de la cocina. Ella dijo:

—No me gusta tener armas cargadas en la casa.

—Está bien. Después del almuerzo la sacaré afuera. El pastel está muy bueno.

—A mí no me gusta —dijo Jo.

Lucy cogió la escopeta y la puso sobre el armario.

—Supongo que ahí está bien; lo importante es que esté fuera del alcance de Jo.

—Cuando sea mayor —dijo Jo—, voy a matar alemanes.

—Quiero que esta tarde duermas la siesta —le dijo Lucy.

Luego fue a la sala y tomó una de las pastillas para dormir de David, que estaban en un frasco en el aparador. Dos píldoras eran una dosis fuerte para un hombre de más de ochenta kilos, de modo que un cuarto sería suficiente para que un niño, que pesaría veinte, durmiera la siesta. Puso la píldora en la tabla de picar y la cortó por la mitad, luego volvió a cortarla por la mitad, puso un cuarto en una cuchara, lo aplastó con otra cuchara y puso el polvo en un vaso de leche que removió bien. Luego le dio el vaso a Jo diciéndole:

—Quiero que tomes hasta la última gota.

Faber observó todo el procedimiento sin comentario alguno.

Después del almuerzo instaló a Jo en el sofá con una pila de libros. Él no sabía leer, por cierto, pero le habían leído tantas veces esas narraciones en voz alta que se las sabía de memoria, y podía pasar las páginas mirando las figuras y recitando de memoria las palabras.

—¿Quieres café? —le preguntó a Faber.

—¿Café verdadero? —dijo sorprendido.

—Tengo una pequeña reserva.

—¡Sí, por favor!

Él la miró mientras ella lo preparaba, lo cual le hizo pensar que quizá temiera que también le diese a él un somnífero. Ella podía oír la voz de Jo desde la habitación contigua.

—Lo que dije fue: «¿Hay alguien en casa?», exclamó Pooh en voz muy alta. «¡No!», dijo la voz...

Y rio con todas sus ganas, pues siempre le hacía mucha gracia aquel chiste. «Oh, Dios —pensó Lucy—, no permitas que a Jo le pase nada...»

Sirvió el café y se sentó frente a Faber. Él estiró el brazo por encima de la mesa y le cogió la mano. Por un momento estuvieron en silencio, tomando el café, escuchando la lluvia y oyendo la voz de Jo.

—«¿Cuánto tiempo se necesita para volverse delgado?», preguntó Pooh ansiosamente. «Más o menos una semana, diría yo.» «¡Pero es que no puedo quedarme una semana!»

Su voz se fue apagando y por último se quedó callado. Lucy fue hasta el sofá y lo tapó con una manta, levantó el libro que había resbalado hasta el suelo, y que había sido de ella cuando era pequeña; también ella se sabía los cuentos de memoria. La portada mostraba aún la letra de su madre: «Para Lucy, a los cuatro años, con el cariño de su mamá y su papá». Puso el libro sobre el aparador.

Volvió a la cocina.

—Está dormido.

—¿Y...?

Él le cogió la mano. Ella se forzó a dársela. Él se puso de pie, y ella fue delante de él, escaleras arriba, al dormitorio. Ella cerró la puerta, se quitó el jersey.

Por un momento él se quedó de pie, mirándole los senos. Luego comenzó a desnudarse.

Ella se metió en la cama. Esa era la parte que no estaba segura de poder manejar. Aparentar que disfrutaba de su cuerpo cuando todo lo que podía sentir era miedo, asco y culpabilidad.

Él se metió en la cama y la abrazó.

Al poco rato ella se dio cuenta de que, después de todo, no tenía que fingir.

Durante unos pocos segundos ella permaneció con la cabeza apoyada sobre el hombro de él, preguntándose cómo era posible que un hombre pudiera hacer lo que él había hecho y hacer el amor a una mujer tal como acababa de hacerlo.

Pero lo único que le dijo fue:

—¿Quieres una taza de té?

—No, gracias.

—Bueno, yo sí. —Se apartó y se levantó. Cuando él se movió, ella le puso la mano sobre el abdomen y le dijo—: No, tú quédate aquí. Traeré el té. No he terminado contigo.

—Realmente —rio él—, te estás resarciendo de estos cuatro años malgastados.

En cuanto dejó la habitación, la sonrisa se le borró de la cara. El corazón le golpeaba en el pecho mientras se apresuraba escaleras abajo. En la cocina hizo sonar la tetera sobre la cocina, produjo ruido de tazas, luego comenzó a ponerse las ropas que había dejado escondidas con la ropa mojada. Las manos le temblaban tanto que casi no podía subirse la cremallera de los pantalones.

Oyó que la cama crujía arriba y se quedó paralizada, escuchando, pensando.

«¡Que se quede ahí!» Pero solo estaba cambiando de posición.

Estaba preparada. Fue hasta la sala. Jo dormía profundamente, con los dientes castañeteando. «Dios mío, no permitas que se despierte.» Lo alzó en los brazos. En sueños murmuraba algo sobre Christopher Roben, y Lucy cerró los ojos con fuerza deseando que no se intranquilizara.

Lo envolvió bien con la manta, volvió a la cocina y cogió la escopeta que había dejado sobre el armario. Se le deslizó de las manos y fue a dar sobre la mesa rompiendo un plato y dos tazas. El ruido fue ensordecedor. Se quedó paralizada.

—¿Qué ha pasado? —gritó Faber desde arriba.

—He tirado una taza —respondió sin poder disimular el temblor de su voz.

La cama volvió a crujir y se oyó un pie que se posaba en el suelo del piso de arriba. Pero ya era demasiado tarde para dar marcha atrás. Recogió la escopeta, abrió la puerta del fondo y, manteniendo a Jo contra ella, corrió al cobertizo.

En el camino sintió un momento de pánico. ¿Había dejado las llaves en el jeep? Por supuesto, siempre lo hacía.

Resbaló en el barro y cayó sobre las rodillas. Comenzó a llorar. Durante un segundo estuvo tentada de quedarse, y dejar que él la asesinara como había asesinado a su marido, y luego recordó al niño que llevaba en los brazos y volvió a apresurar la marcha.

Entró en el cobertizo y abrió la puerta del lado del conductor del jeep. Puso a Jo en el asiento. Él se balanceó. Lucy sollozaba: «Oh, Dios». Enderezó a Jo, que esta vez quedó en la posición correcta. Corrió al otro lado y subió, tirando la escopeta entre sus piernas.

Hizo girar la llave de contacto.

El motor tosió y se apagó.

—¡Por favor! ¡Por favor!

Volvió a insistir.

El motor se puso en marcha.

Faber surgió corriendo por la puerta de atrás.

Lucy aceleró y puso primera. El jeep pareció saltar fuera del cobertizo. Aceleró a fondo.

Las ruedas levantaron el barro, resbalando, luego mordieron suelo firme una vez más. El jeep adquiría velocidad con increíble lentitud. Ella viró alejándose de él, pero se lanzó a correr descalzo por el barro.

Ella advirtió que le iba sacando ventaja.

Apretó el acelerador de mano con todas sus fuerzas, hasta casi romper la débil palanca. Quería gritar por la frustración. Él ya estaba a más o menos un metro de distancia, casi junto a ella, corriendo como un atleta, sus brazos moviéndose como pistones, sus pies desnudos golpeando el suelo embarrado, sus mejillas ardiendo, su pecho desnudo presa de una gran agitación.

El motor pistoneó, se produjo un tirón cuando ella cambió de marcha y el coche tomó nuevo empuje.

Lucy miró una vez más de reojo. Él parecía darse cuenta de que casi la había perdido, se lanzó con un salto hacia delante y con la mano izquierda pudo asirse de la manija de la puerta, alcanzando a aferrarse entonces también con la derecha. Impelido por el jeep, corrió a la par unos pocos pasos. Sus pies casi no tocaban el suelo. Lucy le miró la cara, tan cerca de la suya... estaba enrojecida por el esfuerzo, distorsionada por el dolor. Los tendones del cuello se veían abultados por la presión a que habían sido sometidos.

Súbitamente ella supo lo que debía hacer.

Una de sus manos dejó el volante, estiró el brazo fuera de la ventanilla, que tenía el cristal bajado, y le metió en el ojo la larga uña de su dedo índice.

Él se soltó, dejándose caer y cubriéndose la cara con las manos.

La distancia entre él y el jeep aumentó rápidamente.

Lucy se dio cuenta de que lloraba como una criatura.

A tres kilómetros de su casa vio la silla de ruedas.

Estaba en la parte más alta del acantilado, como un monumento recordatorio, su estructura metálica y las grandes ruedas con cubiertas de goma bajo la lluvia interminable. Lucy se aproximó a ella y vio su silueta negra recortada por un cielo gris pizarra y enmarcada por el mar. Tenía un aspecto triste, como el agujero dejado por un árbol arrancado de cuajo, o una casa con los cristales rotos; como si le hubieran arrancado a su ocupante.

Recordó la primera vez que la había visto en el hospital. Estaba junto a la cama de David, nueva y brillante, y él se ubicó en ella como un experto y luego anduvo de un lado a otro haciendo demostraciones. «Es ligera como una pluma. Está hecha de la aleación con la que se fabrican los aviones», había dicho con entusiasmo mientras se apresuraba a recorrer los espacios entre las filas de camas. Se detuvo al final del salón, de espaldas a ella, y pasado un momento ella fue hasta él y vio que lloraba. Ella se arrodilló ante él y no le dijo nada.

Fue la última vez que pudo ofrecerle su consuelo.

Allí, en el borde del acantilado, la lluvia y el viento salado pronto empañarían el metal, y con el tiempo se herrumbraría y destruiría: sus cubiertas de goma se resecarían y partirían, y el asiento de cuero se pudriría y echaría a perder.

Lucy pasó ante ella sin disminuir la marcha.

Unos cuatro kilómetros más adelante, cuando estaba a medio de camino entre las dos casas, se quedó sin gasolina.

Trató de no dejarse invadir por el pánico y de pensar con cordura, mientras el jeep daba unos tirones y se detenía.

La gente caminaba a unos seis kilómetros por hora. Era un dato que recordó haber leído en alguna parte. Henry era un atleta, pero tenía un tobillo en malas condiciones, y aunque parecía haberse repuesto rápidamente, la carrera que había realizado tras el jeep seguramente le había perjudicado. Ella estaría a una buena hora de distancia de él.

(No tenía dudas de que él iría a buscarla; él sabía tan bien como ella que en la cabaña de Tom había un aparato radiotransmisor.)

Tenía tiempo de sobra. En la parte trasera del jeep había un recipiente con cinco litros de combustible, justamente para ocasiones como aquella. Se bajó. Sacó la lata de la parte trasera y levantó la tapa del depósito de combustible.

Luego recapacitó, y tuvo una idea que la hizo admirarse de su propia astucia.

Volvió a tapar el depósito y fue hacia la parte delantera del vehículo. Se aseguró de que no estuviera encendido el contacto y abrió el capó. Observó por dónde pasaban los cables que conducían la electricidad al motor. Colocó la lata de gasolina junto al distribuidor, que pese a no ser un mecánico sabía distinguir, y quitó la tapa de este.

En la caja de herramientas tenía una llave para ajustar las bujías. La tomó y desconectó una, se aseguró de que el contacto estuviese cerrado, puso la bujía en la boca de la lata, asegurándola con cinta adhesiva, y luego cerró el capó.

Cuando Henry fuera, trataría de poner en marcha el motor. Al darle al contacto, la bujía produciría una chispa y al inflamarse el combustible todo estallaría.

No sabía qué daño le podría causar, pero tenía la seguridad de que quedaría inutilizado.

Una hora más tarde se estaba arrepintiendo de su ingenio.

Chapoteando en el barro, empapada hasta los huesos, con el niño dormido, que era un peso muerto sobre su hombro, lo único que quería era dejarse caer y morir. Tras reflexionar, la trampa tendida le parecía arriesgada: la gasolina prendería, pero no explotaría; si no había aire suficiente en la boca de la lata, acaso ni siquiera se encendiera, y lo peor era que Henry podría sospechar que se trataba de una trampa, entonces levantaría el capó, desconectaría el montaje, pondría el combustible en el depósito e iría a buscarla.

Consideró la posibilidad de pararse a descansar, pero se dio cuenta de que si se detenía quizá no pudiera levantarse más.

Ya debería tener la cabaña de Tom a la vista. No era posible que se hubiese perdido. Aunque no hubiera hecho ese camino antes, muchísimas veces, la isla entera no era lo suficientemente grande para perderse.

Reconoció un matorral donde una vez ella y Jo habían visto un zorro. Debía de estar a un kilómetro y medio de la cabaña.

Apoyó a Jo en su otro hombro, cambió de brazo la escopeta y se obligó a seguir colocando un pie delante del otro.

Finalmente, cuando divisó la casa a través de la cortina de lluvia, podía haber llorado de alivio. Estaba más cerca de lo que había pensado; quizá a unos doscientos o trescientos metros.

De pronto, Jo parecía menos pesado, y aunque el último tramo era empinado —la única cuesta que había en la isla— le pareció que lo recorría en un abrir y cerrar de ojos.

—¡Tom! —gritó a medida que se aproximaba a la puerta de entrada—. ¡Tom, Tom!

Oyó en respuesta el ladrido del perro.

Entró por la puerta del frente.

—¡Tom, rápido!

Bob merodeaba y olisqueaba excitado en torno a sus tobillos, ladrando con toda su alma. Tom no podía estar lejos. Probablemente estuviera en la cocina o en la despensa. Lucy fue arriba y dejó a Jo en la cama de Tom.

El radiotransmisor estaba en el dormitorio; era un aparato complicado, con cables, diales y palancas. Había algo que tenía el aspecto de un pulsador de telégrafo morse; lo tocó para ver qué sucedía y emitió un «bi». Súbitamente, su memoria rescató algo de una historia de suspenso escolar; el código morse para el SOS. Volvió a presionar el pulsador, tres cortos, tres largos, tres cortos.

¿Dónde estaba Tom?

Oyó un ruido y corrió a la ventana.

El jeep subía la cuesta hacia la casa.

Henry había descubierto la trampa y empleado la gasolina para llenar el tanque.

¿Dónde estaba Tom?

Se precipitó fuera de la habitación con la intención de ir a la despensa, pero al pie de la escalera se detuvo. Bob estaba parado en la abertura de la puerta que daba a la otra habitación, a la vacía.

—Ven, Bob —le dijo ella.

El perro no se movió, sino que se puso a ladrar. Ella fue hacia él y se inclinó para acariciarlo.

Entonces vio a Tom.

Estaba tirado de espaldas sobre los tablones del suelo en la habitación vacía, sus ojos sin mirada estaban fijos en el cielo raso; su gorra, vuelta del revés, detrás de su cabeza. Tenía la chaqueta abierta, se veía una pequeña mancha de sangre en la camisa, y cerca de su mano, un botellón de whisky, y Lucy se encontró pensando absurdamente: «No sabía que bebiera tanto».

Le tomó el pulso.

Estaba muerto.

«Piensa, piensa.»

El día anterior había retornado a su casa maltrecho, como si hubiera tenido una refriega. Eso debió de ser cuando asesinó a David. Ese día había ido allí, a la cabaña de Tom, «a buscar a David», según dijo. Pero, naturalmente, sabía muy bien que David no estaba allí. Entonces ¿para qué había ido? Evidentemente, para matar a Tom.

Ahora estaba completamente sola.

Cogió al perro por el collar y lo apartó de la proximidad del cuerpo de su amo. Llevada por un impulso, volvió y abotonó la chaqueta por encima de la pequeña herida dejada por el estilete que había matado a Tom. Luego cerró la puerta, volvió a la habitación de delante y miró por la ventana.

El jeep llegó hasta el frente de la casa y se detuvo. Henry bajó.

34

La llamada de Lucy fue captada por la corbeta.

—Capitán, señor —dijo Sparks—. Acabo de captar un SOS, proviene de la isla.

—No podemos hacer nada —dijo el capitán frunciendo el ceño— hasta que no sea posible mandar una lancha a tierra. ¿Dijo algo más?

—Nada más, señor, ni siquiera fue repetido.

—No podemos hacer nada —repitió una vez más—. Envíe un mensaje a tierra firme comunicando eso. Y siga escuchando.

—Sí, sí, sí, señor.

También fue captado por un M18 desde su puesto de recepción de señales y mensajes en las montañas de Escocia. El operador radiotelegrafista, un hombre joven con heridas en el abdomen, con parte de invalidez por la RAF, estaba tratando de detectar señales de la flota alemana de Noruega, e ignoró el SOS. Sin embargo, cuando dejó su turno cinco minutos después, se lo comentó a su comandante en jefe.

—Solo fue emitido una vez —dijo—. Probablemente proviniera de un barco pesquero de la costa escocesa. Quizá fuera ese asunto extraño del barquito que andaba en dificultades con este tiempo.

—Déjelo de mi cuenta —respondió el oficial—. Informaré

a la Marina, y me parece que también a Whitehall. Cuestiones de protocolo...

—Gracias, señor.

En la estación del Royal Observer Corps se produjo algo así como pánico. Un SOS no era, desde luego, lo que esperaban oír ni transmitir los observadores cuando avistaban un avión enemigo, pero ellos sabían que Tom era viejo, ¿y quién podía saber lo que era capaz de emitir si se ponía nervioso? En consecuencia, se hicieron sonar las sirenas y se alertó a los demás puestos de observación, se preparó la batería antiaérea en toda la costa este de Escocia y el radioperador trató desesperadamente de ponerse en comunicación con Tom.

Naturalmente, no apareció ningún bombardero alemán, y la Oficina de Guerra quiso saber por qué se había dado la señal de alerta cuando no había en el cielo más que unos pocos gansos a la deriva.

De modo que se les informó.

Los guardacostas también lo oyeron.

Hubieran respondido si la frecuencia hubiese sido la correcta, y si hubieran podido establecer la posición del transmisor y dicha posición hubiera estado situada a una distancia razonable de la costa.

Pero tal como estaban las cosas, adivinaron que, teniendo en cuenta que la señal había sido emitida en la frecuencia del Royal Observer Corps, el origen era el viejo Tom, y que ya estaban haciendo todo lo que correspondía en cuanto a esa situación, fuera la que fuese.

Cuando las noticias llegaron a los que estaban abajo jugando a las cartas, en el puerto de Aberdeen, Slim repartió otra mano de blackjack y dijo:

—Ya sé lo que ha sucedido. El viejo Tom ha pescado al prisionero de guerra y está sentado sobre su cabeza aguardando a que llegue el ejército para llevárselo.

Smith jugó y todos siguieron en lo suyo.

Y el submarino *U-505* lo oyó.

Se encontraba a más de treinta millas náuticas de la isla de las tormentas, pero Weissman estaba haciendo girar el dial para ver qué podía captar, con la esperanza, aunque no fuera muy probable, de captar algún disco de Glenn Miller de la Red de Fuerzas Americanas en el Reino Unido, y se encontró en ese preciso momento en la exacta frecuencia de onda. Pasó la información al comandante Heer, agregando:

—No transmitía en la frecuencia de nuestro hombre.

El mayor Wohl estaba tan irritable como siempre, y dijo:

—Entonces no tiene ningún sentido.

Heer no se perdió la oportunidad de corregirle:

—Algo significa. Significa que habrá alguna actividad en la superficie cuando salgamos.

—Pero es poco probable que nos perturbe.

—Muy poco probable —asintió Heer.

—Entonces no tiene importancia alguna.

—Probablemente no la tenga.

Y siguieron con las argumentaciones durante todo el trayecto hacia la isla.

Y el asunto funcionó de tal modo que en el lapso de cinco minutos, la Marina, el Royal Observer Corps, el M18 y los guardacostas llamaron a Godliman para informarle acerca del SOS.

Godliman telefoneó a Bloggs, quien por fin se quedó profundamente dormido ante el fuego de la sala. El sonido estridente del teléfono lo sobresaltó, y se puso súbitamente de pie, pensando que los aviones estaban a punto de despegar.

Un piloto levantó el receptor y dijo:

—Sí, sí. —Y se lo pasó a Bloggs—. Un tal señor Godliman pregunta por usted.

—Hola, Percy.

—Fred, alguien en la isla ha transmitido tan solo un SOS.

Bloggs movió la cabeza para sacudirse los últimos restos de sueño.

—¿Quién es?

—No lo sabemos. Solo hubo una señal, y no se repitió. No parecen captar nada.

—Aun así, no hay gran margen de duda ahora.

—Así es. ¿Está todo listo ahí?

—Todo, excepto el tiempo.

—Buena suerte.

—Gracias.

Bloggs colgó el receptor y se dirigió al joven piloto que seguía leyendo *Guerra y paz*.

—Buenas noticias —le dijo—. El cretino está decididamente en la isla.

—Qué bien —respondió el piloto.

35

Faber cerró la portezuela del jeep y comenzó a caminar muy despacio hacia la casa. Una vez más llevaba la chaqueta de David. Tenía los pantalones llenos de barro a causa de la caída y el pelo pegado al cráneo por la lluvia. Caminaba renqueando levemente con el pie derecho.

Lucy se apartó de la ventana y corrió fuera del dormitorio y escaleras abajo. La escopeta estaba en el suelo del salón, donde la había dejado. La cogió. De pronto le pareció muy pesada. En verdad, nunca había disparado un arma, y no tenía idea de cómo comprobar que aquella se encontraba cargada. Podría haberlo hecho en caso de disponer del tiempo necesario, pero ahora no lo tenía.

Aspiró profundamente y abrió la puerta delantera.

—¡No se acerque! —gritó, con una entonación más alta de la que había intentado, entre estridente e histérica.

Faber sonrió amablemente y siguió avanzando.

Lucy le apuntó sosteniendo el tambor con la mano izquierda y el gatillo con la derecha. Tenía el dedo alrededor.

—¡Dispararé! —gritó.

—No seas tonta, Lucy —dijo él suavemente—. ¿Cómo podrías herirme después de las cosas que hemos hecho juntos? ¿Acaso no nos hemos amado siquiera un poquito...?

Era verdad. Ella se había dicho a sí misma que no podía enamorarse de él, y eso también era verdad; pero algo había sentido por él, y si no era amor, se le parecía bastante.

—Esta tarde lo sabías todo acerca de mí —dijo, y ahora se encontraba a unos veinte metros—, y sin embargo no ha habido ninguna diferencia, ¿verdad?

En parte era cierto. Durante un momento se vio sentada a su lado, cogiéndole las delicadas manos y llevándoselas a sus senos, y luego se dio cuenta de lo que él estaba haciendo...

—Lucy, podemos considerarlo, aún podemos ser el uno para el otro...

Ella apretó el gatillo.

Se produjo un ruido ensordecedor, y el arma saltó entre sus manos y le magulló la cadera con el culatazo. Casi la hizo caer al suelo; nunca había imaginado que disparar un arma sería así. Por un momento se quedó ensordecida.

El disparo pasó por encima de la cabeza de Faber, pero de todos modos él vaciló sobre sus pies, se volvió y, zigzagueando, corrió de regreso al jeep. Lucy sintió la tentación de volver a disparar, pero se detuvo a tiempo, dándose cuenta de que si él sabía que había gastado los dos cartuchos, nada le impediría volver sobre sus pasos.

Él abrió la puerta del jeep, saltó dentro e inició la marcha hacia abajo.

Lucy sabía que volvería.

Pero de pronto se sintió feliz, casi contenta. Había ganado el primer asalto; lo había alejado...

Pero volvería.

Aún le quedaba el segundo cartucho. Estaba bajo techo y tenía tiempo de prepararse.

Prepararse. Debía estar preparada para enfrentarse a él. La próxima vez sería más astuto. De un modo u otro, trataría de sorprenderla.

Ella tenía la esperanza de que él esperara hasta el amanecer. Eso le daría tiempo...

Primero, tenía que volver a cargar el arma.

Fue a la cocina. Tom lo guardaba todo en la cocina: comida, carbón, herramientas, provisiones, y tenía una escopeta igual a la de David. Ella sabía que las dos armas eran iguales porque

David había examinado la de Tom y luego encargado una igual. Los dos hombres se pasaban largas horas hablando sobre el asunto.

Encontró la escopeta de Tom y una caja de municiones. Puso las dos armas y la caja sobre la mesa de la cocina.

Estaba convencida de que las armas eran simples, y que solo por aprensión y tontería las mujeres se alborotaban cuando se encontraban delante de ellas.

Estuvo jugueteando con la escopeta de David, manteniendo el cañón apuntando en dirección contraria de sí misma, hasta que se abrió la recámara, y continuó practicando con ella algunas veces más.

Era sorprendentemente simple.

Cargó las dos escopetas. Luego, para asegurarse de que lo había hecho correctamente, apuntó la de Tom a la pared de la cocina y apretó el gatillo.

Cayó una lluvia de revoque y Bob ladró como enloquecido, y ella volvió a golpearse la cadera y a quedar ensordecida. Pero estaba armada.

Debía recordar que los gatillos debían apretarse con suavidad, de modo que la sacudida no desviara su puntería. Probablemente, a los hombres les enseñaban ese tipo de cosas en el ejército.

¿Qué más debía hacer? Ponerle difícil a Henry la tarea de introducirse en la casa.

Ninguna de las dos puertas tenía cerradura, por cierto; si en la isla se cometía un robo, se sabía que el ladrón vivía en la otra casa. Lucy revolvió en la caja de herramientas de Tom y encontró un hacha brillante y bien afilada. Se detuvo ante la escalera y comenzó a cortar la baranda.

El trabajo la fatigó, pero en cinco minutos tuvo seis listones de roble. Encontró un martillo y algunos clavos, y clavó los listones atravesando la puerta de delante y la de atrás; tres en cada puerta, y cuatro clavos en cada listón. Cuando acabó le dolían terriblemente las muñecas y el martillo le pesaba como si fuese de plomo, pero aún no había acabado.

Consiguió otro puñado de clavos de seis centímetros y recorrió todas las ventanas de la casa, claveteándolas. Se dio cuenta, con una sensación de descubrimiento, de por qué los hombres siempre se ponían los clavos en la boca: necesitaban tener las dos manos libres para trabajar, y si uno los ponía en el bolsillo, luego se pinchaba con ellos.

Cuando acabó el trabajo era de noche.

Aún podía entrar en la casa, pero por lo menos no le resultaría fácil. Tendría que romper algo y, en consecuencia, alertarla. Entonces estaría esperándolo con las armas.

Fue arriba con las dos escopetas para controlar a Jo. Aún seguía dormido, envuelto en su manta, sobre la cama de Tom. Lucy encendió una cerilla para mirarle la cara. El somnífero realmente le había hecho un efecto contundente, pero tenía el mismo color de siempre y su temperatura parecía normal; además, respiraba con tranquilidad. «Quédate así, querido mío», murmuró Lucy. El súbito acceso de ternura la volvió más aún contra Henry.

Registró toda la casa con gran ansiedad, espiando por las ventanas hacia la oscuridad exterior, mientras el perro la seguía allá a donde iba. Dejó una de las escopetas al pie de la escalera y decidió tener la otra entre las manos y colgarse el hacha en el cinturón de sus pantalones.

Recordó la radio y pulsó su SOS varias veces. No tenía idea de si alguien la escucharía, ni siquiera si la radio funcionaba. Solo conocía eso del código morse, de modo que no podía transmitir nada más.

Se le ocurrió que probablemente Tom no conociera el código morse. Seguro que tendría un libro en alguna parte. Si por lo menos pudiera transmitir a alguien lo que estaba pasando en la isla... Buscó por toda la casa, empleando gran cantidad de fósforos, sintiéndose aterrorizada cada vez que encendía uno cerca de una ventana de abajo. No encontró nada.

Muy bien. Quizá Tom conociera el código morse.

Por otra parte, ¿para qué habría de necesitarlo? Lo único que debía comunicar a tierra firme era si algún avión enemigo se aproximaba, no había ninguna razón para que esa información no fuera transmitida directamente... ¿Cuál era la frase que usaba David? *Au clair.*

Fue de nuevo al dormitorio y volvió a contemplar la instalación. A un lado del aparato central había un micrófono que no había visto antes.

Si ella podía hablar con ellos, ellos podían responderle.

De pronto, el sonido de otra voz humana, una voz normal, concreta, proveniente de Inglaterra, le parecía la cosa más valiosa del mundo.

Cogió el micrófono y comenzó a probar diversas palancas.

Bob gruñó suavemente.

Ella dejó el micrófono y, estirando una mano hasta tocar al perro en la oscuridad, le dijo:

—¿Qué pasa, Bob?

Bob volvió a gruñir. Podía palpar sus orejas enhiestas. Estaba aterrorizada. La confianza que había adquirido al enfrentarse a Henry con la escopeta, al aprender a cargarla, al asegurar las puertas y clavar las ventanas... se evaporaba ahora ante el gruñido de un perro vigilante.

—Vamos abajo —murmuró—. Despacito.

Lo cogió del collar y dejó que él la condujera escaleras abajo. En la oscuridad tanteó la baranda, olvidando que la había cortado y casi perdió el equilibrio. Volvió a afirmarse y se chupó el dedo donde se había clavado una astilla.

En el salón el perro pareció dudar, luego gruñó más fuerte y tiro hacia la cocina. Ella lo detuvo y le apretó el hocico para silenciarlo. Luego se deslizó por la puerta.

Miró en dirección a la ventana, pero ante sus ojos solo había una absoluta oscuridad.

Se quedó escuchando. La ventana crujió, al principio casi de modo inaudible, luego con más fuerza. Estaba tratando de entrar. Bob gruñía amenazadoramente con un gruñido que le salía del fondo de la garganta, pero parecía comprender el significado que tenía el apretón del hocico.

La noche se volvió más tranquila. Lucy advirtió que la tormenta estaba amainando de forma casi imperceptible. Henry parecía haber abandonado la ventana de la cocina. Ella se trasladó al salón.

Escuchó el mismo crujido de la vieja madera que resistía la presión. Ahora Henry parecía más decidido: se oyeron tres golpes apagados, como si estuviera golpeando el marco de la ventana con la parte inferior de la mano.

Lucy dejó al perro y asió la escopeta. Podría haber sido pura imaginación, pero podía distinguir la ventana como un recuadro gris en medio de la oscuridad. Si él llegaba a abrir la ventana, dispararía inmediatamente.

Se oyó un golpe mucho más fuerte. Bob perdió el control y soltó un fuerte ladrido. Ella oyó un movimiento fuera.

Luego le llegó la voz.

—¿Lucy?

Ella se mordió el labio.

—¿Lucy?

Utilizaba el mismo tono de voz que cuando estaban en la cama: profunda, suave, íntima.

—Lucy, ¿puedes oírme? No tengas miedo. No quiero hacerte daño. Por favor, háblame.

Ella tuvo que luchar contra el deseo compulsivo de apretar los dos gatillos al mismo tiempo para silenciar aquel espantoso sonido y destruir los recuerdos que le traía.

—Lucy, querida... —Ella creyó escuchar un sollozo apagado—. Lucy, él me atacó. Tuve que matarlo... maté por mi país, no deberías odiarme por eso...

¿Qué quería decir eso...? Sonaba descabellado. ¿Estaría loco y había podido ocultarlo durante dos días de intimidad? En realidad parecía más en sus cabales que la mayoría de las personas, y sin embargo ya había cometido varios asesinatos... aunque ella no tenía idea de las circunstancias... Ella se estaba tranquilizando, exactamente lo que él pretendía.

Se le ocurrió una idea.

—Lucy, respóndeme.

La voz de él se perdió cuando ella fue de puntillas hacia la cocina. Seguramente, Bob la avisaría si Henry hacía algo más que hablar. Revolvió en la caja de herramientas de Tom y encontró un par de tenazas. Luego fue hasta la ventana de la cocina y con la punta de los dedos localizó las cabezas de los clavos que había colocado allí. Con cuidado, tan silenciosamente como le fue posible, los sacó. El trabajo le exigió todo su esfuerzo.

Una vez que hubo arrancado los clavos volvió al salón a escuchar.

—... no me causes problemas y te dejaré tranquila...

Abrió la ventana de la cocina. Tan silenciosamente como le fue posible. Se deslizó hasta el salón, cogió al perro y volvió una vez más a la cocina.

—... lo último que haría en el mundo sería causarte daño...

Palmeó al perro dos o tres veces y le murmuró:

—No haría esto si no fuera imprescindible, ¿sabes? —Y lo sacó por la ventana.

La cerró rápidamente, cogió el clavo y lo clavó en otro lugar con tres golpes secos.

Dejó caer el martillo, cogió la escopeta y corrió hasta la habitación de delante para estar cerca de la ventana, pegada a la pared.

—¡... te daré una última oportunidad!

Se oyó una carrera; era Bob, seguida de un terrible, terrorífico ladrido, como nunca había oído antes en un perro ovejero; luego se oyó un sonido apagado y el ruido de un hombre que caía. Podía oír la respiración jadeante de Henry; luego otra embestida de Bob y un grito de dolor, una maldición en un idioma extranjero, otro terrible ladrido.

Los ruidos se hicieron ahora más apagados y distantes. Luego, de pronto, terminaron. Lucy esperó, muy pegada a la pared, junto a la ventana, aguzando el oído. Quería ir y controlar a Jo, quería intentarlo una vez más con el radiotransmisor, quería toser, pero no se atrevía a moverse. Imágenes de lo que Bob podía haberle hecho a Henry atravesaban su mente, y ansiaba oír que el perro olisqueaba ante la puerta.

Miró a la ventana... luego se dio cuenta de que realmente veía la ventana; podía ver, ya no se trataba simplemente de un recuadro de color gris ligeramente más claro, sino que distinguía el pedazo de madera atravesado que había clavado sobre el marco. Todavía era de noche, pero era solo todavía, y ella sabía que de mirar afuera vería un cielo levemente difuso, con una luz apenas perceptible en lugar de una boca de lobo. Amanecería en cualquier momento, y podría ver los muebles de la habitación, y Henry ya no podría sorprenderla en la oscuridad...

Se produjo un ruido de cristales rotos a pocos centímetros de su cara. Ella saltó; sintió un agudo dolor en la mejilla, se llevó la mano al lugar y supo que una astilla desprendida le había cortado la cara. Agarró la escopeta, esperando que Henry apareciera por el marco de la ventana. No sucedió nada. Solo después de uno o dos minutos comenzó a preguntarse qué habría roto el cristal de la ventana.

Escudriñó el suelo. Entre los trozos de cristal rotos había una gran forma negra. Descubrió que podía verla mejor si la miraba por los bordes en vez de por el centro mismo de la mancha, y al hacerlo así pudo distinguir la familiar silueta del perro.

Cerró los ojos y desvió la mirada. Ya no podía sentir emoción alguna. Sus sentimientos estaban anonadados por el terror y las muertes que habían precedido a esa última; primero David, luego Tom, luego la interminable noche de asedio... Todo lo que sentía era hambre. Durante el día anterior había estado demasiado nerviosa para comer, lo cual significaba que habían pasado unas treinta y seis horas desde la última comida. Ahora, de manera incongruente y absurda, se encontró suspirando por un bocadillo de queso.

Algo más estaba entrando por la ventana.

Alcanzó a verlo con el rabillo del ojo y entonces volvió la cabeza para mirar directamente.

Era la mano de Henry.

Se quedó mirándola como hipnotizada; era una mano de dedos largos, sin anillos, blanca debajo de la mugre, con uñas cuidadas y una tirita en torno al dedo índice; una mano que la había tocado a ella íntimamente, había pulsado su cuerpo como un instrumento, había hundido un cuchillo en el corazón de un viejo pastor de ovejas.

La mano desprendió un trozo de vidrio, luego otro, ampliando el hueco de la ventana. Luego entró hasta el codo y tanteó el pestillo.

Tratando de mantenerse totalmente en silencio, con dolorosa lentitud, Lucy pasó la escopeta a su mano izquierda y cogió con la derecha el hacha que pendía de su cinturón, la levantó bien arriba, por encima de su cabeza y la hizo bajar con todas sus fuerzas sobre la mano de Henry.

Él debió de intuirlo, o quizá oyó el silbido de la hoja hendiendo el aire, o vio un relumbrón de movimiento detrás de la ventana, porque retrocedió súbitamente antes de que llegara el golpe.

El hacha golpeó el marco y se quedó clavada. Durante una fracción de segundo, Lucy creyó que había fallado; luego, desde fuera, llegó un grito de dolor, y ella vio junto a la hoja del hacha, incrustados en la madera, dos dedos seccionados.

Oyó el sonido de pies que corrían.

Vomitó.

Luego se sintió exhausta, y a continuación se vio inundada por un gran sentimiento de autoconmiseración. Bien sabía Dios que ella había sufrido bastante, ¿no? En el mundo había policías y soldados para controlar una situación como aquella... nadie podía pretender que un ama de casa y madre como tantas pudiera resistir indefinidamente a un asesino. ¿Quién podría culparla si se daba por vencida? ¿Quién podría decir honestamente que lo hubiera hecho mejor, que hubiera resistido más tiempo o se le habrían ocurrido más argucias?

Ya no podía más. Tenían que hacerse cargo, acudir los policías, los soldados, quienquiera que estuviese en el otro extremo del receptor. Ella ya no podía más...

Apartó los ojos de los grotescos objetos de la ventana y fue, exhausta, escaleras arriba. Cogió la segunda escopeta y se llevó las dos al dormitorio.

Jo aún estaba dormido, gracias a Dios. Apenas se había movido en toda la noche, gracias a Dios, sin enterarse del apocalipsis que se estaba produciendo a su alrededor. Podía advertir que en ese momento su sueño no era tan profundo, porque algo en su carita y en el modo de respirar indicaba que pronto se despertaría y pediría su desayuno.

Sintió nostalgia de la vieja rutina: levantarse por la mañana, preparar el desayuno, vestir a Jo, hacer cosas simples y tediosas, tareas hogareñas como lavar y limpiar, y quitar las hierbas del jardín y preparar el té... Parecía increíble que se hubiera sentido insatisfecha con la falta de amor de David, con las largas noches aburridas, con el monótono paisaje de pastizales y lluvia...

Esa vida nunca más volvería.

Ella había querido ciudades, música, gente, ideas. Ahora el deseo de todas esas cosas la había abandonado, y no podía comprender cómo era posible que las hubiera deseado alguna vez. Ahora le parecía que la paz era todo lo que un ser humano podía desear.

Se sentó ante la radio y estudió las palancas y diales. Haría ese último esfuerzo y luego abandonaría. Con un tremendo esfuerzo, trató de adoptar una actitud analítica. No había tantas combinaciones posibles de palancas o diales. Encontró una con dos juegos de llaves, la movió e intentó el código morse. No se produjo sonido alguno. Quizá eso significaba que el micrófono estaba conectado.

Lo cogió y habló.

—Hola, hola, ¿me escuchan? ¿Hola?

Encima de una de las palancas se leía «transmisor», y debajo, «receptor». Estaba en posición de «transmisor». Si alguien en el mundo debía responderle, era evidente que debía llevar la palanca a la posición de «receptor».

—Hola, ¿alguien me está escuchando? —dijo, y empujó la palanca hasta la posición de «receptor».

Nada.

—Adelante, isla de las tormentas —se oyó—, lo oímos perfectamente.

Era la voz de un hombre. Sonaba a joven y fuerte, capaz, reconfortante, activo y normal.

—Adelante, isla de las tormentas, durante toda la noche hemos estado tratando de captarlo... ¿Dónde diablos se ha metido?

Lucy cambió a «transmisor», trató de hablar y empezó a llorar.

36

A causa del mucho fumar y el poco dormir, Percival Godliman
tenía dolor de cabeza. Había tomado un poco de whisky para
ayudarse a pasar la larga y atribulada noche en la oficina, y eso
había sido un error. Todo lo agobiaba: el tiempo, su oficina, el
trabajo, la guerra. Por primera vez desde que había iniciado
aquel trabajo se encontró añorando las polvorientas bibliote-
cas, los manuscritos ilegibles y el latín medieval.

El coronel Terry entró con dos tazas de té en una bandeja.

—Nadie duerme en este lugar —dijo animadamente. Se
sentó—. ¿Quieres bizcochos? —preguntó ofreciéndole a
Godliman un plato.

Godliman rechazó los bizcochos y se bebió el té, que contribuyó a levantarle momentáneamente el ánimo.

—Acabo de recibir una llamada del gran hombre —dijo
Terry—. Está manteniendo la vigilia junto con nosotros.

—No veo por qué —respondió Godliman con acritud.

—Está preocupado.

Sonó el teléfono.

—Godliman.

—El Royal Observer Corps de Aberdeen en línea para usted, señor.

—Sí.

Surgió una voz nueva, de un hombre joven.

—Aquí el Royal Observer Corps de Aberdeen, señor.

—Sí.

—¿Con el señor Godliman?

—Sí. —Dios santo, aquellos tipos de estilo militar eran lentos.

—Hemos sintonizado la isla de las Tormentas, por fin, señor... No es nuestro observador acostumbrado. Hay una mujer...

—¿Qué ha dicho?

—Aún nada, señor.

—¿Qué significa eso de nada? —Godliman luchaba contra su airada impaciencia.

—Bueno... simplemente está llorando, señor.

Godliman vaciló.

—¿Puede conectarme con ella?

—Sí; no corte. —Se produjo una pausa puntuada por diversos clics y un zumbido. Luego, Godliman escuchó el sonido de una mujer que lloraba. Dijo:

—Hola. ¿Puede escucharme?

El llanto continuó.

El joven volvió a la línea para decir:

—Ella no lo podrá escuchar hasta que cambie la palanca a «receptor», señor... Ah, acaba de hacerlo. Adelante.

Godliman dijo:

—Hola, señora. Cuando yo acabe de hablar diré «corto y cambio», entonces usted cambie a «transmisor» para hablarme y diga «corto y cambio» cuando haya terminado. ¿Me comprende? Corto y cambio.

La voz de la mujer se oyó.

—Oh, gracias a Dios que alguien en su sano juicio me escucha... Sí, comprendo. Corto y cambio.

—Entonces, ahora —dijo Godliman suavemente—, dígame qué ha estado sucediendo ahí. Corto y cambio.

—Un hombre naufragó y llegó aquí hace dos, no, tres días. Creo que es el asesino del estilete, de Londres. Asesinó a mi marido y a nuestro pastor y ahora está fuera de la casa. Tengo aquí a mi hijito... He clavado las ventanas y le he disparado con una escopeta, y he atrancado la puerta. Le envié al perro, pero lo asesinó y le golpeé con un hacha cuando trató de entrar por la ventana, y yo no puedo hacer ya nada más, de modo que, por el amor de Dios, venga. Corto y cambio.

Godliman puso la mano sobre el receptor. Estaba pálido.

—Santo Dios... —Pero cuando le hablaba a ella su tono era animado—. Debe tratar de resistir un poco más —comenzó—. Hay marinos y guardacostas y toda clase de gente en camino hacia ahí, pero no pueden desembarcar hasta que no amaine la tormenta... Ahora bien, hay algo que usted debe hacer, no le puedo decir por qué a causa de la gente que puede estar escuchándonos, pero sí puedo decirle que es absolutamente imprescindible... ¿Me oye bien? Corto y cambio.

—Sí, continúe. Corto y cambio.

—Destruya el aparato transmisor. Corto y cambio.

—Oh, no, por favor...

—Sí —dijo Godliman, y luego se dio cuenta de que ella estaba aún transmitiendo.

—No..., no puedo... —Luego se oyó un grito.

Godliman dijo:

—Hola, Aberdeen, ¿qué sucede?

El joven respondió:

—El aparato está sintonizado, señor, pero ella ya no habla. No podemos oír nada.

—Ha gritado.

—Sí, lo hemos captado.

Godliman dudó un momento.

—¿Cómo está el tiempo allí?

—Está lloviendo, señor. —El joven parecía perplejo.

—No le estoy haciendo un comentario —dijo abruptamente Godliman—. ¿Hay señales de que la tormenta vaya a amainar?

—Ha cedido un poco en los últimos minutos, señor.

—Bien; vuelva a comunicarse conmigo en cuanto la mujer esté de nuevo en línea.

—Muy bien, señor.

—Solo Dios sabe lo que estará pasando esa muchacha allí —dijo Godliman agitando la horquilla del teléfono.

—Si ella destruyera al menos la radio...

—Entonces ¿no nos importa si él la asesina?

—No he dicho tal cosa.

—Póngame con Bloggs en Rosyt —le dijo Godliman al operador.

Bloggs se despertó con un sobresalto y escuchó. Estaba amaneciendo. Todos los que se encontraban en el lugar también escuchaban. No podían oír nada. Eso era lo que estaban escuchando: el silencio.

La lluvia había dejado de golpear sobre el tejado de cinc.

Bloggs fue hasta la ventana. El cielo estaba gris, con una banda blanca en el horizonte, hacia el este. El viento se había detenido de golpe y la lluvia se había convertido en una llovizna.

Los pilotos comenzaron a ponerse las chaquetillas y los cascos, a atarse las botas, a encender los cigarrillos.

Sonó una llamada, seguida de una voz que se escuchó en todo el campo:

—¡Todos a sus puestos! ¡Todos a sus puestos!

Se oyó el teléfono. Los pilotos lo ignoraron y salieron apresuradamente. Bloggs respondió.

—¿Sí?

—Aquí Percy, Fred. Acabamos de sintonizar con la isla. Ha asesinado a los dos hombres. La mujer lo está manteniendo fuera por el momento, pero es evidente que no podrá resistir mucho.

—La lluvia ha cesado. Despegamos ahora —dijo Bloggs.

—Lo más rápido posible, Fred. Adiós.

Bloggs colgó y miró a su alrededor en busca de su piloto. Charles Calder se había quedado dormido sobre *Guerra y paz*. Bloggs lo sacudió sin miramientos.

—Vamos, despierta. ¡Diablos, despierta!

Calder abrió los ojos.

Bloggs habría podido pegarle.

—Despierta de una vez. Vamos. Partimos hacia la isla de las tormentas.

El piloto se puso inmediatamente de pie.

—Está bien —dijo.

Corrió a la puerta y Bloggs lo siguió moviendo la cabeza.

El bote salvavidas cayó al agua con un sonido como de una pistola provocando una gran salpicadura en forma de V. El mar estaba muy lejos de haberse calmado, pero ahí, en la parte más resguardada de la isla, un barco en manos de marineros experimentados no corría riesgos excesivos.

El capitán dijo:

—Número uno, adelante.

El primer piloto con tres soldados de la Marina estaba ante la barandilla. Llevaba una pistola en una funda impermeable.

—Vamos —les dijo.

Los cuatro hombres bajaron por la escalera al bote. El primer piloto se ubicó en la popa y los tres marineros aflojaron los remos y comenzaron a remar.

Durante un momento el capitán observó cómo avanzaban hacia el malecón. Luego volvió al puente de mando e impartió órdenes para que la corbeta siguiera circundando la isla.

Un estridente timbrazo interrumpió el juego de naipes en el cúter.

Slim dijo:

—Me parecía que algo era diferente. Ya no nos zarandeamos tanto. En realidad, casi no nos movemos. La quietud me marea espantosamente.

Nadie lo escuchaba; la tripulación se apresuraba a ocupar sus puestos. Algunos se ajustaban al mismo tiempo el salvavidas.

Las máquinas se pusieron en marcha con un rugido y la embarcación comenzó a trepidar.

Arriba, sobre cubierta, Smith estaba en la proa disfrutando del aire fresco y la humedad en la cara después de haber pasado una noche abajo.

Cuando el cúter dejaba el puerto, Slim se acercó a él.

—Bueno, ya estamos en marcha —dijo.

—Yo sabía que el timbre iba a tocar justo en ese momento —dijo Smith—. ¿Sabes por qué?

—No, dímelo.

—Porque tenía un as y un rey. Nadie me podía ganar.

El comandante Werner Heer miró su reloj.

—Treinta minutos.

—¿Qué tal está el tiempo? —preguntó el mayor Wohl moviendo la cabeza.

—La tormenta ha amainado —respondió Heer de mala gana. Habría preferido reservarse esa información para sí mismo.

—Entonces tendríamos que salir a la superficie.

—Si su hombre estuviera ahí, nos hubiese enviado alguna señal.

—La guerra no se gana con hipótesis, capitán —dijo Wohl—. Le sugiero firmemente que salgamos a la superficie.

Mientras el submarino había estado en el muelle, se había producido una gran discusión entre los superiores de Heer y Wohl, y había ganado el de este último. En consecuencia, Heer era aún el capitán del barco, pero le dijeron con cierta contundencia que la próxima vez que pasara por alto alguna firme sugerencia del mayor Wohl sería mejor que tuviera una razón más que importante para ello.

—Exactamente a las seis saldremos a la superficie —dijo.

Wohl asintió y desvió la mirada.

37

Se oyó el ruido de cristales rotos, y luego una explosión como de una bomba incendiaria.

Lucy dejó caer el micrófono. Algo estaba sucediendo abajo. Cogió la escopeta y corrió.

En el salón había una llamarada. El fuego surgía de una botella rota sobre el suelo. Henry había fabricado una especie de bomba con la gasolina del jeep. Las llamas se estaban expandiendo por la gastada alfombra de Tom y prendían en la tela de sus viejos sillones. Un almohadón relleno con plumas se encendió y las llamas llegaron al cielo raso.

Lucy agarró el almohadón y lo tiró por la ventana rota, chamuscándose la mano. Se quitó la chaqueta, desgarrándola, y la tiró sobre la alfombra, pisoteando encima. La levantó y la echó sobre el canapé para ahogar el fuego.

Se oyó una rotura de cristales.

El ruido llegaba de arriba.

—¡Jo! —gritó Lucy.

Dejó caer la chaqueta y corrió escaleras arriba, hacia la habitación de delante.

Faber estaba sentado en la cama con Jo sobre las rodillas. El niño estaba despierto, chupándose el pulgar, con su típica mirada de grandes ojos abiertos, como todas las mañanas. Faber le pasaba la mano por el pelo despeinado.

—Tira el arma sobre la cama, Lucy.

Agachó los hombros e hizo lo que él le ordenaba.

—Has trepado por la pared y entrado por la ventana —dijo inexpresivamente.

Faber bajó a Jo de sus rodillas.

—Ve con mamá.

Jo corrió y ella lo levantó en brazos.

Él cogió las dos escopetas y se dirigió al aparato de radio. Tenía la mano derecha bajo el sobaco izquierdo, y había una gran mancha roja en su chaqueta. Se sentó.

—Me has hecho mucho daño —dijo. Luego volvió su atención al radiotransmisor.

Súbitamente, se escuchó una voz.

—Responda, isla de las tormentas.

Él levantó el micrófono.

—¿Hola?

—Espere un momento.

Se produjo una pausa, y luego se oyó otra voz. Lucy la reconoció como perteneciente al hombre de Londres que le había ordenado destruir la radio. Ahora estaría defraudado con respecto a ella. Dijo:

—Hola. Soy nuevamente Godliman. ¿Puede oírme? Cambio y corto.

—Sí, puedo oírle, profesor —respondió Faber—. ¿Ha visto alguna catedral interesante últimamente?

—¿Cómo... estoy...?

—Sí. —Faber sonrió—. ¿Cómo está usted? —Luego la sonrisa desapareció súbitamente de su rostro, como queriendo decir que el juego había terminado, y manipuló el dial de frecuencia de la radio.

Lucy se volvió y abandonó la habitación. Todo había terminado. Sin pensarlo, desesperada, bajó la escalera y se dirigió a la cocina. Lo único que podía hacer era esperar a que él la matara. No podía escapar, no tenía bastante energía para hacerlo, y evidentemente él lo sabía.

Miró por la ventana. La tormenta había pasado. El viento que antes aullaba se había convertido en una brisa fría y constante, ya no llovía, y el cielo brillaba por el este anunciando un día de sol. El mar...

Ella frunció el ceño y volvió a mirar.

Sí, Dios mío, era un submarino.

«Destruya la radio», le había dicho el hombre.

La noche anterior, Henry había maldecido en lengua extranjera... «Lo he hecho por mi país», había dicho.

Y en su delirio, algo sobre «esperando en Calais un ejército fantasma»...

«Destruya la radio.»

¿Por qué un hombre que salía de pesca tenía que llevar un rollo de negativos?

Durante todo el tiempo había sabido que él no era un loco.

El submarino era un «U-boat», y Henry sería algún agente alemán..., quizá un espía... En aquel preciso instante tenía que estar comunicándose con el submarino por radio.

«Destruya la radio.»

No tenía derecho a darse por vencida, y menos ahora que había comprendido. Sabía lo que tenía que hacer. Le habría gustado dejar a Jo en algún lugar, donde no pudiera verlo —eso le molestaba más que el dolor que sabía que sentiría—, pero no había tiempo para ello. Seguramente Henry encontraría la frecuencia en cualquier momento y entonces sería demasiado tarde.

Tenía que destruir la radio, pero la radio estaba arriba, con Henry, y él tenía las dos armas y la mataría.

Solo conocía una manera de hacerlo.

Colocó una de las sillas de cocina de Tom en el centro de la habitación, se subió a ella, levantó los brazos y desenroscó la bombilla.

Se bajó de la silla, fue hasta la puerta y movió el interruptor.

—¿Vas a cambiar la bombilla? —preguntó Jo.

Lucy subió a la silla, dudó un momento y luego metió tres dedos en el portalámparas.

Se produjo un estallido, un instante de terrible dolor y luego sobrevino la inconsciencia total.

Faber oyó el estallido. Había encontrado la frecuencia correcta en el radiotransmisor, había pasado la palanca a «transmisor» y había cogido el micrófono. Estaba a punto de hablar cuando se produjo el estallido. Inmediatamente se apagaron las luces de los diales.

Una expresión de ira le cubrió el rostro. Ella había producido un cortocircuito en la electricidad de toda la casa. Nunca creyó que pudiera ser tan astuta.

Tendría que haberla matado antes. ¿Qué era lo que le fallaba? Nunca había dudado antes, nunca, hasta encontrarse con aquella mujer.

Cogió una de las escopetas y bajó.

El niño lloraba. Lucy estaba tendida en el suelo, inerte y fría. Faber observó el portalámparas vacío con la silla debajo y frunció el entrecejo, asombrado.

Lo había hecho con la mano.

—Santo cielo —dijo Faber.

Los ojos de Lucy se abrieron.

Estaba herida y magullada por todas partes.

Henry la miraba, de pie a su lado, con la escopeta en la mano, y le dijo:

—¿Por qué lo has hecho con la mano? ¿Por qué no con un destornillador?

—No sabía que pudiera hacerlo con un destornillador.

Él movió la cabeza.

—Eres realmente una mujer sorprendente —dijo mientras levantaba el arma. La apuntó y volvió a bajarla—. Maldita seas.

Miró en dirección a la ventana y se sobresaltó.

—Lo has visto —dijo.

Ella asintió.

Se quedó tenso durante un momento. Luego fue hasta la puerta, y al encontrarla claveteada rompió los cristales de la ventana con la culata de la escopeta y saltó por ella.

Lucy se levantó. Jo se abrazó a sus piernas. No tenía fuerza suficiente para levantarlo. Caminó vacilante hasta la ventana y miró.

Él corría en dirección a la playa. El submarino aún estaba allí, quizá a un kilómetro de la costa. Él llegó al borde del acantilado y empezó a bajar. Seguramente intentaría nadar hasta el submarino.

Debía detenerlo.

«Santo Dios, ya basta...»

Saltó por la ventana, haciendo caso omiso de los sollozos de su hijo, y corrió tras él.

Cuando llegó al borde del acantilado, se echó al suelo para mirar. Él estaba más o menos a medio camino entre ella y el mar. Él miró hacia arriba y la vio, se detuvo un instante y luego comenzó a moverse más deprisa, con una prisa peligrosa.

Su primera idea fue bajar en su persecución. Pero ¿qué sentido tenía? Aun cuando lo alcanzara, no podría detenerlo.

La tierra sobre la que se apoyaba cedió un poco. Retrocedió, temerosa de que continuara cediendo y que la enviara barranco abajo.

Lo cual le dio una idea.

Golpeó la tierra rocosa con los dos puños. Pareció sacudirse un poco más y apareció una fisura. Puso una mano sobre el borde y con la otra empujó allí donde se había producido la grieta. Un trozo de piedra calcárea del tamaño de un melón se le quedó entre las manos.

Volvió a mirar sobre el borde y lo vio.

Con gran cuidado, apuntó y arrojó la piedra.

Parecía caer muy despacio. Él la vio llegar y se cubrió la cabeza con el brazo. A ella le pareció que no le acertaría.

La piedra pasó a poca distancia de su cabeza y fue a golpearle el hombro izquierdo. Estaba agarrado con la mano izquierda y pareció aflojarla, se balanceó peligrosamente durante un momento. La mano derecha, a la que le faltaban los dedos, se estiró para asirse. Luego pareció inclinarse hacia el vacío, formando remolinos con los brazos, hasta que sus pies resbalaron del precario apoyo y quedó suspendido en el aire, para ir a caer como un peso muerto sobre las rocas de abajo.

No se oyó ningún grito.

Quedó tendido sobre una roca plana que sobresalía de la superficie del agua. El sonido del cuerpo al chocar contra la roca le produjo un gran malestar. Él yacía allí, de espaldas, con los brazos extendidos y la cabeza en un ángulo absurdo.

Algo le brotaba de la boca y corría por la piedra, y Lucy se volvió para no verlo.

Entonces los acontecimientos se precipitaron.

Se oyó un ruido ensordecedor en el cielo y tres aviones con las insignias circulares de la RAF en las alas salieron de entre las nubes y se lanzaron en picado sobre el submarino disparando ráfagas de ametralladora.

Cuatro soldados de infantería de Marina subían corriendo por la cuesta de la montaña, y uno de ellos gritaba: «Izquierda-derecha-izquierda-derecha-izquierda-derecha».

Otro avión amerizó; de su interior salió un bote y un hombre con salvavidas comenzó a remar hacia la costa.

Un barco pequeño apareció en la curva de la costa avanzando hacia el submarino.

El submarino se sumergió.

El bote chocó contra las rocas del pie del acantilado y un hombre que salió de él empezó a examinar el cuerpo de Faber.

Apareció una lancha que ella reconoció como un cúter guardacostas.

Uno de los soldados llegó hasta ella.

—¿No está herida? Hay una niña en la cabaña que está llorando y llama a su mamá...

—Es un niño —dijo Lucy—. Tengo que cortarle el pelo.

Bloggs condujo el bote en dirección al cuerpo que estaba al pie del acantilado. La embarcación chocó contra la roca y él se sacudió el agua y saltó a la superficie plana.

El cráneo de Die Nadel se había destrozado como una botella al chocar contra la roca. Al mirar más de cerca, Bloggs advirtió que incluso antes de la caída el hombre estaba bastante magullado, tenía la mano derecha mutilada y le había pasado algo en el tobillo.

Bloggs lo registró. El estilete estaba donde él suponía, en una funda ajustada sobre su antebrazo izquierdo. En el bolsillo interior de la chaqueta manchada de sangre, Bloggs encontró una billetera, papeles, dinero y un pequeño envase para guardar el negativo de una película, donde había una con veinticuatro negativos de 35 mm. La sostuvo en alto contra la luz y correspondían a las copias que encontró en los sobres que Faber había enviado a la embajada portuguesa.

Los marineros que se encontraban en la cumbre del acantilado hicieron bajar una soga. Bloggs se guardó las cosas de Faber en el bolsillo, y luego ató la cuerda en torno al cadáver. Una vez que lo hubieron izado hasta arriba, volvieron a lanzar la cuerda para Bloggs.

Cuando llegó a la cima, el subteniente se presentó y los dos se dirigieron a la casa situada en la cima de la montaña.

—No hemos tocado nada, para no destruir las pruebas —dijo el marino más veterano.

—No se preocupen demasiado —respondió Bloggs—. No será un caso para ir a juicio.

Tuvieron que entrar en la casa por la ventana rota de la cocina. La mujer estaba sentada ante la mesa de la cocina con la criatura sobre las rodillas. Bloggs le sonrió. No se le ocurrió nada que decirle.

Echó una mirada a su alrededor. Era un campo de batalla. Vio las ventanas claveteadas, las puertas con las tablas cruzadas, los restos del fuego, el perro con el cuello cortado, las escopetas, la baranda de la escalera cortada y el hacha incrustada en el marco de la ventana junto a dos dedos seccionados.

Pensó: «¿Qué clase de mujer es esta?».

Ordenó diversas tareas para los infantes de Marina; uno debía limpiar la casa y desclavar puertas y ventanas; otro, reemplazar los cristales que se habían roto; un tercero, preparar té.

Se sentó frente a la mujer y la miró. Iba vestida con ropas masculinas muy poco elegantes, tenía el pelo mojado y la cara sucia. Pese a todo, era notablemente hermosa, con bellos ojos color ámbar y un rostro ovalado.

Bloggs sonrió al niño y habló quedamente a la mujer:

—Lo que usted ha hecho es tremendamente importante —dijo—. Uno de estos días le daremos explicaciones, pero por el momento debo hacerle un par de preguntas. ¿Me lo permite?

Ella fijó la mirada en el rostro de Bloggs y pasado un momento asintió.

—¿Consiguió Faber comunicarse por radio con el submarino?

La mujer pareció no entender nada.

Bloggs encontró un caramelo en el bolsillo de su pantalón.

—¿Puedo dárselo al niño? Parece tener hambre.

—Gracias —respondió ella.

—Bien. ¿Logró Faber comunicarse con el submarino?

—Su nombre era Henry Baker —respondió ella.

—Ah, bueno. ¿Consiguió hacerlo?

—No. Produje un cortocircuito.

—Fue algo muy inteligente —dijo Bloggs—. ¿Cómo lo logró?

Ella señaló el portalámparas vacío encima de sus cabezas.

—¿Metió un destornillador?

—No; no fui tan inteligente. Los dedos.

Él la miró horrorizado, sin poderlo creer. La idea de introducir deliberadamente... Sintió un escalofrío y trató de quitarse el pensamiento de la cabeza, y una vez más se preguntó qué clase de mujer era aquella.

—Bien, entonces ¿cree usted que alguien del submarino puede haberlo visto descolgándose por el acantilado?

En la expresión de la cara de ella se notaba el gran esfuerzo que estaba realizando.

—Estoy segura de que nadie salió por la escotilla —respondió—. ¿Podrían haberlo visto con el periscopio?

—No —dijo él—. Esta es una buena noticia, muy buena noticia. Significa que no saben que... ha sido neutralizado... —Cambió rápidamente de tema—. Usted ha pasado por todo lo que puede pasar alguien que está en el frente de batalla. Más aún. Los llevaremos a usted y al niño a un hospital en tierra firme.

—Sí —consintió ella.

Bloggs se volvió al infante de Marina de mayor jerarquía.

—¿Se dispone de alguna forma de transporte?

—Naturalmente.

Bloggs se volvió una vez más hacia la mujer. Sintió hacia ella un gran impulso afectivo mezclado con admiración, porque aunque ahora parecía frágil y desvalida, él sabía que era tan valiente y fuerte como hermosa. Para sorpresa de ella —y de él mismo—, la cogió de la mano.

—Una vez que haya permanecido internada durante un par de días, comenzará a sentirse deprimida. Pero esa será una señal de que empieza a reponerse. No estaré lejos y los médicos me mantendrán informado. Mi deseo será hablar más con usted, pero solo cuando tenga ganas de hacerlo. ¿De acuerdo?

Finalmente ella le sonrió, y él sintió su calidez.

—Es usted muy bondadoso —dijo ella. Luego se puso de pie y llevó al niño fuera de la casa.

—¿Bondadoso? —murmuró Bloggs para sí mismo—. Dios, qué mujer.

Se dirigió arriba, donde estaba el radiotransmisor, y sintonizó en la frecuencia del Royal Observer Corps.

—Isla de las tormentas, llamando. Cambio.

—Adelante, isla de las tormentas.

—Comuníqueme con Londres.

—Manténgase en la línea. —Se produjo una larga pausa, luego apareció una voz familiar.

—Godliman.

—Percy. Hemos pescado al... contrabandista. Está muerto.

—Magnífico, magnífico. —Había un indisimulado tono de triunfo en la voz de Godliman—. ¿Pudo establecer contacto con su cómplice?

—Es casi seguro que no.

—¡Magnífico, magnífico! ¡Felicitaciones!

—No me felicite a mí —dijo Bloggs—. Cuando llegué aquí ya estaba todo hecho, excepto la limpieza.

—¿Quién...?

—La mujer.

—Bien. Parece mentira. ¿Cómo es la mujer?

Bloggs sonrió significativamente.

—Es un héroe, Percy.

Y Godliman sonrió a su vez desde su puesto, comprendiendo.

38

Hitler estaba de pie ante el ventanal mirando las montañas. Llevaba su uniforme gris y parecía cansado y deprimido. Durante la noche había hecho llamar a su médico.

El almirante Puttkamer se cuadró y saludó.

Hitler se volvió y miró intensamente a su ayuda de campo. Aquellos ojillos redondos siempre enervaban a Puttkamer.

—¿Han recogido a Die Nadel?

—No. Se produjo algún inconveniente en el punto de encuentro. La policía inglesa estaba persiguiendo a unos contrabandistas. De cualquier modo, parece que Die Nadel no estaba allí. Ha enviado un mensaje por radio hace algunos minutos. —Y le alargó la hoja de papel donde estaba transcrito.

Hitler lo cogió, se puso las gafas y comenzó a leer:

«Lugar fijado de encuentro no ofrece seguridad estúpidos estoy herido y transmito con mano izquierda primer grupo ejército estados unidos reunido east anglia a las órdenes de general patton en el siguiente orden de guerra veintiuna división de infantería cinco divisiones armadas aproximadamente cinco mil aviones más barcos transporte tropa en fusag atacarán calais quince de junio saludos a Willi».

Hitler entregó nuevamente el mensaje a Puttkamer y suspiró:

—De modo que finalmente es Calais.

—¿Podemos estar seguros con respecto a este hombre? —preguntó su ayudante.

—Totalmente. —Hitler se volvió y atravesó el salón hasta una silla. Sus movimientos eran duros y parecía sufrir dolores—. Es un alemán leal. Lo conozco a él. Conozco a su familia...

—Pero su instinto...

—*Ach*. Dije que confiaría en el mensaje de este hombre y lo haré. —Hizo un gesto que indicaba al otro que se retirara—. Comunique a Rommel y a Rundstedt que no pueden disponer de las divisiones acorazadas y envíeme al maldito médico.

Puttkamer volvió a saludar y fue a impartir las órdenes.

Epílogo

Cuando a finales de 1970 Alemania derrotó a Inglaterra en los campeonatos de fútbol, el abuelo estaba furioso.

Sentado ante la televisión en color murmuraba cosas entre sus barbas dirigidas a la pantalla.

—¡Astucia! —les decía a los expertos que estaban analizando el evento y sus jugadas—. ¡Astucia y malicia! Esa es la forma de derrotar a los malditos alemanes.

Y no se aplacó hasta que oyó que llegaba el Jaguar blanco a la modesta casa de tres habitaciones, y el propio Jo, con aspecto próspero y vistiendo una chaqueta deportiva, bajó con su esposa, Ann, y sus chicos.

—¿Has visto el partido, papá? —preguntó Jo.

—Espantoso. Hemos jugado como el diablo. —Desde que se había retirado del servicio y disponía de más tiempo, se interesaba por el deporte.

—Los alemanes lo han hecho mejor —dijo Jo—. Practican un buen fútbol. No podemos ganarles siempre...

—No me vengas a mí con los malditos alemanes. Astucia y malicia, esas son las armas para derrotarlos. —Se dirigía a su nieto, al que tenía sentado sobre las rodillas—. Así los vencimos en la guerra, Davy..., los engañamos como correspondía.

—¿Cómo los engañasteis? —preguntó Davy.

—Bueno, les hicimos creer —bajó la voz y adoptó un tono conspiratorio, con lo cual el pequeño se reía anticipadamente—, les hicimos creer que atacaríamos Calais...

—Eso está en Francia, no en Alemania...

Ann le indicó que permaneciera en silencio.

—Deja que tu abuelo te cuente sus historias.

—De todos modos —continuó el abuelo—, les hicimos creer que íbamos a atacar Calais, de modo que ellos apostaron todos sus tanques y soldados allí. —Empleó un almohadón para representar Francia, un cenicero para representar a los alemanes y un cortaplumas para los aliados—. Pero atacamos Normandía, donde solo estaba el viejo Rommel con unos cuantos cañones...

—¿Y ellos no descubrieron el engaño? —preguntó Davy.

—Casi lo descubren. En efecto, hubo un espía que sí lo descubrió.

—¿Y qué pasó con él?

—Lo matamos antes de que pudiera informar.

—¿Tú lo mataste, abuelo?

—No, lo mató tu abuela.

La abuela venía con una tetera.

—Fred Bloggs, ¡no me digas que estás asustando a los niños!

—¿Por qué no habían de saberlo? —murmuró—. Ella tiene una medalla, ¿sabes?, y no quiere decirme dónde la guarda porque no le gusta que yo la enseñe a las visitas.

Lucy servía el té.

—Todo pasó y ya está olvidado en la medida de lo posible —dijo alargándole una taza de té a su marido.

Fred la cogió del brazo y la mantuvo junto a él.

—Falta mucho aún para que haya terminado —replicó, y su voz se volvió rápidamente cariñosa.

Los dos se miraron durante un momento. El hermoso pelo de ella estaba encaneciendo ahora, y lo llevaba levantado y recogido en forma de moño. Tenía unos kilos más que antes. Pero sus ojos eran aún los mismos: grandes, de color ámbar y notablemente bellos. Esos ojos le devolvían la mirada; los dos se quedaron inmóviles, recordando, hasta que Davy saltó al suelo desde las rodillas de su abuelo y tiró la taza de té al suelo, y el hechizo se desvaneció.

«Para viajar lejos no hay mejor nave que un libro.»
EMILY DICKINSON

Gracias por tu lectura de este libro.

En **penguinlibros.club** encontrarás las mejores
recomendaciones de lectura.

Únete a nuestra comunidad y viaja con nosotros.

penguinlibros.club

Penguin
Random House
Grupo Editorial

 penguinlibros